【臺灣現當代作家研究資料彙編】24

朱西甯

國立台灣文學館
出版

主委序

近年來，臺灣文學創作與出版的旺盛能量，可說是國內讀者與華人文化圈有目共睹的事實；然而，文學之花要開得繁麗燦爛，除了借助作家們豐沛文思的澆灌，亦需仰賴評論者的慧眼與文學史料的積累。是以，國立臺灣文學館「臺灣現當代作家研究資料彙編計畫」第二輯的出版，格外令人振奮。

為具體展現臺灣現當代文學的發展與既有研究成果，奠定詳實、深入的臺灣文學史料基礎，國立臺灣文學館於 2010 年規劃並執行「臺灣現當代作家研究資料彙編計畫」，秉持堅毅而勤懇的馬拉松精神，在卷帙繁浩的文獻史料中梳理 50 位臺灣現當代重要作家的生平資料、年表、評論文章，各自彙編成冊，以期呈現作家完整的存在樣貌、歷史地位與影響。此計畫首先在 2011 年完成第一階段，包括賴和等 15 位作家的研究資料彙編，歷經將近一年的悉心耕耘，在眾人引頸期盼中，於 2012 年春天再度推出 12 位臺灣文學前輩作家：張我軍、潘人木、周夢蝶、柏楊、陳千武、姚一葦、林亨泰、聶華苓、朱西甯、楊喚、鄭清文、李喬的研究資料彙編。

這群主要出生於 1920 年代的作家，雖然時間座標相近，然因歷史軌跡、時代局勢與身處地域的殊異，而演繹出不同的生命敘事；無論成長於日治時期的臺灣，或是在 1949 年前後由中國大陸渡海來臺者，他／她們窮畢生之力，筆耕不輟，在詩、散文、小說、戲劇、兒童文學、文學評論等方面作出貢獻，共同形塑出臺灣文學紛繁多姿的面貌。

由於有執行團隊地毯式蒐羅及嚴謹考證，加上多位專家學者的戮力協助，我們才能懷抱欣喜之情，向讀者推介這一套深具實用價值的臺灣文學工具書，提供國內外關心、研究臺灣文學發展者參考使用；我們期待以此為基礎，滋養臺灣文學綻放出更為璀璨亮麗的花朵。

行政院文化建設委員會主任委員　**龍應台**

館長序

作家是文學的創作主體，他在哪些主客觀因素的影響下，走上了寫作之路？寫出了什麼樣的作品？而這些作品，究竟對應著什麼樣的心靈狀態以及變動中的客觀環境？一般所說的作家研究，即是要解答這些問題。進一步說，他和同時代，或同世代的其他作家之所作，存有什麼樣的異同？和前行代的作家之所作，又有什麼樣的繼承與創新？這些則是有關文學史性質的討論。著名的、重要的作家，從其自身的文學表現，到文壇地位，到文學史的評價，是一個值得全方位開挖的寶庫。

現當代臺灣文學的討論，原本只在文壇發生，特別是在文藝性質的傳媒上，以書評、詩話、筆記、專訪等方式出現；隨著這個文學傳統形成且日愈豐厚，出版市場日漸活絡，媒體編輯也專業化了，於是我們看到了各種形式的作家專（特）輯，介紹、報導且評論他的人和文學，而如何介紹？如何報導？如何評論？所形成的諸多篇章形式，竟也逐漸規範化：包括小傳、年表、著譯書目（提要）；人和作品的總論、分期和分類的作品群論、單一作品集和個別獨立文本的個論；其他更有比較分析，或與他人合論等，都有相對比較嚴謹的學術要求。

將臺灣現當代作家的研究資料加以彙編，應是文壇及學界很多人的期待。2010 年，在《臺灣現當代作家評論資料目錄》（16 開，8冊）的基礎上，國立臺灣文學館再度委託臺灣文學發展基金會組成顧問群及工作小組，進行《臺灣現當代作家研究資料彙編》的工作，準備出版 50 位作家的研究資料彙編（一人一冊），第一批計 15 冊於 2011 年 3 月出版，包含賴和、吳濁流、梁實秋、楊逵、楊熾昌、張文環、龍瑛宗、覃子豪、紀弦、呂赫若、鍾理和、琦君、林海音、鍾肇政、葉石濤。我仔細看過承辦單位的期中、期末報告書，從其中的工作手冊、顧問會議的紀錄等，可以看出承辦諸君是如何的敬謹任事。

現在，第二批 12 冊也將出版，他們是：張我軍、潘人木、周夢蝶、柏楊、陳千武、姚一葦、林亨泰、聶華苓、朱西甯、楊喚、鄭清文、李喬。由於有工作小組執行資料的蒐集整理，且又由對該作家嫻熟者主編，各書都相當完整，所選刊的評論文章皆極富參考價值；我個人特別喜歡包含影像、手稿、文物的輯一「圖片集」，以及輯三的「研究綜述」，前者頗有一些珍品，後者概括性強，值得參考。這是臺灣文學研究界的大事，相信有助於這個學科的擴大和深化。

國立臺灣文學館館長　**李瑞騰**

編序

◎封德屏

緣起

1995 年 10 月 25 日，在臺灣師範大學教育大樓的 201 室，一場以「面對臺灣文學」爲題的座談會，在座諸位學者分別就臺灣文學的定義、發展、研究，以及文學史的寫法等，提出宏文高論，而時任國家圖書館編纂張錦郎的「臺灣文學需要什麼樣的工具書」，輕鬆幽默的言詞，鞭辟入裡的思維，更贏得在座者的共鳴。

張先生以一個圖書館工作人員自謙，認真專業地爲臺灣這幾十年來究竟出版了多少有關臺灣文學的工具書，做地毯式的調查和多方面的訪問。同時條理分明地針對研究者、學生，列出了十項工具書的類型，哪些是現在亟需的，哪些是現在就可以做的，哪些是未來一步一步累積可以達成的，分別做了專業的建議及討論。

當時的文建會二處科長游淑靜，參與了整個座談會，會後她劍及履及的開始了文學工具書的委託工作，從 1996 年的《臺灣文學年鑑》起始，一年一本的編下去，一直到現在，保存延續了臺灣文學發展的基本樣貌。接著是《中華民國作家作品目錄》的新編，《臺灣文壇大事紀要》的續編，補助國家圖書館「當代文學史料影像全文系統」的建置，這些工具書、資料庫的接續完成，至少在當時對臺灣文學的研究，做到一些輔助的功能。

2003 年 10 月，籌備多年的「台灣文學館」正式開幕運轉。同年五月《文訊》改隸「財團法人台灣文學發展基金會」，爲了發揮更大的動能，開始更積極、更有效率地將過去累積至今持續在做的文學史料整理出來，讓豐厚的文藝資源與更多人共享。

於是再次的請教張錦郎先生，張先生認爲文學書目、作家作品目錄、文學年鑑、文學辭典皆已完成或正在進行，現在重點應該放在有關「臺灣現當代作家評論資料目錄」的編輯工作上。

很幸運的，這個計畫的發想得到當時臺灣文學館林瑞明館長的支持，於是緊鑼密鼓的展開一切準備工作：籌組編輯團隊、召開顧問會議、擬定工作手冊、撰寫計畫書等等。

張錦郎先生花了許多時間編訂工作手冊，每一位作家的評論資料目錄分爲：

（一）生平資料：可分作者自述，旁人論述及訪談，文學獎的紀錄。

（二）作品評論資料：可分作品綜論，單行本作品評論，其他作品（包括單篇作品）評論，與其他作家比較等。

此外，對重要評論加以摘要解說，譬如專書、專輯、學術會議論文集或學位論文等，凡臺灣以外地區之報刊及出版社，於書名或報刊後加註，如中國大陸、香港、新加坡等。此外，資料蒐集範圍除臺灣外，也兼及中國大陸、香港、新加坡、日本、韓國及歐美等地資料，除利用國內蒐集管道外，同時委託當地學者或研究者，擔任資料蒐集工作。

清楚記得，時任顧問的學者專家們，都十分高興這個專案的啓動，但確定收錄哪些作家名單時，也有不同的思考及看法。經過充分的討論後，終於取得基本的共識：除以一般的「文學成就」爲觀察及考量作家的標準外，並以研究的迫切性與資料獲得之難易度爲綜合考量。譬如說，在第一階段時，作家的選擇除文學成就外，先考量迫切性及研究性，迫切性是指已故又是日治時期臺籍作家爲優先，研究性是指作品已出土或已譯成中文爲優先。若是作品不少而評論少，或作品評論皆少，可暫時不考慮。此外，還要稍微顧及文類的均衡等等。基本的共識達成後，顧問群共同挑選出 310 位作家，從鄭坤五、賴和、陳虛谷以降，一直到吳錦發、陳黎、蘇偉貞，共分三個階段進行。

張錦郎先生修訂的編輯體例，從事學術研究的顧問們，一方面讚嘆「此目錄必然能成為類似文獻工作的範例」，但又深恐「費力耗時，恐拖延了結案時間」，要如何克服「有限時間，高度理想」的編輯方式，對工作團隊確實是一大挑戰。於是顧問們群策群力，除了每人依研究領域、研究專長認領部分作家外（可交叉認領），每個顧問亦推薦或召集研究生襄助，以期能在教學研究工作外，為此目錄盡一份心力。

「臺灣現當代作家評論資料目錄」專案計畫，自 2004 年 4 月開始，至 2009 年 10 月結束，分三個階段歷時五年六個月，共發現、搜尋、記錄了十餘萬筆作家評論資料。共經歷了三位專職研究助理，近三十位兼任研究助理。這些研究助理從開始熟悉體例，到學習如何尋找資料，是一條漫長卻實用的學習過程。

接續

「臺灣現當代作家評論資料目錄」的專案完成，當代重要作家的研究，更可以在這個基礎上，開出亮麗的花朵。於是就有了「臺灣現當代作家研究資料彙編暨資料庫建置計畫」的誕生。為了便於查詢與應用，資料庫的完成勢在必行，而除了資料庫的建置外，這個計畫再從 310 位作家中精選 50 位，每人彙編一本研究資料，內容有作家圖片集，包括生平重要影像、文學活動照片、手稿及文物，小傳、作品目錄及提要、文學年表。另外每本書分別聘請一位最適當的學者或研究者負責編選，除了負責撰寫五千至一萬字的作家研究綜述外，再從龐雜的評論資料中挑選具有代表性的評論文章，全文刊載，平均 12～14 萬字，最後再附該作家的評論資料目錄，以期完整呈現該作家的生平、創作、研究概況，其歷史地位與影響。

由於經費及時間因素，除了資料庫的建置，資料彙編方面，50 位作家分三個階段完成。第一階段出版了 15 位作家，此次第二階段出版了 12 位作家的資料彙編。體例訂出來，負責編選的學者專家名單也出爐了，於是展開繁瑣綿密的編輯過程。一旦工作流程上手，才知比原本預估的難度要高上許多。

首先，必須掌握每位編選者進度這件事，就是極大的挑戰。於是編輯小組在等待編選者閱讀選文的同時，開始蒐集整理作家生平照片、手稿，重編作家年表，重寫作家小傳，尋找作家出版品的正確版本、版次，重新撰寫提要。這是一個極其複雜的工程。還好有認真負責的宇霈、雅嫺、寷婷，以及編輯老手秀卿幫忙，讓整個專案維持了不錯的品質及進度。

在智慧權威、老練成熟的學者專家面前，這些初生之犢的年輕助理展現了大無畏的精神，施展了編輯教戰手冊中的第一招——緊迫盯人。看他們如此生吞活剝地貫徹我所傳授的編輯要法，心裡確實七上八下，但礙於工作繁雜，實在無法事必躬親，也只好讓他們各顯身手了。

縱使這些新手使出了全部力氣，無奈工作的難度指數仍然偏高，雖有第一階段的經驗，但面對不同的編選者，不同的編選風格，進度仍然不很順利，再加上整個進度掌控者雅嫺遭逢車禍意外，臥病月逾，工作小組更是雪上加霜。此時就得靠意志力及精神鼓舞了。我對著年輕的同仁曉以大義，告訴他們正在光榮地參與一個重要的文學工程，絕對不可輕言放棄。

成果

雖然過程是如此艱辛，如此一言難盡，可是終究看到豐美的成果。每位編選者雖然忙碌，但面對自己負責的作家資料彙編，卻是一貫地認真堅持。他們每人必須面對上千或數百筆作家評論資料，挑選重要或關鍵性的評論文章，全面閱讀，然後依照編選原則，挑選評論文章。助理們此時不僅提供老師們所需要的支援，統計字數，最重要的是得找到各篇選文作者，取得同意轉載的授權。在第一階段進度流程初估時，我們錯估了此項工作的難度，因爲許多評論文章，發表至今已有數十年的光景，部分作者行蹤難查，還得輾轉透過出版社、學校、服務單位，尋得蛛絲馬跡，再鍥而不捨地追蹤。有了第一階段的血淚教訓，第二階段關於授權方面，我們更是如臨深淵、如履薄冰，希望不要重蹈覆轍。

除了挑選評論文章煞費苦心外，每個作家生平重要照片，我們也是採高標準的方式去蒐集，過世作家家屬、友人、研究者或是當初出版著作的出版社，都是我們徵詢的對象。認真誠懇而禮貌的態度，讓我們獲得許多從未出土的資料及照片，也贏得了許多珍貴的友誼。遠在中國大陸的張我軍的長子張光正；潘人木的女兒黨英台及在她身後一直持續整理她的遺作及資料的周慧珠；陳千武的長子陳明台、後輩友人吳櫻；姚一葦的女兒姚海星；林亨泰女兒林巾力、兒子林于竝；遠在美國的聶華苓、女兒王曉藍；朱西甯的夫人劉慕沙、女兒朱天文；住得很近卻常常被我們打擾的鄭清文、女兒鄭谷苑；在苗栗的李喬，以及幫了很多忙的許素蘭……，我們和他們一起回憶、欣賞他們或父祖、前輩，可敬可愛的文學人生。

研究綜述部分，許俊雅敘述在中研院臺史所楊雲萍數位典藏建置完成後，她才讀到一封 1946 年 5 月 12 日張我軍在上海給楊雲萍的一封信，不僅感受到一位離家 20 年的臺灣遊子，熱切盼望返鄉的心情，也印證了張我軍與楊雲萍早在 1920 年代相識，1943 年再度於京都相逢。林武憲在〈縱橫於小說創作與兒童文學之間〉一文中，對潘人木研究資料的謬誤提出細部的更正及檢討，對她小說創作、兒童文學的貢獻及價值再度給予肯定；曾進豐寫周夢蝶，已超越一個學者的研究論述，情動於中而發爲文，情理交融，令人動容。

林淇瀁論柏楊，短短一萬字，對其豐富的創作類型、多樣的文風、浩瀚如海的研究概述，鞭辟入裡；阮美慧揭示陳千武一生的文學志業及作品精神樣貌，讓陳千武那種質樸、更貼近普羅大眾語言風格的特殊價值彰顯出來；王友輝將姚一葦的研究分爲「人、文、理、育」四方面來檢視、探索的同時，也充分顯示姚一葦一生春風化雨、提攜後進，並專注尋找自己創作和研究上新出路的特質。

呂興昌在〈林亨泰研究綜論〉中，特別舉出劉紀蕙〈銀鈴會與林亨泰的日本超現實淵源與知性美學〉一文所言：紀弦爲林亨泰提供延續銀鈴會現代運動的管道，而林亨泰則成為紀弦發展現代派的支柱，此觀察「可謂機杼別出，言人之所未言」；應鳳凰將聶華苓研究的三個時期，與聶華苓文學事業的三個時期，相互呼應與比較，也凸顯了聶華苓研究領域幅員遼闊，有待來者；陳建忠開宗明義即謂「朱西甯及其文學在臺灣當代文學史上的定位，仍有待重估」，當抽絲剝繭的評析朱西甯研究不同的研究路徑後，期待「朱西甯研究的進展，也實在到了朝更有彈性而務實的方向轉變的時機」。

須文蔚在〈唱出土地與人們心聲的能言鳥——臺灣當代楊喚研究資料評述〉一開始，就將 24 歲楊喚遇難當天驚悚的故事錄下，從此許多年輕早慧的心靈中，在閱讀楊喚天才的、靈巧的詩篇同時，也都記得了詩人早夭與不幸的命運。楊喚留下的作品不多，須文蔚認為他的作品得以傳世，除了友人的幫忙與努力，楊喚真誠的創作與動人的人格，應該是另一項重要的原因；李進益寫鄭清文，一句「他所有作品都在寫臺灣」，道盡鄭清文一生創作，所描繪與建構的文學世界，正是來自他立足的臺灣；彭瑞金在細分李喬研究概述後，輕輕帶上一筆「欲知李喬文學究竟，得閱讀近千萬字文獻」，真實反映出李喬評論及創作的豐盛，但他最終希望選文能「掌握李喬創作脈絡，反映李喬各階段的重要作品成果」。

1987 年 7 月臺灣解嚴，臺灣文學研究的風潮日漸蓬勃。1990 年 4 月 23 日，《民眾日報》策劃「呂赫若專輯」，標題為〈呂赫若復出〉；1991 年前衛出版社林文欽出版「臺灣作家全集．短篇小說卷．日據時代」；1997 年自真理大學開始，臺灣文學系所紛紛成立，臺灣文學體制化的脈動，鼓舞了學院師生積極從事日治時期臺灣文學史料的蒐集。這股風潮正如陳萬益所言，不只是文獻的出土，也是一種心態的解嚴，許多日治時期作家及其家屬，終於從長期禁錮的氛圍中解放。許俊雅認為，再加上當初以日文創作的作家作品，也在 1990 年代後被逐漸翻譯出來，讀者、研究者在一個開放的空間，又免除語文的障礙，而使臺灣文學研究開始呈現多元的風貌。

1990 年開始，各地縣市文化中心（文化局），對在地作家作品集的整理出版，以及台灣文學館成立後對日治時期作家以迄當代重要作家全集的編纂，對臺灣文學之作家研究，也有了很好的促進作用。《龍瑛宗全集》、《吳新榮選集》、《呂赫若日記》、《楊逵全集》、《葉石濤全集》、《鍾肇政全集》，如雨後春筍般持續展開。「臺灣意識」的興起，使本土文學傳統快速的納入出版與研究行列。

經過近二十年的努力，臺灣文學的研究與出版，也到了可以驗收或檢討成果的階段。這個說法，當然不是要停下腳步，而是可以從「臺灣現當代作家評論資料目錄」所呈現的 310 位作家、10 萬筆資料中去檢視。檢視的標的，除了從作家作品的質量、時代意義及代表性去衡量外、也可以從作家的世代、性別、文類中，去挖掘還有待開墾及努力之處。因此在這樣的堅實基礎上，這套「臺灣現當代作家研究資料彙編」，每位編選者除了概述作家的研究面向外，均有些觀察與建議。希望就已然的研究成果中，去發現不足與缺憾，研究者可以在這些不足與缺憾之處下功夫，而盡量避免在相同議題上重複。當然這都需要經過一段時間、去發現、去彌補，因此，有關臺灣文學研究的調查與研究，就格外顯得重要了。

期待

感謝台灣文學館持續支持推動這兩個專案的進行。「臺灣現當代作家評論資料目錄」的完成，呈現的是臺灣文學研究的總體成果；「臺灣現當代作家研究資料彙編」套書的出版，則是呈現成果中最精華最優質的一面，同時對未來的研究面向與路徑，做最好的建議。我們可以很清楚的體會，這是一條綿長優美的臺灣文學接力賽，我們十分榮幸能參與其中，我們更珍惜在傳承接力的過程，與我們相遇的每一個人，每一件讓我們真心感動的事。我們更期待這個接力賽，能有更多人加入。誠如張恆豪所說「從高音獨唱到多元交響」，這是每一個人所期待的。

編輯體例

一、本書編選之目的，爲呈現朱西甯生平、著作及研究成果，以作爲臺灣文學相關研究、教學之參考資料。

二、全書共五輯，各輯內容及體例說明如下：

輯一：圖片集。選刊作家各個時期的生活或參與文學活動的照片、著作書影、手稿（包括創作、日記、書信）、文物。

輯二：生平及作品，包括三部分：

1.小傳：主要內容包括作家本名、重要筆名，生卒年月日，籍貫，及創作風格、文學成就等。

2.作品目錄及提要：依照作品文類（論述、詩、散文、小說、劇本、報導文學、傳記、日記、書信、兒童文學、合集）及出版順序，並撰寫提要。不收錄作家翻譯或編選之作品。

3.文學年表：考訂作家生平所進行的文學創作、文學活動相關之記要，依年月順序繫之。

輯三：研究綜述。綜論作家作品研究的概況，並展現研究成果與價值的論文。

輯四：重要文章選刊。選收國內外具代表性的相關研究論文及報導。

輯五：研究評論資料目錄。收錄至 2011 年 6 月底止，有關研究、論述臺灣現當代作家生平和作品評論文獻。語文以中文爲主，兼及日文和英文資料。所收文獻資料，以臺灣出版爲主，酌收中國大陸、香港、日本和歐美國家的出版品。內容包含三部分：

1.「作家生平、作品評論專書與學位論文」下分爲專書與學位論文。

2.「作家生平資料篇目」下分爲「自述」、「他述」、「訪談」、「年表」、「其他」。

3.「作品評論篇目」下分爲「綜論」、「分論」、「作品評論目錄、索引」、「其他」。

目次

【輯五】研究評論資料目錄

輯一◎圖片集

影像◎手稿◎文物

1949年，朱西甯（中）於臺南旭町營房擔任入伍生教導總隊第四軍官訓練班學兵。（國立臺灣文學館提供）

1953年，任職陸軍官校的朱西甯。（國立臺灣文學館提供）

1957年，朱西甯（後排右三）、劉慕沙（後排右一）夫婦婚後初次返回劉慕沙苗栗娘家，與親人合影。（國立臺灣文學館提供）

約1950年代後期，朱西甯全家福。前排左起：朱天心、朱天文；後排左起：劉慕沙、朱西甯。（翻攝自《擊壤歌——北一女三年記》，三三書坊）

約1950年代後期，朱西甯於軍中受階升為上校。（文訊資料室）

約1960年代初期，朱西甯（右）與朱天文合影。
（翻攝自《花憶前身》，上海文藝出版社）

約1960年代初期，朱西甯與文友合影。左起：朱西甯、桑品載、瘂弦、隱地。（文訊資料室）

1965年4月8日，攝於國防部於北投復興崗舉辦的「第一屆國軍文藝大會」。左起：曹又方、朱西甯、劉慕沙。（國立臺灣文學館提供）（左圖）

約1960年代中期，朱西甯與文友合影。前排左二羊令野、左四朱嘯秋、左五田原；後排左二朱西甯。（文訊資料室）（下圖）

約1967年，朱西甯40歲生日全家合影。前排左起：朱天文、朱天心、朱天衣；後排左起：劉慕沙、朱西甯。（翻攝自《三姐妹》，皇冠出版社）

1969年4月28日，環島文藝座談會於屏東舉行。前排左起：袁小玲、林海音、司馬中原、朱西甯、瘂弦。（國立臺灣文學館提供）

約1960年代，朱西甯與文友合影。左起：朱橋、朱西甯、洛夫。（國立台灣文學館提供）

1971年，朱西甯（右）與文友合影。左起：蕭白、張騰蛟。（張騰蛟提供）

1974年，聶華苓自美國返臺，朱西甯與文友共同為其接風。左起：聶華苓、王禎和、林懷民、朱西甯、殷允芃。（國立臺灣文學館提供）

1976年，朱西甯留影於景美。（翻攝自《現在幾點鐘》，城邦文化公司）（左圖）

1978年3月，朱西甯全家於三三合唱團演唱會前夕於景美自宅留影。左起：朱天文、劉慕沙、朱天衣、朱西甯、朱天心。（文訊資料室）（下圖）

約1970年代，朱西甯於海邊留影。（文訊資料室）

約1970年代，朱西甯與文友合影。左起：段彩華、朱西甯、瘂弦、管管。（國立臺灣文學館提供）

1980年夏，朱西甯與家人赴高雄美濃鍾理和紀念館。右起：朱天心、朱西甯、劉慕沙、鍾台妹、鍾鐵民。（國立臺灣文學館提供）

1994年4月，朱西甯與文友聚會。左起：梅新、段彩華、朱西甯、司馬中原。（文訊資料室）

朱西甯（右）與文友合影。左一李牧、左二劉枋。（文訊資料室）

朱西甯（左）與劉慕沙合影於臺灣大學。（翻攝自《苗栗縣籍作家芬芳錄》，苗栗縣立文化中心）

朱西甯（右）與劉慕沙合影。（國立臺灣文學館提供）

朱西甯留影。（國立臺灣文學館提供）

貳

朱西甯

似乎已經不止一次，從這樣低矮的車門裡向外探，歷史重演，頭又重重的撞一個正着，撞在車門的門楣上。立時，好像從頭的頭蓋蓬的火燒起來。

必須像一個瘸子，在兩人的座椅裡挪着屁股 [illegible] 膝 [illegible] 然後折腰，低下頭來……我還沒有 [illegible] 轎車的這些近乎 [illegible] 的必須的習慣。

摸摸看，多結實的金屬門框，重重的撞上了，很響的一声，咚，似乎要 [illegible]。我把○○兄提箱拿起來，暗暗 [illegible]

朱西甯〈貳〉手稿。（翻攝自《朱西甯自選集》，黎明文化公司）

義的大行動竟而無感，唯見「反革命暴亂」，不識難求也難遇的民心之可大用，良足扼腕浩嘆。可謹志前當權一久即難逃隨之腐敗的宿命。

地陪鄧綱小姐已乘車來站迎接。請問芳齡，果然一九五八年次，是為三面紅旗「全民大煉鋼」所謂「熱火朝天」的頭一年。

站前廣場猶在沉睡在霧中，街景暗昧無所見。若非多處吆呼「洗臉漱嘴」，一定注意不到廣場邊口一排小攤，地上擺列着熱水瓶、塑水桶、面盆、口盃、毛巾牙膏洗 [illegible] 什，人在夜寒中瑟縮地上，好像羞于出口的啞声吆呼。平素我總怕看這些想像不出會有幾許行善施捨甚于需要的饋

朱西甯手稿。（翻攝自《鐵漿》，印刻出版公司）

請陳魏可風小姐

《長恨歌》恨歸何處　朱西甯

王安憶藉其張式上海情結所立下的雄心壯志，完成了皇皇巨帙的《長恨歌》，而意在以之祭告張愛玲先生的在天之靈。這裡得願為此謹向王安憶女士致以敬意。

所謂情結，也只能是《長恨歌》創作的動機意念；四十萬言的不世工程，力氣還要靠雄心壯志。這一工程若以建築為喻，王安憶以其旺盛的企圖心，意在建造黃浦灘北自猶太富豪的哈同大廈，南迄遠洋航運的江海關大自鳴鐘一般氣派的『歐浦灘前先偉巨構，春江上大塊文章』，其志已明且堅，安全人且為肅然。

也並非作者力不從心，齎志難酬——倒是竟使力過頭，儘遍所願。然而卻以決定性的建材單薄、直線表現、剝及剖解、筆觸細瑣苛碎，畫面遠比只繪散落而更近男真派的一筆不苟，因有王德威、李歐梵諸大家所指的『工筆』（但『寫實』或自然主義卻又未必足符）。如此而相對于外灘一字排開的林立大廈，《長恨歌》成品的表象造型，乃更似外白渡橋北端的百老匯，唯現代而古意不再，同是

朱西甯〈《長恨歌》恨歸何處〉手稿。
（國立臺灣文學館提供）

必也使無訟乎　朱西甯

　我寫史上的八二三台海戰役，採用「注」的手法經之營之，歷時幾十載，成了今年十有二年，初並未意識到史有春秋，而有左氏、公羊、穀梁為之作注；也不曾想到要替明清演史說部以自況；或如此處理的論「紅樓夢」之為「是有傳奇是創作」；即使後來讀到「歷史研究」中所謂的「歷史著作是單獨心靈的創造」，也唯實際湯恩比氏為「路史」「史記」與良史的真實和史詩的頌美，把咱們牽住從學者打破壞得無聊的疑古流砂中拉了一把；就是這樣，也還不曾自我陶醉，甚致之的往自己身上拉扯，套用到自身的著作地位上來。

　這要直到「八二三注」遭小人暗動手腳，為剽竊所傷，方始確定「八二三注」之為創作；否則，應無感于血肉的被凌遲的宛剮之痛。也才確知唯創作最是虛不得一分假，明之的血肉，不因你抽送聽去，剮你剁你便都不再是你的血肉了。

　尚記得七十四年從公仙逝，猜那時尚之持電視公司節目

朱西甯〈必也使無訟乎〉手稿。（國立臺灣文學館提供）

我的聲明

朱西甯

關于我的小說「八二三注」之被中影公司請製為「八二三炮戰」電影及錄影帶，我已為文「必也使無訟乎」（見附件資料）發表，以請社會大眾，抗議並闡明經過和為了維護著作權益所提出的願望。惟至目前為止，已因中影公司對其自身利害的多重顧慮與考量，一度再度已由其負責人公開宣佈影片係依據「八二三注」所改編，次度改以為「參考」，並由版權費更名為「顧問費」十萬元，復又稱之為「資料費」二十萬元，終致否認「八二三炮戰」與「八二三注」有關，而該影片編導丁善璽君，情緒化的屢以不實的謊話與為文，繼續于海內外報刊作惡意之人身攻擊，因此，迫使本人萬不得已訴求法律解決，這看出有違我單純而欲堅持非訟的初衷。

電影「八二三炮戰」之與拙著「八二三注」的關係，不惟早為公論所認定（見文[illegible]先生之論），中影與丁君亦曾向新聞界正式宣佈，既見于各報刊新聞及圖片（見附件所舉新聞等三則）于前，後教度人情困說于

朱西甯〈我的聲明〉手稿。（國立臺灣文學館提供）

情·理·法

——我對「八二三注」之被抄襲、剽竊侵佔的基本態度

朱西甯

關于拙著「八二三注」之被抄襲、剽竊、與侵犯一事，關心的朋友意見頗多，其中有勸我早當採取法律行動者，我欲說明，訂覺一言難盡，因有必要為文，一舒愚見，也藉之求教于關心我的眾多的朋友。

今國人每以「法」為行事做人的標準，是國民族文化在知識分子的層面中衰微不堪，跟著西洋文化尾巴亦步亦趨之故。中國也並非一向無法，是要情、理、法三者和諧一體方可盡善；也並非一向輕法，惟其情、理、法並重，才「法」的境界也是與天地同體的無限高遠；此從言律不言法、或併言律法、法律，皆顯示法之根源于宣律，是天賴之博大精準，是善而喜切。但當不言情、理、獨言法為一切行事為人之準，則法便萎縮狹小，只為人事造作；任其如何繁如牛毛，綿密周嚴，仍為供不法者所用，故凡不法，皆因有法在，才知所規避或鑽隙。畢竟失情失理之法，已非法力無邊了。

因而在中國時報我發表抗議文的標題，易用了孔子的

朱西甯〈情·理·法——我對八二三注之被抄襲剽竊侵佔的基本態度〉手稿。（國立臺灣文學館提供）

哪要那樣周到得入情入理；可人世上又找不出多少那事還
事能那樣入情入理的周到。可見得那樣子活捉黑瞎子，騙
不了還是瞎謅胡吹。許是不止一張嘴訴出來的，打一張嘴
裡過一過，加點兒油、抹點兒鹽，衰了些味道；再打又一
張嘴裡過一過，再滴點兒醋、調點兒醬，就又添味多了。
我父這張嘴裡再傳出去，合着有百張嘴嘗過，添上過百色作
料，敢是百味俱全。那些原本不入情、不入理的碎渣巴碎
末子，到此也都挑掉個乾淨了，反而比真人真事還要入情
入理的周到，叫人不光是聽了信以為真，還又把聽的人一
顆天良仁心給打動了，為那頭叫人活捉了去的狗熊子可憐
又抱屈。

我父但凡敢過一樁好事，也不住叮一聲：「這玩意兒
得講端着，越是聽才有滋味，停了就沒意思了。」可聽的
人才不那麼想，聽得有滋有味不說，品了品還又頂真的追
問這，追問那，是頭公的還是母的？公狗熊子跟沒跟來找
？撇下了小狗熊孩子沒有？還又問那狗熊子公的母的怎麼
叫法兒——這倒估騾個跟個李叫法兒是不高兒，牛是犬牛
犏牛，馬是騍馬騸馬，騾子是騍騾水騾，驢是叫驢草驢，
羊是騷羊水羊，水牛是牯子牸子，狗是牙狗母狗，貓是男
（郎）貓女貓，只有豬、鵝、雞、鴨，才說叫公的母的。

490.

朱西甯《華太平家傳》手稿。（國立臺灣文學館提供）

激流

三三之士
集體創作

本劇旨趣

中國的文明創造和文化承傳，何嘗以天人合一之質，
王道浩蕩之姿，萬世一統之造型，永恆不息的朝向大同世
界邁進。此是天地正道的主流之所在所向。

此天人合一之「天」，乃是中國民間生生不息的創造
能力；而天人合一之「人」，便是中國士子的見識和智慧。
而言之，即民為動力，士為方向，如此兩者相輔相成的合
為一體，乃一直的成就着中國歷史的大行動，此為世界各
民族所未有，所不知。國歌的「咨爾多士，為民前鋒」，
國父和先總統所創造的和領導的國民革命，更是明
示此為中國的，並為世界的文明文化的中心和正朔。

然自五四新文化運動以來，除了兩位先知先覺者以中
國文化和革命實踐所薰陶和誕育的士子以外，極明顯的在廢
讀經書，施行西方實證主義教育思想和制度之下所產生的
一般知識分子，已不復再是中國所特有的士子，不足以擔
當起喚起民眾、導引民眾，邁向大同世界的使命。惟知識

朱西甯〈激流〉手稿。（國立臺灣文學館提供）

輯二◎生平及作品

小傳◎作品◎年表

小傳

朱西甯（1926～1998）

朱西甯，男，本名朱青海，籍貫山東臨朐，1926 年 6 月 16 日生，1949 年隨軍來臺，1998 年 3 月 22 日辭世，享年 72 歲。

杭州藝術專科學校肄業。1946 年棄學從軍，自上等兵升至國防部上校參謀，1972 年退役，專事寫作。軍旅時期，國民政府推廣軍中文藝，朱西甯創設軍中新文藝金像獎，並擔任編輯工作，把軍中文藝帶向純文學的領域。曾任《新文藝》月刊主編、黎明文化公司總編輯、中國文化大學中國文學系兼任教授。曾獲中國文藝協會文藝獎章、時報文學推薦獎、聯合報文學特別獎等獎項。

朱西甯創作文類以小說爲主，兼及散文、論評。1947 年於南京《中央日報》副刊發表第一篇短篇小說〈洋化〉，其後寫作不輟，創作 28 部長短篇小說集，成果豐碩，質量俱佳。在小說的題材與技巧上，朱西甯不斷追求轉變與突破。早期作品風格寫實，著重書寫軍中體驗、思鄉情懷，表現反共思想，深刻刻劃人情世故，對舊中國社會持批判態度；1960 年代中起，眼光轉注於現代社會，筆調靈活，多有前衛的嘗試，實驗性作品與當時文壇的現代主義風潮作了一番對話；1980 年代開始創作長篇小說《華太平家傳》，至辭世時完成 55 萬字，融家族史於國族史中，涵蓋基督教中國化、西體中用的理念，爲其一生重要思想的展現。評論家張素貞認爲其創作思想的主線爲「深入探討人性的複雜矛盾、愚拙脆弱，有意無意留下悲憫的感喟；要以小說家真知實感的智慧，激引讀者的情感，體驗現實人生的萬般滋味，參悟人生的奧秘，培養貞定的情操，進而提升人類靈明的心性」。

朱西甯在辭去大學教職以後，仍有不少年輕寫作者登門求教，朱西甯亦不吝於指導。此外，他也成爲由其女朱天文、朱天心和馬叔禮、謝材俊、丁亞民、仙枝等人發起的三三集團的精神導師。其文學家族盛名遠播，妻劉慕沙爲日本文學翻譯名家，女朱天文、朱天心爲當代重要小說家，女婿謝材俊（唐諾）亦爲臺灣重要文學評論家。詩人瘂弦曾說：「他們的家庭成爲文壇著名的文學巴哈家庭，成爲文壇的美談。朱西甯更以古代書院的授徒方式，培養了更多的文藝幼苗，他這方面的貢獻極大。」評論家王德威認爲：「他的創作歷程長達半個世紀，每個階段無不見證臺灣文學發展的轉折。他對文字事業的精心專注，他對生命信仰——美學的、政治的、神學的——的虔誠事奉，還有他所引領出的家族、門生創作隊伍，早已是文學史的一頁傳奇。」

作品目錄及提要

【散文】

朱西甯隨筆

臺北：水芙蓉出版社
1975 年 6 月，32 開，290 頁
水芙蓉書庫 33

本書爲朱西甯 1962～1974 年間發表的文章結集，內容主要側寫文壇作家，或敘寫其自身文藝經驗。全書分「不傷篇」、「不悅篇」、「不知篇」、「不怍篇」四部分，收錄〈一朝風月二十八年〉、〈越界之談〉、〈打破一次沉默〉、〈《長歌》的和聲〉等 46 篇文章。

微言篇

臺北：三三書坊
1981 年 1 月，32 開，298 頁
朱西甯全集 14

本書爲臺北水芙蓉出版社《朱西甯隨筆》之更名改版，正文目次與《朱西甯隨筆》相同。

曲理篇

彰化：慧龍文化公司
1978 年 9 月，32 開，253 頁
慧龍書系 326

本書爲朱西甯 1967～1978 年間發表的文章結集，內容主要爲作品評論，表現出作者的審美品味及其對後進的提攜。全書收錄〈重讀《赤地之戀》〉、〈《秧歌》與《擊壤歌》〉、〈聰明與樂觀——小論蔣曉雲〉、〈鄉土文學的真與僞〉等 42 篇文章。

日月長新花長生

臺北：皇冠出版社
1978 年 12 月，32 開，226 頁
文學瞭望 2、皇冠叢書第 584 種

本書爲朱西甯 1975～1978 年間發表的文章結集。全書收錄〈先覺者‧後覺者‧不覺者〉、〈日月長新花長生〉、〈小說與大眾〉等 13 篇文章。

多少煙塵

南投：臺灣省訓練團
1986 年 6 月，32 開，166 頁
臺灣省訓練團文史叢編 9

本書爲朱西甯 1975～1985 年間發表的文章結集。全書收錄〈多少煙塵〉、〈大中至正〉、〈我與臺灣〉等 16 篇文章。

【小說】

大火炬的愛

臺北：重光文藝出版社
1952 年 6 月，32 開，82 頁

短篇小說集。本書爲朱西甯第一本小說集，爲 1950～1952 年間發表的早期作品結集。全書收錄〈大火炬的愛（之一）〉、〈贖罪〉、〈長腿梯子〉、〈秋風秋雨愁煞人〉、〈金汁行〉、〈糖衣奎寧丸〉、〈她與他〉、〈拾起屠刀〉、〈大火炬的愛（之二）〉九篇小說。

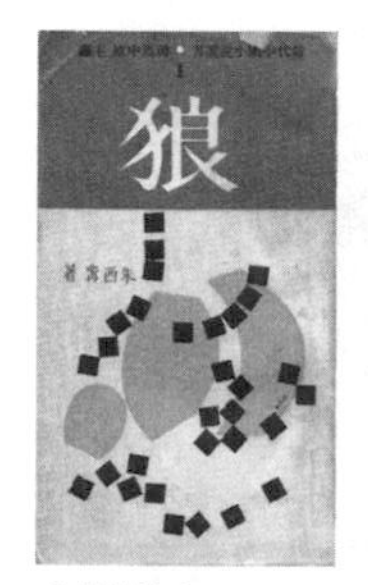
大業書店

皇冠出版社

三三書坊

遠流出版公司

印刻出版公司

狼

高雄：大業書店
1963 年 2 月，40 開，350 頁
當代中國小說叢書 1

臺北：皇冠出版社
1966 年 11 月，32 開，302 頁
皇冠叢書第 129 種

臺北：三三書坊
1989 年 9 月，新 25 開，288 頁

臺北：遠流出版公司
1994 年 3 月，25 開，287 頁
小說館 105

臺北：印刻出版公司
2006 年 4 月，25 開，295 頁
朱西甯作品集 5

短篇小說集。本書爲朱西甯 1957～1962 年的作品結集，全書收錄〈小翠與大黑牛〉、〈騾車上〉、〈海燕〉、〈大布袋戲〉、〈偶〉、〈再見，火車的輪聲〉、〈生活線下〉、〈三人行〉、〈蛇屋〉、〈狼〉十篇小說。正文前有司馬中原〈試論朱西甯〉，正文後有魏子雲〈評狼〉、陳暉〈「當代中國小說叢書」出版的話〉。

1966 年皇冠版刪去〈海燕〉、〈三人行〉二篇，新增〈祖父農莊〉一篇。正文後新增蔡丹治〈談狼〉、蔡丹治〈再評狼〉、魏子雲〈爲狼作答〉、蔡丹治〈三評狼〉。

1989 年三三版刪去蔡丹治〈談狼〉、魏子雲〈評狼〉、蔡丹治〈再評狼〉、魏子雲〈爲狼作答〉、蔡丹治〈三評狼〉，將司馬中原〈試論朱西甯〉改置正文後。

1994 年遠流版與三三版內容相同。

2006 年印刻版正文前新增〈編輯說明〉、柯慶明〈印刻版序〉，正文後有司馬中原〈試論朱西甯〉、附錄〈朱西甯作品出版年表〉、〈《狼》相關評論及訪談索引〉。

文星書店

皇冠出版社

三三書坊

印刻出版公司

鐵漿

臺北：文星書店
1963年11月，40開，232頁
文星叢刊19

臺北：皇冠出版社
1963年，32開，259頁
皇冠叢書第221種

臺北：三三書坊
1989年7月，新25開，291頁

臺北：印刻出版公司
2003年4月，25開，246頁
朱西甯作品集1

短篇小說集。本書藉由描述孟家三代的興衰過程，反映傳統社會下百姓的愚昧與荒謬。全書收錄〈賊〉、〈新墳〉、〈劊子手〉、〈捶帖〉、〈餘燼〉、〈迷失〉、〈出殃〉、〈鎖殼門〉、〈鐵漿〉九篇小說，正文前有作者〈一點心跡——《鐵漿》代序〉。
1963年皇冠版正文前新增柯慶明〈論朱西甯的一本短篇小說集——《鐵漿》〉。
1989年三三版刪去〈迷失〉，新增〈紅燈籠〉一篇，將柯慶明〈論朱西甯的《鐵漿》〉改置正文後。
2003年印刻版刪去柯慶明〈論朱西甯的《鐵漿》〉，正文前新增〈編輯說明〉、劉大任〈灰色地帶的文學——重讀《鐵漿》〉，正文後新增〈朱西甯作品出版年表〉、〈《鐵漿》相關評論及訪談索引〉。

皇冠雜誌社

三三書坊

遠流出版公司

貓

臺北：皇冠雜誌社
1966 年 11 月，32 開，465 頁
皇冠叢書第 128 種

臺北：三三書坊
1990 年 8 月，新 25 開，488 頁

臺北：遠流出版公司
1994 年 2 月，新 25 開，488 頁
小說館 103

長篇小說。本書爲朱西甯的第一部長篇小說，亦是第一部以現代社會爲題材的作品。全書分「老紅牆」、「鎖鍊」、「龍族組曲」三部分，描寫一個生在大宅院的驕縱女孩蔡麗麗，生活富裕，內心卻空虛寂寞，於是把真正的感情寄託於貓身上，但過度地疼愛貓，恰如蔡夫人過度地寵溺麗麗一樣，終致悲劇的結果。
1990 年三三版正文後新增〈朱西甯作品〉。
1994 年遠流版與三三版內容相同。

皇冠出版社

三三書坊

遠流出版公司

印刻出版公司

破曉時分

臺北：皇冠出版社
1967 年 2 月，32 開，316 頁
皇冠叢書第 130 種

臺北：三三書坊
1989 年 12 月，新 25 開，315 頁

臺北：遠流出版公司
1994 年 2 月，25 開，315 頁
小說館 104

臺北：印刻出版公司
2003 年 4 月，25 開，314 頁
朱西甯作品集 3

短篇小說集。本書爲朱西甯 1962～1965 年的作品結集，透過多變的敘述手法描寫人性的複雜細膩，且多以社會邊緣的「反英雄」作爲描寫的對象。全書收錄〈春去也〉、〈冷雨〉、〈屠狗記〉、〈白墳〉、〈在離島上〉、〈偷

穀賊〉、〈牧歌〉、〈也是滋味〉、〈黑狼〉、〈失車記〉、〈本日陰雨〉、〈鬼母〉、〈福成白鐵號〉、〈破曉時分〉14 篇小說。
1989 年三三版正文後有〈朱西甯作品〉。
1994 年遠流版與三三版內容相同。
2003 年印刻版正文前新增〈編輯說明〉、黃錦樹〈隱藏的教誨或釋意的迷途——朱西甯小說的詮釋問題〉，正文後新增〈朱西甯作品出版年表〉、〈《破曉時分》相關評論及訪談索引〉。

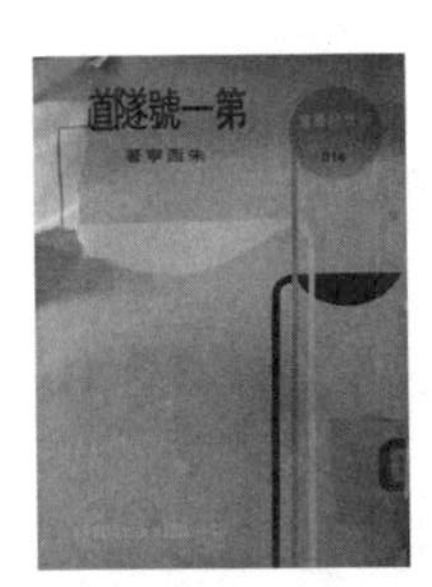

第一號隧道

臺北：新中國出版社
1968 年 10 月，32 開，180 頁
新世紀叢書 14

短篇小說集。本書為朱西甯 1960～1968 年間發表的作品結集。全書收錄〈祖與孫〉、〈第一號隧道〉、〈等待一個女人〉、〈這場嘎嘎兒〉、〈奔向太陽〉、〈還鄉記〉六篇小說。

皇冠出版社

三三書坊

印刻出版公司

旱魃

臺北：皇冠出版社
1970 年 4 月，32 開，374 頁
皇冠叢書第 220 種

臺北：三三書坊
1991 年 3 月，新 25 開，395 頁

臺北：印刻出版公司
2005 年 6 月，25 開，325 頁
朱西甯作品集 4

長篇小說。全書以一個遭遇乾旱的村寨為背景，描寫佟秋香和唐重生之間的情感和唐重生因信仰基督而改過向善的過程，唐重生死後，寨中滴雨未下，人們認為唐重生遭旱魃附身，堅持開棺驗屍，顯出村人的迷信與愚昧。
1991 年三三版正文後有〈朱西甯作品〉。
2005 年印刻版正文前新增〈編輯說明〉、莫言〈我的先驅——讀《旱魃》雜感〉，正文後新增〈朱西甯作品出版年表〉、〈《旱魃》相關評論及訪談索引〉。

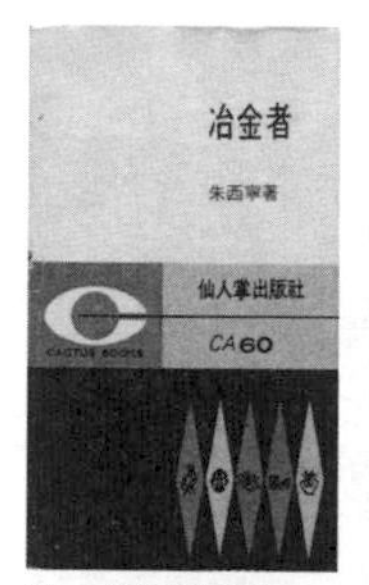

仙人掌出版社

晨鐘出版社

三三書坊

冶金者

臺北：仙人掌出版社
1970 年 4 月，40 開，198 頁
仙人掌文庫 60

臺北：晨鐘出版社
1972 年 4 月，18×13 公分，198 頁
向日葵文叢 44

臺北：三三書坊
1986 年 10 月，32 開，220 頁

短篇小說集。本書爲朱西甯 1966～1969 年的作品結集，其中有多篇實驗性的作品，在形式與敘述技巧方面做了前衛的嘗試。全書收錄〈三千年的深〉、〈哭之過程〉、〈橋〉、〈我家門巷〉、〈大風車〉、〈笠〉、〈冶金者〉七篇小說。正文後有朱西甯〈跋〉。
1972 年晨鐘版與仙人掌版內容相同。
1986 年三三版正文後新增張素貞〈朱西甯的小說世界〉。

現在幾點鐘

臺北：阿波羅出版社
1971 年 2 月，40 開，191 頁
阿波羅文叢 7

短篇小說集。本書爲朱西甯 1959～1970 年間發表的作品結集。全書收錄〈加減乘除〉、〈約克夏與盤克夏〉、〈楔子〉、〈晴時多雲〉、〈還鄉記〉、〈現在幾點鐘〉六篇小說。

現在幾點鐘——朱西甯短篇小說精選

臺北：麥田出版公司
2005 年 1 月，25 開，271 頁
想像臺灣 4

短篇小說集。全書收錄〈偶〉、〈鐵漿〉、〈冶金者〉、〈現在幾點鐘〉、〈貳〉、〈貳的完結篇〉、〈昨日・白六角〉七篇小說。正文前有〈編輯前言〉、陳芳明〈序／朱西甯的現代主義轉折〉、劉慕沙〈代序／背後的風景〉，正文後有王德威〈畫夢記——朱西甯的小說藝術與歷史意義〉、張大春〈那個現在幾點鐘——朱西甯的新小說初探〉。

皇冠出版社

三三書坊

畫夢記

臺北：皇冠出版社
1970 年 9 月，32 開，227 頁
皇冠叢書第 255 種

臺北：三三書坊
1990 年 7 月，新 25 開，242 頁

長篇小說。本書藉由男主角秦星的意識流與內心獨白的手法勾勒他與周南南、林安娜、寒星、羅元四個女子之間的故事，並於其中穿插他與妻子樂維君自初識至成為夫妻的種種互動。
1990 年三三版與皇冠版內容相同。

奔向太陽

臺北：陸軍出版社
1971 年 12 月，40 開，174 頁
慶祝開國六十年叢書

短篇小說集。全書收錄〈海屍〉、〈雨〉、〈小兵林阿火〉、〈碾房夜〉、〈追〉、〈越獄〉、〈父子兵〉、〈禮拜六之夜〉、〈英雄吊在樺樹上〉、〈奔向太陽〉十篇小說。

非禮記

臺北：皇冠出版社
1973 年 6 月，32 開，251 頁
皇冠叢書第 345 種

短篇小說集。本書爲朱西甯「系列小說」的第一部實驗作，各篇之前皆有一段引自中國或西方經典的文字，圍繞「非禮之記」與「不是禮記」二義。全書收錄 11 篇小說，皆無篇名。

蛇

臺北：大地出版社
1974 年 7 月，32 開，244 頁
萬卷文庫 12

短篇小說集。本書爲朱西甯 1969～1972 年的作品結集，作品多具實驗風格，表現出朱西甯在短篇小說創作上的前衛嘗試。全書收錄〈蛇〉、〈小說家者流〉、〈那場嘎嘎兒〉、〈巷語〉、〈方生未死〉、〈貳〉、〈貳的完結篇〉七篇小說，正文後有原上草〈評朱西甯的〈貳〉〉。

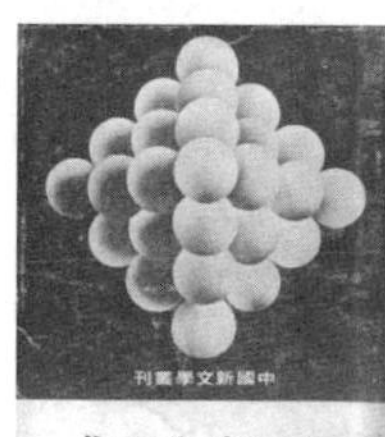

朱西甯自選集

臺北：黎明文化公司
1975 年 1 月，32 開，272 頁
中國新文學叢刊 20

短篇小說集。全書收錄〈騾車上〉、〈新墳〉、〈偶〉、〈大布袋戲〉、〈鐵漿〉、〈紅燈籠〉、〈屠狗記〉、〈哭之過程〉、〈冶金者〉、〈現在幾點鐘〉、〈牛郎新宿〉11 篇小說。正文前有作者素描、照片、手跡及小傳，正文後有〈作品書目〉、〈作品評論引得〉。

三三書坊

遠景出版公司

遠流出版公司

春城無處不飛花

臺北：三三書坊
1975 年 10 月，32 開，252 頁
朱西甯全集 12

臺北：遠景出版公司
1976 年 5 月，32 開，252 頁
遠景叢刊 40
臺北：遠流出版公司
1989 年 3 月，新 25 開，255 頁
小說館 17

短篇小說集。本書爲朱西甯的第二部系列小說，書寫主題集中於描繪女性的細膩心思與生命困境，並以各種花的形象作爲各篇作品中的重要意象。全書收錄〈昨日・白六角〉、〈艷火結在鳳凰木上〉、〈櫻之海〉、〈青青錦藤〉、〈玫瑰剪枝〉、〈夕陽再見〉、〈那年夏天荷塘裏的處女航〉、〈採蝴蝶蘭去〉、〈我的麥稭蝸螺〉九篇小說。
1986 年遠景版、1989 年遠流版與三三版內容相同。

將軍與我

臺北：洪範書店
1976 年 8 月，32 開，296 頁
洪範文學叢書 3

短篇小說集。本書爲朱西甯 1966～1973 年間的作品精選集，全書收錄〈牛郎星宿〉、〈第一號隧道〉、〈等待一個女人〉、〈祖與孫〉、〈連環套〉、〈晴時多雲〉、〈現在幾點鐘〉、〈約克夏和盤克夏〉、〈這場嘎嘎兒〉、〈將軍與我〉十篇小說。正文後有朱西甯〈後記〉。

春風不相識

臺北：皇冠出版社
1976 年 8 月，32 開，583 頁
皇冠叢書第 466 種

長篇小說。本書以漫談的筆調，寫出男主角趙影先後經歷五次婚姻的心情。小說中藉著趙影與鄭美豔的相識、交往，終至步入禮堂，反覆探討婚戀的主題，表現出現代人對婚姻這一「古舊的文明」的思考。

黎明文化公司

三三書坊

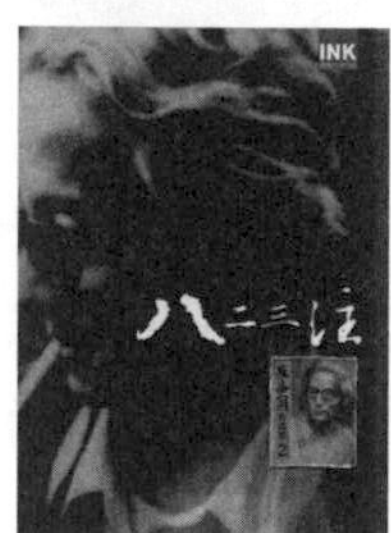

印刻出版公司

八二三注（上）、（中）、（下）

臺北：黎明文化公司
1978 年 4 月，32 開，284、309、302 頁

臺北：三三書坊
1979 年 4 月，32 開，443 頁、453 頁
朱西甯全集 17

臺北：印刻出版公司
2003 年 4 月，25 開，802 頁
朱西甯作品集 2

長篇小說。本書爲朱西甯的戰爭小說代表作。全書分上、中、下三冊，以黃炎和邵家聖兩個對比性的人物爲主軸，記錄在八二三砲戰前後的三個月零十天中金門軍隊的戰爭生活，寫出前線士兵對於戰爭的思考與感觸。正文前有〈鈔詩代序〉（瘂弦〈金門之歌〉）。

1979 年三三版分爲上、下兩冊，與黎明文化版內容相同。

2003 年印刻版合爲一冊，正文前新增〈編輯說明〉、楊照〈壯麗而人性的戰爭生活——重讀朱西甯的《八二三注》〉、朱西甯〈鈔詩代序〉、〈大遺小補——第八版序〉，正文後新增〈朱西甯作品出版年表〉、〈《八二三注》相關評論及訪談索引〉。

多元文化公司

三三書坊

獵狐記

臺北：多元文化公司
1979 年 7 月，32 開，217 頁
多元叢書 3

臺北：三三書坊
1984 年 2 月，32 開，207 頁
朱西甯全集 18、三三春秋集 8

長篇小說。本書以中國北方鄉土爲背景，描寫闊別屯子二十年的鍾閣殿，爲了替屯子驅狐遠道回鄉，卻遭到愚昧鄉人的排斥，終被迫離去，而鄉人繪聲繪影的狐仙，卻從未真正出現。正文後有〈朱西甯創作年表〉。
1984 年三三版刪去〈朱西甯創作年表〉。

三三書坊

三三書坊

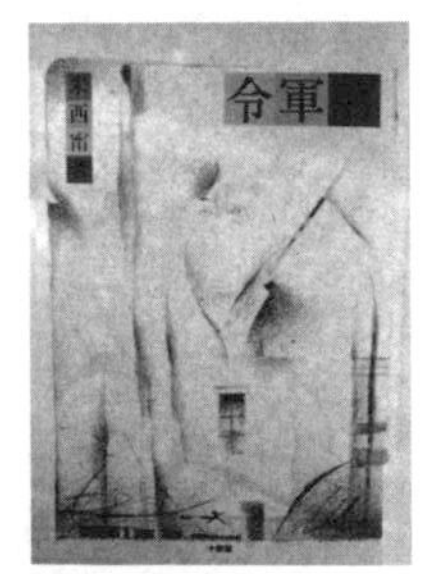
遠流出版公司

將軍令

臺北：三三書坊
1980 年 2 月，32 開，240 頁
朱西甯全集 19

臺北：三三書坊
1989 年 7 月，新 25 開，242 頁

臺北：遠流出版公司
1994 年 3 月，25 開，242 頁
小說館 106

短篇小說集。本書爲朱西甯的第三部系列小說，全書收錄〈道篇〉、〈天篇〉、〈地篇〉、〈將篇〉、〈法篇〉、〈智篇〉、〈信篇〉、〈仁篇〉、〈勇篇〉、〈嚴篇〉、〈附篇〉11 篇小說，側寫 11 位將軍的行誼，藉以表現「人世的尊貴」。正文前有朱西甯〈序〉。
1994 年遠流版與三三版內容相同。

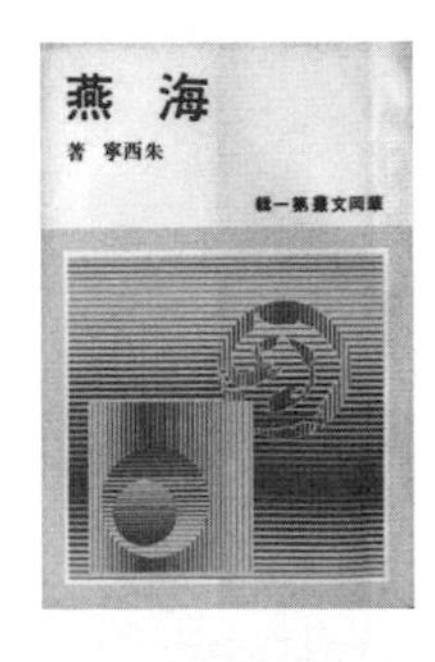

海燕

臺北：中國文化學院出版部
1980 年 3 月，32 開，200 頁
華岡文叢第一輯

短篇小說集。本書爲朱西甯 1952～1964 年發表的作品結集，全書收錄〈雨〉、〈海屍〉、〈小兵林阿火〉、〈碾房夜〉、〈追〉、〈越獄〉、〈父子兵〉、〈禮拜六之夜〉、〈英雄吊在樺樹上〉、〈奔向太陽〉、〈海燕〉11 篇小說。

七對怨耦

臺北：道聲出版社
1983 年 8 月，32 開，198 頁
道聲金蘋果文庫

短篇小說集。本書爲朱西甯的第四部系列小說，藉描寫七對不同的夫妻，談婚姻之主題。全書收錄〈不法之徒〉、〈解鈴不該是繫鈴人〉、〈我女婚禮〉、〈睡美人〉、〈青衣祭酒與物理權威〉、〈定情〉、〈十大罪狀〉七篇小說，正文前有朱西甯〈戀情與婚姻（自序）〉。

熊

臺北：皇冠出版社
1984 年 7 月，32 開，260 頁
皇冠叢書第 1032 種、皇冠 30 年特選文集 40

短篇小說集。本書爲朱西甯 1972～1976 年的作品結集。全書收錄〈熊〉、〈車禍在北回歸線〉、〈天地玄黃（一）〉、〈天地玄黃（二）〉、〈方生未死〉、〈巷語〉、〈芝麻大的事〉、〈著名的癌痛〉、〈小說家者流〉九篇小說。

牛郎星宿

臺北：三三書坊
1984 年 8 月，32 開，221 頁
朱西甯全集 19

短篇小說集。本書爲朱西甯 1972～1977 年的作品結集。全書收錄〈牛郎星宿〉、〈我的一塊地球〉、〈回城這一天〉、〈回城這一夜〉、〈斷舌記〉、〈乳頭阿理公〉、〈山中才一日〉七篇小說。

茶鄉

臺北：三三書坊
1984 年 10 月，32 開，253 頁
朱西甯全集 20

長篇小說。本書以江南產茶之鄉爲背景，描寫民國初年、新舊時代交替之際，查氏家族的悲歡，反映多變的時代與世情風景。

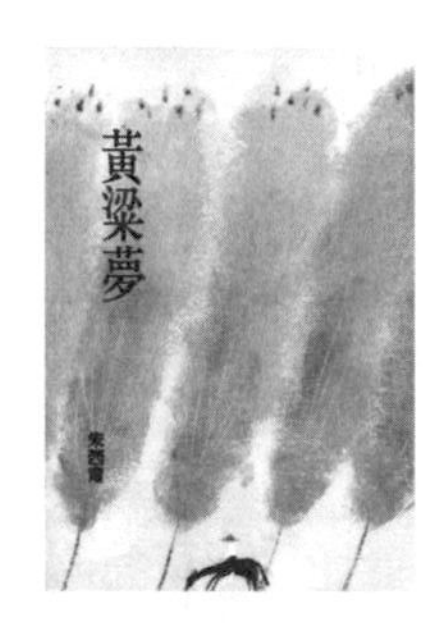

黃粱夢

臺北：三三書坊
1987 年 7 月，32 開，234 頁

中、短篇小說集。全書收錄 1987 年完成的〈黃粱夢〉、〈金石情〉、〈三〇一報復條款〉三篇小說。

新墳／侯榕生選

香港：文藝風出版社
1987 年 8 月，32 開，148 頁
臺灣文叢

短篇小說集。全書收錄〈老家〉、〈新墳〉、〈騾車上〉、〈偶〉、〈鐵漿〉、〈現在幾點鐘〉、〈你都不知道〉、〈那年夏天荷塘裏的處女航〉、〈漢堡牛排和獅子頭〉九篇小說。正文前有侯榕生〈序〉，正文後有〈朱西甯小傳〉、〈朱西甯創作年表〉。

朱西甯小說精品／馬森主編

臺北：駱駝出版社
1999 年 5 月，48 開，257 頁
現當代名家作品精選 13

短篇小說集。全書收錄〈鐵漿〉、〈狼〉、〈破曉時分〉、〈現在幾點鐘〉五篇小說。正文前有馬森〈總序〉、朱天文〈導讀〉，正文後有〈主編簡介〉、〈作者簡介〉。

【傳記】

表率群倫的林子超先生——林森傳

臺北：近代中國出版社
1982 年 6 月，25 開，392 頁
近代中國叢書・先賢先烈傳記叢刊 30

本書爲名人傳記，敘述曾擔任國民政府主席的林森一生的行誼與品格。正文前有秦孝儀〈先烈先賢傳記叢刊序言〉，正文後有〈本文主要參考資料〉。

華太平家傳

臺北：聯合文學出版公司
2002 年 2 月，25 開，886 頁
聯合文學 277、聯合文叢 248

本書以五歲男孩華太平的觀點，敘述其父親和祖父在清末中國義和團事件背景下所經歷的故事。書中不厭精細地描寫原鄉民間生活、使用地方口語，並在西風東漸的時代裡，對基督教及中國傳統的融合提出思考。

【合集】

月到天心處

臺北：基督教論壇社
1984 年

本書今無傳本。

文學年表

1926年	6月	16日，出生於江蘇宿遷，祖籍山東省臨朐縣。本名朱青海。排行么子。
1937年	7月	抗日戰爭爆發，遂離開家鄉，流亡於蘇北、皖東、南京、上海等地。
1946年	本年	南京第五中學畢業。
1947年	本年	發表第一篇短篇小說〈洋化〉於南京《中央日報》副刊，連載二日。
1948年	本年	就讀杭州藝術專科學校。
1949年	本年	棄學從軍，加入國民政府軍隊。 隨軍來臺，居於高雄縣鳳山黃埔新村。官階陸軍上尉。
1950年	12月	16日，發表短篇小說〈糖衣奎寧丸〉於《自由中國》第3卷第12期。 發表短篇小說〈大火炬的愛之一〉於《火炬》創刊號。
	本年	發表短篇小說〈贖罪〉、〈秋風秋雨愁煞人〉於《民族陣線》。 發表短篇小說〈長腿梯子〉、〈金汁行〉於《戰鬥青年》。
1951年	5月	短篇小說〈二千八百個好兄弟〉發表於《火炬》第4期。
	6月	1日，發表短篇小說〈拾起屠刀〉於《自由中國》第4卷第11期。
	8月	發表短篇小說〈排長〉於《自由青年》第3卷第5期。
	本年	發表短篇小說〈大火炬的愛之二〉於《火炬》。 發表短篇小說〈她與他〉於《自由青年》。

1952年	2月	10日，發表中篇小說〈海燕〉於《文壇》第4、5期合刊本。
	3月	1日，發表短篇小說〈火炬的愛〉於《自由中國》第6卷第5期。
	4月	30日，發表〈寄祭〉於《中央日報》副刊。
	5月	12日，發表〈戀愛經過〉於《中央日報》副刊。
		16日，發表短篇小說〈何處是歸宿〉於《自由中國》第6卷第10期。
	6月	24日，發表短篇小說〈檻外〉於《中央日報》副刊。
		短篇小說集《大火炬的愛》由臺北重光藝文出版社出版。
	8月	19日，發表〈小箋——致軍中服務的同學〉於《中央日報》副刊。
	10月	發表短篇小說〈灰色的假日〉於《自由青年》第7卷第1期。
	12月	短篇小說〈三人行〉連載於《自由青年》第7卷第5～6期。
1953年	12月	發表短篇小說〈再生〉於《自由青年》第10卷第3期。
	本年	與劉慕沙初次見面，並持續通信。
		發表中篇小說〈山盟〉(後改題爲〈蛇屋〉) 於《復興文藝》。
1954年	5月	發表短篇小說〈他們已會帶淚地微笑了〉於《幼獅文藝》第3期。
	6月	1日，發表短篇小說〈黑狼〉於《文壇》第2卷第9期。
		17日，發表〈債〉於《中央日報》副刊。
1955年	7月	發表短篇小說〈撕〉於《幼獅文藝》第13期。
	本年	發表短篇小說〈英雄吊在樺樹上〉於《大道》。
		發表短篇小說〈父子兵〉於《戰鬥青年》。
		發表短篇小說〈越獄〉於《自由談》。
		發表短篇小說〈祈春重奏曲〉於《公論報》。

1956年 3月 17日，與劉慕沙在高雄公證結婚。

4月 發表短篇小說〈聾炮手〉於《幼獅文藝》第21期。

8月 24日，長女朱天文出生。

本年 發表短篇小說〈碾房之夜〉於《半月文藝》。

發表短篇小說〈貝家檔子店〉於《中國文藝選集》。

發表短篇小說〈牧歌〉（原題爲〈列寧街頭〉）於香港《祖國》。

發表短篇小說〈撕〉、〈沒有出息的人〉於《文藝報》。

發表短篇小說〈萬靈丹〉於香港香港《中國學生周報》。

發表短篇小說〈騾車上〉於《自由中國》。

1957年 6月 1日，發表短篇小說〈劊子手〉於《自由中國》第16卷第11期。

12月 16日，發表短篇小說〈新墳〉於《自由中國》第17卷第12期。

1958年 1月 10日，發表短篇小說〈街頭〉於香港《中國學生周報》第286期。

2月 20日，發表短篇小說〈祖父的農莊〉於《文學雜誌》第3卷第6期。

3月 11日，次女朱天心出生。

6月 1日，發表短篇小說〈捶帖〉於《自由中國》第18卷第11期。

7月 6日，發表短篇小說〈生活線下〉於《聯合報》副刊。

11月 1日，發表短篇小說〈賊〉於香港《大學生活》第4卷第7期。

23日，發表短篇小說〈偶〉於《聯合報》副刊。

本年 發表短篇小說〈母親的龍洋〉於《新文藝》第103期。

1959年 4月 1日，發表短篇小說〈再見，火車的輪聲！〉於《自由中

		國》第 20 卷第 7 期。發表短篇小說〈楔子〉於《文星》第 3 卷第 6 期。
	8 月	2 日，發表短篇小說〈大布袋戲〉於《聯合報》副刊。
	本年	發表短篇小說〈戀歌〉於《皇冠》。
1960 年	5 月	7 日，三女朱天衣出生。
	本年	配得桃園僑愛新村眷舍，閤家遷入。
		發表短篇小說〈小翠與大黑牛〉於《文壇》。
		發表短篇小說〈還鄉記〉於香港《祖國》。
		發表短篇小說〈追〉於《文星》。
1961 年	7 月	發表短篇小說〈鎖殼門〉於《詩・散文・木刻》創刊號。
		發表短篇小說〈鐵漿〉於《現代文學》第 9 期。
	8 月	13～15 日，短篇小說〈狼〉連載於《中央日報》副刊。
		18 日，發表〈風雨夜〉於香港《中國學生周報》第 474 期。
	9 月	15 日，發表短篇小說〈未亡人〉於香港《中國學生周報》第 478 期。
	11 月	21 日，發表短篇小說〈紋身〉於香港《大學生活》第 7 卷第 13 期。
		發表短篇小說〈迷失的羔羊〉於《自由談》第 12 卷第 4 期。
	本年	由僑愛新村搬遷居板橋浮州里婦聯一村眷舍。
1962 年	2 月	16 日，發表短篇小說〈三十二號法令〉於香港《中國學生周報》第 500 期。
	3 月	7～13 日，中篇小說〈蛇屋〉連載於《中央日報》副刊。
	9 月	發表短篇小說〈紅燈籠〉於《創作》第 2 期。
	10 月	發表〈不是感想〉於《野風創刊十二周年紀念特刊》。
	本年	發表短篇小說〈出殃〉於《皇冠》。
		發表短篇小說〈白墳〉、〈偷穀賊〉於香港《中外》。
1963 年	2 月	短篇小說集《狼》由高雄大業書店出版。

	5月	24日，發表短篇小說〈接差〉於《徵信新聞報》。
	6月	9日，發表短篇小說〈風箏線〉於《聯合報》副刊。
		14日，發表短篇小說〈海屍〉於《中國學生周報》第569期。
		發表短篇小說〈餘燼〉於《皇冠》第112期。
	7月	15日，發表短篇小說〈春去也〉於《聯合報》副刊。
	9月	13日，發表短篇小說〈風雨的日子〉於香港《中國學生周報》第582期。
	11月	1日，發表〈一點心跡——《鐵漿》代序〉於《文星》第73期。
		短篇小說集《鐵漿》由臺北文星書店出版。
	12月	發表短篇小說〈雨〉於《新文藝》第93期。
	本年	發表短篇小說〈破曉時分〉於《皇冠》。
		發表短篇小說〈鑰匙墜子〉於《中華日報》副刊。
		發表短篇小說〈風箏〉於《大華晚報》。
		發表短篇小說〈本日陰雨〉於《當代學苑》。
		發表短篇小說〈福成白鐵號〉於香港《中外》。
		發表短篇小說〈在離島上〉、中篇小說〈鬧房〉於《文壇》。
		發表短篇小說〈禮拜六之夜〉於《青年戰士報》。
1964年	1月	24日，發表短篇小說〈冷雨〉於香港《中國學生周報》第601期。
		發表短篇小說〈打「三八」〉於《新文藝》第94期。
	5月	1日，發表短篇小說〈也是滋味〉於《文星》第79期。
	8月	發表〈我的鬼觀〉於《皇冠》第126期。
	本年	以國防部上校參謀身分，奉派到苗栗縣致送元首一年一度的慰問信與慰問金給烈士遺族，奠下後來寫作長篇小說《八二三注》的遠因。

發表短篇小說〈寂寞車廂〉於《文壇》。

發表〈日出〉、 短篇小說〈失車記〉於《皇冠》。

發表中篇小說〈奔向太陽〉於《青年俱樂部》。

1965年 2月 11日，發表短篇小說〈屠狗記〉於《聯合報》副刊。

發表短篇小說〈三叔〉於《幼獅文藝》第134期。

4月 10～13日，短篇小說〈鬼母〉連載於《徵信新聞報》。

5月 2日，獲中國文藝協會「年度榮譽文藝獎章」。

發表〈棒喝你〉、〈舒凡的《魚》〉於《幼獅文藝》第137期。

6月 發表〈潮聲〉於《幼獅文藝》第138期。

發表〈我追尋甚麼〉於《新文藝》第111期。

7月 遷居內湖一村新眷舍。

9月 發表〈落彈知多少〉於《中央日報》副刊。

發表短篇小說〈中士與將軍〉於《自由青年》第34卷第6期。

發表〈國家至下乎〉於《幼獅文藝》第142期。

12月 發表〈批評家們請珍重〉於《幼獅文藝》第144期。

本年 發表短篇小說〈煙圈〉、〈中午時刻〉於《公論報》。

發表短篇小說〈老好人〉於《精忠報》。

開始動筆寫長篇小說〈八二三注〉。

1966年 1月 發表〈朱西甯與劉慕沙〉（與劉慕沙合著）、〈所謂眼紅〉於《幼獅文藝》第145期。

2月 發表〈雨季〉於《現代學苑》第3卷第2期。

3月 發表〈獎與諡〉於《幼獅文藝》第147期。

4月 連載長篇小說〈貓〉於《皇冠》第146、147期。

發表〈自斬手腳〉於《幼獅文藝》第148期。

5月 15日，發表〈鳳凰村的戰鼓〉於《徵信新聞報》。

發表〈星星月亮雲呀風的花花草草〉、短篇小說〈老虎鄉長〉

		於《幼獅文藝》第 149 期。
	6 月	發表短篇小說〈十步芳草〉於《新文藝》第 123 期。
		發表〈要不要欣賞者〉於《幼獅文藝》第 150 期。
	7 月	《鳳凰村的戰鼓》由臺灣省新聞處出版部出版。
	8 月	29 日，發表短篇小說〈三千年的深〉於《聯合報》副刊。
		發表短篇小說〈在戰地〉於《幼獅文藝》第 152 期。
	9 月	發表〈必也正名乎？〉於《幼獅文藝》第 153 期。
	11 月	長篇小說《貓》由臺北皇冠出版社出版。
	本年	發表短篇小說〈老鼓手〉於《新生報》副刊。
1967 年	2 月	短篇小說集《破曉時分》由臺北皇冠出版社出版。
	5 月	發表〈三朵新秀——青年節獲獎作品評介〉於《幼獅文藝》第 161 期。
	7 月	發表〈《長歌》的和聲〉（鄭愁予詩集）於《幼獅文藝》第 163 期。
	10 月	發表短篇小說〈第一號隧道〉於《幼獅文藝》第 166 期。
	11 月	發表〈化石・碧綠〉於《幼獅文藝》第 167 期。
	12 月	發表〈季季，這顆景星〉於《幼獅文藝》第 168 期。
	本年	發表短篇小說〈白蓮橋上〉於《皇冠》。
		發表短篇小說〈大風車〉於《青溪》。
		發表短篇小說〈笠〉於《徵信新聞報》。
1968 年	7 月	17～20 日，短篇小說〈等待一個女人〉連載於《徵信新聞報》。
		發表短篇小說〈哭之過程〉於《純文學》第 16 期。
	8 月	發表短篇小說〈祖與孫〉於《幼獅文藝》第 176 期。
		發表〈長城之磚——《詩與詩人》代序〉（周伯乃著）於《青年日報》青年副刊。
	10 月	短篇小說集《第一號隧道》由臺北新中國出版社出版。

本年　主編新中國出版社《新文藝》月刊。

1969年　3月　2日，中篇小說〈旱魃〉連載於《中國時報・人間副刊》，至7月4日刊畢。

發表〈將星・彗星——《撫河兩岸》代序〉於《青年日報》青年副刊。

發表短篇小說〈橋〉於《現代文學》第37期。

發表〈那末，超越可乎？〉於《皇冠》第181期。

4月　發表〈大悲咒與燃燒的靈魂〉於《幼獅文藝》第184期。

5月　發表〈小說寫作技巧〉於《幼獅文藝》第185期。

8月　發表〈藍色前線〉於《幼獅文藝》第188期。

9月　發表短篇小說〈冶金者〉於《幼獅文藝》第189期。

16～20日，短篇小說〈晴時多雲〉連載於《聯合報》副刊。

1970年　1月　1～21日，小說〈現在幾點鐘〉連載於《中國時報・人間副刊》。

發表短篇小說〈約克夏與盤克夏〉於《作品》第16期。

發表〈幽默就是智慧〉於《聯合報》副刊。

3月　發表〈小說的語言〉於《新文藝》第168期。

4月　4日，發表短篇小說〈風信〉於《聯合報》副刊。

長篇小說《旱魃》由臺北皇冠出版社出版。

短篇小說集《冶金者》由臺北仙人掌出版社出版。

發表〈《冶金者》跋〉於《幼獅文藝》第196期。

5月　長篇小說〈圓夢記〉（後改題爲〈畫夢記〉）連載於《皇冠》第195～196期。

6月　短篇小說集《現在幾點鐘》由臺北阿波羅出版社出版。

9月　5日，發表〈海上生明月——記小琉球訪問感訓犯〉於《中國時報・人間副刊》。

長篇小說《畫夢記》由臺北皇冠出版社出版。

	11月	14～15 日，短篇小說〈貳〉連載於《中國時報・人間副刊》。
	本年	發表短篇小說〈西十號掩體〉於《新文藝》。
		發表短篇小說〈那個時刻〉於《勝利之光》。
1971年	5月	31 日，發表〈一朝風月 28 年——記啓蒙我和提升我的——張愛玲先生〉於《中國時報・人間副刊》。
	8月	發表〈尋求一道軌跡〉於《幼獅文藝》第 212 期。
	9月	16 日，發表〈何須多言〉於《聯合報》副刊。
	10月	26～28 日，短篇小說〈貳的完結篇〉連載於《中國時報・人間副刊》。
	12月	短篇小說集《奔向太陽》由臺北陸軍出版社出版。
	本年	參與籌組黎明文化公司，並擔任總編輯。
		發表短篇小說〈蛇〉於《今日世界》。
		發表短篇小說〈巷語〉於《中華日報》副刊。
		發表短篇小說〈非禮記之一〉於《新生報》副刊。
		發表短篇小說〈這場嘎嘎兒〉於《聯合報》副刊。
1972年	1月	主編《中國現代文學大系》小說輯（共四冊），由臺北巨人出版社出版。
		發表短篇小說〈你都不知道〉於《中國時報・人間副刊》。
	2月	發表〈現代小說與墮落的國片〉於《幼獅文藝》第 218 期。
	3月	30 日，發表〈屬於感悟的——《母親的畫像》代序〉於《中華日報》副刊。
	4月	發表短篇小說〈方生未死〉於《幼獅文藝》第 220 期。
	6月	發表短篇小說〈車禍在北回歸線〉於《中外文學》第 1 期。
	7月	發表〈侏儒戲〉於《幼獅文藝》第 223 期。
	8月	1 日，自軍中退役，專事寫作。
		13 日，發表〈節哀可乎？〉於《中華日報》副刊。

		發表〈越界之談──三浦朱門與曾野綾子夫婦〉於《幼獅文藝》第 224 期。
	9 月	發表〈娛民乎？愚民乎？〉於《中華日報》副刊。
		發表〈作者的靈明〉於《幼獅文藝》第 225 期。
	10 月	23～24 日，短篇小說〈回城的這一天〉連載於《聯合報》副刊。
		28 日，由內湖遷居景美。
		發表〈從金山帶回來的〉於《幼獅文藝》第 226 期。
	12 月	發表〈寫在黑板上的〉於《幼獅文藝》第 228 期。
	本年	擔任黎明文化事業公司出版部總編輯。
		發表短篇小說〈父與子〉於《新文藝》。
		短篇小說〈非禮記〉九篇連載於《中華日報》。
1973 年	1 月	發表〈小號胡適〉、〈蘆花翻白〉於《幼獅文藝》第 229 期。
	2 月	26～28 日，〈打破一次沉默──駁斥林柏燕〉連載於《中華日報》副刊。
	3 月	6～7 日，短篇小說〈回城的這一夜〉連載於《聯合報》副刊。
		20～21 日，短篇小說〈天地玄黃〉連載於《中國時報・人間副刊》。
		發表〈我是在抗戰中長大的〉於《綜合》第 52 期。
		發表〈戴天線的人〉、〈胖得不像人〉、〈隨身攜帶著哈哈鏡〉、〈髮的性格〉於《幼獅文藝》第 231 期。
	4 月	8～12 日，短篇小說〈牛郎星宿〉連載於《聯合報》副刊。
		12～14 日，〈主觀者言──駁斥陳森〉連載於《中華日報》副刊。
	5 月	13 日，發表〈客土石女地──記臺糖造地〉於《中華日報》副刊。

		發表〈墨香〉於《中華文藝》第 27 期。
		發表短篇小說〈我與將軍〉於《幼獅文藝》第 233 期。
	7 月	發表短篇小說〈我的一塊地球〉於《中外文學》第 14 期。
	10 月	21～22 日，短篇小說〈芝麻大的事〉連載於《中國時報・人間副刊》。
		發表〈中國小說的成長〉於《人與社會》第 1 卷第 4 期。
	11 月	26～27 日，短篇小說〈漲〉連載於《聯合報》副刊。
		29～30 日，短篇小說〈昨日・白六角〉連載於《中國時報・人間副刊》。
	本年	短篇小說集《非禮記》由臺北皇冠出版社出版。
		發表短篇小說〈出海〉於《中國海軍》。
		發表短篇小說〈不靜寂的正午〉於《中華日報》副刊。
1974 年	1 月	10～12 日，短篇小說〈豔火結在鳳凰木上〉連載於《中國時報・人間副刊》。
		發表〈回歸熱（一）〉於《幼獅文藝》第 241 期。
	2 月	發表〈回歸熱（二）〉於《幼獅文藝》第 242 期。
	3 月	18 日，發表短篇小說〈櫻之海〉於《中國時報・人間副刊》。
		發表〈福樓拜及其《包法利夫人》〉於《新文藝》第 216 期。
		發表短篇小說〈我的麥稭蝸螺〉（原題爲〈大煙囪〉）於《幼獅文藝》第 243 期。
	4 月	20～24 日，短篇小說〈青青錦藤〉連載於《聯合報》副刊。
	5 月	11 日，發表〈她是中國嫡傳——讀張愛玲先生〈談看書〉的一點感傷〉於《中國時報・人間副刊》。
		發表〈讓真情感自然流露——讀〈春天華爾滋〉的一點感懷 〉（鄭傑光著）於《書評書目》第 13 期。
		發表〈一介寒士——舒暢〉於《中華文藝》第 39 期。

發表〈學則不固矣〉於《幼獅文藝》第 245 期。

長篇小說〈八二三注〉連載於《幼獅文藝》第 245 期～第 276 期，至 1976 年 12 月刊畢。

6 月　發表〈談文學藝術的民族性與社會性〉於《中華文藝》第 40 期。

發表〈回春乏術麼？〉於《幼獅文藝》第 246 期。

7 月　短篇小說集《蛇》由臺北大地出版社出版。

發表〈宜否考慮開放五四和三十年代的作品〉於《中華文化復興月刊》第 7 卷第 7 期。

10 月　1～2 日，短篇小說〈林老、乳頭、阿理公〉連載於《聯合報》副刊。

7～8 日，短篇小說〈玫瑰剪枝〉連載於《中國時報・人間副刊》。

發表〈司馬中原《狼煙》所給的——給生長在島上的中國的孩子們〉、短篇小說〈將軍宴〉於《中華文藝》第 44 期。

11 月　20～21 日，〈遲覆已夠無理——致張愛玲先生〉連載於《中國時報・人間副刊》。

12 月　1 日，發表〈笛聲永續〉於《聯合報》副刊。

11～12 日，短篇小說〈夕顏再見〉連載於《聯合報》副刊。

爲救國團和中國青年寫作協會舉辦的文藝營開闢「雛鳳清聲」專欄，評介青年學員的作品。發表〈「雛鳳清聲」序——兼品〈想我油車幫的弟兄〉〉（小歌著）於《中華文藝》第 46 期。

本年　結識胡蘭成。

發表短篇小說〈百合〉於《民族晚報》。

1975 年　1 月　1 日，發表〈謁老園丁 〉於《中外文學》第 3 卷第 8 期。

3 日，發表〈另一沙場〉於《聯合報》副刊。

27～28 日，短篇小說〈那年夏天荷塘裏的處女航〉連載於《聯合報》副刊。

短篇小說集《朱西甯自選集》由臺北黎明文化公司出版。

發表〈品〈季珠〉〉(蔣家語著）於《中華文藝》第 47 期。

發表〈曹雪芹的後裔們〉於《幼獅文藝》第 253 期。

2 月　發表〈從〈師傅〉談「客觀的呈現」〉(陵兮著）於《中華文藝》第 48 期。

3 月　發表〈中國文學發展的方向〉、〈品〈我回家了〉〉(喬莫野著）於《中華文藝》第 49 期，劇本〈春之潮〉由此期開始刊登，至第 52 期刊畢。

4 月　16 日，發表〈多少舊事煙塵〉於《聯合報》副刊。

20 日，發表〈巨炮〉於《聯合報》副刊。

發表〈品〈爬山、追尋、跟上去〉〉(林端著）於《中華文藝》第 50 期。

5 月　發表〈品〈不如歸去〉〉(雅竹著）於《中華文藝》第 51 期。

發表短篇小說〈採蝴蝶蘭去〉於《皇冠》。

6 月　16 日，發表〈偉人與我們同在〉於《聯合報》副刊。

《朱西甯隨筆》由臺北水芙蓉出版社出版。

7 月　發表〈品〈到白沙灣的路上〉〉(黃玉珊著）於《中華文藝》第 53 期。

8 月　4 日，發表〈舞臺劇〉於《中國時報・人間副刊》。

5 日，發表〈外行人談戲〉於《中國時報・人間副刊》。

發表〈品〈天所虧待的人〉〉(蘇憲英著）於《中華文藝》第 54 期。

9 月　16 日，連載長篇小說〈春風不相識〉於《聯合報》副刊，至隔年 7 月 9 日刊畢。

10 月　發表〈管管・一樹花滿頭〉於《中華文藝》第 56 期。

發表〈清華十日〉於《幼獅文藝》第 262 期。

短篇小說集《春城無處不飛花》由臺北三三書坊出版。

11 月 發表短篇小說〈小亂一場〉於《中華文藝》第 57 期。

發表〈根株不在，何以開花〉於《軍民一家》第 3 期。

本年 發表短篇小說〈斷舌記〉於《老爺財富》。

1976 年 1 月 1 日，發表〈洋場‧戰場——「香江行」雜感之一〉於《中國時報‧人間副刊》。

9 日，發表〈反擊進擊——「香江行」雜感之二〉於《中國時報‧人間副刊》。

24 日，發表〈有類無類——「香江行」雜感之三〉於《中國時報‧人間副刊》。

2 月 21 日，發表〈封建？西化？——「香江行」雜感之四〉於《中國時報‧人間副刊》。

3 月 20 日，發表〈大匠朱銘〉於《中國時報‧人間副刊》。

發表〈兩個疙瘩〉於《明道文藝》第 1 期。

發表〈好風景！好世代〉於《中華文藝》第 61 期。

4 月 13 日，發表〈讀《志賀島》所得〉（松岡和夫著）於《聯合報》副刊。

5 月 短篇小說集《春城無處不飛花》由臺北遠景出版社出版。

發表〈西窗有長明燈的榮光燦爛著你〉於《中華文藝》第 63 期。

6 月 發表〈陳若曦小說價值和作用〉於《幼獅文藝》第 270 期。

8 月 短篇小說集《將軍與我》由臺北洪範書局出版。

長篇小說《春風不相識》由臺北皇冠出版社出版。

9 月 17 日，發表〈蔣曉雲的小說〉於《聯合報》副刊。

發表〈聰明與樂觀——小論蔣賢倚〉於《中華文藝》第 67 期。

發表〈《將軍與我》後記〉於《幼獅文藝》第 273 期。

10 月 發表〈先覺者、後覺者、不覺者——談《張愛玲雜碎》〉（唐文標著）於《書評書目》第 42 期。

11 月 18 日，發表〈星砂之美〉於《聯合報》副刊。

12 月 發表〈《八二三注》後記〉於《幼獅文藝》第 276 期。

本年 發表短篇小說〈著名的癌痛〉於《宇宙光》。

發表短篇小說〈有一條長長的隧道〉於《勝利之光》。

發表短篇小說〈熊〉於《皇冠》第 244 期。

1977 年 1 月 31 日，發表〈左派沉寂了——港九見聞〉於《聯合報》副刊。

3 月 發表〈我們的政治文學在哪裡？談中國的政治文學兼論當前的文藝政策〉於《仙人掌雜誌》第 1 期。

發表短篇小說〈攝影留念〉於《小說新潮》第 1 期。

4 月 發表〈回歸何處？如何回歸？〉於《仙人掌雜誌》第 2 期。

15～16 日，短篇小說〈漢堡牛排與獅子頭〉連載於《聯合報》副刊。

6 月 18～19 日，〈又一部大小說——推崇《北京最寒冷的冬天》〉（夏之炎著）連載於《聯合報》副刊。

9 月 發表〈論反共文學〉於《中華文化復興月刊》第 10 卷第 9 期。

11 月 5 日，發表〈臍與垂柳〉於《聯合報》副刊。

12 月 1 日，發表〈爲壯士洗塵〉於《聯合報》副刊。

本年 發表短篇小說〈小人家〉於《空中雜誌》。

1978 年 2 月 1 日，發表〈〈戰士手記〉透露的信息〉於《三三集刊》第 11 期。

3 日，發表〈鄉土文學的真與僞〉於《聯合報》副刊。

3 月 發表〈論戰鬥文藝〉於《國魂》第 388 期。

1 日，發表短篇小說〈將軍令之一〉於《文壇》第 213 期。

4 月　28～29 日，應邀參加聯合報副刊所舉辦之「尋找中國小說自己的路——小說的未來」座談會，與會者有鍾肇政、司馬中原、七等生、康芸微、曾心儀、花村、蕭颯、周浩正、張恆豪、小野、張大春、馬叔禮、季季等人。

發表〈鄉土文學的真與僞〉於《文學思潮》第 1 期。

發表短篇小說〈將軍令之二〉於《文壇》第 214 期。

5 月　1 日，發表短篇小說〈將軍令之三〉於《文壇》第 215 期。

2 日，發表〈爬——我寫作生涯的起步〉於《中國時報・人間副刊》。

發表〈萬紫千紅總是春——推介方娥真的〈日子正當少女〉〉於《明道文藝》第 1 期。

6 月　1 日，發表短篇小說〈將軍令之四〉於《文壇》第 216 期。

3 日，，發表〈重讀《赤地之戀》〉（張愛玲著）於《聯合報》副刊。

22 日，發表〈宜歌宜頌〉於《聯合報》副刊。

7 月　發表〈霧社弦歌〉、短篇小說〈山中才一日〉於《幼獅文藝》第 295 期。

8 月　15 日，發表短篇小說〈將軍令之五〉於《文壇》第 218 期。

發表〈日月長新花長生〉於《幼獅文藝》第 296 期。

9 月　3 日，發表〈幼吾幼——軍隊奶大了的小兵〉於《聯合報》副刊。

《曲理篇》由臺北慧龍文化公司出版。

10 月　15 日，發表短篇小說〈將軍令之六〉於《文壇》第 220 期。

31 日，發表短篇小說〈你是總統抱過的〉於《聯合報》。

11 月　發表〈思我偉人〉於《幼獅文藝》第 299 期。

本年　長篇小說《八二三註》（三冊）由臺北黎明文化公司出版

發表短篇小說〈永定河邊骨〉於《宇宙光》。

1979年　2月　15日，發表短篇小說〈將軍令之七〉於《文壇》第224期。

發表短篇小說〈優勝劣敗〉於《幼獅文藝》第303期。

發表短篇小說〈水勢等長篇小說之評獎——春水之勢〉於《三三集刊》第18期。

4月　長篇小說《八二三注》由臺北三三書坊出版。

5月　5日，發表〈從早年文學的岔路回到民族的根本〉於《聯合報》副刊。

7月　4日，發表〈後事之師——觀《西貢風雲》雜感〉（電視劇）於《聯合報》副刊。

長篇小說《獵狐記》由臺北多元文化公司出版。

8月　29日，發表〈愛情〉於《聯合報》副刊。

9月　2日，發表短篇小說〈將軍令之八〉於《中國時報・人間副刊》。

10月　3日，發表〈尚饗之祭——最配享紀念之祭的理和先生〉於《聯合報》副刊。

22日，獲第四屆聯合報長篇小說特別獎。

30日，發表〈文明的創造——總論國軍文藝金像獎藝術工作競賽演出〉於《民生報》。

發表〈脈流著純純的中國文化血統——紀念理和先生〉於《書評書目》第78期。

11月　4日，居南京的六姊輾轉來信，獲知父母、兩兄均已不在人世。

7日，發表〈〈誰要去美國〉小評〉於《聯合報》副刊。

12日，發表〈獎之義〉於《聯合報》副刊。

12月　6日，發表〈〈黎明簫聲〉小評〉於《聯合報》副刊。

本年　發表短篇小說〈將軍令之九〉於《新生報》副刊。

發表短篇小說〈午炮一響〉於《校園》。
發表短篇小說〈激流一曲〉於《中視週刊》。
發表長篇小說《獵狐記》於《臺灣時報》副刊。
發表多幕劇本〈激流〉於《藝總》。

1980年 1月 11日，發表〈金陵鄉愁〉於《聯合報》副刊。
23～24日，短篇小說〈將軍令之十〉連載於《聯合報》副刊。
短篇小說集《將軍令》由臺北三三書坊出版。
發表〈文藝與文化〉於《國魂》第410期。
發表短篇小說〈將軍與我〉於《中華文藝》第107期。

3月 20日，發表〈雅音的激盪，國劇的本性真情——觀《感天動地竇娥冤》所感〉於《民生報》。
27日，發表〈母親那一代的母親〉於《聯合報》副刊。
短篇小說集《海燕》由臺北華岡出版社出版。

4月 4日，發表〈大中至正〉於《聯合報》副刊。
10日，發表〈我看《碧血黃花》〉於《民生報》。
發表〈應許和思念〉於《中央月刊》第12卷第6期。

5月 11日，發表〈母恩永懷〉於《中國時報・人間副刊》。

6月 9日，發表〈欲窮千里目——我對聯合報小說獎的期望〉於《聯合報》副刊。
11～13日，〈願此秋水共天之長——論電視的起死回生之道〉連載於《民生報》。
20日，楊樹清於耕莘寫作小屋舉辦「由八二三砲戰談到八二三注」小型座談會，與會者有馬叔禮、朱天文、林端、楊友信、蔡明吟、蔡明裕、劉宗偉、金祥哲等人。
發表〈吳老爹——地道的中國人（〈吳老爹〉等四篇小說讀後）〉於《中華文藝》第19卷第4期。

	9月	3～4 日，〈喜見躍越的國劇新戲——觀《楊乃武與小白菜》〉連載於《民生報》。
	10月	12 日，應邀於耕莘文教院文學講座主講「朱西甯談戰爭文學」。 發表〈不止是罪惡的控訴〉、〈馬蹄鐵的蹄印〉於《幼獅文藝》第 322 期。
	11月	發表〈文學與時代——而端在其意境〉於《文學時代雙月叢刊》第 1 期。
	12月	20 日，發表〈不求人知的浩然之氣〉於《中國時報・人間副刊》。 30 日，發表〈這一猜，真是石破天驚了！說起《紅樓猜夢》〉（趙同著）於《聯合報》副刊。 《日月長新花長生》由臺北皇冠出版社出版。
	本年	發表短篇小說〈不法之徒〉於《自由日報》。 發表多幕劇本〈五代同堂〉於《藝總》。 開始動筆寫長篇小說《華太平家傳》，經歷多次易稿，至 1998 年病逝寫有 55 萬字未完。
1981年	1月	《微言篇》由臺北三三書坊出版。 發表〈感於知音〉於《中華文藝》第 119 期。
	2月	發表〈生之向〉於《中央月刊》第 13 卷第 4 期。
	3月	19～20 日，〈現代化即中國化〉連載於《聯合報》副刊。
	4月	6 日，發表〈端木方與新作〉於《聯合報》副刊。
	5月	發表短篇小說〈定情〉於《中央月刊》第 13 卷第 7 期。 發表〈中國現代小說的根本〉於《中華文藝》第 21 卷第 3 期。
	7月	14 日，發表〈我看「意外」〉於《聯合報》副刊。 發表〈沉重的擔當〉於《中央月刊》第 13 卷第 9 期。

	8月	17日，發表〈春，分明隆冬〉於《中國時報・人間副刊》。
		23日，發表〈嚴褒貶、正視聽〉於《聯合報》。
	9月	15日，發表〈緣訂三生〉於《聯合報》副刊。
	12月	13日，發表〈故土春望——寄楊明顯和金兆〉於《聯合報》副刊。
		發表〈中國禮樂文學的香火〉於《文學思潮》第10期。
	本年	發表短篇小說〈睡美人〉、〈十大罪狀〉、〈青衣祭酒與物理權威〉、〈解鈴不該是繫鈴人〉於《自由日報》。
1982年	2月	8～9日，〈記得當時年紀小——拉弓・射箭話兒時〉連載於《民生報》。
	5月	15日，發表〈生死安足論〉於《中央日報》副刊。
	6月	《表率群倫的林子超先生——林森傳》由臺北近代中國出版社出版。
	8月	22日，發表〈大遺小補——紀念八二三之役的一點小記〉於《聯合報》副刊。
	9月	14日，發表〈文壇千疊，花開萬樹！驚心之輯〉於《聯合報》副刊。
	10月	8日，應邀參加聯合報及青溪文藝學會共同舉辦之「小說的傳統與創新」座談會，與會者有尼洛、蔡源煌、東年等人。
		10日，發表〈中國傳統小說的獨特質素〉於《聯合報》副刊。
		24日，發表〈摯友之諍諫〉於《中國時報・人間副刊》。
	11月	28日，〈祥瑞三宗——「中國人文的重建」、「守著陽光守著你」、「停車暫借問」的紀感抒懷〉連載於《聯合報》副刊，至12月1日刊畢。
	本年	發表短篇小說〈我女婚禮〉於《新生報》副刊。
		發表〈中國人文——喫〉20篇於《新聞報》。

1983 年	2 月	發表〈讀書與看書——給青年朋友的信〉於《幼獅文藝》第350 期。
	5 月	10 日，發表〈中國新文學運動發展之檢討與展望〉於《中央日報》副刊。
	6 月	發表〈喜見上品〉於《臺灣月刊》第 6 期。
	7 月	發表〈天的理論・神的理論〉於《文訊》第 1 期。
	8 月	短篇小說集《七對怨偶》由臺北道聲出版社出版。
	10 月	18 日，發表〈生死一髮間〉於《聯合報》。
		發表〈做個中國人〉於《幼獅少年》第 84 期。
	11 月	16～17 日，〈共濟而互救——談小說與電影的相合〉連載於《聯合報》副刊。
		發表〈明文于文明〉於《文訊》第 5 期。
	12 月	發表〈漫談小說寫作〉於《東海文藝季刊》第 10 期。
	本年	發表長篇小說〈茶鄉〉於《小說周報》。
		發表〈中國人文——士〉30 篇於《新生報》副刊。
		發表〈中國人文——穿〉20 篇於《新聞報》。
1984 年	1 月	18 日，發表〈一個清明喜亮的新程之始——推崇〈團圓〉〉（蘇偉貞著）於《聯合報》副刊。
	7 月	短篇小說集《熊》由臺北皇冠出版社出版。
	8 月	短篇小說集《牛郎星宿》由臺北三三書坊出版。
	10 月	7 日，發表〈馮菊枝的沈思〉於《聯合報》副刊。
		短篇小說集《茶鄉》由臺北三三書坊出版。
	12 月	發表〈小說與電影〉於《文訊》第 15 期。
	本年	《月到天心處》於臺北基督教論壇社出版。
		發表〈中國人文——家〉22 篇於《新聞報》。
1985 年	2 月	28 日，發表〈九九消寒圖〉於《聯合報》副刊。
	4 月	發表〈慧眼巧思感敬之情：贊〈白金大地〉〉於《臺灣月刊》

		第28期。
	7月	7日，發表〈負笈流亡小記〉於《大華晚報》。 發表〈迎接再一次的勝利——小記抗戰勝利的時刻〉於《幼獅文藝》第379期。 發表短篇小說〈蜂鴉大戰〉於《聯合文學》第9期。
	8月	發表〈父教與教父〉於《幼獅少年》第106期。
1986年	6月	《多少煙塵》由臺中省訓團出版。
	9月	15日，〈金石情—— 一個被封鎖的國度〉連載於《中國時報・人間副刊》，至9月25日刊畢。
	10月	發表〈三言兩語話三毛——唐人三毛〉於《臺港文學選刊》第5期。
	12月	發表〈電影與我〉（與段彩華合撰）於《幼獅少年》第122期。
1987年	3月	12～13日，〈菩提迦耶之緣—— 參見達賴喇嘛小記〉連載於《中央日報》副刊。
	5月	發表〈作者不言——力薦〈那座山〉〉於《臺灣月刊》第53期。
	6月	10日，發表〈受教兩日〉於《中國時報・人間副刊》。 發表〈〈簡村長的週末〉的亮光、〈芷園〉的滄桑有情，歲月有親〉於《臺灣月刊》第54期。
	7月	中篇小說《黃粱夢》由臺北三三書坊出版。
	8月	28日，發表〈辭親離情〉於《中央日報》副刊。 短篇小說集《新墳》由香港文藝風出版社出版。
	10月	發表〈雅文學與俗文學〉於《幼獅文藝》第406期。
1988年	1月	19日，發表〈我的讀書習慣——走著瞧〉於《聯合報》讀書周刊。
	2月	21日，發表〈「度日如年」〉於《中央日報》副刊。

	4月	攜妻女赴大陸探親，於5月21日返臺。
	7月	5日，發表〈良心之聲〉於《聯合報》副刊。
	8月	12日，發表〈儆惕和安慰〉於《聯合報》副刊。
	10月	22日，〈夢回金陵〉連載於《中國時報‧人間副刊》，至11月21日刊畢。 發表〈獅子與我〉於《幼獅文藝》第418期。
	本年	回母校南京第五中學訪問，欲拜望其中學時的語文教師武酋山，並打算以其爲原型，創作一部中篇小說，但武酋山已過世，未能如願。
1989年	1月	發表〈評〈夏日記事〉〉（林亭著）於《幼獅文藝》第421期。
	3月	21日，發表〈記寫作「狼」與「鐵漿」的時日——兼懷楊寶政先生〉於《聯合報》副刊。 發表〈小評〈搗蛋柯林〉〉（柯順隆著）於《幼獅文藝》第423期。
	5月	10～12日，〈兵馬俑之役〉連載於《中央日報》副刊。 發表〈幼吾幼以及人之幼——推薦〈我們的孩子〉〉於《臺灣月刊》第77期。 發表〈希臘今古——海上生明月〉於《幼獅文藝》第425期。
	6月	發表〈希臘今古——宙斯的生死之地〉於《幼獅文藝》第426期。 發表〈我最喜愛的當代中國詩人——愁予的史詩浩蕩壯麗、渾圓強大〉於《文訊》第44期。
	7月	發表〈希臘今古——文化異趣〉於《幼獅文藝》第427期。
	8月	發表〈淚眼空望被棄的親人〉、〈希臘今古〉於《幼獅文藝》第428期。

	9月	發表〈希臘今古〉於《幼獅文藝》第429期。
	12月	8日，發表〈裡裡外外都很鄉土〉於《中央日報》副刊。
1990年	2月	13日，發表〈齊來共享文學饗宴——我推薦「中國人在加拿大」〉於《中央日報》副刊。
	5月	7日，發表〈戒與懼〉於《中央日報》副刊。
	6月	30日，發表〈我正在讀的書〉於《聯合報》副刊。
1991年	1月	19日，發表〈袖手旁觀就對了〉於《中央日報》副刊。
	4月	12日，發表〈被告辯白〉於《中央日報》副刊。
	5月	1日，發表短篇小說〈尋兄詞〉於《聯合文學》第79期。
		31日，發表〈風雪夜的過客〉於《中央日報》副刊。
	7月	30日，發表〈養鴨公家〉於《聯合報》副刊。
	9月	14日，發表〈一生一獎〉於《聯合報》副刊。
	11月	21日，發表〈反之有道〉於《聯合報》副刊。
1992年	1月	16日，發表〈永生在今生〉於《聯合報》副刊。
		17日，發表〈折翼之痛〉於《中央日報》副刊。
		28日，發表〈想起去年初夏〉於《聯合報》副刊。
	3月	17日，發表短篇小說〈小哥之死〉於《聯合報》副刊。
	4月	3日，發表〈大器可期——少女小漁的品味〉於《中央日報》副刊。
	10月	15日，發表〈燕燕于飛〉於《中央日報》副刊。
	12月	18日，發表〈中國農民的知己——讀《橙柚留芳》有感〉於《中央日報》副刊。
1993年	1月	16日，發表〈零缺點的小說〉於《中央日報》副刊。
		25日，發表〈過年的禁忌〉於《中央日報》副刊。
	4月	28～30日，〈豚豚本紀〉連載於《中央日報》副刊。
	8月	24日，〈他山之石——以色列行觀感〉連載於《中國時報・人間副刊》，至9月8日刊畢。

1994年　1月　3日，發表〈豈與夏蟲語冰〉於《中國時報・人間副刊》。

11日，發表〈光輝永續的反共文學——為王德威「四十年來中國文學會議」論文「一種逝去的文學？」稍作增補〉於《聯合報》副刊。

4月　5～7日，〈謎面與謎底之議〉連載於《中國時報・人間副刊》。

9月　3～4日，〈談母語與公語〉連載於《聯合報》副刊。

12月　24日，發表〈溫馨愛宴〉於《中央日報》副刊。

1995年　1月　26日，發表〈具象的批判〉於《中央日報》副刊。

2月　11日，發表〈與中副有緣〉於《中央日報》副刊。

3月　11日，發表〈才氣與功力兼美〉於《中央日報》副刊。

23日，發表〈那一夜在平鎮〉於《聯合報》副刊。

8月　28日，發表〈粗肴可口〉於《中央日報》副刊。

9月　7日，發表〈低眉回看時代的脈息〉於《中國時報・人間副刊》。

11日，發表〈終點其人，起點其後〉於《中央日報》副刊。

發表〈國士之言——評張繼高《從精緻到完美》〉於《聯合文學》第131期。

10月　發表〈點撥和造就〉於《聯合文學》第132期。

發表〈愛玲之愛〉於《明報月刊》第358期。

11月　發表〈金塔玉碑——敬悼張愛玲先生〉於《交流》第24期。

1996年　2月　22～23日，〈農家的農曆年〉連載於《中央日報》副刊。

3月　1～2日，〈兩岸顧盼〉連載於《聯合報》副刊。

30日，發表〈燈火人家的溫厚〉於《中央日報》副刊。

4月　14日，發表〈哀而不傷話悲情〉於《中央日報》副刊。

23日，應邀參加中國文藝協會所主辦之「兩岸文藝交流會談」，與會者有王藍、張放、司馬中原、李明、瘂弦、袁睽九、應平書、蔡丹治、李牧、李行、保真等人。

7月　發表〈恨歸何處——評王安憶《長恨歌》〉於《聯合文學》第141期。

發表〈在「假想敵」中〉於《聯合文學》第141期。

8月　13～15日，〈膀胱有言〉連載於《聯合報》副刊。

12月　發表〈基督降臨乃是一反〉於《聯合文學》第146期。

本年　發表〈化銅臭爲書香〉於《賢志》第5期。

1997年　3月　14～15日，〈狗事蜩沸〉連載於《聯合報》副刊。

主編《山東人在臺灣——文學篇》，由臺北財團法人吉星福張振芳伉儷文教基金會出版。

6月　10日，發表〈書之鄉愁〉於《中央日報》副刊。

7月　25～27日，〈寫自己？寫自傳——看虹影的〈飢餓的女兒〉〉連載於《中央日報》副刊。

30日，發表〈天地君親「帥」〉於《聯合報》副刊。

10月　發表短篇小說〈望門媳婦〉於《聯合文學》第156期。

11月　16日，發表〈文學獎評選方式評議——必要之惡評選出文學之美〉於《聯合報》副刊。

身體不適，入榮民總醫院檢查，得知罹患肺癌。

12月　24～26日，應邀參加由行政院文建會策畫主辦、聯合報副刊承辦之「臺灣現代小說史研討會」，與會者有柏楊、王德威、呂正惠、林耀福、陳芳明、陳映真、張大春、張系國、鍾肇政等人。

27日，發表〈《沉雪》發人沉思〉於《聯合報》副刊。

1998年　3月　20日，長篇小說《華太平家傳》連載於《聯合報》副刊，至7月28日刊畢。

22日，病逝於臺北萬芳醫院，享年72歲。

1999 年	5 月	短篇小說集《朱西甯小說精品》由臺北駱駝出版社出版。
2001 年	1 月	18 日，家屬捐贈朱西甯手稿、圖書、信劄、照片、文學文物等共 1393 件，供國家臺灣文學館辦理典藏、研究及展示活動。
	3 月	16 日，國家臺灣文學館籌備處舉辦「朱西甯文學紀念展」，至 4 月 13 日止。展場依照其一生的創作歷程規劃成六個時期，展出不同階段的聘書、證件、照片、創作手稿，與親友往來的書信及珍藏的文學書籍、雜誌等。
2002 年	3 月	6 日，遺作長篇小說《華太平家傳》由臺北聯合文學出版社出版。
	9 月	16 日，《華太平家傳》獲時報文學獎推薦獎。
	12 月	《華太平家傳》獲聯合報最佳書獎（文學類）。
2003 年	3 月	22～23 日，行政院文化建設委員會主辦、聯合文學出版社於臺灣大學應用力學研究所國際會議中心共同舉辦「永遠的文學大師——紀念朱西甯先生文學研討會」活動，與會者有王德威、應鳳凰、吳達芸、黃錦樹、莊宜文、陳芳明、楊澤、范銘如、張瑞芬、張大春、朱天文、吳繼文、郝譽翔、楊照、舞鶴、駱以軍等人。 短篇小說集《破曉時分》、《鐵漿》，長篇小說《八二三注》由臺北印刻文學出版社重新出版。
	5 月	《紀念朱西甯先生文學研討會論文集》由臺北行政院文建會出版。
2004 年	12 月	短篇小說集《現在幾點鐘：朱西甯短篇小說精選》由臺北麥田出版社出版。
2009 年	4 月	〈遲覆已夠無理——致張愛玲先生〉刊載於《印刻文學生活誌》第 68 期。
2010 年	1 月	第 18 屆臺北國際書展「臺灣作家書房」主題館展出朱西甯文

物及圖片，其他參展作家有王拓、白先勇、鍾肇政、賴和、李喬、李昂、蕭麗紅、蔡素芬、楊逵、鍾理和、葉石濤、黃春明、王禎和、朱天文。

參考資料：

·《幼獅文藝廿周年目錄索引》，臺北：幼獅文藝社，1974 年 3 月。

·朱西甯等，《小說家族》，臺北：希代書版公司，1986 年 2 月。

·馬森主編，《朱西甯小說精品》，臺北：駱駝出版社，1999 年 5 月。

·莊惠雯，《外省作家第一代與第二代族群認同比較研究——以朱西甯、朱天文、朱天心爲例》，靜宜大學中國文學研究所碩士論文，2004 年 7 月。

輯三◎
研究綜述

朱西甯文學研究綜論

◎陳建忠

一、序言：假語村言與夏蟲索隱

朱西甯（1926～1998）及其文學在臺灣當代文學史上的定位，仍有待重估。甚且，對其作品的理解與詮釋，作者與讀者、評者之間的差距，也同樣有待重啓對話。

誠如創作歷 40 年後朱西甯現身說法，在〈豈與夏蟲語冰？〉（1994 年）一文中明確指出，第一部反共小說集出版後他的創作風格轉變，與孫立人將軍[1]對他的影響有關：

> 由是伊始，我的作品風向為之丕變，一為中國文明之飛揚，一為民族文化之承擔，至今三十餘年如一日；即反共亦衍變於無形而更長更闊更高更深。[2]

但他對論者將此種書寫志向下的作品，冠之以反共、懷鄉等名目，卻著實不以爲然。並認爲此舉乃學養不足、眼光短淺，無視於他思想的表露，也無能於意境表露的解讀。

再往前推幾年，朱西甯也在〈被告辯白〉（1991 年）裡頭第一次坦陳，他自己被稱爲懷舊文學作家，並非所願，也非事實。半是因爲白色恐

[1]孫立人（1900～1990）將軍，曾任中華民國陸軍總司令、參軍長等，爲重要抗日將領。1955 年以軍變之名被誣陷，被軟禁家中達三十年，受羅織牽連之部屬亦達數百人，爲當年重大之軍中整肅事件，也是一樁白色恐怖冤案。至於孫立人精神，或說將軍所象徵的「軍隊國家化」等爲國、爲民之路線，一直被朱西甯所奉行，甚至時時在文本中巧爲隱喻，因此對孫立人的相關理解也成爲解讀朱西甯文學的重要關鍵。

[2]朱西甯，〈豈與夏蟲語冰？〉，《從四〇年代到九〇年代：兩岸三邊華文小說研討會論文集》（臺北：時報文化出版公司，1994 年 11 月），頁 95。

怖使之然，但也有因共體時艱而「良知克制」不去寫會損害到國家利益的事物。只不過在這種壓抑下，他自認對那「家天下、黨天下、階級特權與專制」等非常時期必要之「惡」，卻仍懷「縮短其過渡，儘快減低其惡業而終須消滅之」的想法，於是如《狼》與《鐵漿》兩集都不外乎「維護必要，終滅其惡」此思想的產物。這正所謂「真事隱去以表達，假語村話以表現」，他自己要「一揭底牌」[3]。

如此說來，朱西甯倒是自認一直以來，他雖對創作意念多所壓抑（半因黨國極權，半因良知克制），但實在都寄託了某種理想於其中，只是夏蟲們「不解風情」而已。然而，王德威教授在〈一隻夏蟲的告白〉（1994年）裡頭卻不揣以夏蟲自居，特別強調：「儘管朱西甯對反共、懷鄉等標籤多所質疑，卻無礙他在這方面的成就」。[4]直言這些稱號或標籤並非一種貶抑，卻正是他文學成就之所在（討論詳後文）。

但也正如黃錦樹所說，進入近代後的現代小說擔負著與國族建構不可或分的敘事認同效用，而建立在特定共同體的集體記憶上的敘事，卻可能難以讓另一個群體所普遍化地理解：

> 寫作者在選擇書寫策略的時候，同時也選擇了讀者，於是被指認為懷鄉之作，難免是寫給家鄉人看的，訴著同鄉的集體記憶以取得敘事認同……。就這一點而言，此間的、非同鄉的、不同世代的讀者，豈非宿命的只能是「夏蟲」？[5]

本文便認爲，要理解朱西甯的文學，必然要將其以文學作爲見證，作爲信仰的思想根柢充分釐清，以免於夏蟲之譏。但，要考定其文學的成

[3]朱西甯，〈被告辯白〉，《中央日報》「副刊」，1991年4月12日，第16版。
[4]王德威，〈一隻夏蟲的告白〉，《從四〇年代到九〇年代：兩岸三邊華文小說研討會論文集》（臺北：時報文化出版公司，1994年11月），頁100。
[5]黃錦樹，〈隱藏的教誨或釋意的迷途：朱西甯小說的詮釋問題〉，朱西甯著，《破曉時分》（臺北：印刻出版公司，2003年4月），頁12～13。

就，卻未必要循作者的指示而行，否則研究很難不淪爲索引。相反地，一向走自己信仰路線的朱西甯，他的反共文學、鄉土文學、戰爭文學，正是與主流的官方立場與文風走著「同而不和」的路線；然同時這種路線卻又在瀰漫著中國文明、民族文化的情懷裡，與臺灣民間、本土的文學傳統與立場構成了既緊張又混雜的特殊關係。

本文希望藉由對其各類小說的研究成果，將上述朱西甯文學的思想與文學特點再加強調。同時也略爲討論不同研究觀點間，對其文風與思想的差異性看法，以提供讀者閱讀時一些足資參考的線索。

此外，須交代的是選錄相關文章的標準。本書選錄之文章與論文，主要在呈現重要的朱西甯言論，與由各種角度切入但可能稀見的重要研究成果，並作爲導讀引述的重要依據。如果研究素有聲名但容易取得之篇章，本書爲篇幅計，暫不予以收入，但會在導讀中提及。亦有部分論者，因個人意願或其他因素無法獲得授權，很遺憾無法收入本書。唯《紀念朱西甯先生文學研討會論文集》一作，因屬最重要的研究專集，當中亦具備各種研究角度可供討論，本書收錄多篇，本文並詳與對話，是較特別的收錄情況。編者陋聞，所選所編或未能止於至善，還請各方專家諒宥並指正。

二、反共作為志業：關於朱西甯反共與戰爭小說的研究

朱西甯的第一本小說集《大火炬的愛》（1952 年），是典型的反共小說，一出手便獲得不少肯定之聲。不過，朱西甯似乎沒有朝向以爭取文藝獎金爲主要目標而創作，這是他有別於主流反共作家之處。或許，從寫作伊始，朱西甯即已顯露他對於反共志業的獨特思考，要以文字來爲他所信仰的文化理念而反共。反共小說與論述，其實是朱西甯實踐其文化志業的手段之一。

司徒衛刊於《軍中文藝》（1954 年）的〈朱西甯《大火炬的愛》〉一文，可視爲軍中文藝系統對其反共小說的接受，主要便是肯定朱西甯提高了自由中國文藝運動之戰鬥性的文藝水平：

> 在文藝陣線上，他給我們帶來輝煌的戰績，一本份量沈重光芒閃爍的文藝作品。信念、理想、與創作的才智凝為一體，他實際的戰鬥生活和創作實踐契合一致，作品裡的戰鬥性自然就有優良的天賦。[6]

朱西甯以反共小說在文壇出發，對一個出身軍伍，且對民國動亂、國共內戰有著深切體驗的軍中作家而言，這毋寧是極其自然的事。但是，朱西甯雖也寫共黨之惡，與光明戰勝黑暗等主題，但他對於反共小說似乎別有堅持，不只在文字風格上力求兼顧藝術性，也對事件中的人性糾葛著墨更多，這使他的反共小說透露出不只是單求反共的多重意指之可能。

王德威〈一隻夏蟲的告白〉當中，提及朱西甯強調自己身為孫立人將軍的部屬，對國共內戰與流亡以來的歷史敘述乃別有看法，從而「見證」著另一種不為人知的歷史。王德威詮釋說：「他的反共信念是別有寄託的反共信念，他的懷鄉故事是『不得已』的懷鄉故事，他的軍事小說是失去了英雄的軍事小說」[7]。作者與論者想揭示的重點，在於朱西甯認為自己所寫的反共與懷鄉諸作，不能只從題材解釋而與一般的反共、懷鄉之流混為一談。他別有懷抱，他的反共與懷鄉文學不同於流俗之見。

然而，我們是否能說，這些反共、懷鄉、軍事小說，無論是朱西甯或當時更多的同類型作者，他們其實都共享者同一個歷史，只是各自的立場與角度不同。朱西甯所期待讀者區辨的寄託與差異，有如要讀者先行認同寓意更高一層的朱作，而將主題直露的時令之作無形中加以貶抑。這對讀者來說，不免是一種為難。其實，這種派系與觀念之間的差異，對稍知國府黨政歷史的人來說並不陌生，既有擁護孫立人的朱氏，當然也有擁護蔣家的其他人士，於此，我們或更可看到小說創作中潛藏的政治脈絡。

同時，對上述的一番討論，我們更該留意的，毋寧更是朱西甯對於自

---

[6]司徒衛，〈朱西甯的《大火炬的愛》〉，《書評集》（臺北：中央文物供應社，1954 年 9 月），頁 29。原刊《軍中文藝》第 1 期（1954 年 1 月）。
[7]王德威，〈一隻夏蟲的告白〉，頁 102。

己信念與立場的堅持，並將之上升爲一種猶如宗教般的信仰，雖千萬人吾往矣！這對我們理解朱氏在臺灣文學史中，各種論戰場合所代表的意義，會有極大助益。也就是說，他與流亡的國府並沒有根本上的文化信仰與國族認同上的矛盾，不過與官方在某些思想路線與文學的確也存在著路線上的矛盾，孫立人案或供養胡蘭成等事作爲癥結，可以解釋這種「同而不和」的狀態。但是，他與帶有社會主義思想的反新帝國主義的鄉土文學，或是殖民時代傳統以來具後殖民色彩之鄉土文學，卻具有根本上的理念矛盾，審視他對鄉土文學的批判以及帶領「三三文學集團」(下開朱天文、朱天心、蕭麗紅等世代的文化中國信仰書寫，及其轉型）當可以一窺究竟。

應鳳凰的〈朱西甯早期小說及其反共文學論述〉(2007 年），便留意到朱西甯不少的反共文學論述，並結合其早期小說進行深入討論。本文的重要之處，在於提出不能只觀察小說家朱西甯，而必須留意朱西甯在文學場域中扮演的編輯者、論述者等角色，方能對其在臺灣文學思潮演變中的位置有準確理解，而不至於將朱西甯的地位不夠重要一概歸之於寫實主義與政治正確等純粹外緣因素的作用。

應鳳凰點出，在二十餘年的軍中生涯裡（朱氏在 1972 年退役），貫穿了 1950、1960 年代，朱西甯是職業軍人，所任職位亦多不脫軍中文宣業務，如曾主編軍中《新文藝》雜誌，任職國防部隸屬之「新中國出版社」，擔任臺北「黎明文化事業公司」出版部總編輯。甚且，在當時許多軍中與民間之文學獎中也擔任評審工作，提攜不少包括朱家姊妹在內之年輕作者。因此，應鳳凰特別提醒：

> 朱西甯在 1960、1970 年代文壇所扮演的編輯與出版，評論家兼文學獎評審的多重角色，就「國軍新文藝運動」發展階段而言，正是占著一個有利的，優勢的「推手」的位置。[8]

[8]應鳳凰，〈朱西甯早期小說及其反共文學論述〉，《五〇年代臺灣文學論集》(高雄：春暉出版社，2007 年 3 月），頁 240。

對於朱西甯在歷次的文學論爭、文學座談裡，爲其反共文化志業所做的辯護與自我檢討，如他的〈我們的政治文學在哪裡?：談中國的政治文學兼論當前的文藝政策〉(1977 年）、〈論反共文學〉(1977 年）、〈回歸何處？如何回歸？〉(1977 年）、〈論戰鬥文藝〉(1978 年）、〈光輝永續的反共文學〉（1994 年），及《聯合報》舉辦之「五〇年代反共文學座談會」上的發言（1980 年）等，在在說明朱氏對於反共文學之作爲文化復興、文化永續工作一環的信念。也因此，他並未覺得反共文學之提倡與創作有何錯誤，應當糾正的乃是過於直露與僵化的反共書寫模式，而應當批判的乃是脫離民族文化與挑動階級鬥爭的鄉土文學思潮。朱西甯對於反共文藝、戰鬥文藝思潮的擁護心切，其實超過了爲其打抱不平的諸多論者的想像；而刻意忽略這些重要的反共思想，恐怕亦無能於復興朱西甯的歷史定位。因此，應鳳凰也再次提醒，正視朱西甯的反共文學論述，可能會「意外地」促使朱西甯被文學史家重新發現其特殊角色：

> ……相信朱西甯有生之年為「反共文學思潮」的正當性所做的努力，將釐清反共文學在目前各文學史書呈現的模糊面貌，促使未來的文學史書寫，多留心「反共文學」的正確歷史位置。果真如此，朱西甯或許會以連他自己也十分意外的另一種方式，走進文學史。[9]

在 1970 年代初退役後，朱西甯完成一批以戰爭與軍事將領爲題材的作品。陸續出版的《將軍與我》(1976 年）、《八二三注》(1979 年）、《將軍令》（1980 年）等，可說是其戰爭小說的系列之作。至於屬於較早期完成之反共文學作品，也在稍晚結集成《海燕》(1980 年）出版。可以說，至少在過去 30 年間，朱西甯寫反共或戰爭的題材，實爲其創作的一大重點。至於不願意承認自己只是「那種」反共作家或懷鄉作家，也只能是作

[9]應鳳凰，〈朱西甯早期小說及其反共文學論述〉，頁 242。

者自爲詮釋下的辯解，實無法與無須否認文學身世與軍中身世的關聯。

離開軍伍以後所寫的作品，卻又與戰爭事件與文化密不可分，大抵可以顯示朱西甯所置身的書寫脈絡所在。《將軍令》就是此一時期完成的作品。朱西甯在書序中提到他的理念：

> 戎馬生涯二十餘載，身受軍旅栽培造就，卻于國恩無報，悵然在懷。解甲前後雖曾以十年光陰完成《八二三注》，也算嘔心瀝血之作，然也猶未盡申感恩之情。而最是有緣隨從多位上官將軍，皆人世裡不可多見的尊貴之人，有幸受其教誨、被其薰陶、沐其風範、仰其節操，莫不令我終生難忘，受用不盡。…看我所隨從的多位將軍，勳業彪炳可入青史，不必我來多費筆墨，我寫《將軍令》，意不在為諸位將軍立傳揚名，還因我受益殊深，未可獨享，不過藉其片言微行，瑣屑軼事，將我身受的春風雨露與人分霑共享罷了。[10]

書中不同篇章所塑造的將軍個性並不相同，但都在強調其智慧與文化教養。比如〈智篇〉描述一位有新儒家風範的將軍形象，具備深厚的中國傳統禮教觀，讓人如沐春風。又如〈法篇〉中的將軍，展現軍人重視中國歷來的精神教化之功，而能達到「天人合一」的氣節與操守，並有與共黨軍隊持久抵抗的信念。這些個案最後都可以集合爲一種朱西甯的信念，陳國偉便指出，朱西甯刻劃這些將軍們的背後：可以發現一個更爲基本、更爲終極的將軍形象，一個完整的「典型」，一個「總體」，正是將軍們呈現出來的「共相」[11]。

此外，朱西甯針對發生於 1958 年的金門「八二三炮戰」，以六十餘萬言完成《八二三注》此長篇，並在 1970 年代出版，應當可視爲他頗爲重要

[10]朱西甯，《將軍令》（臺北：三三書坊，1980 年 1 月），頁 3～5。
[11]陳國偉，《朱西甯系列小說研究：文學生命的寂寞單音》（嘉義：中正大學中國文學所碩士論文，2000 年 6 月），頁 68。

的戰爭小說，卻似乎未受到太多關注。然而，數年後因改編爲電影劇本等問題，中央電影公司導演丁善璽便曾撰文批判朱西甯，認爲朱所寫爲「假戰鬥文藝」[12]，這等於是同一系統內的路線之爭，話題沸騰一時。

吳達芸曾有兩篇論文探討《八二三注》，分別是〈在君父的城邦：朱西甯《八二三注》的書寫策略〉（2001 年）及〈書寫在異鄉：再讀朱西甯及《八二三注》〉（2003 年）。在朱西甯過世不久後的這兩篇長文，重新提醒了讀者必須關注朱西甯曾經與反共、軍方、戰鬥等歷史有著密切關連的重要經歷。

吳達芸認爲，《八二三注》出版甚久，但所獲致的回應入不敷出。有反共文學的擁護者的掌聲，但是導演丁善璽則揚言要求朱西甯「放下你的面具」，認爲會「導致一般觀眾感染到假戰鬥文藝的病態」。吳文並認爲，朱西甯是由基督徒世家、儒教家風及軍人身分三種特質所浸淫塑成的人格型態，「所以他雖然寫的是小說，秉持的卻是在君父的城邦，循規蹈矩、服從執行、無私無我的使徒（基督宗教）與史官（儒教）的傳道傳真精神」[13]。

吳達芸強調，朱西甯的〈被告辯白〉與〈豈與夏蟲語冰？〉兩文，揭露了自己的特殊寄託與寫法，但卻也爲讀者帶來諸多困惑：究竟何者爲真？是神化領袖爲真？抑或明褒暗扁爲真？[14]論者指出在《八二三注》中藉由神話老蔣，使其出現呈現無聲戲的扞格狀態，原來是爲了對孫立人將軍案的不平申冤，對老蔣積怨沉浮於作品之中，可見其城府之深。但，文中也認爲，這種筆法正是作家對他自己看見／相信的歷史所做之見證，可以說，未必真實，卻也留下諸多戒嚴時代的印記。則閱讀這戒嚴時代的小說便有如偵探小說一般，恍然有了解謎與迷路之各種可能的興味。

[12]丁善璽，〈朱西甯，放下你的面具！〉，《獨家報導》第 11 期（1987 年 3 月），頁 102～108。
[13]吳達芸，〈在君父的城邦：朱西甯《八二三注》的書寫策略〉，《臺靜農先生百歲冥誕學術研討會論文集》（臺北：臺灣大學中國文學系，2001 年 12 月），頁 275～277。
[14]對於小說中的「偉人」，張瀛太的研究也頗可參考，請見其〈文學中的戰爭與偉人：論《八二三注》的寫作意義〉，《國文學誌》第 7 期（2003 年 12 月），頁 261～283。

吳達芸隨後又有一文〈書寫在異鄉：再讀朱西甯及《八二三注》〉，由「反共的時代結束」的位置來重新評價這部作品，希望在一個不反共的時代提出一個新的解讀可能。文中特別提出小說具有「異鄉書寫」與「反戰書寫」的立場，因而表露出他與國府主流觀點無法融合的處境，卻也成就他文學的獨特風格與價值[15]。本文較諸前文之討論其策略，更直接肯定朱西甯不同於官方主流思考的立場，由此肯定了本作在「後反共時代」的重要意義。

相關的研究都指向，朱西甯絕非不適合被冠上軍中作家或反共作家的稱號；相反地，這種將反共文學、藝術性與民族文化復興相結合的文學思想，說明了朱西甯如何有別於黨國主流的文藝觀（一種非主流的文藝觀），但也異於 1970 年代後「回歸鄉土」的文藝思潮之差異所在。朱西甯身為反共與戰爭小說、論述的重要作者，理當期待未來關於這方面的研究會越來越蓬勃。

三、流亡的鄉土與民族文化：關於朱西甯鄉土（懷鄉）小說的研究

朱西甯的鄉土小說，緊接著在他的反共小說後出場，成為他文學創作上第一個高峰。可以說，朱西甯或許透過反共與戰爭小說、論述，可以表露他對時局與文化的某些立場；但，真正能在藝術上獨立地揭露他自己對於人性與文化之見解者，復能在戰後臺灣文壇建立其小說家地位的代表作，仍須推這批主要創作於 1960 年代的鄉土題材小說。此類型主要的作品有：《鐵漿》（1963 年）、《狼》（1963 年）、《貓》（1966 年）、《破曉時分》（1967 年）、《旱魃》（1970 年）等。

司馬中原與朱西甯堪稱是冷戰時期書寫中國鄉土小說的代表作家。將中國鄉土民情鋪陳再現，不只是鄉愁的坦露，同時也在情節與人物的塑造

---

[15]吳達芸，〈書寫在異鄉：再讀朱西甯及《八二三注》〉，《紀念朱西甯先生文學研討會論文集》（臺北：聯合文學出版社，2003 年 5 月），頁 69～71。

中凸顯作家在家國飄零下特殊的價值取向。由司馬中原來談朱西甯的鄉土小說，〈試論朱西甯〉（1963 年）[16]此篇可說是一個文學知己的會心闡釋。

文中所論《狼》一書所收作品就創作時間而言，從〈未亡人〉（1951 年）到〈福成白鐵號〉（1963 年），可看到朱西甯長達 12 年時間的文學發展。論者便依時間分爲早期，過渡期，近期，作階段性綜合品評。

司馬中原認爲，在作品契入的角度上，朱西甯似乎在東方——民族生存和延續的大環境中尋求其思想的站立，作爲他作品的支柱；他放棄了時間形成的歷史表態，僅將其安置在作品次要位置，他認爲若就時間觀點上看現代，現代瞬即化爲歷史，故他僅僅掌握住人類內在的靈明和愚昧，書寫他內在的大愛，作爲他作品主要重心。從《大火炬的愛》到《狼》幾乎全置於民族生存，繁衍，延續的大環境之下，以他最熟悉的事物作爲背景，向四面八方展射的：

> 他筆下的人物，代表著民族傳統的兩面：一面是躍動向前的，一面是停滯的；這兩者觀念的衝突，成為民族悲劇之主要導線。因此，他每篇作品都有著悲劇的延伸性，……，朱西甯作品的最大特色就在這裡，他不認為悲劇是一種個體的終結，而是群體醒覺向前尋求希望的起始力量。本此，他無時不在冀求引升人類，穿過痛苦進入慰安，同時他告訴人們一點一滴尋求「更新」與「建造」的艱難。……因此，他最品中所表現的生活面是沛然驚人的，在和他同時代的作者中，還很少有人能與其相提並論。[17]

司馬中原認爲「早期」的朱西甯在作品〈海燕〉、〈三人行〉的思想與表達間是有著較大差距的，這種不均衡的現象主要植因於他內向的性格。朱西甯於 1957、1958 兩年間，推出了他「過渡期」的產品〈騾車

[16]本文另有一副標題：「寫在當代中國小說叢書之一《蛇屋》之前」，但實際出版時，這本小說集卻名爲《狼》。此小說叢書爲司馬中原所編，第一輯第一種出版的除朱作外，尚有司馬氏自己的《靈語》，和段彩華的《神井》。

[17]司馬中原，〈試論朱西甯〉，《文壇》第 42 期（1963 年 12 月），頁 21。

上〉、〈祖父的農莊〉、〈生活線下〉、〈再見！火車的輪聲〉、〈偶〉等多篇。這一時期的朱西甯，擴大了他取材的範圍，使思想的觸角進入各種不同的客觀世界，面對每一篇作品，則力求收斂，講求精度與純度，和自然的呈現，比之早期力求鋪放和費力的架造，顯然更進了一步。

1961～1963 年間他發表〈偷穀賊〉、〈狼〉、〈蛇屋〉、〈白墳〉、〈紅燈籠〉、〈福成白鐵號〉等重要作品，而此一階段開拓中最具代表性的作品：〈狼〉、〈蛇屋〉。特別是在頌揚〈蛇屋〉這篇作品時，司馬中原認爲朱西甯創造了一個民族的熱愛者——蕭旋，更通過蕭旋，抒發了作者生命本身以及同時代青年群對於生命的回溯與展望。蕭旋從他白山黑水的家鄉，從義勇軍奮鬥的行列，到成爲保衛祖國的行列中的一員，他旺盛的心臟與祖國同時起伏，他每條賁張的脈管全注滿民族的熱愛。來臺後，蕭旋受命進入山區，擔任組訓民眾工作。爲了感化「山胞」，革除積弊，他以堅忍卓絕的毅力達成了他所擔負的使命：

> 對於高山民族——偉大中華民族中的一系，對於他們物質文明的低落，觀念的保守，生活的骯髒，蕭旋全能忍受，他以對整個民族的愛心洗淨它們，並從綠蛇——那山地同胞古老神祕觀念的象徵中，盡力尋求他們的美點，即使他受蛇（觀念）所咬而斷指，他仍然那般熱愛著他們。[18]

關於感化原住民的部分，我們看到朱西甯基本上未脫民族主義與進步主義的觀點，犧牲奉獻的精神其實最後還是爲了成全中華民族大業之完成。司馬中原並未能指出其中的族群偏見，但這恐怕也是當時弱勢族裔知識貧乏的作者所難以避免的盲點吧。總之，廓清了中國與臺灣鄉土裡的舊傳統，中華文化方有希望，成爲朱西甯鄉土小說的重要題旨。

不過，正如本文「序言」曾提及的看法，朱西甯自認對鄉土裡傳統文

---

[18]同前註，頁 27。

化與問題的描寫，主要是基於除惡，而非懷舊。但，不少讀者卻未必能直窺其妙，往往只執其一端，未解風情。無論是作者擁有解釋權，或是讀者與評者偏愛僅取所需，總之，這種幽微的「撥亂反正」題旨，往往無法爲所有讀者掌握，而更需某種程度的爭辯與對話方得逐漸明朗。

魏子雲的〈評〈狼〉〉（1962 年）一文，是學院中比較早爲朱西甯爭議性作品予以聲援的論文。針對不少讀者認爲文中乃在譏嘲二嬸之淫亂，魏子雲反認爲這是在表現「對一名不育婦人的母性心理之値得同情」。甚且，對小說結尾的和諧處理方式，魏子雲更以儒家思想爲之闡釋：

> 中國人受儒家思想薰陶至深，故待人處事。無不以仁人之心存忠恕之道。所以我們中國人最講求容忍的工夫。〈狼〉所歌頌的便是諧和在中國社會上的傳統思維，極顯然地，作者在懷念著那個諧和的社會。[19]

魏文的評斷，已是試圖站在作者角度爲之開脫，認爲朱西甯不只對母性有所體會，也對傳統儒家文化甚爲懷念。但，若就朱西甯自揭底牌的說法：「〈狼〉的直指執迷於嫡系己出之愚，乃至內門內行，外門外行之蠢；試就你所知或許不詳的孫案拿來對照一下看看」[20]。這麼一來，不只說明朱氏鄉土小說之主題難於即刻通曉，連魏子雲之說亦尙差一間；甚且，我們要問：究竟是評者將小說讀爲「懷舊」比較不解風情、拘泥於族群意識？或是作者本身這種「寄託遙深」的政治諷喻更具備政治意識？看來，傳統文化意識與政治意識兩方面的可能性，都是閱讀朱氏小說必須放在口袋中的兩個路標。

尙有，柯慶明在〈論朱西甯的一本短篇小說集：《鐵漿》〉（1968 年）裡的闡釋，亦在很早就肯定朱西甯的鄉土小說在面對傳統時自有獨到的見解。柯慶明認爲，作品中朱西甯追尋著傳統的改變與繼承問題，想在對立

[19]魏子雲，〈評〈狼〉〉，《偏愛與偏見》（臺北：皇冠出版社，1965 年 8 月），頁 27。
[20]朱西甯，〈豈與夏蟲語冰？〉，頁 96。

的傳統社會與現代文明中搭建起一道過渡的橋樑。以致於將這樣的求索也延伸至《破曉時分》，及敘述兩代之間困難的長篇小說《貓》。可以說，較早結集的《鐵漿》標示著這樣蛻變的完成。鄉土社會中的悲劇英雄，正式擔當起拯救社會，喚醒眾人的悲劇角色，也正是朱西甯面對傳統與現代的一種態度：

> 洋溢在《鐵漿》這一本短篇小說集中的是一片悲劇氣息，而且大部分說來都具有古希臘悲劇的意涵，一種或可稱為血氣英雄的人物與命定環境的抗衡，構成朱西甯小說中「動作」的中心。……他們是少數分子，通常在社會上並不得到同情，而且往往他們所面對的不只是一個惡意的社會而已，另外還有冥頑莫測的命運，嚴酷的自然，還有自身糾纏不清的弱點。假如說他們之於那個並不理想的社會或者生存情境具有什麼意義的話，主要的就在於他們保留了一種「猛志固常在」的抗議，把這種抗議的英勇形象深深印到另外一些較弱小者的心目中。[21]

在論《鐵漿》一文中，柯慶明充分發揮了文本細讀的功夫，並一步步導向朱西甯小說中對人類命運與性格的思索等基本命題。柯文闡釋極爲精細，認爲當朱西甯向形成現在基礎的過去探索時，他發現了傳統中國鄉土社會中的鄉土人物和血氣英雄，接著他意識到要承繼這樣一個過去的困難，尤其是糾結在這一塊黃土上的人生竟然是充滿各式各樣的悲劇的存在，格外令人茫然。在迷惘中朱氏更進一步發現了是人類具有這種悲劇的本質，而不只是過去產生了悲劇，這終於達到一種欲說還休的悲慨。

可以說，朱西甯在他的鄉土小說中，的確思考了中國文化與國民性格等根本議題，並且在悲劇感中呈現出他的疑問與批判，顯示了他自覺承擔起知識分子關切國族命運的積極角色。

---

[21]柯慶明，〈論朱西甯的一本短篇小說集：《鐵漿》〉，《境界的再生》（臺北：幼獅文化公司，1977 年 5 月），頁 404。原文刊《新潮》第 17 期（1968 年 6 月）。

張素貞的〈試探朱西甯小說的主題意識〉(1985 年），應當也算是學院研究者較早專論朱西甯的代表論作。重點在於綜論朱西甯小說的主題意識，提煉、提示了諸多朱氏小說的重要主題路線。

論者認爲一位小說家的書寫經驗來自於想像經驗以及實際經驗，得力於平日的精細觀察，並於小說中展現出來，同時：「朱西甯的小說，不論取材、表現手法、語法、都是民族文化本位的，具有濃厚鄉土味與東方色彩，而且每篇各有風貌，技巧運用也往往各不相同」[22]。

論者發現朱西甯的小說特質具有「悲憫人性的愚拙脆弱」，在朱西甯的小說轉趨成熟的時期，1957 年他寫了「在騾車上」，以幼童第一人稱的敘述觀點，描述馬絕後的撿小便宜、玩小心眼、損人肥己、縮頭怕事、自私自利還理直氣壯。提醒人們面對自己的缺陷，能警醒而省悟猛改，作者挖掘人性的缺陷，充滿了悲憫的情懷。因而，這種借鄉土人物與背景，直趨人物心靈善惡問題的書寫方式，便成爲朱西甯作品重要的主題：

> 細看朱西甯的作品，在多采多姿的小說世界中，隱隱然可以發現一條貫串的主線，那便是：深入探討人性的複雜矛盾，愚拙脆弱，有意無意留下悲憫的感喟；要以小說家真知實感的智慧，激引讀者的情感，體驗現實人生的萬般滋味，參悟人生的奧秘，培養貞定的情操，進而提升人類靈明的心性。[23]

值得一提的是，文中對於提升人類靈明心性的思想來源，還提到「宗教力量」與「宗教思想」的作用，可惜尚未深入剖析。關於朱西甯文學思想中的宗教意識，連帶臺灣宗教文學與作家，確然還是研究者有待開發的領域。

[22]張素貞，〈試探朱西甯小說的主題意識〉，《細讀現代小說》(臺北：東大圖書公司，1986 年10月），頁 82。原文刊《文風》第 45 期（1985 年 5 月）。
[23]同前註，頁 83。

至於因研究朱西甯，而引起朱氏的種種反響並撰文回應的王德威，則是對朱西甯的鄉土文學與歷史意識別有說解，進一步確立了朱的文學史定位。只不過這種以鄉土或反共爲標籤的文學史定位，倒是引來朱西甯多次的不同意見，總認爲評者尚未能得其文學之妙。

在〈鄉愁的困境與超越：朱西甯與司馬中原的鄉土小說〉（1991 年）裡，王德威將朱與司馬的鄉土小說置放在兩岸的華文小說傳統裡，力陳他們兩位是臺灣鄉土小說由「思故土」過渡到「念本土」階段，最值得注意的作家：「我以為他們的鄉土作品，上承三、四〇年代的原鄉視野，下接王禎和、黃春明等的本土情懷，在文學史的傳承關係上，扮演了極重要的角色」[24]。姑不論這種大中國史觀下的文學系譜連結是否有過於牽強之嫌，王德威主要強調的是朱西甯如何以宗教啓悟的方式來解決鄉土人物與環境苦鬥的難題，但正因如此，也顯示原鄉的漸行漸遠，只能在紙上心中以鄉土寄託他們對家國、文化的各種期盼，他們真正的難題是：「要如何說服下一代的讀者，『真正』的故鄉是在海峽彼岸？是在《荒原》與《旱魃》所呈現那樣的世界中？」[25]。

而王德威另一篇〈畫夢紀：朱西甯的小說藝術與歷史意識〉（2003 年），可能更是他對朱西甯文學的重量級論作。王文中值得關注的看法，在於重申朱西甯與軍中、反共、懷鄉的關係，正是他文學能夠成其大的關鍵，這與筆者本文一再強調重視朱西甯基本美學與政治立場的觀點有若干相合之處。同時王文也認爲朱氏的現代主義作品並未十分成功，受影響或相關之痕跡明顯，相反地，他的鄉土小說中的許多思考方式已證明他是一個具有現代意識的作家，甚且也帶有存在主義風格。文末，王德威極力推崇《華太平家傳》（2002 年）爲他後期最重要的創作成績，當中所延續的中國抒情傳統，在一片中國新文學傳統之「文學反映人生」的口號中，這

[24]王德威，〈鄉愁的困境與超越：朱西甯與司馬中原的鄉土小說〉，《小說中國》（臺北：麥田出版公司，1993 年 6 月），頁 279～280。原文刊於《中央日報》1991 年 4 月 12～13 日，16 版。
[25]同前註，頁 296。

種「反」的書寫模式似乎更具有美學與倫理價值：

> 在他迤邐展開的原野長卷裡，朱藉心中典範人物，點染理想圖式。他的一片民國江山，最後落實在鄉野、民間、日常生活的實踐上。這是他抒情的極致了。而這抒情的極致，借用沈從文式的話來說，就是生命「神性」的顯現。[26]

依據王德威的論點，朱西甯似乎以抒情的方式，將他一生反共、延續文化傳統的志向完全實現在這一烏托邦情境裡，而這比起過往以革命、戰鬥、反共的表現方式，更能說明他理念境界的崇高。無疑地，王德威也和前輩夏志清一樣，以對中國左翼傳統與寫實傳統的貶抑（但更爲隱微），高揚了朱西甯所代表的抒情文化追尋模式，這一觀點本身與朱西甯地位的確立，如何可能悄然形成對臺灣文學典範（甚且是中國當代文學典範）的移轉，便是一種值得考察的研究現象。關於類似的論述立場，以爲朱氏的烏托邦書寫乃爲維繫華族文化，並貶抑本土化運動爲「去中國化」，黃錦樹的觀點也頗可一併觀之[27]。

而提及朱西甯對民族文化的觀點，則朱西甯之受張愛玲與胡蘭成的影響問題，便也無可忽略。此一影響問題，與朱西甯受宗教信仰影響的問題一樣，在研究上都尚有很大開展空間。

莊宜文的〈朱西甯與胡蘭成、張愛玲的文學因緣〉（2003 年）一文，便詳論朱西甯與中國文壇著名的一對「怨偶」如何聯繫與受影響的過程。值得關注的是本文提到朱西甯在 1960 年代開始引介張愛玲文學，但受其影響則只是階段性的；不過，與胡蘭成在思想理念上的相通，如「世界文明史的正統在中國」等，才更是朱西甯 1970 年代後創作與論述思想的基底：

---

[26]王德威，〈畫夢紀：朱西甯的小說藝術與歷史意識〉，《紀念朱西甯先生文學研討會論文集》（臺北：聯合文學出版社，2003 年 5 月），頁 29～30。

[27]黃錦樹，〈身世，背景，與斯文：《華太平家傳》與中國現代性〉，《文與魂與體：論現代中國性》（臺北：麥田出版公司，2006 年 5 月），頁 227～247。

> 胡蘭成不僅與他觀點謀合，其廣博學識與宏觀視野，更能言其所不能言，並提供其對抗現實潮流的依據，進而讓此階段的創作訴求獲得憑藉的力量。……自七〇年代開始寫作系列小說，亟欲透過創作傳達自身信念，接觸胡蘭成學說之後，他更以此對應時局。[28]

如此一來，我們可以更清楚理解到，朱西甯並不像張愛玲那般只想成爲一個出名的作家，他的文學乃別有懷抱，另有志向，而這志向當然與他承繼自對孫立人、胡蘭成的思想有關，也與他終生積極反共、戰鬥、傳教（此「教」可兼及宗教與華教）。至於朱氏與胡氏對朱天文、朱天心等「三三世代」的影響，以及後人的踐履、轉型，那就是另一則有關 1990 年代後，臺灣文學思潮與路線的新課題了。

四、現代性的寓言：朱西甯小說與現代主義思潮關連性的研究

除了反共與戰爭小說這獨特的書寫類型，及其鄉土小說所延續的鄉土書寫傳統與文化議題，使得朱西甯的小說藝術引人注目外。朱西甯另一項備受關注的焦點，乃是他小說裡心理寫實的功力，以及對文字使用進行實驗、鍛鍊的前衛實踐。代表作品有如《冶金者》（1970 年）、《現在幾點鐘》（1971 年）等。

這些具有文學現代性色彩的成果，使他的作品有別於一般以寫實手法創作的同輩作家，但對於這些小說美學上的作爲，是否能完全改變他在文學史上所代表的意義與形象？他是一個秉持特定文化信念創作的軍中作家？或是一個不斷求新求變的小說藝術家？亦或者兩者皆有，但有傾向比重上的差異？顯然就是讀者與研究者關注的焦點。

張大春的〈那個現在幾點鐘：朱西甯的新小說初探〉（1991 年），應

[28]莊宜文，〈朱西甯與胡蘭成、張愛玲的文學因緣〉，《紀念朱西甯先生文學研討會論文集》（臺北：聯合文學出版社，2003 年 5 月），頁 143。

當是較早以正式論文形式討論朱西甯之新小說語言的論者。

張大春極力爲朱西甯申辯之處，在於朱西甯的文學成就未受到足夠肯定。他認爲朱西甯與司馬中原、段彩華被冠上「軍中小說三劍客」，有如被貼上顯著的「標籤路線」，或者被泛政治化地披上一層集團性色彩。凡此種種皆使 1960 到 1980 年代之間朱西甯的創作失去進一步被挖掘的機會。1970 年代臺灣文學界籠罩在「本土自覺」的氛圍下，寫實主義美學與小說迅速發展，倘若不能明顯呈現這些理念，便會錯失批評家的青睞，而朱西甯在 1965 年之後的小說就是在如此氛圍下被「遺忘」的。換言之，張大春明顯的以臺灣寫實主義文學思潮作爲對照組，既欲提高朱西甯新小說之成就，也同時奚落、嘲弄了寫實傳統之文學觀點。對張大春來說，似乎是寫實主義陣營大盛，才導致朱西甯之小說橫遭冷落。

張大春並認爲 1965 年後的朱西甯，已發展出一套新的文學語言模式，破壞了傳統的敘述方式，而別有一種敘事魅力。1968 年發表於《純文學》雜誌的〈哭之過程〉就是一個典型的範例。此篇藉由「天真敘述者」特殊的感性形式，進而營造一種柔膩婉約的散文敘述風格，使這片作品延伸出另一層作者感傷的敘述中所包含的深沉思考：

> 朱西甯在運用「天真敘述者」的技法之時，似乎並不介意將許多「不符合該敘事者身分、教養、背景、認知和感情的」材料裝填到小說裡去…；一如他不介意在使用意識流技法時擴大了或度越了敘事觀點所能陳述的「內心活動」的範疇，因為朱西甯並不強調小說人物（角色）「再現」（或複製）現實人物（角色）的功能性，卻是透過那些細膩的、精準的描寫或摹擬筆觸來彰顯敘述本身的自由。換言之，故事、情節、人物……都是在為小說家的敘述效命的。[29]

[29]張大春，〈那個現在幾點鐘：朱西甯的新小說初探〉，《張大春的文學意見》（臺北：遠流出版社，1992 年 5 月），頁 111～112。筆者案：此文原擬收錄於書中，現尊重作者意願不收，但因屬重要研究文獻，建議讀者可自行參照。

尤有進者，在〈現在幾點鐘〉裡，朱西甯把小說當成一個敘述語言的實驗場，他讓敘述觀點所寄寓的「我」馳騁其毫無節制的聯想或想像，透過這些「無關宏旨」，呈顯的不只是插科打諢的閱讀樂趣，更重要的是：這樣做徹底扭轉了讀者對於小說的期待，小說也由「宏旨」的陳腔濫調中解放出來。他因此認爲，由〈現在幾點鐘〉開始，至少在「人物」、「情節」的退居次要地位、以及與小說「宏旨」無關的陳述，乃至於假意識流技法而呈現諸般支離破碎的經驗、現象等方面，朱西甯堪稱是臺灣的第一位帶有法國新小說意味的小說家[30]。

張大春認爲，朱西甯勇於以「沒事兒」的破格創意，早在 1960 和 1970 年代之間已悄然完成了他的小說革命。對於 1990 年代初，後學的年輕作者著迷於「後設小說」（"meta fiction"）之新奇可愕，其實便不應遺忘前輩作家同樣的實驗精神。而這種重要的價值，卻是在寫實主義美學大興後被刻意遺忘的結果。

對於研究的角度來說，張大春的成果提醒我們必須注意朱西甯在語言實驗上的表現。然而朱氏對調動語言的興趣與 1960 年代的現代主義思潮又帶有何種關係（朱西甯對西化的現代派也頗多批評）？爲何白先勇、王文興等年輕作家的文字實驗獲得讀者肯定，而前輩作家的實驗卻似乎不能被同等對待？語言的前衛性與思想的前衛性對等與否（是否具有真正現代的文學、社會與族群意識？），有無可能是新舊兩代現代主義者真正的分野？這些無疑都是有待繼續深究的議題。

不過，在張大春之文後，陸續已有論者注意到朱西甯與現代主義思潮的關連。

陳芳明教授的〈朱西甯的現代主義轉折：重讀「鐵漿時期」的作品〉（2003 年），文中特別提及朱西甯與 1960 年代的現代主義文學家不同，

[30]張大春，〈那個現在幾點鐘：朱西甯的新小說初探〉，頁 121～124。

並非受到美援文化影響，而是由魯迅與張愛玲那裡得到現代主義養分。而值得重視的觀點是，陳文不只如張大春那般把語言實驗當作文學的終極意義，他更指出這種現代性手法背後與朱壓抑的社會意識與政治情結間的關連。這種藉由整篇或部分的隱喻、象徵，而試圖達到對中國文化現代化，以及孫立人冤案的反省與批判，便是朱西甯現代主義小說的特殊定位所在：「從現代的觀點，他開始挖掘被壓抑的歷史記憶，以及被壓抑的政治欲望。這雙重的挖掘，都未嘗偏離現代主義的技巧。」[31]

陳芳明這種提法的重要意義，在於提醒我們看待朱西甯文學中的現代性具有之政治與現實意涵，有助於解釋朱氏為何偏愛使用各種心理寫實與象徵性的寫法。但另一方面，或許也正在於朱氏這種面對中國現代化諸問題所採取的態度，如果只是一種對傳統的改良，而不是反現代性（真正的現代主義精神），則朱氏的現代主義是何種「現代」？這種政治隱喻式的現代主義和美援下的現代主義，對於他們所欲批判的現實問題，以及所欲顛覆的文學傳統，真具有激進的文學意義嗎？或最終仍不免是「技巧大於思想」的不反現代性的現代派？這問題就攸關臺灣現代主義文學背後的思想傾向問題，其美學化的政治意義，有待進一步予以考察。

此外，張瀛太的《朱西甯小說研究》（2001 年，未出版）是學界第一部專論朱西甯的博士論文，針對說的敘述形式有較多討論，觀點有獨到之處。她的幾篇論文皆整理自博士論文發表，所論極為詳盡，對朱西甯文學研究有重要意義。其中，如〈朱西甯六、七〇年代的小說實驗：以〈失車記〉、〈本日陰雨〉、〈現在幾點鐘〉、〈蛇〉、〈巷語〉等作品為例〉、〈從敘事視角之運用看朱西甯小說的寫作技巧〉、〈從「行為演出」到「心理演出」：朱西甯 60—70 年代（早、中期）小說的情節經營〉，皆觸及朱西甯實驗性寫法中，有關從意識流到反情節和結構，去人物、存敘述等主要表現手法的意義。

[31]陳芳明，〈朱西甯的現代主義轉折：重讀「鐵漿時期」的作品〉，《紀念朱西甯先生文學研討會論文集》（臺北：聯合文學出版社，2003 年 5 月），頁 186。

不過，本文特別想提出〈從「傳統的現代化」到「現代的民族化」：論《華太平家傳》與朱西甯小說創作美學的轉變〉（2004 年）一文予以討論，認為其在敘述手法上的分析具有與前述各種觀點對話的效果。張文提出了值得重視的另一種看法，便在探討這部遺作中理念與藝術無法和諧的原因。

論者首先提出小說主要三大內容，分別是文化典藏和史料掇遺、福音的中國化、西體中用。《華太平家傳》終於實踐了朱西甯「把當代人生活細微的留下來」的心願，以風俗誌記錄過去種種生活與民俗知識。他將舊社會下的鄉俚俗諺、讖語、村話、土話等解說記錄下來，成為一本傳統民俗百科全書。書中對於史料的處理，只是冷靜地呈現而不帶任何情緒反應，它們在小說的存在意義，無助於情節或人物性格的展現，卻像是為了「保存」或成為「知識」。

理念的部分，則是胡蘭成「大中國主義」的直接體現，《華太平家傳》是把朱西甯晚期小說的「基督教中國化」具體哲理化、論述化甚至論著化了。張瀛太以為，藉著傳統文化的認同與信奉，不只構成對民族母體的歸屬感，其只視中國文化為唯一出路的大中華意識形態，也延伸出了強烈的排他性：

> 證諸於「三三」日後的言論，這種排他性可表現在兩方面，一是排斥西化崇洋，呼籲民族自覺；一是對應於鄉土文學的本土化或偏窄化，以正統宏觀自居。而這樣的認同與認同之內容，正是構成朱西甯調和中國文明與基督教的理論根基，並形成藉以對抗鄉土文學和工農兵文學的「唯一出路」。[32]

因此，張瀛太的研究試圖提醒，朱西甯的理念和信仰成就了小說美學

[32]張瀛太，〈從「傳統的現代化」到「現代的民族化」：論《華太平家傳》與朱西甯小說創作美學的轉變〉，徐國能主編，《海峽兩岸現當代文學論集》（臺北：臺灣學生書局，2004 年 2 月），頁 394～395。

的獨特性，卻也成爲他藝術發展的牽絆。在很多時候，小說中是在「供養」這種基督教義與故國情思，而更甚於小說創作。不過，對一個終生秉此宗教化的文化信念的作者來說，這樣的小說形態恐怕也是「教義供養人」必然的抉擇罷。

在上述的實驗性語言美學關的討論之餘，或許我們已意識到，積極要恢復朱西甯文學地位的論者，不無刻意將反共與鄉土文學類型作品摒除不論，再將朱西甯之前衛、非寫實等同於進步與高藝術性；而相對於此，則寫實主義與臺灣本土題材的鄉土文學，則有意、無意被歸類到形式僵化，以及徒見政治不見美學的位置上去。

不過，這麼一來，朱西甯的反共與鄉土文學就只能繼續被掩埋，而這些類型文學所具有的高度意識形態色彩遂隨之被視而不見。塑造出帶有前衛色彩、高度美學性，不涉政治觀點的朱西甯形象，更能夠還原歷史的實情，而爲朱西甯換得更高的文學位階嗎？或許，我們還是需要解決本身便是把美學高度政治化，也把政治高度美學化的朱西甯美學，辯證性地思考與把握，並重新加以深入剖析才可能產生出更具共識的基礎罷！

五、小結：以文學與文化作為信仰的小說家

如果不要「污名化」反共文學與懷鄉文學，朱西甯以他第一代流亡者的身分，受難者的身分，當然無法避免以這樣的角度去書寫歷史。因而，將反共與懷鄉的書寫，寄寓著復興中華文化道統的使命，他的文學志業所在，絕非一個非文學的議題，因而必須因任何理由刻意迴避。相反地，恰恰因爲朱西甯以書寫爲信仰，以文化存續爲志業，則他的反共小說與鄉土（懷鄉）小說已成爲他美學與思想的堡壘，這正是他有別於依循國府主流思維的作者，而堅持自己衷心信仰的真理路線的價值所在。他的文學與思想價值首先應得到擁護者或反對者的尊重，卻不必因爲愛之而必欲棄之以提高其純文學地位，甚或是厭之也必欲棄之以貶抑他諸多爭議性的作爲，如此則我們才可能趨近於理解真實的朱西甯文學。

另一方面，對於美學成就方面的討論，實難與作者的政治思想、文化理念、宗教思想等截然二分。帶有使命感的文學，未必就是功能大於美學，從而不具有文學價值；同樣地，文學的技巧與語言的變化容或帶有高度的美學變革意義，也未必就等同於思想與內容的深刻與前進，因此便絕對必須獲得讀者肯定。朱西甯的文學，無可避免地與他流亡、軍旅、宗教、文化使命等際遇所形構的立場息息相關；甚且，他還堅持以一套形同信仰的理念來回應各種立場的挑戰，並未迴避與人論戰。那麼，刻意只談文化政治因素，或刻意只提純粹美學因素，這兩種研究取向，都難以兼顧到書寫主體所具有的複雜性。因此，關於朱西甯研究的進展，也實在到了朝更有彈性而務實的方向轉變的時機。

我們相信，好的文學必然不會寂寞。不過，好的文學不必然是眾人皆讚賞的作品，卻必然是誠實體現其藝術心靈的作品，張愛玲的人與文學似乎是朱氏的一個好典範。就這點而言，朱西甯文學與思想如若是誠實的藝術心靈之呈現，那讀者與研究者向這一誠實心靈致敬的方式，毋寧就是誠心的閱讀，與回歸歷史脈絡的解讀。借用朱西甯早年的一段話來說：「因爲那昔在、今在、永在的創世主，不斷想我們展現的新象，萬不是明日便舊了的新，也萬不是另起爐灶的新」[33]。相信，誠實體現心靈的好文學便具有作者所欲訴求的恆久常新的價值，在文學的城邦裡必然不會寂寞，也終換得屬於他應得的聲名。

[33]朱西甯，〈一點心跡：《鐵漿》代序〉，《鐵漿》（臺北：印刻出版公司，2003 年 4 月），頁 17。原文刊於 1963 年文星書店出版之版本。

輯四◎

重要評論文章選刊

被告辯白

◎朱西甯

第一回「現代文學作品學術討論會」，擔任論文講評的叢甦先生記憶有誤，認爲我屬 1950 年代作家。當下提醒她，1950 年代她已是響亮亮的一位小說大家了，我還在哪裡？當年人稱鳳山三劍客，倒是司馬中原與我有些攀附之嫌，因爲段彩華早在民國 42 年即以中篇小說〈幕後〉獲中華文藝獎。而我尙比中原更晚，算是忝附驥尾。我是在林海音先生主編《聯副》的星期小說和聶華苓先生主編《自由中國》文藝版的時期，才算正式創作小說。待至孫如陵先生主編擴版的中副，方始以短篇小說〈狼〉而所謂的「成名」。經過這樣的數算，叢甦先生也才認賬兒。

第三回討論過潘人木先生的作品之後、梅新先生等不及的要我給他提供一份 1960 年代作家名單。我覺不妥，放著 1950 年代還有那麼多大有成就的作家不上解剖臺，而且不只是小說家，尙有詩人、散文家、戲劇家。「文學作品學術討論會」是要長期辦下去的，還不是排排隊爲宜，所以提供給梅新先生的仍以 1950 年代作家爲優先，即著有長篇的小說家便有十多位。今來討論司馬中原和我的作品，似乎總有躐等插隊之嫌。

我的早期作品，短篇小說集如〈狼〉、〈鐵漿〉，以及〈破曉時分〉的一部分，不止爲一兩位評論家定位於「懷舊小說」。截至約十年前，對依此定位所作的評論，聞之閱之，我也只有竊笑和默認的份兒；要不，又能如何呢？不諱言的說，這 40 年來的中國文學、大陸上的狀況不論，即在自由中國的臺灣一地言之，至少前 30 年，創作自由的空間，殊甚狹隘。譬如《中副》當年就大力提倡「健康寫實」，在這樣的範圍內、誠然，是會有相當裕如的自由空間；然而健康也者，並非一絕對標準，若乏不健康來對比烘托，又何以彰現出健康來？猶之若乏黑暗面作爲對比烘托，則又何來光明面？

然而這也不宜以懶憊的現代人所擅長的化約法，把這創作的不夠自由合盤歸罪給甚麼白色恐怖的言論管制。1950、1960 年代的作家，多有傳統士子以天下爲己任的俠情與擔當，家國意志堅毅強大，共體時艱的德性自然生發憂患意識的認同與共濟，克己以赴，秉持常道對應變局。因而自我犧牲所捨棄的方多，人性的自由要求僅是其一而已。太多不可碰的事物，半是被管制，半是良知克制；至所謂「不可」，無非顧礙於大體、群體、或整體的利益之可能遭受損傷罷了。而尙有「愛國者」出於妒忌、壞心、貪功、圖利的鄙下的檢舉密告與蔑視甚至歧視文化的情治幹部相掛鉤，也予作家們相當程度的綑鎖與殘害，或更甚於政策管制與良知克制。這在段彩華、司馬中原與我之自由度本就甚低的軍人來說，更曾身受其擾而不勝其干擾。

然而對此遭遇，至今也並無怨無悔。既然出於衷心的共體時艱，小我自是要承擔更多的艱難困苦。又既然出於自由意志的從軍報國，個人自由也早即犧牲。天下滔滔，家國蒙塵，爲天下家國謀，非爲個人謀，則其損及個人種種，自必在所不必。基於如此本質，故不唯無怨無悔，且多欣然而寬容。也就是所謂的「犧牲享受、享受犧牲」。

唯是文學的創作自由，則是爲天下家國謀，非爲個人謀，這就使令1950、1960 年代的作家們面對無可迴避的困境而必須力克的難關。

說大陸與臺灣全無文學的創作自由，應是失諸籠統而粗率的。在大陸，寫工農兵普羅文學以反帝、反資、反修、向都在享有高度的創作自由；猶之在臺灣的反共文學，非獨享有高度的創作自由，且受充分的鼓舞激勵。然而同樣的發展命運，目見萎縮，其下者淪爲教條，流於八股。似此並非關普羅或反共的真理性之可疑與否，而應是普羅與反共並非一切；再就是普羅或反共太受雙方當局的政策所獨鍾，譬如孩童太受嬌寵溺愛所慣壞。而主題表達唯恐不明、不露、不凸出，如此而安得不形式化、浮表法！原來不管普羅也罷，反共也罷，絕對是可以更深刻、更強大、更高達，也可以即是一切的。

譬如反共，反無產階級專政，就要破除階級而以全民主政。如此，即就須反共的自身先行反家天下、反黨天下、反階級特權與專制。然而這在1950、1960 年代，能碰麼？之所以不能碰，即在於半是被管制，半是良知克制。只有涉身其間的那一代的作家們，深知那個年代的非常時期之必須非常對應。於是家天下、黨天下、階級特權與專制，皆成爲非常弔詭的「必要的惡」。「必要」，至關生存，必得維護；「惡」，必要的負面，非常態，須得縮短其過渡，儘快減低其惡業而終須消滅之。〈狼〉與〈鐵漿〉兩集子所收諸篇，便都不外乎「維護必要，終滅其惡」此一思想意念。而如何經營，則本〈紅樓夢〉開宗明義的小說論：真事隱去以表達，假語村話以表現。其實也就是美學的時空與距離即是美。寫實主義者不解風情，將我的早期作品定位於懷舊文學，當年我也唯有竊笑而不表異議，一揭底牌如今倒是此其時也。

這樣說來，我是欺盡寫實主義的論評家了，也感謝他們的定位幫我掩護。但我可不曾稍欺天下眾生；相反的，雖我不一定能確認我的以民爲本的作品有何移風易俗的果效。我卻十分信仰禮樂教化功能的肯定而真切。依今人二分法的文學論，內容在於表達內在，形式在於外在表現，因執兩端，故有內容重（先）於形式，或形式重（先）於內容的兩說，皆各有理，惜不相容。依次我有體悟，二者如不同名數不能相加減，故不可能較量孰重孰輕，孰先孰後。其相異乃在內容譬如人之精神，形式應如人之肉體。一爲表達思想情感，訴諸理念，一爲表現具體動象，訴諸官能。思想情感本性即是自由自在，故重充分自由以合其性（自由是相對的，所以不言絕對自由）。唯形式表現所需相互溝通共識必須外求，則本就須受種種限定，如何越限便貴乎變化技巧，也就是意味著限制愈緊，變化愈大；由是可證，表現技巧反而需要一定程度的不自由，方始得有磨練與造就。與此相反則不得造就，其命也夭。不唯普羅文學、反共文學、即現代主義文學致力於表現技巧上的絕對自由，甚而捨具體動象，而以抽象內容直接表現之，拒斥相互溝通共識，其命運亦必如是，不得造就，其命也夭。

所有這般病象，其病根在於二分法的各執一端，對立而不得相合，兩者俱失分寸，以至位分不清。此需中國文學所發見而至王國維為止便告不被論談的「境界」，來統合內容與形式。若得如是，今日文藝百病可盡除。這是我的文學信奉——境界之統合內容與形式，猶如人之靈魂統合精神與肉體，也即太極之統合乾陽與坤陰。

——選自《中央日報》，1991年4月12日，16版

豈與夏蟲語冰？

◎朱西甯

要說出一個世代詩的韻律顏色之殊，其實不很容易；兼之涉身其間，廬山面目越發模糊。若只單單拿捏凸出的獨峰，則可能失之于偏，其海拔亦未必真高；顧到較廣視野裡綿延的群嶺，卻又失之于泛泛，備多力分，求全反乏個性，聲色俱欠鮮明，因也模糊了一個世代的殊性。

所幸 1940、1950 年代在臺灣所發達起來的文學，無論爲峰爲嶺，皆成風景，縱有差異也微而不顯，倒似富士山的山相，看是獨山獨峰，火山口齒狀的些許參差，未始不含嶺意而成趣。臺灣與大陸的先後變易，其變幅不爲不巨，然其主調總不出政治調色的民族意識的揮發，如反日、反共，兩者皆出于纏人的夢魘。唯是並不僅止于此，否則也生不出詩來。夢魘只能是一種底色，須賴夢想才美而可以坼蕾、展瓣、怒放得個萬紫千紅。夢魘是常人咸溺其間，發而爲較低的情緒反射，要靠夢想來消極的解脫和積極的創發情操。但夢想不是人人皆有，有也泰半止于似夢的自慰與虛無，其于藝術家則行動即在詩的綻燦。而求變求新即成其爲憑藉，如射擊的無倚托固可中的，且稱高明，但有倚托會更安穩自信，有可能百發百中。叢甦憑其印象把我定位在 1940 年代，我曾當面舉證遲她幾近年。儘管抗戰勝利後也曾於京兩地發表過三兩篇小說，皆不文藝青年的即興投稿，甚麼也是。即使算做 1950 年代，亦屬期。當年所謂的鳳山三劍客，彩華成名最早，幾可附 1940 年之尾，司馬中原也早我至少半年代。比起他倆，我非大器，委實的晚成許多。

重光文藝社與我素昧平生的前輩友培與紀瀅二位先生，提攜後進爲我這個無藉藉名的習作者出版我的第一部小說集《大火炬的愛》，已是 1950 年代中期。此書顧名思義即知其爲熱血沸騰的振臂高呼之作，兼之友培先生復於其中如《金汁行》潤色了一些「看哪！」「聽呀！」等警句，益增其聲色之俱厲。實際其內容，九篇中六篇皆反共題材，也都是採自真實故事。這般反共之作與其說它是一種國仇家恨的發洩，毋寧是唯我自己才知的更是一種自我反彈。

民國 38 年秋參加省運開幕劈刺與枕木表演，午後放假奔去臺大看田徑賽，不期碰見南大附中時的死黨小趙，才一敘別即說我「一直都推測你，像你這樣的傢伙，一定早就過江去了……」那意思是國共隔江對峙之際，但凡有思想、有志氣、要鬧革命的青年，莫不北渡投共。既爲死黨，自是知我。但我決心棄學從軍時即已若有覺悟，負責南京地區招生的傅孔道營長口試只問兩題，一是水的張力，一是對於貧富不公的看法。後者我即答以「貧富不是階級，是生產與分配兩者失和的結果。」其實我的夢魘是大哥已被鎮壓（槍斃），父母也掃地出門，流落江南。然而這又怎樣？抗戰間日軍毀我家多少產業和親人，我都毫無復仇之心，甚且于明故宮機場見不得留置修護飛機的戰俘拾遺煙蒂去抽，爲之酸楚不已。而我投考陸軍官校爲入伍生，寧是我頗具前瞻性的夢想，能夠具體說出口來的是衝著抗日英雄且身體力行「軍隊國家化」的大軍事家孫立人將軍，而憑之以爲倚托。火炬乃當年孫將軍新制練兵的強烈象徵，我這第一部小說集儘管早即不堪回首，唯其中九有其三皆屬夢想，也果獲孫將軍相知，召見示意對我的培植計畫，一是軍事造就，一是聘師課我經史典籍。我亦留下誓言奉慰將軍：「史書是史家寫的，不是皇家寫的。」由是伊始，我的作品風向爲之丕變，一爲中國文明之飛揚，一爲民族文化之承傳，至今三十餘年如一日：即反共亦衍變于無形而更長更闊更高更深。故持常也所以萬變無局限矣。

自 1950 年代中後期至 1960 年代初期，這期間我的作品多半收在《鐵漿》、《狼》及《破曉時分》三部集子內。就我所拜閱過的相關評文，論者多將之定位爲「懷舊文學」，都只因這些作品大抵取材於清末民初舊事之故。以取材的時空來爲作家及其作品定位定名分，且作取決的唯一依據，自然極不合宜。無視於思想表達的剖析，復無能於意境表露的解讀，應是論者的懶憊與粗糙，尤凸顯其學養不足與眼光短淺。

須知這個時期，狹義而直達的反共之作，總是受寵於當權者（除文宣當局外尚有設獎機構與發表媒體的報刊影劇廣播康樂活動等等），然而也有經得住慣與經不住慣之別。前者如潘人木、端木方、徐文水等可敬的先進們，一直都寫的反共小說，一直都堅守推陳出新，精心真情的一定水準。唯經不住慣的還是居多，形式技巧怠於用心經營而致千篇一律，流爲八股；內容表達不待醞釀成熟而致直接訴求，淪爲教條。反共縱非一種絕對信仰，然經綿亙大半個世紀的血淚對抗，與日俱增的益證其廣大的真理性，且生發蘇東波連鎖效應，此共已確然一一都被反掉了，豈可餘八股教條之弊，貶抑反共之智、之壯！故我無意輕蔑狹義而直達的反共之作，也不因我曾有過不堪回首的幼稚之作。當初反共其只識分配，不事生產，證諸其後 30 年非但共窮，且更常年飢荒，全民怠工，飢餓而死者累積不下億人。我的反共不曾有何偏失，而且日益得證「道不孤，必有鄰」，便是今之反統人士，實質不就是反共？設若大陸政權非共而行民主，國家一統有何可反？臺灣獨立復又有何必要？

然而 1950 年代不用說，1960 年代也還是由不得你對現世的質疑，即便廣義而委婉的反共，當權者（如前括號內所註）亦不解此風情。例如《鐵漿》的直指家天下的不得善終，不識潮流者不唯傷及己身，尤且禍延子孫《狼》的直指執迷於嫡系己出之愚，乃至內鬥內行，外鬥外行之蠢；試請就你所知或許不詳的孫案拿來對照一下看看。《白墳》不止是直寫孫案，多少只是不很受形式或陋規所拘束的忠貞之士，備受逼迫乃至死而後仍不已的悲情，應也都同其運命罷。又如《紅燈籠》私權侵奪公權，誤人誤國誤文明。似此作品不勝列舉，試問可以就現實中的本事取來明寫否？可以當也可以，那麼寫好了你就藏之名山罷。

其實現世中只要不至嚴苛到「偶語棄市」或動輒視爲「毒草」批倒鬥

臭的地步，某種程度或甚至臨屆於邊際的不便明言直語的局限，其於文學創造有所約束，反足催使和激發美的技巧高度運作，變幻無盡，倒頗有魔高一丈，道高一尺的妙趣。

而除卻政治禁忌，現世龐雜的種種約束尤不知凡幾。《紅樓夢》藉楔子人物甄士隱和賈雨村所透露的詩的信息爲何？豈不即就是內容的真事隱去，形式則以假語村話（生活語言）以表之？《紅樓夢》的作者（因尚有爭論——曹雪芹或其令翁曹頫？故不名）何不明言直語如實寫來？是其仁慈所約束？抑且如易繫辭所言：「作易者其有憂患乎？」依那般論者，應更將《紅樓夢》定位定名分爲「懷舊文學」不是？怎奈舊之所以令人懷思，前提即須落在舊的價值之受肯定。惜乎《紅樓夢》其於舊的價值不唯未曾肯定，且貶甚於褒。我的那個時期的作品之於舊的價值尤更大貶而微褒。如是則毋寧遺忘的好，何來懷思之有？可知我的那些作品之於那般論者，不啻與夏蟲語冰了，我唯苦笑置之罷了。

——選自楊澤主編《從四〇年代到九〇年代：兩岸三邊華文小說研討會論文集》
臺北：時報文化出版公司，1994 年 11 月

一隻夏蟲的告白

◎王德威*

在我們這個年頭，能靜下心來細讀朱西甯作品的讀者，大概已經不多了吧。「反共」了 40 年，已反到了兩岸連線、綜藝總動員的地步，還談什麼反共文學？「那個」軍人好不容易才不干政了，軍中作家總該歇手回家了吧？我們愛這美麗島都愛不過來呢，誰要再和那邊的老家舊情綿綿，趁早買張返鄉機票，最好是一去不還。

反共、懷鄉、軍中，昨天的封號成了今天的綽號，前朝的信仰成了當令的笑話，這真是個苟日新、又日新的時代，棄甲創作數十年，朱西甯的作品其實範疇廣闊，但當初既以上述的三種身分行走江湖，好像就此難脫干係。然而不平則鳴。在自述〈豈與夏蟲語冰〉裡，朱自剖寫作的心路歷程有許多極耐人尋味的看法：他當然寫了不少反共文學，但「與其說它是一種國仇家恨的發洩」，毋寧「更是一種自我反彈」；他雖擅長懷鄉憶舊的題材，但舊的價值「毋寧遺忘的好，何來懷思之有？」；他也寫戎馬生涯，但其意豈僅止於歌功頌德？其中更有不能已於言者的鬱憤，有待傾吐。

面對諸多讀者評者對他作品的誤解，朱西甯唯有歎道，「豈與夏蟲語冰？」但明知夏蟲不可語冰，朱還是有話要說。這裡有一種知其不可爲而爲之的自覺，一種因不甘而致不耐的姿態：予豈好辯哉？予不得已矣！朱要辯白的有兩個層次。對那些僅就朱的背景及經歷而急於貼標籤者，他能從容斥之，畢竟道不同不相爲謀；對那些已識朱作品的特色，卻未能窺其

---

*發表文章時爲美國哥倫比亞大學東亞語言文化系副教授，現爲哈佛大學東亞語言及文明系 Edward C. Henderson 講座教授。

堂奧者，他反而更生激切的反駁之意。

忝爲許多唧唧不休的夏蟲之一，我也曾寫過一些自以爲是的文字，解釋朱西甯的作品，拜讀朱的自白後，難免有後知後覺之歎。但文學批評既爲附麗於作品之外的創作活動，評者的空間本自有其座標點，揣摩作者的「原意」，只是種種動機之一。作者與文字搏鬥，常有辭難達意之苦：一部作品的面貌猶未能完滿照映作者的初衷，讀者或評者面對作品時，又何能逃隔霧看花的宿命？在無窮盡的詮釋循環鎖鏈中，作者、世界、作品、讀者相互徵逐對話，唯讓我們更多識文字變化之奇，也使我們在探索意義的迷陣時，更加謙卑謹慎而已。

就著這樣的信念，我還是要說儘管朱西甯對反共、懷鄉等標籤多所質疑，卻無礙他在這些方面的成就，事實上，正是因爲他對上述幾型小說，別有所託，反而成就了他個人的特色。且容我這隻夏蟲再聒噪幾聲。

先談懷鄉小說。朱西甯是臺灣小說由「思故土」到「念本土」階段，最重要的作家之一。他的作品如《鐵漿》、《旱魃》、《破曉時分》等，以民初清末的華北村鎮爲背景，寫匹夫匹婦的錯綜關係，寫愛欲嗔癡的糾結消長，在在令人動容。《鐵漿》中的〈鐵漿〉、〈紅燈籠〉，及《破曉時分》中的〈破曉時分〉，早有柯慶明、白芝（Birch）等教授的品題。而我亦曾在拙作〈鄉愁的超越與困境〉中，討論朱作中道德、宗教劇式的層面，以爲其最大的成就，在於使他的鄉土成爲探勘人性善惡風景的舞臺。但朱現在告訴我們，他對舊的價值，何嘗多有留戀，而他之遙寫彼岸的鄉土，動機未必是思鄉，卻是針對現實政治傾軋（如孫立人案）所作的寓言。

從理論的角度看，我們儘可以說「懷鄉（舊）的作品並不一定「戀舊」。愛爾蘭的喬伊思、美國的福克納都因寫他們那陰暗的、不值回顧的家鄉，而呈現最深刻的生命觀照。我們的魯迅不也是一再以他厭惡的故鄉紹興，構築舊中國罪惡的即景？如何「想像」他們的故鄉，成爲他們回應現實的源頭。但對照朱西甯的自白，我以爲尙有另一層意義，猶待發掘。在一個政治高壓的年代裡，他要如何經由「不可思議」的方式，說出不可說、也說不出口的胸中塊壘呢？以古喻今，原是中國文學常見的技法。但在真事隱去，假語托出的過程裡，作者必須負擔意義就此散失的風險。朱意圖以懷鄉小說為他心目中的現實作見證，卻終見證了見證的不易為、不可為。這其中因歷史流變、意義斷裂而生的荒謬感，怕是一直縈繞朱的心中吧？

類似的問題在朱的反共及軍中小說中，更見尖銳化。政治小說，尤其是為特定意識形態而作的政治小說，原不容許個人情性的抒發，異議觀點的凸顯。當全民擁戴蔣公，舉國一致反共的口號（或命令）甚囂塵上時，朱也衷心的、本分的寫反共復國的聖戰、寫生聚教訓的苦樂。從《大火炬的愛》到《八二三註》，他的成績，有目共睹。然而在反共的前提下，朱告訴我們，竟有另一個不足為外人道也的反共故事，貫串其中。他在臺第一本短篇小說集《大火炬的愛》寄託對孫立人將軍的景仰，也投射了一個「拒絕隨俗」的反共姿態。對講求一個口令、一個動作的軍中作家，理念本身的衝突所引申的寫作矛盾，可以想見。而朱西甯卻兀自堅持的繼續寫了下去。套句老舍的小說名，朱的反共、軍事小說寫出了「不成問題的問題」。他企圖從最絕對的小說型態中，注入相對的變因，製造了內部矛盾。

時移事往，難怪朱西甯要對反共作家、懷鄉作家、軍中作家的稱號日益不耐了。他的反共信念是別有寄託的反共信念，他的懷鄉故事是「不得已」的懷鄉故事，他的軍事小說是失去了英雄的軍事小說。而明知他心目中的題材是「不可能」寫出來的，他又運用「不可能」的小說類型，述說心事——就像多年以後，明知夏蟲「不可以」語冰，他還是忍不住要把心事和盤托出。這是一種見證的弔詭，也是一種跡近荒謬主義的堅持。我刻意用見證二字，不只是因為這是當年口號文學、反共文學常見的字彙，更因為這是宗教信仰的用語。朱西甯是虔誠的基督徒，他許多精妙的宗教小說，如《旱魃》、〈蛇〉等，卻往往為讀者所忽略。折衝在生命的表象與終極歸宿間，一個虔敬的信仰者透過見證來完成存在的意義。而見證的可貴，往往不在於謎底的揭露，（人又如何去強解神的意旨？）而在於對謎面的不斷延伸與體悟。面對著家國的創痕，朱西甯以他的小說作見證，他的謎面般的小說未必引導讀者走向謎底，卻不能阻隔他自我奉獻式的堅持。而他自身經受的挫折與誤解，亦將成爲這見證的一部分。

就此，我願更進一步的假設，正是因爲對小說義涵與文字的持續猶豫，對文字傳真解謎功能的一再推敲，朱成爲同輩作家中，最富實驗精神者。比起段彩華、司馬中原中期以後的作品，朱西甯的創作實要前衛得多。作家張大春對此曾有深刻評論（〈那個現在幾點鐘？〉），可爲參考。1960 年代西風重又東漸，年輕的作家自歐美文學吸收營養，形成了臺灣現代文學的熱潮。軍中的懷鄉的反共的作家朱西甯卻極可能經由一極不同的孔道，走向了現代主義小說的地盤。讀他的〈蛇〉中的內心獨白，〈巷語〉中的純對話式敘述，〈破曉時分〉中的故事新編、〈貳〉中的荒涼的「失落的一代」即景，的確令人意識他的轉變。

豈與「夏」蟲語「冰」？的確，在時間持續的延異過程裡，時代的原貌，事件的真相，創作的初衷，恐怕漸行漸緲。朱西甯的憂懼，正觸及了鄉土與政治小說的要害。這兩類小說因爲原鄉、原「道」而起，卻總只能以否定的語氣，訴說鄉的失落、「道」的未彰。朱西甯因爲特殊政治的理由迫得懷鄉念土，曾幾何時，竟因懷鄉念土，成爲另一梯次政治話語角力中的標靶，這可真是始料未及吧？從不可說到說不清，他的小說反讓我們了解歷史與說部、沉默與宣傳、論斷與推敲、信仰與誤會，冤獄與文網間，種種糾纏不休的關係。而這不正是 1940 年來臺灣文學的主要線索之一？明乎此，朱西甯也許對鄉土、軍中、反共作家的稱謂，稍可釋懷。

至於我這隻夏蟲將何去何從呢？冬至矣，夫復何言！大概只能變成「冬蟲夏草」，爲獨獨有志重修臺灣文學史的先生小姐們，進進補吧。

——選自《中國時報》，1994 年 1 月 3 日，39 版

隱藏的教誨或釋意的迷途

朱西甯小說的詮釋問題

◎黃錦樹*

朱西甯先生在 1994 年「從四〇年代到九〇年代」兩岸三邊華文小說研討會上發表了篇短文〈豈與夏蟲語冰〉，毫不客氣的批評幾個世代的批評者不論將其作品定位爲「反共文學」還是「懷舊文學」，均爲「不解風情」之夏蟲。文中舉了好些例子，以爲證：

> 例如〈鐵槳〉的直指家天下的不得善終，不識潮流者不唯傷及己身，尤且禍延子孫。〈狼〉的直指於嫡系己出之愚，乃至內門內行，外門外行之蠢；試請就你所知或許不詳的孫案拿來對照一下看看。〈白墳〉不只是直寫孫案，多少只是不很受形式或陋規所拘束的忠貞之士，備受逼迫乃至死而後不能已的悲情，應也都同其命運罷。又如〈紅燈籠〉私權侵奪公權，誤人誤國誤文明。[1]

末了重重的問了句：「試問可以就現實中的本事取來明寫否？可以當然也可以，那麼寫好了你就藏之名山吧。」（頁 96～97）這份自我理解非常有意思，不只因爲被指爲「夏蟲」的不乏名家，更因爲它牽動了不少理論上的問題，不能輕率的理解爲是作者的獨斷（意圖謬誤）。

一直到今天爲止，大概仍沒有甚麼人（敢於）順著他指出的這條釋意

---

*發表文章時爲暨南國際大學中國語文學系副教授，現爲暨南國際大學中國語文學系教授。

[1]楊澤編，《從四〇年代到九〇年代——兩岸三邊華文小說研討會論文集》（臺北：時報文化出版公司，1994 年），頁 96。

之路走下去，去詮解他的部分或所有作品。部分是技術問題——那樣的詮釋如何可能？應該調動怎樣的參照系才可能是那樣的（政治諷喻甚至影射），而又是合理（符合詮釋學的基本規範）的解釋？那豈不是索隱派紅學式的一種詮釋？就詮釋者而言，那將會是學術上的一場賭注，一如索隱派紅學的解釋之難以爲學界普遍接受——總被詬病爲深文羅織，過度引申，以部分爲全體，想像力太發達。而從朱先生自己的舉例來看，都是離文本線索相當遠的一種詮釋，在喻和指之間，不論時間、地域、語言、生活細節，都有著巨大的差距，如果不是作者的發言，大概不會有人認真理會——或至少會令人好奇：是甚麼人會這樣去理解小說？且正因爲是寫作者對自己作品的自我理解，它內在的合理性到底如何，就頗值一探。因它涉及了一個嚴峻的問題：難不成不循斯路的詮釋者們，都只能是「夏蟲」？

很顯然，朱先生心中別有一幅「終極所指」的藍圖，接近原始構想，那是他給作品預設的謎底，但謎底和謎面（小說）聯通之路很顯然被斬斷了（被複雜的技術阻絕），他坦承不敢明寫，何以故？當然是免於迫害。從如今政治正確的觀點去看，不免會大聲驚呼：軍中作家、反共懷鄉作家也會怕迫害？但畏懼迫害或被迫害其實並非某些人的專利，只要不是宣傳機器的應聲蟲，迫害及畏懼、逃避迫害其實是文明社會最普遍的徵象之一；前者是權力者的基本屬性之一，後者是「有話要說」，爭取思想表達自由的知識人的基本生存狀態。更何況那是意識形態高壓的戒嚴時代，若非甘於緘默，或當個反抗烈士，寫作者至少就必須先行自我檢查，一如政治思想家利奧・斯特勞斯（Leo Strauss）說的：

> ……迫害促成了一種特殊的寫作技巧，因此也促成了一種特殊的文學類型，在其中，所有關於重要事情的真理都是特別地以隱微的方式呈現出來的。這種文學不是面向所有的讀者，而只是針對那些聰明的、值得信賴的讀者的。它有著私人溝通的所有優勢，同時避免了私人交流最大的

缺陷——作者得面對死刑。[2]

這種情況，只怕是中西方皆然，即使進入現代，經歷納粹、白色恐怖、紅色恐怖、歐亞非拉形形色色的獨裁、文化革命、亞洲式民主……，迄今世上除了少數幾個國家之外，政權對知識分子異議之阻絕或戕害，仍是常見的事。

前述引文饒有意味的提醒我們，迫害是促成文學技藝複雜化的主因之一。老中國的抒情傳統自也不能例外：爲甚麼那麼強調迂迴婉轉，欲語還休？主情不言事，哀而不傷，那麼的老練世故？雖業經歷代歷朝文人學士的倫理學或美學的重新建制化，與歷史參照或對應於文學史，仍可以清楚的看出，正是因爲它長期處於迫害的陰影裡——流放，或文字獄，或殺戮——迫使中國文人早已發展出一套隱微表達的技藝（比興寄託），甚至內化於經學、史學、文學傳統中，構成老中國古老解釋技術及文人表述的基柢。是因爲這樣而使得朱先生有相當數量的作品在技術上曲盡繁複，以致被論者認爲具有高度的實驗性，甚至被認爲是單純的實驗之作（如《破曉時分》中的名篇〈破曉時分〉一直被認爲是個〈錯斬崔甯〉式的故事新編）？爲甚麼自認是政治諷喻的作品會被技術化的理解，或只關注其形式（能指）——而其所指要麼被空洞化，要麼被導向另外的、與作者自我理解大異其趣的方向？是因爲敘述的錯綜繁複而導致所指的迷途，還是有其他的原因？

小說之爲敘事文類，在進入近代之後、作爲近代的產物，意料不到的負載了一個巨大的功能：敘事認同。論者早已指出，敘事認同強有力的參與建構近代國族的想像共同體，但它同時也暴露了小說自身的某種缺憾。敘事認同是建立在特定共同體的集體記憶之上，對特定地域特定時期特定族群之重大歷史社會事件（尤其是巨大的創傷）的共同經驗或感知之上；

[2]〈迫害與寫作的技藝〉，收於賀照田主編，《西方現代性的曲折與展開》（吉林：吉林人民出版社，2002 年），頁 214。

那是相當不容易普遍化的，會隨著地域、族群、世代……等變項而多元分歧，而造成經驗上的膈膜，以致讀者難以對某類作品產生敘事認同，於是對該作品的理解，常常只能是玩味技術，而買櫝還珠。反過來說，寫作者在選擇書寫策略的時候，同時也選擇了讀者，於是被指認爲懷鄉之作，難免是寫給家鄉人看的，訴著同鄉的集體記憶以取得敘事認同（從〈狼〉、〈鐵漿〉、〈大風車〉之類大量的作品，到遺作《華太平家傳》，從裡頭朗朗鄉音即可見出）。就這一點而言，此間的、非同鄉的、不同世代的讀者，豈非宿命的只能是「夏蟲」？

於是我輩的閱讀難免只能是夏蟲式的閱讀，更難免於用當代的閱讀儲備倒過來讀朱先生的作品，如《破曉時分》中的〈春去也〉、〈冷雨〉冷凝的風格及人情世故接近於李銳《厚土》；〈白墳〉、〈偷穀賊〉、〈牧歌〉的說故事及野史傳說的格局接近韓少功、莫言等人早年的若干中短篇；〈也是滋味〉的中年有婦之夫的性幻想、〈鬼母〉的鬼魅調子及愛與殘虐、〈福成白鐵號〉的疏離焦躁、〈失車記〉的喜劇調子，那些內心獨白、多重視角、意識流或百無聊賴，都接近往後兩個世代臺北都市荒涼的文學景觀。

但即使是同鄉或同時代的讀者，即使是充分的歷史化，似乎也解決不了朱先生自己提出來的詮釋問題。只怕誰也讀不出那解釋技術抵達不了的——「……〈鐵漿〉的直指家天下的不得善終，不識潮流者不唯傷及己身，尤且禍延子孫。〈狼〉的直指執迷於嫡系己出之愚，乃至內門內行，外門外行之蠢……」——那彷彿已與文本脫離的、作品的意識胎盤，讓詮釋活動瀕於瓦解的上方的所指。除非，文本必須是破損、殘缺的，留下了迫害或抵抗的索引、癥狀，方能引領讀者走向詮釋的破曉，而非理解的暗夜。或者，作品早已背叛了它的作者，走向它們自己多重可能的未來？

——2003 年 3 月 11 日

——選自朱西甯《破曉時分》

臺北：印刻出版公司，2003 年 4 月

試論朱西甯

◎司馬中原*

讓我們撥開眾多迷亂，從中國文學的厄難中撿起一個默默的名字，一個沉默謙和的負軛者——朱西甯。

經過十餘年默默的耕耘，他才繼《大火炬的愛》之後，向人們展示他種植在作品上的理想。《蛇屋》，這部代表他十年來創作總結的專集，共收他 16 篇重要作品的全部，但就作品的創作時間而言，從〈未亡人〉（1940 年作品）到〈福成白鐵號〉（1952 年作品），他已經給予我們一條完整的，長達 12 年的時間縱線，讓我們看到他文學生命生長的痕跡。

一個有著堅強信守的文學創作，時間就是他的道路，俾容他不斷的自我尋求，自我引升，向前耕耘他的理想；寂寞更加適宜播種的春風，容他把對民族對人類的愛心隨風播入文學的沃土。

從朱西甯的作品，我們不難發現在他精神深處站立著一個神祕、諧和，無限展延，不息流動的玄色宇宙；他以那樣的宇宙和他生命中歷史和現實的雙重感受相對照，相比量，建立了他的觀念；他滿懷愛心，欲圖牽引人間世界，朝他精神深處的宇宙奔向；這樣形成他原始的創作動力，這種動力是巨大的、恆久的，兩者之間的差距，足以貫穿他生命的全程。

在作品契入的角度上，朱西甯似乎先要在東方——一民族生存和延續的大環境中尋求其思想的站立，作爲他作品的支柱；他放棄時間爲這一民族鬆飾成的各種不同的歷史表態，僅將其安放在作品的次要地位；他認爲若就波流不息的時間觀點上看現代，現代瞬即化爲歷史；無數朝代的所謂

---

*本名吳延玫，專事寫作。

「現代」，都已化為歷史的階梯；故他緊緊掌握住人類內在的靈明和愚昧，抒寫他內心的大愛，作為他作品主要重心。從《大火炬的愛》到《蛇屋》，我們追尋他作品進行的痕跡，發現他的作品，幾乎全置於民族生存，繁衍，延續的大環境之下，以他最熟悉的事物作為背景，向四面八方展射。

我們不能以朱西甯「採取較古老的題材」為病，否則我們就將自投進淺薄的時間的繩圈。就人類的內在而言，歷史就是無數現代壘成的梯子，無論在哪一層，人們都將能發現自己。從《大火炬的愛》到今天，從較薄的寫實境界躍展至深厚的寫意境界，他對作品內容的追求遠勝過對形式的追求；在思想的開拓方面，他更為我們留下太多心血凝成的斧跡刀痕。

與作品表達同時，朱西甯在在不忘給人以環境中群性的束縛感，以及這一民族悠久歷史傳統的重量；他很少以思想和觀念直接撞動讀者，他注重藝術的純度，極力避免使思想流寄於理論，而求其寄於客觀的存在。他慣以陰黯的色調塗染空間，而以粗獷濃烈的油彩標現人物；這使他作品畫幅中的人物，有從陰黯中騰躍而出的感覺。實質上，他所注重的背景不只是人物的寄身點，他復將久遠的時間納入作品內的空間，使其像烘蠟般擴散，浮騰出幽古的歷史氣味，與人物相融相契，構成古老東方的實景。

他筆下的人物，代表著民族傳統的兩面：一面是躍動向前的，一面是停滯的；這兩者觀念的衝突，成為民族悲劇之主要導線。因此，他每篇作品都有著悲劇的延伸性，伸向痛苦，伸向顫動，伸向血淚交織的歷史汪洋，——無數久已麻木的心靈很難觸及的汪洋。然後，他展愛心如天使的翼，在汪洋上迴翔，使人們聽見他靈魂深處的呼喊——看哪，東方！我們本身——這一民族所有人們歷代浮泅其間，即使它浮滿陰黯，霉溼的悲劇氣息，我們亦將勇毅的面朝著它，鼓起一種全新的穿透悲劇的醒覺。朱西甯作品的最大特色就在這裡，他不認為悲劇是一種個體的終結，而是群體醒覺向前尋求希望的起始力量。本此，他無時不在冀求引升人類，穿過痛苦進入慰安，同時他告訴人們一點一滴尋求「更新」與「建造」的艱難。

因此朱西甯著意尋求實體存在，將思想通過生活現象而湧托，故他作品畫幅中的美感大都顯示在真實上。生活內容豐實了作品的肌理，使其每篇創作都發出堅實豐盈的光彩。崇高的創作理想使他保持著嚴肅的態度，他從對文學不變的信仰中取得愛心和祈盼，而高度理性解化了他的熱狂，形成他冷靜深思的一面。十多年來，他無時無刻不在虛心尋求，過度深思已染白了他盛年的黑髮。他像新鮮的吸墨紙一樣，不斷汲取生活感受以飽滿其內在；他將生活中一切聲色吸入內心，經多次運轉而融和，成爲他藝術生命的一部分；他內心的運轉體精密如錶件，分成無數網格，自會將吸取得的生活內容安放在便於取用的位置上，科學、哲學、歷史、人文各成體系，井然排列成智慧的光環。因此，他作品中所表現的生活面是沛然驚人的，在和他同時代的作者中，還很少有人能與其相提並論。

順隨其理想的導引，朱西甯那樣虔誠的以他堅實犀利的筆鋒，一筆一筆掘入民族的心臟，契刻出許許多多民族的隱痛和遺忘。他不但表現了傳統的原貌，生存的情境，更加強表現了傳統中不合理部分加諸每一民族成員的內心重壓，他認爲傳統下真正民族悲劇的形成，不光由於外在暴力，主要導源於人們內心不自覺的保守和愚昧，故他雖極崇愛著民族的傳統，但更求嶄新的建造；他以靈明的自覺，咬破傳統陰黯的一面，有如出繭的蛾蟲，向陽光展示牠鮮明的采翼。這種靈明的自覺從其作品上湧現，召喚人們以初醒之姿，回望身後那些赤裸裸的，袒呈在歷史背脊上痛楚的鞭痕，緊接著投人們以猛烈的錘擊；由於相比強烈，朱西甯作品力量的蘊蓄巨大驚人，每一錘帶給人一個顫震，使讀者穿過事實，在心中遁發出他思想迸射的回音——金屬的，高亢的，連鎖撞擊所產生的流響，與他作品中低沉的表現相遙映。

他就那樣認真的完成了一幅一幅的契刻，從北方大地到南方大地，祖國凸出的畫圖上呈現出多樣性的人物的影子，時與空，光與影，明與暗，人與物，紛然交呈，互相投射，每一線條，每一筆觸，他都著意勾勒使那些畫幅堅實雄渾。

即使如此，朱西甯從客觀反照中所產生的對內在自我的不滿愈見強烈，使他對作品張力的要求，文字的冶煉，魔性的表達阻隔網突破的努力，不敢少懈。他思想的進入，引申和歸納過程甚為緩慢，從素材取擇到表達完成，費盡他的苦思，他的作品不見才華，只見功力，他不斷琢磨那些產品，使其藝術性增高，但他從不加成品以花紋和錦飾，任它們在合乎藝術的尺度中仍然保持著原始的風貌。

從以上的概念出發，我們深知無法對一個正在開拓中的作者加以界定，僅能依據在時間縱線上的作品的發展，作一種試探性的發掘，我們不妨試就其思想、表達、文字諸方面的建造過程，分為早期，過渡期，近期，作一階段性綜合品評。

早期的朱西甯在作品的思想與表達間是有著較大差距的，這種不均衡的現象主要植因於他內向的性格，過分深思擴大了他思想境域，與創作技巧形成不合比例的參差，使他在無可奈何中寄望於逐段契刻，〈海燕〉如此，〈三人行〉亦復如此，他渴求將內心激情，飛躍騰旋的意象，內在湧流的旋律，外在紛陳的物象，以及足夠的藝術空間，在極經濟的篇幅中作一種全面的現實性的湧托，欲求愈深切，契刻愈艱難，他早期的筆鋒沉滯而緩慢，無法取得在作品中顯示多變性節奏與躍動旋律的能力，他習慣契刻的筆，卻先為他刻出一道窄門，僅容得涓涓細流。在窄門之內，我們更可以看出他湧溢不出逐漸增高的思想水位——一種巨大的蘊蓄，正等待洪洪奔瀉。

〈海燕〉和〈三人行〉，正足以標明這種蘊蓄的狀況。〈海燕〉在當時，曾為部分論者所推許，與《大火炬的愛》諸篇相唧，〈海燕〉代表著朱西甯向新里程的邁步，它契刻了一個大時代的女青年，如何在時代風暴中飛越祖國山川，投向自由的生命成長過程，也歌讚了青年群從狂激到冷靜，從柔弱到堅強的站立，揭露了暴力，陰謀的醜惡面貌，海燕這名字就是一種象徵，象徵著反抗暴力侵凌的意志在民族流離的風雨裡飛翔。

朱西甯在海燕中，用男主角綸的狹隘、柔弱、糊塗，與海燕（李瀑）的沉默、冷靜、博愛、堅強作為對比，經黃指導員（綸的舅父）以第一人稱導引，揭出海燕生命成長的過程，闡明愛的真諦，故事自第一空間——醫院，跳入第二空間——粵漢路列車中，經第一人稱自我回溯轉入第四空間——武漢，再由海燕日記，作成回溯中另一面回溯——（大空間的展露）使人被引回苦難的北方原野，陰冷古剎，城，囚屋，戰爭和無盡的流離……（海燕生命飛翔的背景和其迎風破雨之姿）然後落回第二空間，落回第一空間，完成他的契刻。

寫海燕時，朱西甯的創作野心是勃勃然的，他過度追求濃縮以加強作品的張力，冀求把宏偉的多面的空間，紛繁複雜的事態，心靈感受，情感揮發，理念申引，以交織疊印的手法，在兩萬多字的篇幅中齊現，或因蘊蓄過久，使朱西甯迫不及待的試作表達衝破——這是朱西甯首次動用全力向那道表達窄門所發動的「義和團式」的衝鋒。

當然，甚至在今日回觀中，〈海燕〉仍具有它成功的一面；諸如效果強烈，確具深度，感動力強，情感與理念比重均衡，全篇浮躍著詩情等；相反的，朱西甯也收獲了更多意想中的失敗。首先，他缺乏客觀的對其本身思想與技巧間差距情況正確的估量，尤其是文字的呆滯，如沉重的鐵鐐，釘住他內心飛躍意象的雙足，他飲畢符水，一揮大砍刀就滾殺過去，中途才感覺腳鐐太重，不得不提著它衝鋒，那種沉重的鐵環的撞擊，幾乎掩蓋了他的呼喊，過度硬行壓縮，使人產生意象堆積，情節失諸架造之感，嚴格說來，海燕僅能算有情感，有內容，有思想的沉厚作品，卻非一篇洗練的，具有高度藝術性的佳構。

與〈海燕〉同時期的產品〈三人行〉，較〈海燕〉更爲沉滯，朱西甯似乎急圖托現他純理性的觀點，一味採取刀鋒強烈的硬刻，而忽略了小說的趣味——即使是極少量的輕快的調和，單調的人物心理和冗長的對話，使觀念重過小說本身。另一篇早期產品〈未亡人〉較爲明快，尤其是文字方面，似乎經過徹底整容，已經不是他早期作品的面貌了。

民國 41 年之前，朱西甯猶似一尾網上的海魚，表達阻礙壓迫著他的呼吸，這種阻礙的構成，最大因素就是文字的不能暢轉，雖然他很早就注重汲取廣泛的北方口語，作為他文字基架，但因沒能擺脫塾館教育和中國古老部說的影響，他仍然使用著一些酸味很濃，缺乏創意的文白夾雜體，如：「綸甥『聞聲』『早即』『翹首』候著。」「『良久』『未成』『一語』。」

忽有人突破沉寂，『言道』……」（〈海燕〉）「他們『目睹此情，更將何堪』！」「觀眾都『甚是』失望，怪他『何以』如此『不堪一擊』，使我『未得』『發揮盡致』。」「然而，『語猶未了』……」（〈三人行〉）這種初期摸索的自然缺陷使朱西甯沉默下來客觀反照自己，建立了極嚴格的自我批評，使他的失敗旋成身後的歷史。但在我們的回觀中，卻不能不欽服朱西甯當時那種勇於試探，勇於創造的勇氣，我們可以說，當時朱西甯若不以楊令公碰碑——硬撞的精神寫成〈海燕〉，今天他就無法寫成〈狼〉、〈蛇屋〉那樣令人擊節的作品，文學的跑道有著無比長程，起步的撲拙與靈敏無關緊要，在不息的前進中，要緊的是耐力與恆心。

經過五年的修磨和冶煉，朱西甯於民國 46、47 兩年間，推出了他過渡期的產品〈騾車上〉、〈祖父農庄〉、〈生活線下〉、〈再見！火車的輪聲！〉、〈偶〉等多篇。這一時期，朱西甯契刻的技巧日趨圓熟，他避免像早期那樣硬刻，巧妙的擴張了他的契刻面，但縮小了他的契刻點，他盡量擇取多樣性的人物與事態，刻在小小的畫幅上，他注意把握作品輕鬆和風趣的一面，而將沉重的主題，蘊蓄的思想隱懸於作品之後，同時注意文字運用的虛實，使深刻性、浮繪性交現在同一畫幅之中。

這種穩沉的小心試探就是他大邁步的前奏，他正在耐心的開鑿那道表達的窄門，以求逐步縮短思想與表達間之差距。解除笨重的文字鎖鍊，與短篇結構的精密化，成為他這一時期最主要的要求。然而，朱西甯仍不斷注目於他精神深處——那流動如風的玄宇時存於他的矚望，形成他取材的不變的核心，在創作同時，那玄宇開始運轉，給人以眾多微妙的靈明的觸及，許多短篇，許多斷面，許多問題的顯影，全被那核心貫連著，成為朱西甯思想的脈絡，發揮了集中的效果，能對人類原始的真實心懷悲憫，將其矛盾表徵及內在成因作雙重點示，給人們以燭照反顧的機會，他不欲改革社會，只是憐恤人心，盼望人們發揚知性，從渾濁中自我甦醒。

在〈騾車上〉中，他將馬絕後那樣的人物，作了多面的立體雕塑，雕塑出一個不自覺的自私愚昧的典型，用極端固執囚禁自己並欲圖兼囚人，這典型正是今日世界上諸多人物的縮影，那些實體存在成為人類進步的嚴重阻礙。朱西甯承認那種阻礙的破除，不在於說服、教誨，或對立性的剷除，而在於當那些自囚的觀念反撞其本身時，自我痛楚會觸其甦醒，後者的觀照何等深遠，它是溫良的，人道的，近乎神性的，使我們得窺作者的胸襟！

從〈祖父農庄〉，我們接受了一種觀念的撞動，一個用畢生血汗換取應得財富的老人，如何以高度理念克復了內心感情的魔貌，最先響應三七五減租號召並響應耕者有其田政策的故事，在這個故事中，朱西甯那樣明白揭示「伊甸園——我們最早的祖產，不是用血汗買來的，是創世主賜給人類的。可是承受這肥美土地的伉儷倆，卻以一顆善惡果子的低價賣給了撒但。從此，土地含有了買賣的意義，且是屬於可咒詛的魔鬼的買賣……。」本著這樣崇高的醒覺，老人克復感情之魔，將「沒夾著別人一滴血，一粒汗的產業」，用主的恩惠分給佃農。朱西甯一面讓土地的擁有者明白「土地本來就不該屬於個人，就像太陽和空氣一樣。」一面讓受田者在感懷政府恩德同時，要兢兢體念正常的財富捨棄之艱難，這兩者所獲之安慰，都應同領主恩。

自〈生活線下〉，我們可以看到強烈的對比，朱西甯用一群社會的吸血蟲莊五等作成活動的背景中重疊背景，把焦點對準了三輪車伕丁長發，就薄弱平凡的人的立場，對正直獨立的生活發出歌讚。

〈再見，火車的輪聲〉是朱西甯過渡期作品中最沉重有力的一篇，他藉一個滿懷創造熱狂的老博士在默然致力於一項造福人類的發明——「無聲鐵軌」的過程中，遭受到保守的群性所加諸的壓力，懷疑和阻擋。在創作中途，作者的感情溢漫理念，流滴於紙面，發出靈魂的悲燻「難道還不醒悟？一個造福人類的大發明比鑄造偶像更……我說的『更』，……那個

『更』字以後的意思，我說不上來，人都懂得就是了！」……朱西甯何嘗不知道，愚懞無知的人類，在一千九百多年前曾抗拒露基督的大愛，難道不能抗拒一些「造福」？……但他的穿透性的思想必須因愛心召喚而停留——他不得不停留，讓人們沉思「有一天……海水乾了，還叫做海？」——人們距離他醒覺的靈魂還很遙遠。

而〈偶〉，可算是朱西甯作品中逸出的音符，它描繪一個老裁縫在長久孤寂中偶興的慾念，文字奇妙，充滿諧趣，章法結構，帶有濃濃的現代風味，使人驚於他文字改進之速，和向多方面試探的成功。

這一時期是朱西甯的旺產期，除了收入本集的各篇，還有〈賊〉、〈黑狼〉、〈英雄被吊在樺樹上〉、〈列寧街頭〉、〈捶帖〉、〈劊子手〉等多篇，大體說來，這一時期的朱西甯，擴大了他選取題材的範圍，使思想的觸角進入各種不同的客觀世界，而對每一篇作品，則力求收斂，講求精度與純度，和自然的呈顯，比之早期力求鋪放和費力架造，顯然更進了一步。

文字的改進仍然是朱西甯最大的收獲，這一時期，朱西甯的文字雖仍保持著樸拙的外表，但在運用上，他已用心血爲代價，學得了「孫悟空式」的變化，我們試看：

只有初春的季候風穿過電線才會發出那種音律，（比興的）很像高家集上那個瞎子吹的十六管笙。（聯想的）

一切都顯得很無謂，我望著那一聳一聳吃力的騾子腦袋，就覺得牠是有意地苦惱人，讓老舅看看，因有馬絕後在車上，把牠累成這個樣子。（由聯想托出的高度暗示。）

——〈騾車上〉

那女人好細的腰，（實寫）他老婆就不懷孩子，外加餓三五天，也不能比。（虛寫，使實與虛對映。）

年輕時候的荒唐事，片片斷斷的。有個額角上留一綹滴水鬢，叫什麼翠，艷綠艷綠的小棉襖，緊箍在身上，太陽穴上貼著俏皮膏藥。（寫的是有實感的虛景）同今天這個女人一樣，一瞧就知道，準是吃那行飯的。（虛與實相契合。）

女的扭過身去拿茶，（外在動態）就怕人忘掉她有那麼個肉顛顛的屁股似的，（感覺伸展。）

——〈生活線下〉

在一切不規整的自然景物中，嵌上這樣子一條修直的鐵道，像是釘在大地上的一個鐵鈀，將地球上某一條裂縫箍住。（高度外在的象徵，主題的點示。）這是一種不甚和諧的構圖，生硬的拼湊，彷彿默示人類的智慧將是絕望的，或者是輝煌的（內在觀念的闡發，不肯定的肯定，在絕望與輝煌之間，全憑人類客觀取擇）。

——〈再見，火車的輪聲〉

在朱西甯的文字當中，這類例子是舉不勝舉的，不論重疊、融和、暗示、比興、立法不可不嚴，交感、象徵，哪一種運用方式，他都不斷的嘗試，使意象物象到達鮮明騰躍的地步，他要將文字冶煉成採礦機，俾便採擷他蘊蓄無盡的思想的礦苗。

選取題材作小正面的深度契入，是朱西甯這一時期作品的另一特徵，這使他的作品保持了精密的結構，試舉其〈騾車上〉爲例：

〈騾車上〉不是篇單純的故事：它述說一個「拔一毛利天下而不爲」的肉頭財主馬絕後，表面是個憨厚老實人，實則上自私固執到極點。淪陷時期，他有個佃戶車玉標，出遠門當兵打鬼子去了，只留老婆孩子在家，遇上年成荒亂，日子難過，車玉標家裡逼得出賣祖祖：五畝地。馬絕後算盤朝蒼蠅頭上打，心想：車家賣了他自己的田，大糞就會全下到姓馬的地上了，收的好，多進項，多一粒也是好的。就這麼個小心眼兒，縮頭不管事了。偏偏車家賣地找錯了主，找上惡吃騙喝的漢奸蘇歪頭，眼看就要上當。鄰居們看不過，尤獨是樂於助人的「老舅」，央請馬絕後說句話，也不要姓馬的出錢出力，說句話就行。馬絕後偏要當縮脖子烏龜，恁對方怎麼說，不但不管，反勸老舅少管閒事。等馬絕後不小心，煙窩裡煙核兒落進梢褡褳，燃著了仿紙，一把火燒到自己身上，老舅才「用其人之道」，逼得馬絕後頑石點頭，以喜劇收場。

像這樣的題材，若換俗手處理，顧慮就多了。但朱西甯只推出三個人物和一段短短的車程，故事從騾車上開始，在車程中進行並且結束，節奏那樣輕快，文字那樣洗練，作者只用第一人稱（我）去觀察老舅和馬絕後兩個人物，以針鋒相對的對話推動情節，將人物的性格、觀念、情態，甚至語韻全蘊藏在對話之中；作者雖以老舅與馬絕後作爲對比，然卻巧妙的把重心移放在後者身上，使馬絕後這個人物成爲作品的焦點。

騾車在春野上進行，馬絕後出現了，老舅跟孩子提起馬絕後是這麼提的——「你瞧，馬絕後那個甩子！」老舅用下巴往前撅撅：「蹲在那兒扒什麼東西！」……一個「絕後」的渾名，已點出其人是「挖人肥己」的，一個「甩子」，更標明其人「縮頭怕事」了。馬絕後有萬貫家財，捨不得買肥皂，下集回來，路經碱土地，蹲下來刨了一衣兜，回去濾水洗衣裳，這人吝到什麼程度，不問可知了。但老舅偏半真半假掀他尾巴根兒：「你這是搬人家的地來啦？兩年沒買田，就急成這樣兒？」——後兩句硬把馬絕後那種「只朝裡巴、不朝外巴」的心眼兒點活了。

朱西甯把這兩個人物放在騾車上，用各種事態契刻馬絕後，明明買了便宜貨，還要還對半價錢，還了價買了貨，還感嘆「人——愈來愈不老實了。」馬絕後收的一個養子進塾，寫字用點兒仿紙，他說是「債！」老舅呢，半分不讓，連諷帶頂，顯示嘴直心快——「你這個人——掉了一個要粘兩個上來才行。」馬絕後若叫頂的沒話回就不叫馬絕後了，聽他理多直，氣多壯！——「還提那個？東洋鬼子再在這兒盤兩年，我馬家該賣地了，錢糧這麼重。」

從這裡可以看出朱西甯運筆之妙和他深厚的功力。文章從頭起沒提過東洋鬼子隻字，只輕描一筆，就把陷區背景給點了出來，更妙的是一個「再」字，表示那兒早已淪陷了。陷區百姓過的是怎樣困苦的日子？而馬家再有兩年才會「賣地」，馬絕後就有這張厚臉皮，大驚小怪提這個，直把「人不自私，天誅地滅」堂而皇之寫在臉上，這一筆點狠了！

點狠了還不算，朱西甯覺得馬絕後光「自私」還不夠，還會玩小心眼兒。瞧罷：——「兩人從肩上取下煙袋裝煙。馬絕後聲明要「先」嚐嚐老舅的「二品」（煙絲名），問是在哪家煙店買的。」

雖說煙酒不分家，你沒有抽他的，他沒有吸你的，全無所謂。這可是兩人同時取煙袋，袋褒全裝的有煙葉兒呀！馬絕後家裡有騾車不坐，趕路回來，搭上便車沒講個「謝」字也罷了，連一袋煙也「存心」揩人家的油，明揩油也不要緊，裝模作樣要說「先」嚐嚐，這不是吊死鬼抹粉？明知對方不會來個「後」嚐嚐，還扯一句淡，「問是哪家煙店買的。」作爲他「先」嚐嚐的理由，馬絕後就是這麼塊料兒。以上那段短短的文字，就算他金聖嘆再世，也不得不連批三個妙字！

但朱西甯意猶未足，攫住機會另發奇兵，大出馬絕後的洋相：「馬絕後又開始裝老舅的二品煙。」只一句，把「先嚐嚐」這隻葫蘆砸的稀花爛。這還不算，騾車走了一大截兒路，「馬絕後的第二袋煙還沒抽完，可見他把老舅的『二品』按得多結實。」

讓讀者對馬絕後這個人物有了認識之後，朱西甯筆尖一轉，立刻上了正題：「我問你，車家要賣地，你可聽說了吧？」這一轉，明快無比，筆勢如風，偏偏敲在悶葫蘆上去了。馬絕後一面「埋頭裝煙」，問：「你說哪個車家？這一問問得妙極，馬絕後怕樹葉兒落下來打破頭，明知對方提的是誰，卻故意裝聾作啞，心想你只要不提「車玉標」三個字，你就牽不上我姓馬的。老舅要是馬上就提「車玉標」，也就沒味了，回了一句更妙：「還有第二個車家？」看你馬絕後怎麼說法兒？

嘿，到這一步，馬絕後還要虛晃一槍氣氣人：「車玉標家裡，你說是？！」這「你說是？！」三個字，充分標明馬絕後那種溫吞勁兒，使人恨不得抽他一鞭。老舅到底要不贏他，爆炸開了。唯其老舅要不贏他，才顯得馬絕後這塊頑石是如何難以點化。老舅打的是硬打硬上的少林拳，馬絕後應以軟推軟擋的太極拳，將早先官場上那套推、拖、拉、扯、拽、賴的功夫全給派上了用場。老舅罵他裝孫，他說旁人的事他不能攔著。老舅還了價，要他勸勸車玉標家的，他說跟婦道人家講不清，不像話。老舅說話火重些，他說「你那張嘴，少損點德行！」老舅話頭兒鬆一鬆，他就反貼一塊膏藥，「順水推舟」把事朝老舅一人頭上推。最後，老舅大拍胸脯包車家度得春荒，只求馬絕後出面說句話；馬絕後也使出殺手鐧，乾脆回說：「我不管這個『閒事』。」——在馬絕後心裡，天下人死絕了也是『閒事』。逼到這種程度，朱西甯才將「照『妖』鏡」借給老舅，藉他的口，點破馬絕後心裡那顆算盤珠兒。

「我知道你那個鬼心眼！」老舅也生氣了，抽了一下騾子，彷彿是抽馬絕後似的。「你當然樂意車家賣地。車家把地賣掉，就專心一意種你馬家的地了。你就不必擔心他們不把大糞下到你家地裡了。」

這一腳踢在馬絕後心窩上，該沒的說了罷？咳！馬絕後要是沒的說還配叫馬絕後？！聽他把「二加五」變成「三加四」罷！「聽你亂講！」馬絕後急忙辯道：「我只說，年頭不是年頭，多一事，不如少一事。」他自己抱定「見死不救」也還罷，還要搬古訓訓人，想拖老舅下水。「我勸你——這事也少管的好，各人自掃門前雪，休管他人瓦上霜。咱們不是常聽古人這麼說嗎？」問題的癥結就在這裡，儘管老舅諷他，馬絕後還是一本正經的抱定他那門子道理死啃：「別逗樂，那是真的。我是忠厚人，只能說忠厚話。」——好一個將個人利害放在人間是非之前，只說忠厚話，不作忠厚事的忠厚人。對於這類人，朱西甯提示了另一課題，這課題出現在〈騾車上〉結尾，使作品增加了無比的力量。那就是——設若有一天，一把火燒到你自己頭上，旁人管是不管？如果人人全奉行你馬絕後那種「明哲保身」的道理，最先就會燒死你馬絕後自己。

以人物導引情節，由情節刻繪人物，使騾車上有喜劇的形式和悲劇的效果，實質上，它既非喜劇亦非悲劇，只是一種客觀事實的裸現。我們之所以特別提出〈騾車上〉，乃因它是朱西甯在過渡期中的第一篇產品，在結構方面已顯示了高度的精密性。

嚴格說來這一時期的朱西甯，在作品表達上仍有著較爲薄弱的一面值得探討的。僅就收在本集中的數篇而論，如〈祖父農庄〉，朱西甯仍然先握住一種觀念，由於過分緊握那種觀念，筆尖即隨之沉滯起來，破壞了「觀念」與「小說本身」之間的諧和，作者固然費力，讀者更感重壓，一度消匿的文字鎖鏈聲復又響起，對朱西甯形成一種警告，警告他切勿偏重於觀念的掌握。——新放的「文明腳」不宜朝尖頭鞋裡再擠。〈再見，火車的輪聲〉雖是一篇力作，但如這類比較特殊的題材，爲使讀者易於領受，如能在開始時安排一個群眾圍觀博士的場面，把博士對「無聲鐵軌」的概念先發表一點，效果可能加強一些，不致使讀者難以理解了。「逐步導引」方式用之於特殊題材，有時在作者感覺上的「適度含蓄」，會成爲讀者感覺中的「過分含蓄」，作者宜引爲參考。

民國 48、49 年，朱西甯的作品收入本集的，有〈大布袋戲〉和〈小翠與大黑牛〉兩篇，無論就思想，文字，形式那方面來看，這兩篇作品都代表著一種高度的成熟，這該是朱西甯小心試探進程中的高峰。

〈大布袋戲〉是朱西甯作品中一朵悅目的奇花，一篇噙著淚的悲慘的喜劇，他用輕靈微妙的筆觸，自一個舊木偶——老蔡陽（魏將，爲關羽所斬）的眼中，刻繪出演布袋戲的老藝人王財火，以及一幅人人都能觀察得到的世態。

在一場全縣布袋戲比賽之前，王財火鑒於以往參加比賽碰鼻的經驗：評判老爺們既不懂戲，又不看戲，使他對他自己所從事的藝術失去信心，但在生活逼迫之下，冠軍旗子又不得不拿，既想拿，就隨波逐流，化掉好幾百塊錢，買了兩百條肥皂拉人捧場，欲圖以掌聲攻勢使評判老爺們多打幾分。旗子在王財火眼裡，不是藝術的安慰，不是榮譽和其它什麼，只是世俗的一部分，好像今日社會上「資格就是飯碗」一個意義。你聽王財火怎麼說：

「那面旗子不值幾個錢，可是有那面旗子，逢上大拜拜，到處爭著請，一下撈上來，也不止這七八百。」這是何等悲憤的呼聲！中國社會的大病根就在這裡，根深柢固的老觀念，使多少爲著飯碗，打扁了頭爭資格，混資歷，而對本身能力失去信心，這樣不息的循環，即使有才有識，也被社會硬生生的扼殺，餘下的都是扒牕戶，投門子，拉關係，走邪路的人——一群爲生活而低頭的「王財火」。

但王財火拍馬拍到馬腿上去了，才有這麼個深懂社會心理的投機者阿年出來敲他竹槓。阿年告訴王財火，釘要釘在板上，花錢要花在眼上，非買通評分老爺是甭想拿冠軍的。結果敲走王財火一筆，半路將錢塞在木偶腦殼裡，不和他黑社會的同夥對分，獨吃掉了。這樣單純的故事，包含了「藝術」和「生活」的衝突，「才能」和「社會保守觀念」的衝突，「藝術」和「才能」價值存在的詢問，種種人間痛苦的糾結，這些這些，都自一個木偶的眼中滾現，交雜著，紛纏著，呈現出零亂，扭歪，痛苦，疲倦的形態，飽和了這篇短短 6000 字作品的張力，使它產生無盡的撞動，這才真正是藝術的效果。

〈小翠與大黑牛〉是描繪一雙在婚前已各有所戀的小倆口，在北方古老的「父母之命，媒妁之言」的壓力下結合，所感受到的「理想被囚於現實」的痛楚。小翠與大黑牛，不但在文字上，處處作成象徵和暗示，而這一故事的本身，就是一種高度的象徵，象徵人類光輝四射的理想常被囚於現實的污塵。朱西甯會記取他的失敗，像〈三人行〉，像〈祖父農庄〉中所遭遇到的情況——「觀念」與「小說本身」的不相調和，在〈小翠與大黑牛〉中，朱西甯終於「撮合」了它們，使成一段「美滿姻緣」。

首先，他能細心選取具有象徵他思想容貌的題材，這一次，在創作中他撇開了觀念，專門注重小說的容貌，他著意於小說的鮮活性，他時時注意不使筆尖沉滯，結果他成功了，從這裡我們知道，作者只要在取材時，細心考量題材與思想間契合的程度，然後儘可放開思想和觀念，專在處理題材方面下功夫，小說本身所呈現的鮮活容貌就將是思想的容貌，小說本身的成功才是思想的成功。

完成了這一連串小心的探試，朱西甯決定再行邁步，民國 50 年起直到目前，他發表了〈偷穀賊〉、〈狼〉、〈蛇屋〉、〈白墳〉、〈紅燈籠〉、〈福成白鐵號〉等重要作品，從這些作品，才使人們得窺他無比壯闊的思想的波瀾。在〈偷穀賊〉中，他寫山英雄的隕落；在〈白墳〉裡，他悼念正直的衰亡；在〈紅燈籠〉中，他指出由顫化觀念所造成的另一死結，對於這樣的死結，他只客觀的指出其生長的原因，而保留了批評和論斷。但我們必須先評論他在這一階段開拓中最具代表性的作品——〈狼〉和〈蛇屋〉。

經過收斂求精到欲求自然的舖放，朱西甯默默的踩過了十年的時間，〈狼〉在思想上和表達上的成功是必然的，就像山溪流入海洋，匯入廣大之中。從中國新文學發展史上看〈狼〉，它是一座東方式的，色彩明艷的高塔，矗立在五四的廢基之上，作龐然的投影，對於朱西甯本身而言，這是他宗教精神，內在蘊蓄表露得最深的一篇作品。

〈狼〉的結構是精密的，複雜的，情節的進行是多線的，交感的，一般功力不足的作者，根本無法下筆，而朱西甯卻以冶煉得精純的筆，完成了技巧的征服。最先他推出一架天平——一個純潔的孩子，作爲他將「狼」與「人」之間，「人」與「狼」之間，「人」與「人」之間對比的重心，他要用這樣的天平——一顆純潔的童心，稱出他作品中思想的重量。在天平的一端，朱西甯投進兩塊砝碼——「狼」和「偷漢子的婦人」，明寫前者以影射後者，更點示後者以用證於前者，時虛時實，時實時虛，交相變化著進行。在這樣對比中，我們先綰結朱西甯思想的一面。他首先指出自然環境和心性發展是密切相關的。在「人」性之中，朱西甯似乎認爲可分成「知性」和「感性」，「感性」又分爲「向善」和「向惡」兩部分，「向善」和「向惡」雖然同是自然流露的，但「向善」是悖乎慾求的，逆血肉之流而升的，故行之艱難，常需「知性」約束和扶持。「向惡」不然，它是順乎慾求的，順血肉之流而下的，故行之極易，光憑「知性」去抑制它是消極的，薄弱的；消化人類的惡性，不在於空泛的社會道德和人間法律，那些外在的約束，往往約束力愈強，內心的抗力愈大，根本的解決方法，是要覓取一把鎖鑰，開啓「靈性」之門，「靈性」雖發自於人，但卻不全屬於人，它存在於「人」「神」之間，而這柄鎖鑰，正是我們民族所固有的「愛」和「寬恕」。

本著這樣的感知，朱西甯以人類向惡的心性和狼性相比映，狼爲了生存而偷羊果腹是自然的，不論人類如何敵視，牠皆不會放棄爲生存而從事的獵取，人類會運用種種方法獵狼，狼自會用種種方法抵制，以達到牠獵取的目的，人類的自然慾望正和狼性相通，篇中的人物二嬸就是這樣的。在中國北方的古老傳統中，向把婦人偷漢子當成極端罪惡的事，道德的壓力很重，社會的約束力亦大，人們總以爲築此藩籬，可以防止一般的踰越了，但這種治標的辦法根本不能達到消除罪行的目的，人們防得愈緊，二嬸偷漢子的方法愈多愈密，古人說「食色性也」，這是人類的天性。

在天平的另一端，朱西甯投進一塊較重的砝碼——大轂轆。大轂轆這個人，正直，粗豪，卻有著無比仁厚的心胸，他的存在是一種象徵，是東方傳統恕道的彰顯。作者創造了他，雖未加正面揄揚，但從字裡行間，可以聽見他無言的頌歌。大轂轆善於獵狼，他受雇爲二嬸家看管羊群，懂得善盡他做人的責任，他是最盡責的看羊人，他懂得狼性，也懂得人性，最難得的是他懂得狼性與人性間相同和相異之處，他不饒過任何食羊的狼，因他深知狼無人性中的向善性，永遠無法喚醒，但他能以「恕道」恕人，他知道「愛」和「寬恕」的力量足可喚醒人們遠離一切罪惡。

大轂轆一投進作品，天平就開始承接兩端的感受而起落了，朱西甯抒開他的筆鋒，作成對比中的對比，使作品走向高峰。首先，他用二嬸勾引大轂轆被拒作爲起筆，把天平兩端的重感交織起來，他接著寫二嬸惱羞成怒，當著二叔進讒言，褒貶大轂轆許多不是，逼他捲行李滾蛋，（充分狼性的表露）大轂轆明知事實真相，但他表現了寬恕，沒加任何辯駁，走了。二嬸逼走大轂轆，換雇了大富兒來看羊，以一些夾現的暗筆點示出她和大富兒之間的奸情，而狼的故事一直在明顯的進行著，兩者時時交映。陷在罪惡漩流的二嬸，在大環境的重壓中失去對孩子——一個剛死去母親的孤兒照拂的愛心，經常施以凌虐，她的精神似乎全灌注在如何防止人們揭露其奸情上了。

從大轂轆離開歐家直到他發現大富兒跟歐二嬸的奸情，故事都在暗中鬱結著，作者有意使作品進行節奏緩慢下來，以凝聚力量，其中寫盡了大轂轆與孩子間的信賴和愛心，更用第二次捕狼先行隱喻，一面隱喻著自然慾求與環境抗爭的力量，人性裡層的愚昧中的狡詐，一面隱喻著人們就像軟弱的羊群，「原罪」就如兇猛的狼，當「原罪」來時，微弱的知性的光並不能抗拒什麼，必須靠靈光導領。

大轂轆捉姦捉雙，但他寬恕了奸夫淫婦，他同時也寬恕了世人，因世人在罪中軟弱如羊群。對於一個犯罪的婦人，「寬恕」與「愛」的行爲就是對她軟弱的心靈施洗，使其恢復人性中的純愛。從這裡，我們可看到作者的祈求，他多麼渴盼人們以「寬恕」和「愛心」洗罪，不要一味以保守固執的觀念造成一道外在𩉷化的藩籬，更以此藩籬妄圖消除自然的慾求。敏感的天平終於傾向大轂轆這一邊了，孩子忘卻了二嬸往昔的苛責和凌虐，撲倒在二嬸懷裡，不再抗拒什麼，低低的迸出一聲：「娘！」這受感動的純潔的童心所表現的「寬恕」和「愛」更深、更遠，直可通向人類終極的前途……直到作品的結尾，我們才看到作品中偉大的力量，作者那樣寫著：

> 不知道是什麼把我深深的，深深的埋藏了。一雙溫熱的膀彎，把我熔化在悲痛欲絕的歡愉裡面……。
>
> 我還能聽見大轂轆踏著霜屑的沉重的腳步，和那隻老公狼在霜地上沙沙拖曳的聲音，緩緩的遠去，緩緩的遠去了。

透過〈狼〉這篇作品，我們看到了發乎靈明的真愛，在世界的沉落中，我們也看見了超升。〈狼〉的成功是多方面的，不僅是思想，表達和文字，它顯露了作者滿懷真愛的心胸，沒有這樣的心胸，就不能抱持著真誠的藝術信守，也就無法寫出狼這樣超越的作品，這是幾乎可以斷言的。

與〈狼〉同時期的產品〈蛇屋〉，在建造的氣勢上較〈狼〉更爲雄渾，但結構的精度較狼略遜，在這篇堅實的作品中，朱西甯創造了一個民族的熱愛者——蕭旋，更通過蕭旋，抒發了作者生命本身以及同時代青年群對於生命的回溯與展望。蕭旋是那樣生長的，從他白山黑水的家鄉，從義勇軍奮鬥的行列，從被暴力所侵凌的大地……到參加了青年軍爲抗戰建國而流血灑汗，那一段生命的歷程中，他看見建造，也看見破壞；看見上升，也看見沉落。他是保衛祖國的無盡行列中的一員，他旺盛的心臟與祖國同時起伏，他每條賁張的脈管全注滿民族的熱愛。來臺後，蕭旋受命進入山區，擔任組訓民眾工作，過往的回溯使他體驗到生命與責任的莊嚴，朱西甯就以這樣沉厚的生命流動的背景強化了蕭旋的自覺，當蕭旋入山，首次參加降旗後，作者這樣寫出蕭旋內心感受：

> 蕭旋的背後，揚起那帶有宗教虔敬意味的歌聲。(按：指國歌。)帶引他飄向許許多多片斷的幻覺……太多了，那些感人的際會。他是在那些際會裡，在那些流亡和戰鬥的日子裡，由著風沙和雨雪打熬成人。在他的前面，總是這面旗幟，一年又一年，一如每一個賢孝的祖國兒女那樣，跟隨在這面旗幟的後面，緊緊的跟隨著。他那旺盛的心臟，便在這一片虔敬膜拜的歌聲裡，一陣陣收縮，抽動他每一絲精細的脈管。他思念起海峽對岸被霸占已經整整一年的祖國的土地和人民。在那邊，日夜渴念的是這面旗幟，是這個歌聲。……這又是祖國的另一面的邊陲，另一次的劫難。

是的，從冰天雪地的東北到椰林森森的臺灣，從日寇暴力凌虐到共匪暴力的竊奪，祖國已經沉淪，蕭旋這個懷著高度醒覺的青年內心只有責任，在山區，在那些飽受日人凌虐的同胞的眼中，他撿拾起許多童年期的回憶，他要用熱情和對民族的自信，洗淨存在於山胞心中的屈辱。

但他首先遭逢到許多人為的錯誤，像劉警員那樣觀念的陳腐和愚懞，像山胞的懷疑和不肯信任，新觀念與舊觀念的差距復又那般遙遠，這許許多多的困扼極易使人灰心喪志，蕭旋不是神話人物，一樣是平凡的血肉之軀，固然他有理想，有熱情，有自信，但他仍有一般人類薄弱的一面，因此他陷入痛苦——痛苦著個人力量的薄弱，更關心這一民族的前途，朱西甯把蕭旋的痛苦借用原始的鼓聲敲發出來：

> 鼓聲打透了雙方的心坎兒，透明透亮的見真情。回溯罷，回溯罷，回溯到先古同一的脈流裡去了，總是流著一樣高熱的血液，就彷彿千條河，萬條江，大海大洋總是家……鼓點轉到老虎磕牙兒，沉沉的，鬱鬱的，他心裡卻高歌著樂聖黃自的遺作「漁陽鼙鼓動地來」……

為了民族命運和前途，蕭旋的生命感受是極為敏銳的，他有理由發出對顫化觀念不滿是憤慨，這種不以本身權位、利益為出發的廣義的憤慨正是通向醒覺的初階。但與蕭旋憤慨相對的是劉警員所鑄成的事實錯誤——逼姦了一個山地女子玉秀，雖然事後劉警員調離並獲懲處，卻使山胞們更遠離了蕭旋，使他陷入極艱難的處境。

在這樣挫折中，蕭旋極力的忍耐著尋求更高的醒覺，由於生命的真誠和愛，使他在迷亂、惶恐中尋求更高的醒覺，由於生命的真誠和愛，使他在迷亂、惶恐中尋得真正的信心，這信心是「罪與愛，知與慾之間的距離，薄如一紙，個人的錯誤可以寬恕，更深的建造必須靠一點內在靈光的燭照和導引，並非導引向很難完美的觀念，而是引導向創造、服務和犧牲的完美行為。」本著這樣的醒覺，蕭旋挺然作無畏的站立，他以全生命投入山區，投入山區的人群，他的心不再停留於憤慨——中途的死結上，他以完美的行爲表現了無私的神性的超越。

從創造新歌到開墾茶田，從建立浴室到夜課開班，從風中到雨中，朱西甯寫出蕭旋內心的充實：

> 鋼鐵就是這樣煉出來的，高熱和低冷，反覆的磨難著。青年們每一個時辰裡，總要忍受一場暴雨，和接著而來的一無遮攔的烈日的烘烤。

對於高山民族——偉大中華民族中的一系，對於他們物質文明的低落，觀念的保守，生活的骯髒，蕭旋全能忍受，他以對整個民族的愛心洗淨它們，並從綠蛇——那山地同胞古老神祕觀念的象徵中，盡力尋求他們的美點，即使他受蛇（觀念）所咬而斷指，他仍然那般熱愛著他們。

情節發展至蕭旋冒著暴風雨救人，獲得山胞的信任和崇愛爲止，他的醒覺又使他糾正了一項偏差的傾向。這傾向是在山胞心目中把他當成了英雄。「你怎會成了英雄？你知不知道多少英雄是踩人的！」他踩著自己的影子默默的斥責自己。接著，朱西甯借蕭旋的感覺作了這樣的點示：

> 這一代的英雄不是出將入相，也不是匹馬單槍；應該是一個群體。他明白這個，做起來就又身不由主。

所謂身不由主，正顯示個體靈明的醒覺與群眾尚有若干距離，這距離形成蕭旋生命中另一面的痛苦，像山地姑娘卡拉洛罷，爲了崇愛她心目中的英雄，願意按高山古老風俗——送口嚼的檳榔，以身相許，就使蕭旋困惑，他是個已結婚的人，他愛卡拉洛，他更愛每一同胞，那全是民族的大愛，並無兒女私情，他只從那些閃動著年青光輝的眼瞳中，得獲安慰，安慰於這一民族的醒覺和向前力量已自那些眼瞳中閃熠出一種形象。這種觀念間的距離，使蕭旋不得不又冒一次大險，在面臨陡澗的吊橋上，救起因熱情奉獻而被拒，羞憤自殺的卡拉洛，在這裡，朱西甯寫出了捨棄比建造更爲艱難。

由於蕭旋的堅定，使山胞由對他所生的個人崇敬轉到崇愛祖國，朱西甯這才真正完成了對蕭旋的契刻，他那樣更深的抒發出蕭旋的感覺：

> 那些漂浮在街道上的，披掛在人們身上的，陳設在貨架上的，那些流星般沙沙鳴叫的時髦，煙一樣雲一樣的浮華，那些炫耀富貴的大盜和小偷，都不是。（都不代表祖國的榮耀。）祖國的榮耀光照著遼闊的疆土，悠遠的文史，那些雄渾浩瀚的大山和大川，為了創造這些，保衛這些，祖國的原野上，無處不是她兒女的血和汗，撒種和戰鬥——默默流著的血和汗，默默奉獻的錢糧和犧牲。沒有說鄉野的麥子是哪個豪傑種的，沒有說沙場的敵屍是哪個英雄殺的，祖國就有世界上最好的農民和兵士，不打名號的豪傑和英雄，長遠默默的背負著歷史的軛架，長遠默默的歌唱……。

本著這樣崇高的，穿透性的見解，蕭旋隱沒了他自己，將一切榮耀歸於民族的群體，歸給他所愛的祖國，從建造到捨棄，顯出他是何等的胸襟，唯其蕭旋捨棄了自己功績，他的建造才更顯出民族的輝煌，從入山到出山，他在山胞心目中留下了太多的東西，他以熱愛和山區原始民眾心啣在一起，互傳信愛，他將他們從冷冷的，斷續的，幽遠而蒼涼的「撒庫拉」歌聲的黯色夢境中引至祖國的陽光下，更使他們從謳歌蕭旋到謳歌祖國……這才是真正靈明，真正的自覺。在〈蛇屋〉結尾，作者更用象徵來表露他的盼望，他寫著：

> 從稀疏的橋板俯視下去，谿谷裡翻滾的激流使人有些兒昏眩，橋身就彷彿逆著大河飛馳。一顆不自覺察的淚水就這樣落下，落進幾十丈深的谷底，總會落進滾滾不息的激流裡去的。

那不是大河，那是時間，那不是激流，那是民族淌流向未來的浩浩的歷史，個人的努力，個人的建造，只如一顆虔誠的淚水，落進民族的激流，隨著它淌流下去，這支巨流裡面沒有什麼豪傑和英雄，有的只是全民族的熱愛所化成的淚水，那樣的匯合並且歌唱。

〈蛇屋〉這篇作品，使我們看見作者不輕易正面顯露的高熱的感情，它有著山一樣雄渾的氣魄，潔如霜雪的情操，詩一般強烈的搖撼和智慧的閃光。作者的理念築基在愛上，他承認人類內心的薄弱——包括他自己，因此，他恆以謙虛和卑微的心與群體一同仰望。在實體生活中，朱西甯正和蕭旋一樣，爲著一個存在的意義而不斷追求，不斷實踐，十多年來，他不但爲中國文學負軛，更默守著本身工作崗位，獻愛給民族，拋棄一切虛名，這種偉大人格給予人們的撞動，相同於他的作品。

綰結起十餘年的時間，朱西甯正像世界上許多感人的文學工作者一樣，走在他的耕耘線上，默默耕耘他的理想，他前進的途程是崎嶇的，艱難的，我們若以其思想深度與表達深度作對比，我們就不能不說他過於樸拙，那樣的重軛使他揹負不起，幾乎是在一寸一寸的爬行，他不敢輕率的表達一件徒具形式的作品，他永遠寫不出一般讀者所愛的浪漫和消閒，從主觀輻射到客觀顯影，從刻意壓縮到自然抒放，從對比的形成到滿溢的控制，他的心血所換取得的只是一種內在的昇華與精神的慰安——人們終將承認他的開拓，朱西甯應該獲得這些，因他已爲中國文學作了毫無保留的奉獻。

文學的發展本是多態的，我們承認當代論評家所抱持的觀點——個別的平行的發展就是創造，互容互競中就有著自然諧和，我們應容忍一切求新的破壞，但在破壞同時應該考慮建立，一切感知的躍起均以「人」爲原體，我們不敢企求文藝爲人類服務，至少，做爲一個文學藝術家，應在心靈深處時時關心人類的前途。

中國文學正面臨著迷亂，一部分求新的靈魂被囚進三角褲，一部分已朽的靈魂被夾進線裝書，我們可以發掘古人，可以追求現代感受，但我們更需在東方尋求自己，故此，在當代中國小說叢書出版之初，我們提出這樣一個默默的名字——朱西甯，從他堅實的作品，我們似乎已真正觸及，觸及了中國文學的黎明，當然，他仍有著薄弱的一面，這些薄弱正在他自覺的鞭策與填補之中，諸如更進一步打破單線性文字的束縛，純然境界的浮現，超文字意象的凌空顯影，一些極端純化的個體感受，生命原貌的裸托，已逝生存境界的召回……這些現代新銳文學藝術工作者所求取的零星建造，都值得朱西甯參考汲取的。同樣的，朱西甯精神深處的玄色宇宙，也值得更多朋友們燭照他們各自本身。經過觀察和分析，我們不能承認朱西甯只是「鄉土文學」作者，他的思想不僅新銳，更完整而超越，他已穿透現代，穿透而前——除非人類自這古老地球上絕滅，它永遠鼓騰在人類心中。

對於這樣的契刻者，我們過度的祈求就是一種鞭責，讓我們放棄一切頌揚，用這支沉重得過了分的鞭子抽打在他已現佝僂的骨稜稜的脊樑上罷，文學的十字架就應有那樣沉重，自願負軛者早應明白這些了，但他仍須在鞭責中向前爬行，爬向中國未來的文學高峰。走筆至此，不禁升起這樣的呼叱：契刻罷，朱西甯，你的刀鋒。有一天，整個民族和整個人類，都將在你挾著大愛的雕塑中成爲高度的藝術品，在人類歷史舞台上煥然呈現，它的光輝，會使未來世界的人們恆久的仰望……

——民國 52 年 10 月 5 日，於鳳山

——選自《文壇》第 42 期，1963 年 12 月

評〈狼〉

◎魏子雲*

這篇小說雖以狼作明喻性的象徵來諷刺那位二嬸的淫亂，而實質上，它則滿溢著同情那位二嬸母性心理的隱喻。所以我不認爲它是一篇對淫婦的譏嘲，而是一篇對母性心理的哀憫。像這位二嬸之所以一而再的去勾搭她家的牧羊夥計，都無非想借種生育子嗣；她之不肯以子嗣看待那失去父母的孤侄，只因爲那孩子不肯喊她娘。〈狼〉的故事即根植於這種非常值得哀憫的母性心理上展開了它的情節。

正因爲〈狼〉的故事在於表現一位不育婦人的母性心理之值得同情，所以〈狼〉的情節之轉變與演進，也在在均以二嬸爲中心；可以說〈狼〉之所有情節穿插，都是爲了刻劃二嬸的那種值得同情的母性心理。雖說，在情節的表象上所顯示的，全是對那位二嬸偷人養漢的明喻譏諷，而這種明喻譏諷，卻又正是作者用以同情那位二嬸之母性心理的烘襯，使讀者在那些明喻的譏諷裡，產生出對那位二嬸的同情。他這種以明喻來顯示其隱喻的表現手法，特別值得推崇。

一

〈狼〉的故事由一個不太懂事的孩子，以第一人稱描述他在父母雙亡之後，被送到二叔家過活期間，記述他二嬸虐待他的情形。

我們看，〈狼〉的故事，從那孩子在下葬了母親之後，由他舅舅把他

*魏子雲（1918～2005），散文家、小說家、評論家、戲劇家。安徽宿縣人。筆名牛蠡、華文份、立一、阮娥，發表文章時爲臺灣藝術專科學校兼任教授（今臺灣藝術大學）。

送到二叔家敘起。他舅舅把他送到二叔家，可以說那是已經說好由他二嬸領養他的，所以當他舅舅把他送到二叔家，這位二嬸就拿一雙白粗布孝鞋往他腳上套，說：「穿兩天，踩踩就鬆了。」把他抱下炕，叫他去試試，問他擠不擠腳。顯然地，他這位二嬸本打算把他當做親生兒子看待，老早就白布孝鞋都給他準備好了。他舅舅也當著二叔兩口子衝他說：「索性就開口喊娘吧，趁著還小。別喊什麼二嬸不二嬸的，反倒隔了一層。」這些描寫即已隱喻著這孩子之依附他二叔生活，原本的計畫就是交給二嬸收養。可是這孩子不肯喊他二嬸作「娘」，遂使這位二嬸改變了原來的想法，不肯以親生子嗣去看待這孩子了。這隱喻正顯示著一位不曾生育過子女的婦人之母性心理的的悲惋。這自是那位二嬸企圖借種生育子女而發生淫亂的基本原因。所以，她的淫亂行爲雖是可卑的、可恥的，但其母性心理的悲惋則是可憫的、可恕的。因爲那位二嬸之左一個右一個勾搭她家的牧羊夥計，從表面看去，雖含有情慾的成分，而實際上，她企圖「借種」生育的因素則更濃。所以〈狼〉的主要情節，所描寫的雖是那位二嬸的淫亂，而那位二嬸的淫亂，卻又只限於她家僱來的牧羊夥計，一旦有了一段姦情之後，她便不再理睬他們，便要辭他們的工了。這都隱喻著二嬸的淫亂，只是一種「借種」的行爲。她如果只是爲了情慾，那她的淫亂行爲，就不僅限於她家僱來的牧羊夥計了。

作者在故事中，安排了三個牧羊夥計來描寫二嬸的淫亂情節。用小住兒的捨不得辭工而引來其他牧羊夥計的譏嘲，遂明喻出小住兒以前的一些牧羊夥計之所以頂多只幹上半年的原因，也都像小住兒一樣，被借了幾次種之後，就要打發他走路了。所以其他的牧羊夥計挖苦小住兒說：「還戀個啥噢，小住兒！要做花蝴蝶兒，你也得找朵鮮花去爬；要做屎坑螂呀，沒出息的，你就戀著那個臭娘兒們吧！」「誰不是頂多在那兒幹上半年，只有你小住兒沒志氣，人家撂蹶子踢啦，還他她的挺著個鳥不捨得。」這些明喻，也都隱喻著那位二嬸之勾搭牧羊夥計的目的，竟是企圖「借種」的可憫之母性心理。

雖說，作者用大轂轆的耿直性格，烘托出了二嬸的淫蕩嘴臉，更明喻了二嬸在淫蕩著去勾搭牧羊夥計時的悲哀心情。但從大轂轆拒絕了二嬸的勾搭，曾在背起裡大發牢騷地說：「沒兒子，只怪妳沒那個命，我不是畜牲，我大轂轆不是畜牲。」從這裡即已隱喻出二嬸已經坦白的哀求過大轂轆，那麼，二嬸之想生孩子的心情，就越發値得矜憫了。

二

按形成〈狼〉這篇故事的基本衝突，只是這孩子和他二嬸之間的一丁點兒任性，故事一開始，作者就把故事間的這點衝突因素點明在情節裡。像「我不能昧著良心說二嬸待我薄——可是僅只在我初到她家的那一陣兒。從那以後，我怎樣討好，也總得不到二嬸的歡心了。」那麼，這是什麼原因呢？跟著這孩子又說：「不知道舅舅怎麼會這樣的忍心，我如果趕著二嬸喊娘，我要喊我娘什麼啦？或許就為了我不肯改口，才因此失掉了二嬸的歡愛，前腳剛送走舅舅，後腳二嬸就不是方才的鼻子眼睛了。」這段話不僅和結尾的描寫遙遙呼應，更是演變全篇故事之每一情節的種因。換言之，如果這孩子當時就聽舅父的話，馬上就改口喊二嬸作「娘」，哪裡還有〈狼〉的故事。

同時，在故事的氣氛上，也充分的洋溢著那孩子的懊悔——懊悔他不該任性的不喊他二嬸作「娘」，才使他失去了二嬸的歡愛，才使他二嬸被大轂轆當面侮辱而不敢還口，難堪得無地自容。雖說在情節上，他述說的大都是他二嬸的勾搭牧羊夥計以及對他的虐待，但在口吻間則時時流露著自責。從這裡，我們更可以了解到作者寫作〈狼〉的主要題旨。他似乎無意要把二嬸寫成一個蕩婦，而只是運用「淫亂」的情節來誇大造成二嬸之令人値得去同情的淫亂原因而已。因為，造成二嬸淫亂的原因，才是〈狼〉這篇小說所要表達的主題。

作者所要表達的這個主題，在故事結尾時，明喻尤其鮮明。當大轂轆幫助那孩子把狼捉住，隨著就把正和大富兒在姦宿中的二嬸吱呼起來，當場揭發他們的姦情，而且還當面譏嘲二嬸說：「不長莊稼的砂礓地，再借誰的好種撒下去，也是白費。」更數說她不收養她這個又中用又聽話的侄子的不應該，於是在大數轆一頓指責之後，那位二嬸遂失悔得痛哭起來。

> 忽然二嬸跪在地上，抱住我，笑也似的失聲大哭。她的臉龐埋在我胸口前，那樣劇烈的顫抖，把我嚇住了，好像不知道什麼樣的災難就要降臨到我頭上，就如同眼看著我娘嚥氣時那樣，驚惶得不知怎樣是好。
>
> …………
>
> 我把手裡的小花襖給二嬸披上，抱了滿懷披散的頭髮，那上面有冰涼的淚水，染到我的臉上。我並不知道是我的眼淚，還是二嬸的。
>
> 不是我心裡不肯，我的臉埋進一堆冷濕的頭髮裡，真是費盡很大的力氣，才低低迸出一聲：「娘」。
>
> 隨即我像犯了不知有多大的過錯，膝頭一軟，也跪倒在地上。
>
> 不知道是什麼把我深深的、深深的埋藏了。一雙溫熱的臂彎，把我熔化在悲痛欲絕的歡愉裡面……。

像結尾的這節描寫，作者業已明喻地把他所要表達的主題——對不孕婦人之母性心理的同情，顯示得夠清楚了。但由於〈狼〉的故事一直都在明喻二嬸淫亂情節上發展著，因而使讀者忽略了作者運用在明喻中的隱喻。那麼，如把二嬸看成蕩婦，則未免厚誣了這位急求養孩子的可憐而無知的婦人。

固然，〈狼〉的命題即含著有象徵淫婦的寓意，而故事中的狼也確乎含有作者用以象徵二嬸之淫亂的動機，但這動機，卻又正是作者企圖要以表面的譏嘲，來激起讀者從背面去同情二嬸的表現手法，再說，狼並不只是象徵二嬸的淫亂，更象徵二嬸之虐待那孩子，也有如狼對待羔羊似的惡狠。這些象徵的意義，其主旨都在加強明喻上的譏諷，以便能更有力的表達出值得寄於二嬸同情的內在因素。我們知道，凡是從懷疑中建立起的信仰最堅定。那麼，對於一個人來說，從惡感中建立起的好感——或從好感中滋生出的惡感，也最巍峨最鞏固。所以作者以〈狼〉作明喻性的譏諷象徵，來諷刺那位二嬸的淫亂與惡狠；卻又在情節中一再點明二嬸之淫亂與虐待這孩子的原因，使之隱喻著只是由於她急於想做母親的變態心理，讓讀者從惡感中漸漸地建立起好感，再從而延伸到使讀者去研究二嬸的這種心理形成因素，於是，作者在〈狼〉中提出的問題，便有了廣度也有了深度了。那麼，這才是作者寫作〈狼〉的基本精神。

三

我們看作者運用怎樣一種手法來表達他所要表達的主題。首先，作者一下筆即推出一位亡去父母的孤侄和不曾生育過子女的二嬸作尖銳對比，遂把故事中的主要人物「二嬸」予以孤立地凸出來。更在讀者心理上注入一針二嬸厭惡的因素，因為在讀者看來，這位二嬸應當收養她這位孤侄那是天經地義的事，但在故事中，這位二嬸不惟沒有收養她這位孩侄作親生子嗣看待，還不寺虐待他，再加上她左一個右一個勾搭她家的僱工，遂越發的使讀者對二嬸增加惡感。當故事一進入情節，作者即馬上點明二嬸之未收養她那位孤侄的原因——「或許就為了我不肯改口（喊娘），才因此失去了二嬸的歡愛。」在這裡，作者便給他所要表達的主題下了註腳。接著便開始描寫放羊的情節，但一開始描寫放羊的情節，就點出小住兒之賴著不辭工，因而招惹來其他放羊夥計的譏嘲。於是，鑄成〈狼〉這篇故事的主要因素，至此則已鮮明的顯現出來，可以說從故事開始到小住兒辭工這一段情節，有如音樂上的「序曲」，把主體曲中的意旨，業已明朗的演奏出了。等到大轂轆上場，〈狼〉的主要情節才正式展開；那就是捉狼的故事。

在故事中，捉狼的情節有兩次穿插，計其使用字數，幾占全篇五分之二的篇幅。第一次捉狼的穿插，是一個完整的捉狼的故事，它的完整性可以脫離〈狼〉的主要故事而獨立存在。這個穿插，首要的意圖是描寫大轂轆是怎樣一位捉狼的能手，用以襯出大轂轆這個人物才是他二嬸家真正需要的牧羊夥計。可是，這位二嬸所需要的牧羊夥計，並不完全是爲了要他會看羊，所以在大轂轆拒絕了二嬸的勾引之後，便被藉故逼走了。那麼我們可以從而想知第一次捉狼的穿插，仍是爲了烘托二嬸的淫亂而安排；可以說仍是爲了要表達他所要表達的主題而安排。至於第二次捉狼的穿插，更是由於二嬸的淫亂而產生；譬如說，如果不是因爲二嬸和牧羊夥計大富兒有苟且，大富兒常常在半夜裡打開圈門，跑去和二嬸睡覺，因而疏忽了看守，狼就不會有機會跑進羊圈裡來了。這是作者穿插第二次捉狼情節的目的，其目的仍只是爲了烘托二嬸的淫亂。同時，更從這捉狼的情節上，把所有故事中隱喻的問題，悉於明喻出來，於是，〈狼〉的主題便在這個情節的明喻中呈現出來。而且，特別值得讚美的兩次捉狼的穿插，均極自然地和主要故事融成一體，毫無綑縛焊合的痕跡。全文兩萬三千字，連章節均未劃分，一氣呵成，自可想知作者處理題材與剪接技巧的圓熟。

四

如論技巧，〈狼〉成功於作者運用的「意喻」手法。因爲，凡是他所要顯示給讀者知道的內容，率多以「喻象」烘托出來，極力避免直說；縱需直說，也借他人之口間接道出。譬如二嬸之和牧羊夥計通姦是爲了急求養孩子，則由幾個牧羊夥計在談閒話時說出來，所以傳達給讀者的仍是一種含蓄之美。同時，更從而意喻出二嬸是一位不曾生育過子女的婦人。那孩子是一位亡去父母的孤兒，二嬸是一位不會生育的婦人，全不是作者用直接的語言告訴讀者的，而是以詞意喻象——明喻或暗喻——出來的。譬如作者開頭向讀者顯示那孩子是個孤兒，一開頭就這樣描寫。「就在爹爹的墳旁，緊挨著漆色還那樣新鮮的棺柩，又挖了一個長長深坑。……土塊滾落到我穿著孝鞋的腳面上。……我娘的棺材慢慢縋進坑裡。」這短短數十字的描寫，即已鮮明的顯示了這孩子的孤兒身分。同時，像那句「緊挨著漆色還那樣新鮮的棺柩，」更意喻了那孩子在他爹才死不久，跟著他娘又死了的可憐處境。像這段描寫，如果放在一般低劣的小說家筆下，則極易變成「那年，我才×歲，爹死後尚不到一年，娘又死了。」像這樣單調而枯燥乏味的陳述，可以說時下有許多小說，大都是這樣的清湯寡水，往往連鹽味也沒有，休說再去品嘗廚師的技藝了。

再如，作者並沒有說明這孩子幾歲，但我們卻能從那些意喻地詞句上，吟味到這孩子的年歲，他說，「我站在堆土邊上，站在那許多人的前頭，踮起腳尖也並不能看到坑底。……舅舅跳進坑裡，接替那個矮大爺，一鍬一鍬的往外清土，只在他直起腰的時候，能看見他大半個腦袋。」「舅舅抱起我，撲去我額上的泥土。我伏在他肩上睡熟了，也不知繞到家去沒有，醒來時在我家三里外的二叔家裡……」像這些描寫，儘管作者沒有說明這孩子多大年紀，我們可從這些描寫裡領略到——頂多也不過七、八歲，從墓地到他二嬸家，還需要他舅舅抱起去哩。雖然，七、八歲——或者再少說些，不過六、七歲——的孩子，三幾里路應該讓他走去，不該再抱著他去。關於這一點，我曾一度推想作者讓他舅舅從墓地把他抱到二叔家去，似乎年紀不過三、五歲，那麼，和以後放羊時的年紀便不相配合。但從開頭第二段描寫中，我卻尋到了作者應當讓他舅舅把他抱到二叔家的情理。說，「有人從背後按住我，叫我叩頭，我用心的磕著，額頭抵進鬆軟的鮮土裡，涼涼的。我沒有哭，大概有人在脫我草鞋，丟進坑穴去，使我分心了。娘嚥氣的時候，我狠狠的哭過，哭得手腳發麻。這會兒彷彿很累，不想哭，……」那麼，我們可以從這段描寫裡，見到這孩子在墓地上，業已疲倦得連哭的精神都沒有了，所以他舅舅要抱起他去，當他舅舅抱起他，他就伏在他舅舅肩上睡著了。可以說每一個小問題，都脈泳在意喻的詞句裡面表達出來，於是，一個幽邃而洞明的境界便從現實的題材上超越起來。至於「狼與羊」以及「二嬸與孩子」間的兩種對比性的衝突相成出的——捉狼隱喻捉姦——象徵，更是這篇小說在「意喻」的手法上，運用得最成功的一點。在前面我已經說到了。

五

從人物的架設上看，雖說二嬸是〈狼〉的主要人物，其他所有的人物——以及題材故事等等，都爲烘托二嬸而安排，但在情節上，較凸出的則是大轂轆，因爲他才是〈狼〉這篇故事中的一個主要衝突。

固然，形成〈狼〉的基本衝突，是「狼與羊」，「二嬸與孩子」四者間的對比，但把這兩個對比衝突相成起來，使之統一於主題上面，明確地顯示給讀者的關鍵，則是賴於大轂轆在故事中的衝擊性。我們看〈狼〉的所有人物，除大轂轆之外，從無任何人和二嬸作對抗的衝突。那孩子在二嬸面前，像羊見了狼似的膽怯與馴良；二叔更是一個怕老婆的漢子，二嬸說什麼是什麼；小住兒和以前的幾位和二嬸有私情的牧羊夥計，也都馴順得在二嬸不理睬他們時就辭工；大富兒也是一經二嬸勾引就上鉤的下賤男人，其他的牧羊同夥，只是談閒話兒的；獨有大轂轆，這位耿直漢子，不但拒絕了二嬸的「借種」行爲，還爲了那個孩子像爲了羊而捉狼似的去捉二嬸和大富兒的姦情，所以，只有大轂轆才是一位和二嬸發生正面衝突的人物；才是使〈狼〉的故事泛起潮汐的主要因子。

正由乎此，作者在大轂轆身上著墨最多——全文二萬三千字，描寫大轂轆的篇幅，幾占二萬字之多。他在故事中，有如協奏曲中的主樂器那樣的在旋律中現出它特殊的音色。說得再貼切些，大轂轆在狼的故事中，有如琴上的弓，鈴中的鐸，有了它的擊奏，樂器才會發出音響。如果把這個比喻說得再詳盡一些，那麼，二嬸是琴的身軀，二叔、小住兒、大富兒，以及其他牧羊夥計等等人是琴上的絃線，孩子和大轂轆便是竹枝與馬尾構成的弓子；作者就是玩琴的音樂家。可以說，〈狼〉就是從這樣一件樂器上奏鳴出的一闋動人的樂章。

我們從故事中，可以看到作者對大轂轆這個人物之塑造的煞費匠心。在形象上，即首先塑造了他的長相出眾：「有一張赤紅赤紅的羅漢臉，臉上帶角又帶棱兒，像是三斧頭兩鑿子劈斫成那樣的。還有老牛一樣的寬顴骨，分往兩邊崛起，誰也相信，只要他一張嘴，就能把挑草的鋼叉咬彎。人都說他是吃金銀銅鐵長大的，要不怎會壯得像座山，他的名字也沒叫錯，真是兩條牯牛才拉動的大牛車的車轂轆。」這相貌，簡直就是從關羽幻化出的。從情節上，還一再凸出他捉狼的能爲。更特別在性格上，塑造他的耿直、敦厚、以及情操的完美。譬如他拒絕二嬸的無恥勾引，反被二嬸誣衊他姦淫她家的母羊，挑撥二叔辭了他的工。而他連句大話都沒說，便含辱忍詬的離去。看去這性格雖和他的形象不大配合，但從後面捉姦的情節上，卻顯現了他這種忍耐的原因。這段話即是這個原因的表白：「我沒別的心，妳怎樣挑撥歐二叔解我的僱，那都是小事兒，我不計較。可有一點，是我大轂轆今天求著妳，別怪我管到你們家務事兒。」……「只要妳疼惜這孩子，大轂轆不把這事情張揚給第二個人。要是妳存心養漢子，慢說我這個外四路的，就是歐二爺他也管不周全。……」顯然地，他是爲了孩子而忍耐；再說，那夜捉狼的機會，也正是他期待很久的一個捉姦的機會。這些內在性格，都表達得極其含蓄而自然。不過，作者爲了要他適應主題的需要，把他塑造得未免太理想化了些。這應是〈狼〉在藝術本質上的一些缺點。完全是我個人的看法了。

儘管，〈狼〉的藝術受制於主題的局面，未能使作者的感性意識喚理性意識相等的茁壯起來，但我們仍能從作者創作〈狼〉的理念上，掘到作者的感性源頭。無疑的，〈狼〉的感性源頭來自作者在農村社會生活時代的薰染。我想，凡曾在中國農村生活過的人，都會對〈狼〉的題材感到熟諳——特別是在中國北方農村生活過的人，更會感到親切。像「放羊」與「捉狼」這兩個名詞，在我家鄉皖北一帶，都是人們習知的隱喻。在我家鄉，往往有些有產業而晚年尙無子嗣的人家，遂去娶小納妾，故意的放縱新納的妻妾去和健壯的僱工私通，冀求借種生子。這種情事，人們則隱喻之爲「放羊」。至於「捉狼」，更是一個普遍的「捉姦」的隱喻；今之「色狼」一語，就是一種異曲同工的隱喻，那麼，我們或者可以想及〈狼〉的故事，即基於這兩個象徵詞彙產生。所以〈狼〉的情節裡便涵泳著這兩個隱喻的象徵意趣。

六

中國人受儒家思想薰陶至深，故待人處世，無不以仁人之心存忠恕之道。所以我們中國人最講求容忍的工夫。〈狼〉所歌頌的便是諧和在中國社會上的傳統思想，極顯然地，作者在懷念著那個諧和的社會。

我們看，〈狼〉的故事如以今日的社會人心來處理，則用不著大轂轆出場，就得把這個故事演變成悲劇來結束它。像二嬸之左一個右一個私通她家的牧羊夥計，不到半年就不理睬他們，還藉故辭他們的工，而他們只是離開就算了。但在今天，其中必有一個人要向二嬸去報復；尤其大轂轆，他還受到二嬸的不名譽的誣陷，他都能捨己爲人的容忍著。正因爲人在社會上都能以仁人之心存忠恕之道，於是，社會的秩序便獲得了諧和。可以說這就是作者寫作〈狼〉的基本思想。

實則中國人所講求的道德重心，並不僅在於「非禮勿聽，非禮物言，非禮勿視，非禮物動」之禮教觀念上，最講求的還是「恕」道。從前，有位作家寫了一篇小說，描寫夫小妻大的故事；那個女孩子在 12 歲去做童養媳時，她的丈夫才二歲。本來打算與她丈夫 12 歲的時候再圓房，結果，這個童養媳竟在她小丈夫九歲的時候，和一位年輕的長工發生了姦情，懷了孕，她要那個長工想辦法，那個長工居然獨個兒跑了。後來，這個女孩子的肚皮一天天大，大到瞞不住人的時候，她也想逃跑，結果還沒有逃掉便被發現了。一問根源，這還得了，於是把這女孩子家的親人找來，要她娘家人說：是沉潭？還是發賣？她娘家人如果要面子，就沉潭淹死，捨不得讓她死，就發賣。結果，娘家的伯父同意「發賣」。可是一直沒有相當的人家要，這女孩子只有在丈夫家住下去。反正事情已經決定，夫家也就釋然無話可說，就這樣一直住到生下一個男孩子。可是等到孩子生下之後，這家人卻忘了孩子是和別人生的，居然像照顧坐月子的兒媳一樣給她吃蒸雞喝紅米酒補血，還燒紙謝神。一家人歡天喜地。從此不再希望有人來買她去作什麼塡房了，便正式讓她和小丈夫拜堂，和別人養的孩子居然當作親生孩兒一樣看待。等到這孩子長到 12 歲時，又照樣的給他娶了一位大上六歲的媳婦進門。那麼，我們可以說這篇小說的內容正是中國農村社會的縮影；也正是中國人在本質上所具有的一種「忠恕之道」的道德思想；這思想就是促使中國社會上的矛盾衝突獲得諧和的主要因素。可是，像上面創舉的那個故事，一經共產主義的思想處理，它遂變成了一部反傳統的電影《火葬》（一名「小丈夫」，曾在臺北映過），和原著的那篇小說，在思想上簡直是背道而馳。從這裡我們準可以了解到我們作品所要宣揚的思想是什麼？那麼，我們如基於這個觀點來欣賞這篇〈狼〉，才能領會到它哲學基礎的正大與厚實。如僅從明喻的表象上去欣賞它，自只能看到二嬸的淫蕩了。

——民國 52 年 10 月 24 日，《中央日報》副刊

——選自魏子雲《偏愛與偏見》

臺北：皇冠出版社，1965 年 8 月

論朱西甯的一本短篇小說集：《鐵漿》

◎柯慶明*

民國 52 年年底，幾乎是同時地，朱西甯出版了兩本短篇小說集：《鐵漿》和《狼》。在《狼》這一集裡收了從民國 41 年到民國 51 年，一條長達 11 年縱線的小系列作品；《鐵漿》則收著民國 46 年到民國 52 間的部分作品，根據司馬中原先生的觀點，都是他過渡期以後、以至於成熟期的作品。[1]一個「多看一眼那五萬萬張受難的面孔，那 1100 萬平方公里荒蕪的土地」[2]的作家，是無法滿足於只是爲藝術而藝術的。所以遠在民國 39、40 年朱西甯小說中早期的主題都環繞在一個基本課題上：反共。或者是揭發共匪欺騙下的暴行、或者是頌讚鐵蹄下抗暴的英勇，還有就是探究國難當前自由地區國民應有的生活方式與態度，這裡顯然他是以軍中的儉樸刻苦生活爲當然的。這一部分作品後來就集成一冊，以《大火炬的愛》的名字出版。[3]從《狼》這個集子裡我們可以很顯明的，不但看到朱西甯在短篇小說寫作技巧上的發展，如何由滯重而醇熟，更可看出他小說中內容方面的轉變，漸漸的他把視域往前推展，發現做爲一個中國人，他無法逃避不去面對那形成民族性格、生活方式、以及悲劇的生存空間，於是他把他的筆觸轉向鄉土中國的探究與批判。在《鐵漿》這一集中他更接著追尋傳統的

---

*發表文章時爲臺灣大學中國文學系學生，現已退休，爲臺灣大學臺灣文學研究所兼任教授。

[1]見〈試論朱西甯〉，《狼》（高雄：大業書店，民國 52 年 10 月 5 日），頁 5～33。「當代中國小說叢書」第 1 輯第 1 種。

[2]見朱西甯，〈一點心跡——《鐵漿》代序〉（臺北：文星書店，民國 52 年，文星叢刊 19），頁 2。

[3]《大火炬的愛》（臺北：重光文藝出版社，民國 41 年 6 月）。

改變與繼承問題，想在對立的傳統社會與現代文明中搭建起一道過渡的橋樑。[4]朱西甯因而遂於「一點點的銅綠」、「一點點的永恆」的追求中，[5]擴展他的寫作領域至於《破曉時分》的繁豐，[6]以至於剖析當今兩代之間困難的長篇小說：《貓》。[7]我們可以說《鐵漿》一集正是標示著這種蛻變的完成。

洋溢在《鐵漿》這一本短篇小說集中的是一片悲劇氣息，而且大部分說來都具有古希臘悲劇的義涵，一種或者可以稱作血氣英雄的人物與命運環境的抗衡，構成了朱西甯小說中「動作」的中心。[8]這類英雄共有的特徵是一種血氣之勇的執拗。他們是「不服氣者」。是憤怒的年青人或者是中年人。是好管閒事者，或者是想入非非者。他們通常都夠得上稱爲「漢子」，不論是因爲軀體的強健、或者是膽識的非凡。因爲他憑恃以不服氣的只是一股血氣的執拗，所以通常他們都是自我的犧牲者。他們只能保持一種自我意志的不敗，卻無法改變他們所對敵的社會。他們是少數分子，通常在社會上並不得到同情，而且往往他們所面對的不只是一個惡意的社會而已，另外還有冥頑莫測的命運，嚴酷的自然，還有自身的糾纏不清的弱點。假如說他們對於那個並不理想的社會或者生存情境具有什麼意義的話，主要的就在於他們保留了一種「猛志固常在」的抗議，[9]把這種抗議的英勇形象深深的印到另外一些較弱小者的心目中。因而雖然他們是少數分子，也並不見得都是無人了解的。朱西甯更於那種對抗惡劣生存情境的少數人中，塑造出一種長者的典型來，那是一些臉上煥發著和煦的光彩，卻又堅定不移的人們，在和血氣英雄的對比中，他們擔任了血氣英雄的支援

---

[4]「胭脂的化石，淚的化石，留下的便是這些，一個古老的世界，一點點的永恆；依樣照出一個朦朧的現代，和後世。」，見朱西甯，〈一點心跡——《鐵漿》代序〉。

[5]見朱西甯，〈一點心跡——《鐵漿》代序〉。

[6]《破曉時分》，朱西甯的第四本短篇小說集（臺北：皇冠出版公司，民國 56 年）。

[7]《貓》，爲截至本文撰寫之時朱西甯僅有的一長篇小說（臺北：皇冠出版公司，民國 56 年）。

[8]這裡我借用了亞歷斯多德的觀念。此處的「動作」即「詩學」中所謂：「悲劇爲對於一個動作之模擬，其動作爲嚴肅，且具一定之長度與自身之完整；……」的「動作」。參閱姚一葦譯註，《詩學箋註》（臺北：中華書局，民國 55 年），頁 67。

[9]陶淵明〈讀山海經〉詩之十：「精衛銜微木，將以塡滄海。刑天舞干戚，猛志固常在。同物既無慮，化去不復悔。徒役在昔心，良晨詎可待。」

者和了解者，使他們完成了做為一個悲劇英雄的命運。最顯著的例子是〈賊〉、〈迷失〉、和〈鎖殼門〉。

呈現在〈賊〉裡的血氣英雄是個打抱不平的代人受過者：魯大個兒。他所抗議的是一貧富懸殊的社會，尤其當這個社會是愚昧、缺乏同情而主要富有的一半則刻薄寡恩的時候。小說一開始就給我們一個強烈的對比：

> 我們的村子上——或者把附近的村落一起算在內，只姓沙的一家才有瓦房。大家提到沙家，不說沙家，都說「瓦房家」。

這是少數富有的一面。在這裡「瓦房家」幾乎已經成為一種象徵。狄三則是窮苦一面的代表：

> 爹戥著藥，喊我過去包藥包。他一路就數說狄三不該把他娘的病耽誤成那樣子。還有他那一大窩孩子，差不多個個害上痞塊病；薑黃精瘦，挺著大肚皮，使人弄不清全村的糧食都讓他們一家吃了，還是他們一家的糧食都讓別人吃了。

狄三是瓦房家的長工，不但過的是一種近乎悲慘的生活：

> 我才發現狄三的眼皮怎麼會那樣長，眼睛老望著下面，日子過得很喪氣的樣子。他那件披在身上千補百衲的單掛子差不多成了件夾襖。永遠是那一件，背後一大塊洋麵口袋布，斜斜一排洗不掉的外國字。

而且事實上和貧窮連結在一起的是愚昧和懦弱：

> 「都帶來給我看！」我爹對誰都是一派老長輩的口氣：「上面老的生了你，下面小的你生的。你那樣，不怕造罪！嗯？儘管帶來看！放心，我

> 不收你藥錢。」
>
> 要不是我爹聽說狄老奶奶不行了，家裡正預備辦後事，才忙著跑去看望，又下針，又開方子，也許狄老奶奶兩天前就裝棺成殮了。
>
> 「我說人太老實了，也什麼……」爹坐到一旁抽他的水煙：「馬馴讓人騎，人善讓人欺。人不宜太老實。」
>
> 「聽說魯大個兒也弄得不明不白？」爹吹著紙媒子。「他們瓦房家也太欠厚道了。不能說丟了首飾，把誰都疑猜上。魯大個兒不是那種人。」

魯大個兒也是瓦房家的長工。瓦房家三姑娘丟了一副陪嫁的金鐲。魯大個兒與狄三是主要嫌疑犯，因為「幾天前他倆在那位三姑娘房裡粉刷了一整天的牆壁。」整篇小說敘述的場面主要的在於瓦房家請道士來作法，利用愚昧的迷信逼供。但是特別值得注意的還是這個血氣英雄的抗議。造成狄三家那種非人生活的，正是瓦房家的不厚道：「他們一家的糧食都讓別人吃了。」；還有就是前面說過的，他自身的愚昧和懦弱：

> 「我說，狄三，你怎麼糊塗到這個地步！」我爹頓著足：「你不想活了是吧？」
>
> 「大先生，人——誰不想活？可我那一大窩兒，老的老，小的小，病的病。老婆沒死，我還有個幫手。如今，一大窩兒六張嘴，都齜我。我種莊稼不是沒賣力氣，我做什麼也沒偷過懶，可我一家人，吃沒吃的，穿沒穿的，老母親只剩下一口氣挺在那兒抽呼，叫我到哪兒去辦棺木壽衣？不能讓她老精著來，光著去。打算跟老板借點兒印子錢，周轉一下。老板開口要押頭。我那一大堆破鍋爛灶，押給誰？誰個要？」

逼供的方法是由道士作法，在燒滾的油鍋裡放進「仙丹」，由瓦房家大奶奶（遺失金鐲姑娘的母親）領頭伸手進去試驗，好人「不傷汗毛只一根」，歹人「管叫你立時皮開肉綻痛到心！疼三天，叫三夜，熱毒攻心命歸險！」愚昧的不只是狄三，早在道士作法之前大家就有種種謠傳，到了此刻更是人人自危：

> 大鍋裡的油開始沸騰了，金黃色泡沫一股勁兒往上泛。在場的人，卻有些神色不定似的，好像到最後，說不定在場的都得下手進去，不止是瓦房家的老小和夥計們。

但具有這樣體型、這樣性格的我們的血氣英雄：

> 「小孩子都給我滾開！」
> 不得人心的魯大個兒，從什麼地方搬來一口罈子，很沉很沉的。只見他漲粗了脖子，兩腿叉開，一路吆喝著，歪歪幌幌衝過來。我們要不是害怕被他牯牛蹄子一樣的大腳板踩到，才不讓他的路呢！

卻很清醒的看穿了它只是一個詭計：

> 「沒燒上兩頓飯的功夫，就滾了，能是真的嗎？」我聽見魯大個兒在另一個角落裡幽幽的說話，偶爾透出一兩聲呻吟。大約是我爹在給他敷藥。
> 「也或許是。把胳臂抬高一點。」我爹說：「也或許是放進發粉什麼了。」
> 我直著耳朵聽，一面偷偷揉搓著麻得像木頭似的腳鴨巴。
> 「我就深怕他嚇糊塗了，想挪過去告訴他。」魯大個兒依舊幽幽的說：「沒等我挪動一下，就讓老道士喝住了，有什麼辦法？該我要吃這場苦頭。」

所以，「就在寶劍指到狄三的瞬間，事情發生了。」正像小說中敘述者的心理：「狄三的臉色很難看，我不願我等上這許久，想等著看那個要吊到樹上的賊，倒是這樣一個全家都是病鬼的窮傢伙。」，魯大個兒就用他「那樣長的身子」，「那樣赤裸著的又寬又肥厚的背」來抗議這個社會的殘酷：

馬鞭揚上去，一下算一下的，紮紮實實打到那肥厚的光脊樑上，胸脯上。不知為什麼，那抽打的舉動平平常常的，顯不出是打在一個大漢子身上。使人想到正月裡趕廟會的大鼓手，埋著頭：卜隆通！卜隆通！四周繞著看熱鬧的，鼓手就更逞能，恨不能把大鼓擂個通。

魯大個兒懸空吊著身子被打得直轉，好像有意讓大家都能看得到他的周身上下，再不就是他本人要看看到底是哪些人圍住在他的四周。不過憑良心說，魯大個兒什麼都沒有，眼睛閉上，隨著一鞭打下去，就緊緊擠一下，臉上的橫肉也跟著歪扭。他做了賊，還裝硬漢子呢，怎樣抽打也不哼一聲。

於是我們的英雄就在這種無言的抗議中「一動也不動了」。直到扮演英雄的了解者與援救者的長者出現，才把他自死傷中搶救出來：

「大先生來啦！大先生啦！」

那是我爹看病回來了——鄉下有兩種人是公稱的先生，一是教私塾的，一是看病的。我爹兩樣都是，又是地方上有臉面的，大家就都稱呼他「大先生」。

在這裡「大先生」實際上兼具著教育，或者說智慧，與救治，或者說慈悲的雙重象徵意義。譬如對於狄三家的貧病：

我爹把老花鏡推到額頭上，走過去給狄三抓藥。

「我說，你還能拖？」爹責備狄三，但不像對我那樣瞪眼睛。「不輕啊，你娘那個病！」

「都是大先生……你老……行好積德，」狄三也同我背書那樣，張口結舌的「我們……這樣人家，哪兒請得起先生？抓得起藥？」

「你還是不知道的？真是！我開這個小藥舖，是靠它喫喝啦？還是靠它發財啦？」

「這就偷？」我爹道：「人窮不能志短，狄三！你不來找大先生給你想辦法？」

就同時表現著這種雙重象徵的態度。這也就是爲什麼〈賊〉裡的血氣英雄終於能夠獲得解救，雖然有宿命的悲劇意識，卻沒有導致真正的悲劇結果：

「那也行；」我爹仍在碾藥。「要是非走不可，我也不多留你。明兒天亮前，咱們一人一頭牲口，到盧集去，你就到我家姑爹家去，他那兒要人用。」

「大個兒，你就照大先生這麼安排吧！」

「行。」魯大個兒聲音嘶啞的低聲說：「我是光桿一條，無牽無掛，到哪兒也都苦得一碗飯吃。」

在〈新墳〉裡另一個血氣英雄：能爺，就因爲缺乏這種幫助而一敗塗地。能爺在社會中的地位比魯大個兒好多了：

莊子上，以及左近鄰村兒的，不是信不過他這個人。就拿他那一手酒席，出名的二把刀（非職業廚師），誰家紅白喜喪不請他能爺掌廚？能爺眼睛不行，眼力倒是有的，誰個賣樹包樹要不請能爺掌個眼兒，總不放心；別瞧他那一對躲在硬紙片下面的風火眼打從樹林下面走一趟，隨便過過目，能爺要說這一行樺樹能出幾千擔料子，幾百擔柴火，八九不離

> 十，走不了眼，樹放倒了一過秤，賣主不吃虧，包主也蝕不了。要是東莊誰家新房子上大樑，崖頭村兒誰家犁耙折了，莊子裡誰個磨桶散了板兒，都是能爺的事兒。能爺吃自家飯，幹人家活兒，落得個什麼呢？落得個「能爺」的綽號。他生性就是這種人，腦子閒不住，手也閒不住。能爺在人們的心裡，永遠是人家不能，他能。但就一樣除外——能爺的醫道，沒有人敢領教。

這裡又出現了另一個在《鐵漿》一集裡一再出現的主題：一種對於死亡的過度重視。這裡所謂對於死亡的「過度」重視，是包括兩層義涵：一方面指的是，比較對於生存的努力，朱西甯筆下的人物有時更注重對於死亡的安排。譬如在「賊」裡，狄三儘可以延誤母親與子女疾病的醫治，但卻肯不顧死活的爲準備狄老奶奶的後事去做「賊」。他冒險偷竊的行動裡並沒有一絲是爲了改善他一家的悲慘生活狀態的意思。另一方面則指的是，朱西甯小說中的人物並沒有因爲他們的死亡而失去他們的影響力，甚至往往更加支配了他人的行爲與命運。在〈新墳〉裡，能爺是因爲母親的死去而立誓學會醫病的。在〈劊子手〉裡，陸家兒子也因爲母親的暴死而成爲血氣英雄。並且也因爲這個血氣英雄的出斬，才使傅二初與楊五成爲半個血氣英雄要去找偷工減料的后大有打抱不平去的。在〈出殃〉裡，既死的三奶奶依然引誘著徐三的色情與財利的慾求；因而導致這個墮落的血氣英雄自取滅亡。相同的導致血氣英雄自取滅亡的情形也出現在〈鐵漿〉裡，我們幾乎可以說孟昭有的喝鐵漿拼命，根本上的是來自一種對於他父親的憎恨，對於他那早已故去了的不爭氣的老爺子的憎恨。至於〈鎖殼門〉中的一對成爲冤家的血氣英雄：永春與大春，他們的後半生幾乎可以說就是在爲補償長春死去的無辜活著。朱西甯筆下的悲劇，在《鐵漿》這一集，就這樣形成了：某一個死者由於他們與血氣英雄的關係，或者他們是血氣英雄生命的賦予者，他們有著不可避免的生命延續的關連，例如〈新墳〉與〈劊子手〉裡的兩位母親，〈鐵漿〉裡孟昭有的父親，還有他和兒子孟憲貴的關係；或者他們是爲血氣英雄而捐軀的，例如〈出殃〉裡的三奶奶之於徐三，〈鎖殼門〉內的長春之於永春大春；迫使得血氣英雄們不得不逞血氣之勇，然後由於這種血氣之勇本身所包含的不可避免的缺陷，導致了血氣英雄們得到一些悲慘的下場，或者是暴斃，或者是長期的自我折磨。

能爺所必須對抗的倒不是一個惡意的社會，而是社會的愚昧，與那幾乎令他不知如何是好的冥頑莫測的命運。

> 人們心眼兒裡，害病同醫生永遠不一塊兒。集鎮上總共只有位懸壺的看病先生，不比請道姑奶奶少花錢。請先生看病殷實人家才配得上，單是封禮，聽說就要兩三斗麥子，抓藥還不在內。人們一生病，就只知道找道姑奶奶下神作法。

能爺的母親在交冬數九的天氣下，爲了治病給道姑奶奶指使著抬進抬出騰折死了，使得能爺認清了這類迷信的愚昧。能爺又是個有名的孝子，令能爺不能不挺身而出來抗議這種愚昧：

> 他能爺，人家不能的，他都能，唯獨當著親娘臨終斷氣，他倒什麼能耐也沒了。「能」到哪兒去了？這個結得死死的結子總得解。人家能，他能爺不能的，只有下神同看病這兩門兒。道姑奶奶那一套，他是恨痛了，他發誓，這輩子不把看病學會，死了也沒臉去見老娘。

但是能爺的悲劇在於他只是一個血氣英雄，「眼力倒是有的」，眼睛卻不行。在《鐵漿》一集中眼睛不行幾乎已經成爲固定的象徵了。這也就是爲什麼血氣英雄只是個血氣英雄而已。

> 「我啊！吃虧不是神農爺，有他額蓋上那隻眼睛，我早成神醫了！」
>
> 都是那麼說法，神農氏嘗百草，全靠比常人多出的那隻眼睛。可是能爺

就是現有的兩隻眼睛也不成樣子，紅赤赤爛糟糟的，整年整月瓜皮帽沿下夾著塊硬紙片兒。眼睛要不這麼遮住，就受不了一點兒光亮。這一對風火老痧眼已經是老症了，見風流淚，上火就眼瞎子差不多了。

能爺有一對「見風流淚」的壞眼，但他卻是生活在於一種必須流淚的情境中，小說一開始就說：

秋風像把剪刀，剪得到處都是簌簌落葉。

月亮底下，一排三座墳，靠西的一座還沒有生長荒草，土色也是新鮮的赭黃，沒有經過風吹太陽曬的新墳總是那樣，在月光下也看得出。

「我說，他二叔！」黎老五蹲踞在大風吹倒的榆樹幹上，因為有風，聲音從另一個方向傳了過來。「你還是跟我回去。涼月當頂了，天到多早晚啦？」

在這種風使聲音轉了方向的環境中，能爺的苦惱在於他缺少了一位具有智慧與慈悲的了解者與支援者。不論是能爺曾經爲他醫好病牛的老五，或者到底幫能爺弄來了幾本破醫書的教書先生，都不能負擔起這種使命：

他黎家祠堂裡的教書先生聽說能爺要學看病，滿口贊成。可是避著能爺又是一種話：「能爺聰明才智是有，就是凡事太粗心。」

更使能爺不能不走上悲劇的是，能爺是「能爺」：

能爺學到的本領，無師自通，看兩眼就行。唯獨學看病，沒法兒單憑著兩眼，再說也沒的可看。除非嘗百草，從頭自己摸索。這麼一把說老不老、說年青不年青的歲數，又到哪裡拜師傅來看！

就因爲這份血氣英雄的自傲，使得能爺不能接受智慧與教育，背熟雷公炮製藥性賦的寒熱兩性就自以爲可看病，（溫平兩性可以不啃它了。）；看地骨皮一口就咬定是楝樹皮，所以他失敗了。由於他執拗的堅持一定要自己看病，大兒子大順兒死了，三兒子三順兒死了，最後連始終護著兒子們的妻子黎二嬸也跟著死了。能爺雖然不服氣，卻也沒辦法封住別人的口，令自己的心安：

> 大順兒若是死在香灰符水上，不說村子上大夥沒半點兒議論，連大順兒自己也該泉下瞑目，能爺在什麼事上沒有不得人心的，這一次他卻栽了個大跟頭。沒有一個人能懂得他，連那位祠堂私塾先生在內。
>
> 能爺頂難過的倒是家幫親鄰沒一個拿他看病的本領當回事兒，轉過來還罵他招了鬼迷，得了毛病寧可請道姑、求香灰、喝符水，弄得不好，把性命送掉，還說閻王爺要哪個，誰也攔不住。

能爺在母親妻子的墳前難過了半夜，終於達到悲劇意識的高潮，還是決定孤擲一注的再試下去：

> 「我能爺沒有不能的事兒！試著再幹罷！總還剩下二順兒。有巴望，成不成，都在這孩子一個人身上了！」
>
> 能爺的臉孔被一種入神的呆滯凝固了。他預感著成功的喜悅，卻又似乎看到山腳下，在那大順兒的墓旁，又多出了一座新墳！

〈劊子手〉中的血氣英雄與半血氣英雄所無法「忍口氣就過去」的，則是官吏們的腐敗與偏私。傅二初是個幹了二十多年的劊子手，卻頭一次失了手。他悶悶不樂的照例提了荷葉包兒到迎春樓來吃炒人心。就與自認在地方上混的楊五等談起了方才處決的人犯，都尊敬他是一個好漢子，公堂上罵知縣老爺貪贓枉法罵得是個是處。原來聶家是兒子給縣太爺遞乾帖子的小財主，因爲欽差大人所劃的河堤壞了風水，就找到堂上私下裡往西彎到孤兒寡婦的陸家的陵地上。陸寡婦硬是護著田地不走，鄉董出面調停不成惱羞成怒就招呼聶家僱工抬人，在衝突中將她給打死了。陸家兒子大丈夫敢作敢爲，就殺了鄉董爲民除害，提著血刃親上衙門投案。傅二初敬他是個漢子就覺得這個人心是吃不得了。應和著楊五，認爲后大有作地保不該換了善堂捨給兇手的棺木，要打抱不平去了。在這裡陸家兒子血氣英雄的表現並沒有能使這些鄉土人物成爲完全的血氣英雄，當縣老爺的乾兒子出現時，每個人都不說話了，趕忙顧左右而言他；但還是興奮了他們，使得他們去抗議他們所能抗議得了的官吏的腐敗，而成爲某種意義上半個血氣英雄！這篇小說裡值得注意的，除了藉傅二初的行業諷刺了官商勾結的土豪劣紳：

> 「我倒是奇怪，幹嗎湊著這個功夫跑來吃悶酒？」
> 「敢情天良發現，趕著收屍來了也不一定。」這次掌鍋的聲音就小了，縮著本就很短的脖子，好像那樣便可以把聲音壓低。
> 「呸！還天良呢！他娘的！」
> 「別呸不呸的，你倆倒是同行。」
> 「同行？我傅二初跟那個沒天良的？」
> 「走遍天下只有你們這倆種人。」尤胖子把手巾往肩膀一摔，走回灶上去。然後隔著灶臺，擠著一隻眼睛：「殺人不償命的！」

之外，就是像李商隱在他那首著名的〈錦瑟〉詩中自錦瑟的無端五十絃而想到人生的無端，[10]因而產生「莊生曉夢迷蝴蝶」的空茫感一樣的，開始出現了再三出現於《鐵漿》一集中的虛無意識：

---

[10]〈錦瑟〉:「錦瑟無端五十絃，一絃一柱思華年。莊生曉夢迷蝴蝶，望帝春心託杜鵑。滄海月明珠有淚，藍田日暖玉生煙。此情可待成追憶，只是當時已惘然。」

> 不遠處有辦喜事的喇叭，嗚哩嗚啦吹打著。
>
> 「今兒，倒是個好日子？」
>
> 他也不知問的誰。他尋思著，人活著幹嗎啦？人都把死看做天塌地陷的大事兒，有什麼不得了的？這邊人頭落地，瞧著罷，那邊照樣還是迎婚送嫁。就看這店堂裡，熱鍋裡燒炒著那玩意，大家喫喫喝喝又是另回子事兒。那玩意，誰個胸口裡都有一顆在那兒蹦蹦跳跳的。

也像李商隱在生的空茫意識後，以「望帝春心託杜鵑」強調著對比的生的執著，〈劊子手〉就這樣結束了：

> 遠處辦喜事的喇叭又響了，還夾著噼哩叭啦的爆竹聲。

相同的疑問，相同的茫然也出現在另一個長成了的血氣英雄，〈鎖殼門〉中永春的心中，當他面對著另一個受著天罰的血氣英雄，既是親族也是仇人的大春時：

> 鎖殼門的廊簷底下，幾綑蘆葦斜靠在牆上，下面露出一雙光赤赤的泥腳，上面淨是裂縫。這是被天和地，和人們遺忘的一個角落，不像還有什麼生氣留存在這兒。蘆花在風裡飛揚四散，飄著，飄著，把覆在下面的那一絲殘留的生命帶去了。也曾是一條生龍活虎的漢子，一生裡抓打啃咬，總想多給自己爭得點兒什麼。想要的並不多，得到的很少，這樣就是一生了。這一雙腳正正經經的下過田，也跑過賭局，橫穿過旱湖，勾來馬賊淩遲了自己。然後流落在外走東走西，這雙腳又擱放在這兒。還要走嗎？還能走嗎？

在〈鐵漿〉要結束時，喝鐵漿爭鹽槽的爭氣的孟昭有死了；得到鹽槽卻不爭氣的孟憲貴也死了。火車來了，過去的那種生活世界是永遠過去了。朱西甯的筆下卻又出現了一片空白月夜的另一種意義的「望帝春心託杜鵑」，那應該是屬於血氣英雄「秋墳鬼唱鮑家詩」的哀號：[11]

> 五年過了，十年二十年也過去了，鐵道旁深深的雪地裡停放著一口澆上石灰水的白棺材。
> 這夜月亮從雲層裡透出來，照著刺眼的雪地，照著雪封的鐵道，也照在這口孤零的棺材上，周圍的狗群守候著。
> 有一隻白狗很不安，走來又走去，只可看見雪地上牠的影子移動著。
> 雲層往南方移動，卻像月亮在向北面匆匆的飛馳。
> 狗群裡不知哪一隻肯去撞上第一頭。
> 那隻白狗望著揚旗號誌上的半月，呲出雪白的牙齒，低微的吼叫。然後牠憤恨的刨劃著蹄爪，揚起一遍又一遍的雪煙，雪地上刨出一個深坑，於是牠臥進去，牠的影子消失了，仍在低沉的吼哮。
> 那一盞半月又被浮雲暫時的遮去，夜有多深呢？人們都在沉睡了，深深的沉睡。

時代的影子過去了，但什麼是時代的影子所不能永遠遮蔽的？朱西甯似乎企圖藉他筆下的血氣英雄們有所解說。

在〈出殃〉、〈鎖殼門〉、〈鐵漿〉裡的血氣英雄們就不再是可敬佩的了。對於他們我們就只能悲憫或者嘆息了，因爲他們是墮落的不服氣者。孔子的這句話：

> 君子有三戒：少之寺，血氣未定，戒之在色；及其壯也，血氣方剛，戒之在鬥；及其老也，血氣既衰，戒之在得。[12]

---

[11]李賀，〈秋來〉：「桐風驚心壯士苦，衰燈絡緯啼寒素；誰看青簡一編書，不遣花蟲粉空蠹？思牽今夜腸應直，雨冷香魂弔書客；秋墳鬼唱鮑家詩，恨血千年土中碧。」
[12]見《論語》，〈季氏篇〉。

正好說明了在這三篇小說中血氣英雄們的墮落。〈出殃〉裡的徐三是個做什麼事都做不長久的光棍，剛到這一家來當聽差不久，就給老爺遣到城外的小公館給三奶奶送東西來了。一進門他就不平：

> 這三開間的正房，門窗都是細工彫的槅子，新油漆，糊的銀紅水棉紙，裡面關著奶奶和丫頭，又都那麼年紀青青的，得和老宅子裡另外那兩個女人共一個又蠢又胖又脾氣壞的老頭子。

見了孤居獨處的三奶奶他的不平就更進一步墮落成一股邪念：

> 「老爺什麼都好，就只是年紀大些。」
>
> 他還不敢說——老爺就是太肥了些，不是活生生的一條豬嗎？憑三奶奶這麼個又年青又標緻的人物，腰那麼一掐掐，腳那麼瘦，一雙纖纖細細的小手嫩得撩一下頭髮也怕折得斷。就憑這麼一隻彩鳳配老鴉，她呀不怨不恨那才怪！徐三腦殼兒裡那點酒意反倒酵得發酸了。
>
> 「人也真難說，」徐三不懷好意的笑盈盈望著他這位不大正經的女主人。「老爺有的是萬貫家私，只可惜上了年紀；我徐三年紀倒青，又窮得叮噹兒響，連個老婆也討不起。」

後來他強著要過去親她沒親到，卻奪到了一副翡翠鐲，於是索性把烘籃上的一件紅小兜肚兒也拿了。事情被老爺知道了，徐三辯白不清只好溜回家。但徐三並不死心，還想去找三奶奶碰碰看，打算來個人財兩得，甚至一箭雙鵰，連那丫頭也要了。一打聽卻發現三奶奶因爲「給老爺捉了姦，一惱一羞，倒是吞金自盡了。」碰巧那天晚上就是回煞，徐三不信邪，就想利用別人出殃的時候來個「你我陰間陽世生死來相會」。這種「但願棺木還沒煞扣，裡面人也有，財也有。」的變態性慾與墮落心理，就抵消掉了他所不服眾人迷信回煞的力量：

他徐三就不肯信這個。徐三就該是那些血氣正盛的壯小子，什麼都不信，只信他自己一個人。石灰上落下什麼痕跡呀，耗子爪子狗蹄子，酒餚也興少了些，筷子也興動過了，也有的櫥門關上了。只有一次他親眼見過，一路留下雞爪似的印跡，大得很。天亮前，雞子上宿還沒放出籠，也沒有那種大的雞爪。人們都把陰間的差役叫做陰雞子，把（回）家來的亡魂叫殃雞子，敢情生的就是那種腳。他徐三還是不信那一套邪。躲不了是隻癩頭鷹嗅見死屍的味道落進院心了。

所以當他看他始終誤以爲是三奶奶的丫頭進來，並打開他所躲藏的櫥門時，他們就一起嚇得昏死了過去。更加的堅定了鄉土人物心中的迷信：

天老爺有眼睛，天罰吧！犯了煞，回老家。還指望她活過來呀！

於是就被當作一對又私通，又合夥兒行竊的狗男女處置，把徐三先五花大綁的綁上。故事就在徐三進門前感覺「什麼也沒有像現在這樣覺著自己是個道地的男子漢。男子漢血氣盛，頭頂陽火高三尺。摩一摩太陽穴，陽火就能高三丈，什麼樣的凶神惡煞也得避他遠著點兒」的諷刺中結束：

這天氣倒真冷得夠瞧的！徐三的襠裡冰涼冰涼的，好像已經結了冰碴子。

〈鐵漿〉裡的孟昭有與孟憲貴是生長於新舊文明交接的兩代。貪慾加上不服氣就注定他成了舊時代的犧牲者。他們無法適應，也不願去意識、承認時代的變遷，然後適應它：

孟沈這兩家上一代就有夙仇；上一代就曾為了爭包鹽槽弄得一敗兩傷。為那個，孟昭有一輩子瞧不起他老子。如今一對冤家偏巧碰上頭，官衙洪老爺兩番下來排解，扭不開這兩家一定非血拼不可。

孟家兩代都是要人兒的，又不完全是不務正業，多半因為有那麼一些恆產。

孟昭有比他老子更有那一身流氣，那一身義氣。平時要強鬥勝耍慣了，遇上這樣爭到嘴邊就要發定五年大財運的肥肉，藉勢要洗掉上一代的冤氣，誰用什麼能逼他讓開？

鎮董有個三兒子在北京城的京師大學堂，鎮上的人們喊他洋狀元。他勸過孟昭有：「要是你鬧意氣，就沒說的了。要是你還迷戀著五年的大財運，只怕很難。」

洋狀元除掉剪去了辮子，帶半口京腔，一點也不洋氣。「我說了你不會信，鐵路一通你甭想還能把鹽槽辦下去，有你傾家蕩產的一天，說了你不信……」

這話不光是孟昭有聽不入耳，誰聽了也不相信的。包下官鹽槽而不走財運，真該沒天理，千古以來沒有這例子。

這裡知識與智慧的象徵人物變了。他是年青的知識分子，除掉剪去了「過去」的多餘的辮子；掙脫了地方性而具有全國性的色彩，帶半口京腔，之外，他還是一個中國人，一點也不洋氣。他對於中國的鄉土人物有一種坦誠的關切。但是血氣英雄接受的不是知識與智慧的領導，而是與鄉土人物的愚昧結合時，悲劇發生了：

「各位，我孟昭有包定了；是我兒子的了！」

孟昭有「擎起雙手托起了鐵漿臼，擎得高高的，高高的。」

那只算是很短促短促的一瞥，又哪裡是灌進嘴巴裡？鐵漿劈頭蓋臉澆下來，一陣子黃煙裹著乳白的蒸氣衝上天際去，發出生菜投進滾油裡的炸

> 裂聲，那股子肉類焦燎的惡臭隨即飄散開來。人們似乎都被這高熱岩漿澆到了，驚懼的狂叫著。人們似乎聽見孟昭有最後一聲的尖叫，幾乎像耳鳴一樣的貼在耳朵的鼓膜上，許久許久不散失。
>
> 然而那是火車的汽笛在長鳴，響亮的，長長的一聲。

血氣英雄就這樣地在新文明的入侵前給過去的鄉土社會做了一個悲慘的結束。但是「這人赤著膊，長辮子盤在脖頸上扣一個結子，一個縱身跳上去，托起……端臼」的結果，還給舊社會留下了一條不名譽的小辮子，他給兒子安排的命運：

> 鹽槽抓在孟家的手裡，半年下來落進三千兩的銀子，這算是頂頂忠厚的辦官鹽。頭一年年底一結帳，淨賺七千六百兩。孟憲貴置地又蓋樓，討進媳婦又納丫環，鴉片煙跟著也抽上癮。
>
> 火車不曾給小鎮帶來什麼災難，除掉孟昭有凶死得那樣慘。大家說，孟昭有是神差鬼使的派他破了凶煞氣。然而洋狀元的預言沒落空；到第二年，鹽商的鹽包裝上火車了，經過小鎮不落站。這一年淨賠一頃多田。

20 年後，孟憲貴這個煙鬼子死在東嶽廟裡，只剩下「一隻小包袱，包袱裡露出半截兒煙槍」。在大雪裡連葬身之地都沒有。

這種血氣英雄與智慧知識人物對立的情形，同樣的在〈鎖殼門〉裡發生，並且發展成爲本書悲劇意識的頂點。這篇小說幾乎可以說是朱西甯直到出版《破曉時分》爲止數一數二的最感人之作。形成本篇悲劇命運的是血氣英雄的好鬥的性格。兩個好鬥的血氣英雄加上梗在中間的一個長者典型的智慧人物，彼此執拗的對立就產生了這樣一個發生於親族的慘劇，他們是蔭護在鎖殼門下萬家的大春、永春、和長春。這三個人的衝突是起因於 40 畝田地的繼承。大春所氣憤的是他所「應得」的田地被長春橫加阻撓斷給二腰子了：

> 大春準備攻擊誰似的，躬著腰，伸長了下巴，呲出凌亂的黑牙齒，像是含著一嘴的碎碗碴。唾沫濺到二腰子臉上。
> 「你不要狗仗人勢！惹上我的火兒，我管他誰有錢有勢，一樣兒我要他的命！」
> 這樣的狠話從大春那一嘴的碎碗碴裡迸出來，不由人不相信，他說到哪兒就會做到哪兒。大春也許犯不上欺負二腰子，他恨的是二奶奶的四十畝田，分明拿穩了可以繼承過來，卻被老五房的老大憑空打橫的攔住，給二腰子不費勁兒撿了個便宜。他恨是恨的老五房的老大——長春那個小子。干他什麼事？要他去翻家譜，找家規！一場好夢打破了，這一口怨氣可憋得大春不管是誰，都想抓過來出口氣。
> 一旁看的人儘管氣不過，誰也怕惹事，真正要憑力氣鬥，大春可並不是什麼三頭六臂。人們怕的是他動不動便拿命來拼，抓著什麼就是什麼。二腰子如果頂他兩句嘴，他當真就會搶過那柄鐵銛，鬧出一場人命，別人誰犯得上跟他拼？

但是「汗水調和著塵沙，彷彿患上某一種頑癬」有「一張頑強的臉型」「獃滯的眼神」的另一個血氣英雄——永春，卻是非跟他拼不可：

> 「男子漢，別一嘴的娘們兒腔！誰架著誰？要砍你就砍哪！」永春這個壯小子不動聲色的說著。

事實上當永春回來，碰上鎖殼門大開：

> 正堂裡，人們零零落落的散開，他看到他老大背向著外面。人們走動著，又把那個兀立的背影遮住。

就已經和真正持公道的永春在態度上大相違背了。當他：

直著眼睛，只管瞪著大塘岸邊上那個背影。「丟臉吧！」他接過韁繩，喃喃的說著，仍舊望著那個方向，望著大春的背影。

「四十畝田，值得那樣爭嗎？」

這樣說時，實在就已經完全誤解了大春作為一個血氣英雄抗議的本質。經由這一點誤解的蔑視，就導致了永春這個血氣英雄要以抗議來對付大春的抗議，甚至不惜使用暴力。這樣就為看不過大春不准二腰子把他們地鄰的死樹根挖掉，而二腰子居然為了息事寧人就屈服了，永春非把那棵樹根挖掉不可，兩個人就發生了一場格鬥，結果把大春的子孫堂也傷了。雖然經過長春的奔走賠罪賠償，但是這種傷害對於一個滿腹怨氣的血氣英雄來說是無法就此干休的；因為即使他在賭場贏了大錢所得到的還是：

人們跟他打趣：

「人生在世也該盡頭啦！運氣來得好呀，老婆守了活寡——你這個壞了傳種傢伙的！」

「守活寡？總有那個人的老婆等我要她守死寡！」

就是他的答覆。第一次是他在半路上槍傷了永春但事情就是給適巧路過的榮春撞上了，沒有殺成他。加上深明大義的長春一口咬定是「槍走火了！」：

「你知道，這個仇不能再結下去。」他跟站在面前的榮春說：「這樣倒好；你一刀，我一槍，到此為止，誰也不再欠誰的了。」

「難道你就算了？」榮春掏出火柴，把罩子燈點上。

「有什麼可說的？只要大春他明白，我老五房不記這個仇恨，從今以後大夥兒還是好兄弟……」

「明槍易躲，暗箭難防呀！咱們莊子裡誰有過這種狠毒！」

榮春不平的拍打著桌子，把燈芯震陷下去，剩下豆大的燈燄。

「你不想想，永春也不能甘心的！」

「他不甘心，難道他連我的話也不聽？」

長春斷然的從炕邊站起，忙著要走到什麼地方去，又突然站住。

榮春把燈捻擰大了一點。只見長春木木的望著幽黑的窗櫺，獃滯的眼神裡面透著困倦。他伸過手來放在榮春的肩上，望著榮春，仍是遮不住那一臉溫厚深遠的天生的笑容。

更使得大春一點都得不到輿論的同情，在萬家莊裡根本容身不下，結果是引馬賊來搶劫老五房的莊院。碰巧長春好客，家裡正住著火力很強的一批鹽商，就把馬賊強給抗住了。馬賊一無所獲就把給予錯誤情報的大春給凌割了鼻子和耳朵，差沒被活剝兔子，賺張人皮帶走。長春為了接應追出來的永春和他的客人們，也就提了他所發誓過不動的火槍跟了出來，卻救了給用尖刀釘在樹上的大春。大春受不了「長春的皮袍角在風裡颸翻過來，雪白的羊毛染上了從大春臉上滴下的鮮血。」的這種景象，雙手提起了長春的火槍就把長春打昏過去：

冬季的黎明總是遲遲的，遲遲的來。寒風裡沉睡的大地被愁慘的黃霧覆蓋著，蕭瑟不醒。

大春跪倒在地上，拾起那柄跌落在長春手邊的刀子，雙手劇烈的戰抖不止。他搖擺著就要昏過去，把那尖刀送到自己胸前，一雙眼睛珠子好像瞪出了眶子。他聽得清清楚楚自己的牙骨慄慄的打抖。模糊的一張血臉蒙上一層泥沙，現在深紫的窨洞。他的眼淚汩汩的流下，一切壞到這樣的地步，這個太壞待他的世間似已逼著他，不再讓他逗留。他望著仆倒在面前的長春，翻上去的皮袍後襟，白色的羊毛被他的血染上一遍又一遍。

在一個永世不可挽回的轉念間，一個悲運開始了；他比自盡更其殘忍的讓自己活下去；刀尖轉過一個方向，以他凍僵得用不上力的一雙手，加上身體的重量，把刀尖按進長春的脊背，直按到刀柄的護手。

他已經喘作一團，一點也動不得了。

> 長春一雙手痙攣的，深深的，抓進泥土裡去。一雙被飛砂迷住的眼睛似乎鬆散了，沖著瞌睡似的緩緩張望著四周，那副天生的笑容依舊停留在他痛苦的臉上。他迷惘的望著大春，下巴抖動著：
> 「你……你太……太過分了！」
> 大春仍在喘哮著，坐著往後退，咬著他那滿嘴的碎碗碴，手指著長春：「不是你們，我落得這樣慘？——不是你們！」凝固著黑血的嘴唇，長長的下垂著。一隻血手狠狠的掩住那割去鼻子的創口。他眈視著長春，眼看著長春的臉孔重又埋進泥土裡，抓緊的手指慢慢鬆開，似乎什麼他都不要了。皮袍的後襟仍在無知的拍打著。

然後大春「跪著爬過來，他的凌亂不齊的片齒染紅了。他撿起長春連著耳焐的皮帽和那桿失掉火信的火槍」和長春撇下的騾子消失「在睜不開眼的風砂裡」。

笑容在這一篇小說裡的象徵很清楚，正像「一眼看不到邊際的黃沙」和「在殘冬的風季裡，狂風就會不分晝夜的呼嘯，黃渾渾的土霧遮去日月和星辰」的風砂，很清楚的象徵著這種鄉土社會所深深陷入的自然世界的殘酷一樣；代表著一種根深於這塊泥土所昇華的智慧，或者說，美德。正是孔子所謂：「仁者不憂」[13]，「求仁而得仁，又何怨？」[14]的寫照：

> 笑容不曾離開長春，笑容陪伴他葬到地下。抬到家以後，他曾清醒了一陣，定定的望著永春，沒有再說什麼。在他擦洗去泥沙的面孔上，他彷

[13]見《論語》，〈憲問篇〉。
[14]見《論語》，〈述而篇〉。

> 彿知足的跟這個陽世訣別了。在他臨終嚥下最後一口氣的瞬間，口裡湧出一點點淡紅色的血水。
>
> 「馬賊……殺……殺了我……」
>
> 眼睛定定的盯住永春，他費盡很大的氣力，仍沒說完他要說的。他靜靜的長眠了。

長春的死就這樣的注定了兩個造成他無辜死去的血氣英雄的命運。20 年來永春始終在追尋那個殺了長春的馬賊復仇中奔波飄浪。出外 19 年的大春也漂流回來了：

> 沒有人知道從哪兒流落來的這個瘋老頭，滿身的濃疥，拖一枝打狗棍。灰巴巴好像麻胚一樣的鬍子和頭髮，不知有多少年不曾剃過，披散著綵成一團團的氈餅，把一張臉遮一大半，露出邪氣的眼睛，有一隻蒙著一層白翳子，眼水不斷的從那兒流下。一行淚溝，通到被割去鼻子的洞孔裡。那樣深黑的洞孔，不知何年何月流得滿。
>
> 這個瘋老頭流落了來，就住在鎖殼門的廊簷底下。嘴裡終日不停的跟自己說這又說那，說到興起處，就會一陣子跺腳搥胸的撕扯他那滿頭的氈餅。誰也聽不懂他跟自己辦什麼交涉。他便溺起來從不擇地方，只見他每天每天被住在祠堂裡的那個大小子擎著苕帚，家前屋後攆著罵，攆著打。

這個大小子卻正是他家破人亡後唯一留下來沒有人養的兒子。

> 歪在門廊底下歇午的漢子們就會笑著說情了：
>
> 「嗳，瘋老頭，唱個小唱吧！唱個小唱就不揍你了。」
>
> 躲在毛髮底下的那隻邪氣的小眼睛，狡獪的瞪著擎起的掃帚，然後總是荒腔走板的那兩句：

> 「悔不該哎……圖財害命……把那天良喪，現世作孽哎……哎……現世報……咚嗆一個咚嗆……不等陰曹地府走那麼一遭哎……咚嗆一個咚嗆……」
>
> 瘋起頭餓的時候，就端著一隻葫蘆瓢，跟莊子裡討點剩粥喝喝，他不跟誰開腔，只打著手勢跟自己說東道西。落雪的天氣只有一張挺硬的狗皮披在背上。風季過去時，人們想起老瘋子，整個風季不知他躲到什麼地方去，餓不死也該凍斃了。風一住，老瘋子又端著葫蘆瓢，後面跟著一夥兒孩子。
>
> 叫他唱個小唱吧，還是那兩句：
>
> 「悔不該哎……圖財害命……把那天良喪……咚嗆一個咚嗆……」
>
> 「算他是隻蛤蟆精吧，上十天的風季裡，他吃下靈芝草，地底下入蟄了！」
>
> 人們這麼說。新年裡，孩子們用點著的爆竹，衝著瘋老頭身上去。爆竹炸了，瘋老頭跌到地上。
>
> 「天兵天將呀！」瘋老頭望著孩子們：「他家哪來那許多的快槍呀！」
>
> 孩子們再把第二顆爆竹放在老瘋子背後的狗皮底下，等著看爆竹炸響時，會不會把這張沒毛的狗皮頂的跳起來。

這裡天真未鑿的孩子們正像自然一樣的殘忍。〈賊〉裡看魯大個兒挨打的孩子們也一樣，除了如果被發現會給「爹」用長煙袋磕腦袋瓜兒的「我」。強調教育與政治的朱西甯，顯然並不完全同意鄉土社會是「人之初，性本善」的觀點。第七回出去尋仇回來的永春終於在家裡找到他的仇人了。當他發現了大春的自我折磨時，「手脖兒軟了，槍從他手裡掉落到地上」。他終於領悟到了長春臨終時的苦心：「這個仇不能再結下去！」再一個 20 年過去，在大春就要死的時候，已經是族長的永春終於原諒了大春，「愧疚好似一副磨磐壓在背上」地向族人承認了那是大春：

大家獲知這個瘋老頭竟是老十房的大春以後，祠堂裡頓然不似往昔的那樣冷落。瘋大春被安置在祠堂裡面，有了親骨肉，親族人，族長不時供養著飯菜，補養他那衰朽的身體。儘管他得到了這些，他都不知道了，對他沒有多大意思了。但他執著的活下去，這是真實的。

並且被當作罪惡的悲慘人生象徵的，一直活了下去，受苦下去。

故事已經完了，但朱西甯在〈鎖殼門〉之後更加上這一段：

老祖母的故事都是那樣遙遠，唯有這是例外。老祖母的故事裡總是，善有善果惡有惡報；惡人暴死，好人享福。唯有這個也是個例外。

老祖母就告訴孫兒們說：「好人不長壽，惡人活萬世。」

孫子們瞪大了眼睛，這不對呀！

然而每年的年底，風季照樣的來了；在那些時日裡，老祖母又將搬出這樣的故事，小一代的十分相信那一些，因為鎖殼門那裡，就有那個可供他們丟石頭的老瘋子。夢裡時常會有他，嚇醒了，望著深黑的夜，狂風從屋頂上呼號而過。掛兜兒裡偷偷裝進石頭子兒，安慰的重又睡去，打著輕輕的，甜甜的小呼嚕，而且夢見瘋老頭被他們打死了。

鎖殼門在小說裡一直是被當作傳統的象徵運用著：

萬姓的祖宗們留下這個莊子，和莊子四周墾殖出的耕地，似乎都沒有比鎖殼門更能向他們的兒孫顯示出山高水深恆久的恩澤。萬家的兒兒孫孫也正似那家鴿們一樣，靠著鎖殼門的蔭護，世代繁衍。這裡是根，是源，「萬氏宗祠」暗銹的泥金大字，說明這是這個大家族的祖廟和法庭。

特別使用著「萬」家，自然是有意根本就作為整個鄉土社會的象徵。這裡小一代的撿石頭子兒丟鎖殼門裡的瘋大春，在夢裡被這個瘋老頭嚇醒了，裝好了石頭子兒就又甜蜜的睡去，夢見瘋老頭被他們打死了。固然仍然承襲著前面說過的天真未鑿的兒童正和自然一樣地殘忍的觀點；但更主要的似乎是意謂著對於這種屬於過去的傳統悲劇命運的抵拒、反抗和攻擊。打死了瘋老頭也就是結束了悲劇。

相同的情況也見於〈捶帖〉。〈捶帖〉的情節非常簡單：一個小孩子跟著他的二哥瞞了祖母和家裡的長工，不和大人們一道去「添新墳」掃墓，卻溜到黑松林史大善人墳上的大石碑來「捶帖」。在林裡遇到了拾糞爲生只瞎了一隻眼的湯瞎子。他們譏笑欺負了一陣湯瞎子，和湯瞎子瞎扯了一陣子的史大善人，卻發現有人來偷他們家的桑葉。湯瞎子在這裡和瘋大春一樣，也是傳統社會悲慘生活的象徵。他們的悲劇都部分的來自於他們的愚昧。這個拾糞的老人是一個瞎子，但只瞎了一隻眼。湯瞎子的悲劇並不來自於逞一時的血氣之快；而是也因爲史大善人的詐欺和搾取：

> 他用握過糞勺頭的手，捏一塊雞蛋片送進口裡。彷彿想到光緒年間那樣盛世年月，要趕緊吃點什麼才成。他把帽殼送過來，讓我們吃。那裡面最大的一塊五花肉，白白的，像從屍首上割下的，瞧著就想噦。
> 「就只有那個大荒年，從沒有過。也不知餓死多少人！」
> 二哥塗著墨墨，望湯瞎子一眼，笑著道：「又是光緒年間？」
> 「你別笑，小先生，那是真的。」他抓著後脊梁。「到處可都是餓死的，屍首上，肉都讓人鏇走啦！只剩個雞巴。」
>
> 「你怎麼沒有餓死嘛！」我喊著。
> 「我啊？」他抬起望著我，臉上的肉扭曲在一邊。他一口又長又稀的老黃牙上帶著血，真像吃死屍的。他指指身子下面坐著的墳坡，說：「不是史大善人放賑，不知要餓死多少人啦！還有我這個苦老頭？」
> 我瞧著身底下坐的這墳，順坡子望上去。這樣大的墳堆，或許要拖上一百牛車的土才堆得上這樣大。作什麼呢？死人埋在下面一定很悶很悶。

「那咎子，史大善人放賑。」他把一隻胳臂伸進襖袖裡，往回一抽，就把袖子翻了過去。

「什麼叫放賑嘛！」

「就是嘍！」他說：「放賑都不懂，還是小先生！放糧啦，懂吧？」

「放糧是什麼嘛？你才不懂！」我抓起一把土撒他：「你懂得我們要做什麼？」

老頭撲撲身上的土：「放糧也不懂？放豆餅！——打油的豆餅！」

「放豆餅下肥啊？」我覺得很可笑，他亂扯。「史大善人開油坊？」

「豆餅是朝廷上的，懂嗎？朝廷信得過史大善人，就請他包賑，懂嗎？」

「朝廷上那來那許多豆餅？朝廷開油坊啊？」

「朝廷開什麼油坊！」他把破襖膈肢窩兒的地方送到口裡去咬，就像是鼻子埋在被窩裡說話：「史大善人說的，光緒皇上現到西天王母娘娘那兒請來的啦！豆餅上還灑上仙水，吃了可經餓。」

「屁的光緒皇！他能到天上去啊？」

但湯瞎子雖然愚昧並沒全瞎，看不見事實：

瞎老頭停下手來，瞧著二哥發楞。「我懂啦！我懂啦！」他嚷著，顯得興高彩烈的。「我懂……」

「你懂得那叫什麼？」糞勺刮在凹進去的字上，閣登登閣登登的顫跳。

「我懂得！我懂得！」他固執的唧唧咕咕跟自己說。重又傴僂著背，捉他的虱子。

「行善落善報，不假呀。史大善人救活多少性命！無其數……他放了賑，他史家一下子就發旺了，懂嗎？」

「怎麼呢？」

「怎麼呢？」那隻獨眼好似埋怨我怎麼連這個也不懂。「做了好事哪有不發財的！」

「你怎麼不也去放賑？又不要你自個兒出豆餅！」我望著二哥，他已經描出四個大字。那張紙正好足足容下二十個字。

捶帖這種搨印的遊戲，其實就意味著：翻版！二哥對於祖母的欺騙，一如史大善人對於朝廷的欺騙；二哥的指使搾取這個小孩也一如史大善人的搾取湯瞎子一類人。湯瞎子在他的愚昧裡照樣知道「善人是善人，善人可沒得到善終，」雖然他的解釋是史大善人是給不從納作妾上吊的丫頭的鬼魂纏急了，出家作和尚依然不得解脫才上吊死的。這裡朱西甯又觸及了宗教上解救的不可能。但是他：

垂下手去，彳亍到石碑前面，蹲下來，很像要給史大善人磕幾個頭似的。他卻是動手去收拾那些燒花的錫箔，裝進他勒腰的破洋麵口袋裡，說那個可以賣給收金銀灰的，去化錫。

也一樣對於史大善人有他自己的打算，正像小孩發現了斑鳩窩不敢告訴二哥一樣：「瞞著二哥吧！讓他知道了，我只能分到一個。」所以一切唯二哥馬首是瞻的「我」當二哥刻意地去描成「濟貧敦鄰、腸仁義道、邇鄉黨揚、渡慈悲佛、假年痛失」這些傳統的謊言，在象徵性的要重蹈過去領導分子覆轍時，就禁不住有這樣焦急的發問：

「怎麼辦？有人偷我們桑葉啦！」

我把湯瞎子的糞勺狠狠丟掉，望著二哥，心裡冷冷的。

這篇小說中小孩拿湯瞎子的糞勺「去刮石碑底端那些乾綠苔」，象徵的義涵正和幾十年前美國一些暴露社會黑暗面的小說叫著「掏糞坑」小說一樣。這裡史大善人的石碑，是另一種鄉土社會傳統的象徵，尤其是表裡不一美化了的那一種。二哥刻意去描模它，小孩卻經由湯瞎子的悲慘生活去探討，結果是「心裡冷冷的」。相同的迷惑也出現在〈賊〉中。小孩子們在「大人們腿底下一層一層往裡鑽，幾乎沒有把腦袋擠扁，或者擠得爆開來」看到的是魯大個兒做賊挨打，但回到家裡「從小洞孔往外窺望」卻發現魯大個兒是個打抱不平的蒙冤者。所以所在要結束前，躲在藥櫃裡小孩的腳麻與瞌睡，與其說只是單純生理現象的寫實刻畫，不如說更是一種迷惘的象徵：

> 那鍋滾油原來是假的？我迷迷糊糊的想著，腦袋也像腿腳一樣的痲痺了似的。最後，似乎我只聽見我爹隱隱約約的說：
>
> 「這種冤枉事，真該什麼……」
>
> 其它我不再知道什麼了。

這一份因上一代所顯露的價值之互相矛盾而發生的迷惘，在〈迷失〉裡就更進一步的發展成下一代在塑造自我時的迷失。「陶偉這孩子，有一張成人的面孔。言笑間有成人那種憂患的悽傷，屬于苦相的那一種。」這篇小說中朱西甯把血氣英雄縮小成一個早熟的孩子，並且把時空也移到當代。指導血氣英雄的長者典型也首次一個女性的面貌出現。朱西甯短篇小說中絕少以女性爲觀點人物是值得注意的，這主要的在於他所追索的是一個剛性、充滿各種衝突之力的悲劇世界。她就是陶偉孀居的媽：

> 孩子的母親在一家繡花店裡，每天工作到十個鐘點以上。一綹絲線三塊五，一天繡不完四綹。母親的眼睛早就壞了，現在就用很壞的眼睛，辛苦的找生活，找來的也是很壞的生活。

這種很壞的眼睛、很壞的生活，使得陶偉不再是天真未鑿的孩子，而成爲某種意義上，一個血氣英雄。陶偉要給母親買一副眼鏡：

一副花鏡二百五十元，這是裡面的店員帶著隨便打發的神情回他的。孩子不懷疑這個價錢，也不懂得或許還可以還價，他只管誠誠懇懇的為這個數目而天天奮鬥。

他的辦法是利用他人的同情：欺騙。每天到軍區去找另一個低級軍官要求給他兩塊錢買一本筆記本，因爲他掉了不繳老師會打他。好不容易終於千辛萬苦的籌足了 250 元，卻給母親拒絕了；因爲他撿到的是別人的錢：

「媽！」孩子斷然的說：「你要能有副眼鏡多好！一副眼鏡只要二百五。」

母親側著臉望他笑笑，什麼也沒說。這婦人一張恬靜、慈愛、始終收拾得那樣潔雅的臉龐，上面照射著從室外那些破爛雜亂的屋舍之間透進來的紅紅的一角夕陽，那樣光燦的笑容，閃動的笑容，她不用再對孩子說什麼了。

「媽！」孩子饑渴的期待著，皺緊了眉頭。

「寶寶，」她喚著陶偉的小名：「那是人家的錢不要起貪心。」

「我又不是偷來的，搶來的，」孩子在作最後的努力：「我要給你配副眼鏡，往後你晚上就不會鬧眼痛了。」

這位母親逼視著她的孩子，微笑著搖搖頭，一再的搖著，好像為要使那一角夕陽能照遍她整個潔雅的臉龐。

「你好好上學，別想這些分了心。」

可是一想到要把這個錢白白送出去，陶偉就忍受不了。

「你有這份孝心，耶穌一定喜歡你。可是寶寶，主說過，愛父母過于愛主的，就不配做主的兒女，你這樣用貪心孝敬父母，就是愛父母過于愛主。知道嗎？不要因著孝順父母，犯了罪。」

孩子絕望了，他聽不進這些主呀主呀的：

過分的委曲使得他什麼都要扔開不顧，什麼都是這樣的可恨了。他一把扯下上衣，兇狠狠抹一下眼淚，一腳踢開擋住他的凳子，什麼也不說就這樣去了。

這裡陶偉做爲一個血氣英雄的抗議本質又出現了，他所抗議的是這種必須要令母親使用很壞的眼睛辛苦找生活而不得任何改善的信仰？他就用放縱自己來抗議它，花十塊錢一下買了五個茶葉蛋卻根本吞嚥不下：

他爬上鞦韆，盪著、抽泣著，淚眼望著那些來去飛馳的車燈，故意向他壓迫、炫弄、嘲誚似的。他愈是傷痛，他們愈是瘋狂的，加緊的飛馳來，飛馳去。似乎他們並沒有駛向什麼地方，只是在他面前開來開去，來回的打旋。

關鍵是自苦的血氣英雄需要慈悲——愛與憐憫的救治，尤其陶偉只是一個孩子：

鞦韆鍊環吱哟哟吱哟哟的響著，盪吧！擺吧！眼淚慢慢乾在這個躲在暗處的憂苦更深的小臉孔上。犯罪的自覺，似乎隨著一點一點加深的夜色，一點一點飄落的露水，而爬上孩子的心頭，把基督的憐憫，把慈母的笑容，暗暗帶進了孩子寂寞孤零的靈魂裡來。

於是在公園裡待到半夜，老是被咬蟲叮的孩子就開始妥協，而準備祈禱了：

他念起母親剛才在飯桌上向他勸說的那些話語。他不能一字一句的記得清，但是努力要把它們一字一句記憶上來。那是一堆彩色的珠子，他要按一個次序一粒一粒穿連成串。很吃力的找尋著，總是找尋不到他所要的色彩。

但是信仰已經崩裂，無法再獲得完整。所以雖然第二天他因爲被一個警察看到他跑掉了的錢而送他回家時，「他乞求的，認罪的望著母親，嘴巴撇著就要哭出來」，但終於沒有能獲得完全的解救，他依然不敢承認那錢是他騙來的。當他被警察當作模範學生送到學校來，卻發現知識與教育代表者的老師們竟然是這樣的態度時：

「二百五十塊？」愛國教員瞟了一眼這個窮苦的孩子。「要是旁邊沒有人看到，你說怎麼樣？」
「裝進腰包了？」那一個打一陣打火機，沒有點燃，揮著手臂一下下的摔動。
「讓你說對了！進了腰包！」說著還表演著，把兩張獎券塞進香港衫的口袋裡，大笑著走過來倒茶。

在教育與救治的對立中，這個孩子：

迷失在空虛渺茫的濃霧裡，他似乎已經沒有能力看得清他自己了。

當朱西甯向形成現在基礎的過去探索時，他發現了傳統中國鄉土社會中的鄉土人物和血氣英雄，還有，發生在他們身上的悲劇，前者可以以〈賊〉中的狄三和〈捶帖〉中的湯瞎子爲代表；後者則從〈賊〉一直到〈鎖殼門〉中的故事中心角色都可以說是代表。接著他意識到要承繼這樣一個過去的困難，尤其糾結在這一塊黃土上的人生竟然是充滿著各式各樣悲劇的存在，格外令人茫然。在迷惘中朱西甯更進一步發現了是人類具有了這種悲劇的本質，而不只是過去產生了悲劇，終於達到一種欲說還休的悲慨。在最後的這篇〈餘燼〉中，[15]朱西甯以大火象徵人類所遭受的浩劫，而兩個不良於行的人物的命運正象徵著人類自身的情境。他們是瘸子和瞎子，在彼此的合作中他們逃出了火窟，在財產幾喪失殆盡之餘，他們各自爲了自己的將來，瞎老三藏起了錢摺子，瘸大爺保留著賬本。瘸子原先只巴望找到給瞎子說塞在竹竿兒裡的錢摺：

> 瘸子心裡盤算著，若是找得到，跟不跟他瞎子平半兒分？皇天在上，后土在下，為人不能做虧心事，若是找得到，不光是錢摺，塞在背後的兩本賬簿也拿出來，合起來重拾起生意也罷，分開來各奔東西也罷，落得個心安理得。城隍爺你多保祐，別弄得找不到寶貝竹竿兒，逼的我把兩本賬簿獨吞了，喪盡天良的。瘸子使用這個跟城隍爺允願，略微還帶著點威脅。

但宗教的解救在此被否定，假如人不自救的話，還有什麼能使你從大火中逃出來呢？竹竿兒找是找到了。但錢摺子卻早給瞎子藏起來了。瘸子逼問瞎子，瞎子反咬一口，於是兩個各懷鬼胎的人就要一起到河邊自盡以明清白：

> 天色已經黑透了許久，天上一顆星也沒有。對街一溜幾家店舖不知為什麼，上門上得這麼早。左右街坊的燈籠和馬燈，也都走的走，散的散。黑裡似還認得出火後的門框窗框有多黑。刺鼻的煙燻臭，漾在一場惡夢過後的哀傷裡，困倦裡，和絕望裡。昨日現在的那些繁鬧，那些人生，安樂和飽足，真是消散得一點憑據也沒有了。

[15]〈餘燼〉是《鐵漿》一書中最晚著成的作品。

但他們倆還要讓這場火在彼此的身上燒下去：

> 小街上，這麼兩個孤獨的黑影，雙拐和竹竿兒敲響了石板路，卻敲不醒兩個頑冥，兩個執迷，敲不回火窟裡逃生的那段情。

終於兩個人在互相欺騙中拆伙了。正像瘸子所想的「人要是非殘廢不可，他覺得還是瘸腿好一些，人少了眼睛，總得多吃點兒虧。」朱西甯就以瞎子的離去，道出了他所感悟著：「古今如夢，何曾夢覺，但有舊歡新怨」[16]的「一點淒涼千古意」[17]：

> 在黑烏烏遍是卵石的小河邊兒上，要隻給瞎子領路的破竹竿兒一路敲點著石頭，發出劈啞的聲響，嚓啦，嚓啦，緩緩的遠去，終是去遠了，然而依稀聽的很遠，很深，黑夜還是白晝，都是一樣沉重的壓在盲人的脊背上。嚓啦，嚓啦，彷彿永遠敲點不破的夢想，蒼涼，和那永續的爭執。

這故事似乎仍然沒有完，恐怕永遠也講它不完的，人總是這樣子，不說也罷！

——選自《新潮》第 17 期，1968 年 6 月

---

[16]蘇軾，〈永遇樂〉彭城夜宿燕子樓，夢盼盼，因作此詞：「明月如霜，好風如水，清景無限。曲港跳魚，圓荷瀉露，寂寞無人見。紞如三鼓，鏗然一葉，黯黯夢雲驚斷。夜茫茫，重尋無處，覺來小園行遍。　天涯倦客，山中歸路，望斷故園心眼。燕子樓空，佳人何在，空鎖樓中燕。古今如夢，何曾夢覺，但有舊歡新怨。異時對，黃樓夜景，為余浩歎。」

[17]辛棄疾，〈念奴嬌〉賦雨巖，效朱希真體：「近來何處有吾愁，何處還知吾樂。一點淒涼千古意，獨倚西風寥廓。並竹尋泉，和雲種樹，喚做真閑客。此心閑處，未應長藉兵壑。　休說往事皆非，而今云是，且把清尊的。醉裡不知誰是我，非月非雲非鶴。露冷松梢，風高桂子，醉了還醒卻。北窗高臥，莫教啼鳥驚著。」

試探朱西甯小說的主題意識

◎張素貞*

一、現代小說與現實人生

現代小說是生命的呈現，是作者人生觀的顯露。如果執意要推究現代小說與現實人生究竟有著怎麼樣的關係？那麼佛斯特對於小說的定義也許可以給我們一部分答案。他說：「小說的基礎是事實加 X 或減 X。」[1]小說的素材來源，可能來自作者的人生體驗，所見所聞，以及由大眾傳播媒介所得的第二手資料。[2]但素材處理爲題材，推展情節，安排結構，講究各種技巧，經由作者賦予主題意識，便必須有所創造，有所虛構，才能整合爲完美的藝術品。

讀朱西甯的長篇小說《貓》，對於藍德美與畫家丈夫，只要熟悉朱西甯、劉慕沙賢伉儷的人，都會有極其親切的感覺：「這裡有他們的影子！」朱西甯的大女兒天文迷上了電影之後，《小畢的故事》是朋友的故事，由小說改編爲電影；《冬冬的假期》竟是兒時不少真實的回憶，銅鑼外公的醫院竟然如實展現給讀者與觀眾了。但是，我們何必天真得直把小說當作人生？朱西甯自承他有許多以大陸爲背景的小說，是以少數的實際經驗，加上大量想像經驗寫成的。[3]作者爲了表現某一種主題意識，把真實的實例，增加某些情節，刪汰一些不統一的部分，其間，顯露了醞釀組鍊的才華。

---

*發表文章時爲臺灣師範大學國文學系副教授，現已退休。

[1]李文彬譯，佛斯特，《小說面面觀》（臺北：志文出版社，民國 62 年），頁 38。

[2]彭歌，《小小說寫作》（臺北：蘭開書局，民國 57 年），頁 28。

[3]李昂，〈在小說中記史——朱西甯訪問記〉，《書評書目》第 16 期（民國 63 年 8 月）。

小說家的想像經驗，事實上也植基於實際經驗，得力於平日的精細觀察，敏銳感受與博覽群書。他能巧妙地轉移，把真人真事的某些部分，脫胎換骨，細加琢磨，以適合的角度，在小說中合當地展現出來，他的想像經驗，雖有可能「把不可能的變得可能」，但是，也得寫來近情近理，讓人覺得可能，那才算成功，也才能藉以寄託某些意義，足以警示與啓引讀者。

朱西甯的小說，不論取材、表現手法、語法，都是民族文化本位的，具有濃厚鄉土味與東方色彩，而且每篇各有風貌，技巧運用也往往各不相同。他確實具有崇高的創作理想，一直堅持嚴肅的創作態度，主張不斷追求新知，超越自我，無論在題材與技巧，都在力求轉變與突破。自從民國 35 年，他 19 歲，第一篇諷刺小說〈學〉（後來刊出，改名〈洋化〉）在南京《中央日報》副刊連載兩天，給他很大的鼓勵，直到現在，他從來沒有停過筆。來臺後的最初六、七年，他採信實用主義，以爲寫作可以爲國家社會盡許多責任，有些作品難免流於口號與形式化；後來，他逐漸把小說看做一種絕對的藝術，不作任何其他意義的解釋，希望能用一種冷靜含蓄的方式去處理小說。[4]

現代小說講究冷靜客觀的呈現與象徵暗示的運用，作者不肯（也不能）把許多旨意直截了當地宣洩出來。朱西甯是我國現代小說創作的佼佼者。他兼顧到取材廣大，雕鏤深刻，又熟諳各種高妙的表現技巧，他既已將小說看做絕對的藝術，不作任何其他意義的解釋，小說含藏的深義往往有待讀者自去推尋了。也正因爲如此，當年〈狼〉的題旨爭議，竟然引發一場論戰。不過，小說畢竟是生命的呈現，是呈現給廣大的讀者群的，它含藏的深義，斷沒有不能領略之理；越是經得住探討的小說，越有存在的價值與感人的效果。細看朱西甯的作品，在多采多姿的小說世界中，隱隱然可以發現一條貫串的主線，那便是：深入探討人性的複雜矛盾，愚拙脆弱，有意無意留下悲憫的感喟；要以小說家真知實感的智慧，激引讀者的

---

[4]有關朱西甯的觀念，除李昂訪問資料，另有蘇玄玄，〈朱西甯——精誠的文學開墾者〉，《幼獅文藝》第 189 期（民國 58 年 9 月 1 日）。

情感，體驗現實人生的萬般滋味參悟人生的奧祕，培養貞定的情操，進而提升人類靈明的心性。[5]

二、悲憫人性的愚拙脆弱

朱西甯的〈冶金者〉，是頗受議論的一篇小說，形式有些像芥川龍之介的〈竹藪中〉。朱西甯自承受到黑澤明執導的電影「羅生門」影響，而「羅生門」的劇情，主要得自芥川的〈竹藪中〉，因而論者多謂〈冶金者〉類似〈竹藪中〉，自無不可。但是，平心而論，〈冶金者〉除去「或然之一」、「或然之二」等形式有些相似之外，作者的命意與布局有創新的巧思，事實上，它挖掘人性面面俱到，較之於〈竹藪中〉，又更見縝密精細，幽默詼諧，繁複多變化。

〈竹藪中〉，是檢察官偵察一件凶殺案的七段口供紀錄。樵夫、行腳僧、衙吏、老嫗（女人之母）、強盜、女人、丈夫（藉靈媒之口）等七人，各有敘述角度，前四人的供詞是背景式的烘襯；當事者三人對凶案發生的經過各執一詞，大抵都是從有利於己的立場設說。〈冶金者〉則以搬運工檳榔仔爲主角，描繪他在磚場勸架，因「金子」的糾葛而用磚頭誤傷人命，他挖走躺著的阿塗嘴裡的戒指，又移動兩人的身體，慌亂報喊之後，催促司機老狗仔速速離開現場，臨走時，聽說阿螺已經醒轉。由這個「楔子」（筆者爲便於理解所加），牽引出三種可能的後果。

從「楔子」裡檳榔仔的舉動，深深映現人性的卑劣、貪婪、與矛盾。如果沒扯上「金子」，也許他的善意：「只怕要出事」，會有冷靜妥善的處理辦法；他丟擲磚頭也是對準斗笠的方向，初意在嚇阻兩人打架。但是他的貪婪，使他事後挖走戒指（這是「冶金」之一義），又意圖逃避，一走了之，這是人性中怯弱的層面。究竟檳榔仔闖了多大的禍？他真能逍遙法

[5]朱西甯，〈序〉，《中國現代文學大系：小說》，頁 8：「小說的藝術生命之境界——也是小說家所尋求的高點，在乎達至由靈性統合感性與理性的和諧，因之，小說所給予人生的貢獻，自必是一種真知實感的智慧。」

外？那金戒指又有多重？朱西甯毫不費辭，假設了三個可能後果，提供給讀者去思索。若是傳統小說，可能就用明言設問，再進一步具體說明結果；現代小說講究含蓄，卻必須三段看過，才能揣測作者命意所在。或許，我們可以這麼理解，那是檳榔仔作各種遐想，以求自我安慰。很顯然的，〈冶金者〉是由一個「楔子」所拓展出來的三種可能狀況；〈竹藪中〉則是由一個結論——既成事實的凶殺案，逆推可能發生的三種因由。形式上既完全相反，刻劃人性的深淺廣窄也並不盡同。而敘述觀點方面，〈冶金者〉採用第三人稱全知觀點，詳寫檳榔仔的動作與心理；〈竹藪中〉只能用幾段不同角色的第一人稱敘述觀點，對於湮沒的部分，由人性的私心，以自利的立場「撒謊」的部分，似是而非，似幻疑真。除了以衙史的話證合多襄丸的口供，以老嫗的話，去揣度那對夫妻的個性與情感，仍然留有許多的疑竇，也許這是〈竹藪中〉迷人的地方，但就個性的刻劃而言，〈冶金者〉顯然靈活周到得多。

「或然之一」，阿塗擦傷，阿螺住院，頭纏綳帶，檳榔仔探病，得悉阿塗曾經來要脅交出金戒指，否則要告他謀財害命，檳榔仔掏出戒指給他，再度贏得感激。作者沒有明言檳榔仔何以慷慨，後段再行交代；由二人對話，可見檳榔仔探病目的在於探聽阿螺是否有不利於自己的口供，阿螺既心虛，言語支吾，因而被疑爲腦震盪，檳榔仔放心回去。「或然之二」，阿塗重傷死亡，檳榔仔夜裡去祭拜，意外發現阿螺正用螺絲起子撬阿塗的金牙（「楔子」裡曾提及躺著的阿塗口張得很傻，露出一排黃亮亮的金牙），這是「冶金」的第二義，芥川龍之介的〈竹藪中〉，老嫗拔死人頭髮一幕，森冷之氣，差堪比擬。檳榔仔直安慰自己，「磚頭怎麼會打死人」，他要看看阿塗脖上的勒痕，證實是阿螺「鉗子似的手」掐死他的；而阿螺自辯：「他是吞金死的，不能怪我。」恨不能剖開死者的肚子。檳榔仔交出金子，並且血口噴人：「明明是你把他勒死的。」逗阿螺「驗屍這一關哪……」作者把檳榔仔的自欺欺人以及內心的惶懼、表面的義氣，寫得淋漓盡致。此中也不曾交代金子何以還給阿螺，而「驗屍」才是他關心的事，知道死亡證書已簽了，便放心回去。「或然之三」，檳榔仔承老板之命送一打毛巾給負傷的阿螺、阿塗，若非毛巾上頭有營造廠的招牌，他真想換過賣個價錢。他套出金戒指的來歷，是阿塗以 20 元由一個傻老頭那兒「買」來；「爲著要出出金利銀樓的店員們羞辱他賣假戒指的那一口冤氣，爲著還有另外一些理由，諸如委屈之類，」檳榔仔把戒指還給姓賈的（阿塗），挑逗的遞給阿螺一個眼色，於是兩個搬運工又打了起來。作者很簡潔地交代金戒指是假的，檳榔仔之所以慷慨，不據爲己有，即因其假；爲了戒指，牽引出好多事端，所以「委屈」；而他並不挑明，只是惡意地玩弄著那兩個傻瓜。人性有很多難以解說的劣根性，朱西甯藉〈冶金者〉一一向讀者展現了出來。當然，或許還有其他的可能，那是「或然之四」了？且讓讀者續下去吧！

朱西甯寫於民國 59 年的〈約克夏與盤克夏〉，在〈冶金者〉創作一年多以後，諷諭性極其強烈，直把江儉齋的鄙劣、貪婪、自私、刻薄，聯想到豬種的差異；然而作者不再以江儉齋爲重心，採行的是第一人稱的旁知觀點，畫家之「我」，終究足智多謀，遏止了江儉齋肆無忌憚的卑鄙撒賴。畫家向江儉齋提問了不少問題，不但讓江儉齋細加省思，也讓讀者領悟到人生境界的提升是多麼重要。

在朱西甯的小說轉趨成熟的時期，民國 46 年 12 月，他寫了〈騾車上〉，以幼童第一人稱敘述觀點，描敘馬絕後的撿小便宜、玩小心眼、損人肥己、縮頭怕事、自私自利還理直氣壯。老舅好管閒事（其實是熱情），硬是讓他褡褳火燒上身，逗他「你的事別人管是不管？」，終於讓他答應，出面說話，免得車家賤賣土地給無賴。這篇作品由同情出發，以老舅與馬絕後做對比。老舅寧願負責幫助車家渡過春荒，這是馬絕後不肯幹的花錢事宜，仍不能說服馬絕後，其癥結主要在於馬絕後有 80 畝地租給車家，車家賣地，會更賣勁地爲他種地，對他有利無害。最後總算他貪便宜，猛吸別人的煙絲，褡褳後底著火，讓老舅逮了機會，使他願意屈就條件。馬絕後這種不自覺的自私愚昧，屬於小奸小壞一型，世上多的是，而「朱西甯承認那種阻礙的破除，不在於說服、教誨、或對立的剷除，而在於當那自囚的觀念反撞其本身時，自我痛楚會觸其甦醒。」[6]提撕人們面對自己的缺陷，能警醒而省悟猛改，作者挖掘人性的缺陷，充滿了悲憫的情懷。

三、關懷婚姻情愛的維繫

朱西甯的〈小翠與大黑牛〉，寫於民國 49 年 8 月，是描繪一位青年掙脫心靈桎梏，與現實取得調適的溫馨作品。一對各有所戀，憑「父母之命，媒妁之言」勉強結合的年輕夫婦，由於眷戀婚前的戀人，而擯斥眼前的配偶。小說以第三人稱全知觀點敘述，絕大部分是以新郎的見事角度著眼，深入刻劃一個多情的男士，顧全對寡母盡孝道，委屈成婚，私底下卻對被母親召喚來籌備婚禮及幫忙家務的昔日戀人——表姐仍不死心，發誓一輩子不動那「木木的新娘」。事實上，「表姐不比新娘好看」，而且已經嫁了人，只爲了表姐曾經應過他，答允過他。媳婦是母親選的，婆婆比丈夫疼新娘，她讓內姪女做粗活，爬大樹採桑葉。兩段新郎在桑樹下的綺想，寫得流利暢快。表姐竭力掙脫，從此盡量逃避他，要不就與新娘一齊工作，兩人身形相似，高矮胖瘦，約略難分。這表示女方已經不認舊情，但痴情男士仍不死心。終於在東廂房他摟緊了「又是穿的那件不合身的竹布衫」的表姐，事後發現是新娘，他摑了她一掌，但兩人已遂魚水之歡，僵局業已突破。最後是一場急猛強烈的春雷春雨，新娘幫忙收拾院子裡堆放的準備給蠶上苫的樺樹枝，被婆婆趕回房間，婆婆一直自以爲是認定新娘已經身懷六甲。新娘更換濕衣，燃起了新郎的慾情，作者以對春雷春雨的鋪寫，象徵兩人熱烈的激情。新郎內心呼喚著「小翠」，那是表姐的小名；新娘也一樣地在內心呼喚著「大黑牛」，那並不是新郎的名字。顯然兩人都在現實裡尋覓夢寐中的情人，而如今那份渺遠不可企及的情愛，已經可以在現實中落實。

---

[6]司馬中原，〈試論朱西甯〉，《狼》（臺北：皇冠出版社，民國 55 年 11 月），頁 13。

小說中的兩口子，由於執著於舊情，因而在現實中歷嘗掙扎的苦楚。當以往的理想已經被現實碾碎，過分地執迷於不著邊際的情感，便將帶來永無止境的苦惱。婚姻原是一種契約，一種義務，一種責任，當然，應該也是一番深情大義。新郎是知識分子，爲堅持對表姐的情愛，本擬拒婚，卻又不忍拂逆寡母的苦心，勉強成婚。小說的筆調明潔輕快，新郎賴床閒想，惹得寡母一廂情願的臆測竊喜。癥結所在是，知識分子既然顧全孝道，如果只是表面屈從，而任性自恣，謀職他去，讓新娘守一輩子活寡，在夫妻名分上豈不有虧？過去多少鄉下姑娘，成了舊式強迫婚姻的犧牲品，試問鄉下姑娘何辜？新郎若不能愛新娘，履行婚姻的責任義務，便不能虛假地矇騙母親，冒孝子之名，行虐待妻子之實，成了不義之人。陳若曦在《中國時報・人間副刊》連載的〈二胡〉，老人胡爲恆對元配梅玖便是一個典型。

小說起筆，新郎醒來想的是得和一個陌生女人過一輩子，如今才過了一天一夜。「不知有多稱心的還是守了半輩子寡的新婆婆。」她相信兒子戀纏著新娘，才晏起賴床，新郎騙表姐要採桑椹，婆婆直以爲必定是媳婦有喜了，作者沒有明示新娘穿的那件魚白竹布衫，是否表姐有意贈予，並且製造機會撮合小兩口，而無疑新郎與新娘由此才突破兩人內心的窒礙，能設法去接納對方。作者的智慧性諧謔，在於最後點出新娘也有舊情人，這使得雙方的僵持冷淡與寡母的熱切期盼，互相映襯，更見戲劇性。小說絕大部分是透過新郎的見事角度刻劃新郎的心理；但是假全知敘述觀點的便利，也在必要時，深入新娘的內心來推展情節。因爲她也有舊情人（雖然文末才點明），所以她覺得新郎蒼白得有些惡（噁）心，也不主動表示婉媚討好，只是給新郎「木木的」形象。婆婆眼裡的她「新娘走路的架勢……不是閨女那樣的溜活了。」一則可能婆婆自以爲是，一則可能新娘本身行動就紓緩，也有可能她與大黑牛早有親密關係。像這樣四角關係的戀愛故事，很可以作多方面的情節安排，而作者的著力處，不放在小兩口可能有的發現第三者的妒嫉之情，而放在虛渺情愛的掙脫與現實真愛的培養上。

舊的悲哀憤懣可以推開，新的喜悅幸福可以尋求，人們只要闢除自錮的成見，淨化個人無理的惡念，善意接納周遭的親人，和諧喜樂，自然可得。一場春雨，可以洗淨大地的污垢，也可以蕩滌人心，心靈中的桎梏既除，靈明自現，朱西甯展示的有情世界，多麼溫馨感人。

朱西甯另一篇以男人眼光探討男女情愛問題的傑作是〈偶〉。〈偶〉寫於民國 47 年 11 月，選擇了對比的雙線式結構。以裁縫店老闆中年喪偶，渴望情愛爲主線；一對顧客夫婦貌合神離的婚姻倦怠關係和老裁縫的渴望性與愛情，反襯對照，採取第三人稱全知客觀的敘述觀點寫成。人物方面，以老裁縫爲主體，有時透過他的意識，深入做心理描繪。生意人的應酬門面話與深夜被磨蹭的不滿心理，在作者的筆底適切的呈現。經由人物回溯，交代裁縫的景況：34 年的老鰥夫，是個不拈花惹草的正經人，爲著自己還不衰老而內愧。從碰觸女顧客海綿義乳，聞到才燙的頭髮上衝鼻的藥味，口紅的香氣和胃火造成的口臭，感覺女人要求重新量身時，「小簿子擎在頭頂，等著人抱他一傢伙似的」，直到木質女模特兒扒光衣服的赤裸模樣，女顧客更衣時簾幕裡輪廓鮮明的圓臀，作者細膩地逐步暗示出刺激老裁縫情愛渴望的點點滴滴。而那對夫婦的婚姻倦怠關係，也藉由先生看報的專注與對太太漫應的附和看出來。「這一對夫婦不管那一天光顧，總是伉儷連袂而來。不過先生可沒有在這裡訂做過一件衣服。」此中便透著玄機，出雙入對是表象，貌合神離是事實，太太的衣著考究，而先生的中山裝穿得窩囊邋遢，這是外形上可見的疏離。也許爲了太太的衣著開銷，先生許多購買欲望常被壓抑，丈夫看廣告，提話頭總是某些東西價錢多貴，太太一個勁兒的澆冷水，說「衣裳都穿不周全了」；太太問先生衣服修短形式如何，他是無好無不好，儘是追認，還可以編出許多理由。因著雙線式的比照，小說便顯現相當的嘲諷與濃厚的悲憫。有夫妻關係的，因爲冷淡敷衍，失去「偶」的意義，而早已喪偶的又渴望著情愛，摟著木偶——木質模特兒自慰。朱西甯在此表達了他對現代婚姻的關心。

〈現在幾點鐘〉是另一篇探討年輕男女關係的小說，有人問過作者，寫這篇作品，是否受沙特、海明威的影響？作者的答覆是否定的。[7]這篇小說三萬五千多字，以男主角第一人稱自知觀點，用疏緩的筆調寫成。一對男女沒有愛情，彼此了解不可能結婚，結婚也不可能相愛，卻理性地維持著情慾的關係。「我」叨絮著表妹玉瑾的怪性情、怪穿著，他們彼此並不互相欣賞。「我」三次聯考落第，幾回找工作，都因堅持理想而「完蛋」。「我」尙有情義，回憶裡，高中時代，表兄妹的成績正與現在相反，「我」，還得到姑媽的獎勵，手裡的那支手錶，小說裡男主角望著它問過好幾次：「現在幾點鐘」的，正是獎勵品，他做表妹的家教老師。兩人單獨在一起，發生了性關係，軟弱的男主角自覺愈來愈脆弱，於心難安，惶惑恐懼；而玉瑾只除了第一次怕生孩子，以後卻能毫不在乎，服用母親給的避孕藥，照樣「不易分心」的做事。如今她是夜間部大三的學生了，詞鋒銳利，常能專心得把男主角擱置一旁，就如沒人在房裡似的。「吃喝是營養，做愛也是營養。」完全剔除情愛的肉慾滿足，是令人憂慮的男女關係。朱西甯針對西方純知性教育可以引致的後果，預作警示，提出了令人深省的影象，如果男女的結合不包含情義關愛，人類又如何提升靈性境界？也因此，「我」最後一次問：「現在幾點鐘」，玉瑾的答覆是：「20 世紀 70 年代。」原來作者關係的正是現在新時代的新問題呢！

民國 61 年起，朱西甯開始寫一連串的「系列小說」，民國 63 年 8 月左右，每篇以「春城無處不飛花」爲副題的小說，即是以同一主題貫串，意在表現年輕人的浪漫精神。他認爲現代青年常因種種社會因素，迫使他們講現實、條件、價値，他希望能提醒青年朋友留意青年期的精神生活。[8]〈現在幾點鐘〉的命意，應該近似。小說的語調，流露一種消沉的疏懶、隨便，男主角原本重情感，自我檢省，終究流變爲苟且偷安，沒有遠景、沒有理想。以男士殘存的一些情感，反襯前進少女的「無情」，作者對現代人的婚姻觀，表露了沉痛的憂慮。

---

[7]李昂，〈在小說中記史——朱西甯訪問記〉，《書評書目》第 16 期。
[8]同前註。

四、提示靈性維護之重要

發表在《現代文學》第 9 期（民國 50 年 7 月 20 日出刊）的〈鐵漿〉，是朱西甯的精心傑作，作者對於小說人物的無知與愚昧，帶著莫可如何的悲憫意。在人們嗟嘘之餘，差不多的同情，都被敗家子——孟憲貴的沒出息給榨乾之後，作者仍不忘安排一隻靈異的白狗，向死者表達一份真誠的愛戀之情。事實上，生命自有其尊嚴，任何一個人都有其靈明的心性，只是有的因緣顯發，有的掩翳不露罷了。早在民國 47 年 7 月，朱西甯寫了〈生活線下〉，短短 8400 字，藉一個三輪車夫拾金不昧的故事，作者簡潔表明了人類靈性維護之重要。

窮苦的丁長發，家口負累很大，他向莊五頂了蹬三輪車的地盤，每月額外負擔 1000 元（當年公教人員未必有這麼高的月薪）。他拾到 1150 元，很想先交了頂金，留些給即將臨盆的妻子買兩隻雞進補。相對於丁長發的窮苦的，是莊五的「靠運氣生活」，他坐收頂金，做不合法營生，吃喝嫖賭度日。丁長發看著賭桌上的莊五，抽著遞來的不花錢的香煙，想著失主如果也這樣得錢容易，自己盡可以放心用它。但是，錢畢竟是彎個腰就撿來的，「錢有花完的時候，恐懼可就沒完了。」他怕自己做了虧心事，要侷促地睡臺灣的小棺材，要是渡海返鄉，也會海上翻船。他終於克制了貪婪的心思，掙脫了私娼的誘引，回到明亮的太陽光下，他相信：只有靠他的一雙腳，錢才可能落到他手裡。小說以三人稱全知觀點，深入丁長發的意識，向讀者展露他的心性。為了加強繁複的蘊義，增進戲劇性的比襯效果，在丁長發拾金不昧的報導之下，附帶了一條鳴謝「醫我陽萎」的廣告，鳴謝人包括身分證字號、地址，竟然就是丁長發。丁長發向來是不看這些廣告的，他認得幾個大字，但「報紙對於他，只有兩種用場，包大餅，或者糊牆壁。」明眼讀者，自然知道是莊五另一筆歪點子的進款。前文提到丁長發去看莊五，內心交戰，又把錢帶走，莊五向他借用身分證，說是頂讓地盤要辦手續。照小說的文義，丁長發不可能知道那則廣告，他也許也不關心有關自己拾金不昧的報導，因為他只是訴之於良心，不愧不怍而已。丁長發的守窮拾金不昧，與莊五的斂財不擇手段，成了鮮明的對比。前者是人類靈明心性的顯揚，與人的知識水準無干，純粹是求得良心的安適喜樂；後者則是知性的墮落，沉溺物欲享受，毫無道德觀念。相形之下，永恆的幸福感，顯然就在平凡的「生活線下」求取得來。人生原來就是如此，唯有付出勞力，才能心安理得地過日子。

民國 55 年，朱西甯出版了長達卅四萬四千餘字長篇小說《貓》，運用特殊的結構與技巧，[9]表達了作者對青少年問題至深的關注。書中以海陵少女蔡麗麗與寡母之間的隔閡、衝突為主線。蔡麗麗景仰抗日成仁的亡父，不能原諒當年留在上海享樂的母親，她常以違拗、觸怒母親為能事，甚至假裝見到亡父的靈魂，假裝昏厥、生病。她逃學，與小太保鬼混。挽救麗麗的是東鄰藍大夫家的老四藍德傑。麗麗跟著他去姐姐家，她得到尊重與關懷，感受到那私奔的藍家大小姐——德美「真是陽光」，那「十字架、畫架和書架」給她猛烈的撞擊。麗麗的刁蠻在藍大夫、藍德傑、藍德美與畫家夫婿之前都消匿無蹤，理由就在於她面對的是真誠的關懷與尊重，尤其是藍德傑的坦蕩磊落，「不光是阻擋她的擁抱，而是阻擋她所有的那些矯情、胡鬧、任性和胡言亂語。」麗麗因此能尋獲靈明的自我，逐漸拋棄由於母親的錯愛而產生的意氣性反抗。

有關探討親子教育的小說，〈玫瑰剪枝〉是另一篇值得揣玩的作品。這篇收錄在時報文化出版公司民國 64 年編選的《當代中國小說大展》中。一個單薄孤寂怪僻的富貴子弟「桂群」和他家庭院裡高得不合情理、長葉不開花的玫瑰，同樣是被不恰當的培育方法給耽誤了。作者用第一人稱旁知敘述觀點，鋪寫鄰家的獨生子與名種玫瑰。由日常飲食起居、動作、功課、升學各項，把兩家孩子略作比較，寫來生動自然。敘述者與桂先生從玫瑰的栽培談到插枝、壓條等方法，顯現桂先生的固執拘泥，他對孩子的

[9]林柏燕稱其結構為「三重奏」，見〈評介朱西甯的貓〉，《幼獅文藝》第 187 期。有關技巧與主題命意，參見張素貞，〈《貓》——親情的劫難〉，《大華晚報》副刊，民國 72 年 5 月 19 日。

教育方法有所偏差，當亦如是。桂家搬離之後，康家女兒升學順利，桂氏夫婦總是贈禮致賀，康氏夫婦暗示桂群的教育「也許有些什麼地方不得法」，桂氏夫婦仍怪桂群怨父母：「壞在只我一個獨子。」建議讓他住校，卻又認定他不能照顧自己。小說的轉捩點，在桂先生腦溢血暴卒，康氏夫婦前往弔唁，意外發現桂群應對得體，昂昂然不再腰縮背，說話侃侃而談，料理事務條理井然。對父親的股票生意，自承有二分之一的才情，直怪父母不能早日放手讓他獨立發展，點明父親剛愎自用的個性，慶幸母親逐漸「信任」自己，計劃讀夜間部，白天跑股票市場……。經過痛苦的掙扎，付出莫大的代價，桂群找到了自我，這也是靈性的維護吧！

五、期盼靈明心性之提升

寫於民國 42 年，民國 52 年再度潤刪的〈蛇屋〉，長達五萬三千多字，朱西甯顯露了「不輕易正面顯露的高熱的感情」。[10]主角蕭旋自動請調深入山村，把自己對國家的熱愛，發揮在山地的建設、山民的教育上。他教山地同胞認識自己的國家，教他們做自己的主人。他把「一切榮耀歸於民族的群體，歸給他所愛的祖國。」[11]〈祖父農莊〉完成於民國 47 年 2 月，小說裡的祖父，趕在政府實施「耕者有其田」之後，把農莊贈送給租佃的佃農。他經過多日不眠的思慮，克制了自己對私有財產的擁有慾。他祈求天主引領，遵照國家的政策，做了出人意表的慷慨饋贈，最後在孫輩們口中的「伊甸園」，找到了合理的解說，於是心安平釋的快樂起來。〈蛇屋〉與〈祖父農莊〉，都在闡發小我提升自己，大愛無私，對國家、對同胞積極奉獻的精神。

朱西甯的傑出代表作品〈狼〉，完成於民國 50 年 7 月，發表在《中央日報》副刊，民國 52 年選入《中央日報》副刊選集以後，先後有魏子雲、蔡丹冶諸先生批評爭論，焦點在於〈狼〉內涵的多面性。據朱西甯自己

[10]司馬中原，〈試論朱西甯〉，《狼》，頁 31。
[11]同前註，頁 30。

說，最初寫〈狼〉只寫了結尾獵狼的一段，約三千字左右；兩、三年後，改寫到兩萬字。足見一個題材孕育得久，內涵也滋榮了起來。[12]〈狼〉在思想的內在蘊蓄與表達的圓熟凝鍊上是成功的。〈狼〉的結構精密，情節的鋪展採多線式，交織出複雜的義蘊。「狡獪的狼」與「偷漢子的婦人」有許多相似之處，作者實寫狼的狡詐，虛寫婦人的淫蕩。小說圓熟巧妙地運用了幼童第一人稱的旁知觀點，時有朦朧的認知，似是而非的論斷，卻又能以虛顯實，讓讀者藉以探尋其中隱含的寓意。孤兒畏怯、遲疑的心態、早熟的操慮、委屈的討好，都表露得恰如其分。情節懸疑延宕，而逐步呈現，「人」「狼」交織展示，漸趨明朗，布局之謹嚴，極耐推敲揣玩。

篇中除了以純潔的幼童觀點來貫穿全文，另有一個裁定是非的人物——大轂轆，占去大半的篇幅。那是一個正直、粗豪、寬厚、智慧的獵狼能手。他恨狼，與狼周旋到底，除惡務盡，爲的是狼性狡猾，從不與人正面爭鋒，而又沒有感化的餘地。他寬恕偷漢子的婦人，不計較婦人惡意的詆毀，只要求婦人善待孤兒；因爲人即使自我偏執，陷於罪孽，若能施展愛心，自然就遠離罪惡，值得寬恕。作者藉大轂轆這個人物，呈現了對人世間的大愛，無怪司馬中原讚譽〈狼〉是朱西甯宗教精神、內在蘊蓄表露最深的一篇作品。[13]原來人類掩蓋心性的蔽障一旦揭除，能虔誠愛人，靈明心性展露，過往的罪孽便可以蕩滌淨化，二嬸摟抱孤兒，愛的世界已經出現，淫婦即成了聖母。

朱西甯的〈將軍與我〉，寫活了將軍 HAPPY 王，那真是佛斯特所形容的立體人物。[14]小說完成於民國 62 年 3 月 14 日。其中有一段感人的情節：將軍的長子，一個「愛讀書、愛運動、非常健全的優秀青年」，在打獵露營時，意外被同學用獵槍打死。兇嫌是長子要好得不得了的同學，他爸爸又

---

[12]蘇玄玄，〈朱西甯——精誠的文學開墾者〉，頁 103。

[13]司馬中原，〈試論朱西甯〉，《狼》，頁 23。

[14]佛斯特，《小說面面觀》，頁 61，稱圓形人物（round character），筆者以爲侯健先生譯「立體人物」，意義更佳。見〈朱西甯的《破曉時分》〉，《中外文學》第 1 卷第 9 期，《中國現代作家論》（臺北：聯經出版公司，民國 65 年），頁 323。

正是將軍的部下。父子倆登門，兇嫌跪地直哭，將軍反過來安慰他：「我看你比我還難過。」「只希望你能信教，可以心裡得到平安。」雖然遺體入殮時，將軍長久的克制力，一時再也無法撐持，狂風暴雨般地發作過；但開庭時，他交代祕書——敘述者「我」代表出庭，主動放棄一切賠償要求權利，要求庭上體恤被告悔恨無及的心情，量刑從輕，並請緩刑，以免耽誤學業。在處理技巧方面有不少優點。第一，將軍如果自始至終全理智平靜，儘管可以歸之於信仰天主的宗教力量，總不如在小說中，在蓋棺時一番情緒化的悲號與掙扎來得真切自然。聖人也是人，寫人物固然可以誇飾，能兼顧人性與靈性才是鮮活的呈現。將軍的長子，安排在三個姐姐之後，又是智能品德兼備，另外一個小弟，體質孱弱，不及長兄遠甚，如此一來，格外陪襯出他在老父心中地位之重要。再則，青年死於可以避免的意外事件，實在太不值得，因而在眾人抱持之下，他發狂般地責罵兒子不孝，處理得近情近理。但是事情過了之後，將軍的靈明之心，平抑了個人的哀慟，只在兇嫌身上著慮，他要竭盡力量，保護一個大有前途的青年，這不僅是理智的決斷，且是靈性的提升。藉由小說人物「幼吾幼以及人之幼」的包容與寬諒，一個新生命得以繼續發榮滋長，作者傳達了個人對生命的虔敬，對人生的熱愛，以及對人類靈明心性提升的期盼。

——寫於民國 73 年 12 月，原刊《文風》第 45 期（民國 74 年 5 月）

——選自張素貞《細讀現代小說》

臺北：三民書局，1986 年 10 月

朱西甯早期小說及其反共文學論述

◎應鳳凰[*]

一、引言

1998 年 3 月，張大春在《聯合報》副刊一篇悼念朱西甯的文章中提到：

> 因為他過早、過牢地被貼上「軍中作家」、「反共作家」的標籤，他的語言實驗又不能見容於 1980 年代臺灣文學社會裡的「寫實主義」神咒和「政治正確」的大前提，他寂寂寞寞地被這個社會所忽略、所遺忘。[1]

這段話不免勾起我們進一步探討朱西甯文學角色的興趣——從宏觀的，臺灣文學史的角度來看，朱西甯冠以「軍中作家」、「反共作家」的頭銜，是否「貼錯了的標籤」？如果說標籤不是「貼錯」，只是貼得「太早」——但是，作家成名早，卻會因此「淹沒」他後來的小說成就嗎？每一位小說家，尤其寫作年齡長的作家，經常因風格的轉變，可以擁有「不同階段」或「不同時期」的文學風貌，爲什麼「反共作家」頭銜之於朱西甯的文學成就，必須是負面的呢？

---

*臺北教育大學臺灣文化研究所副教授。

[1]張大春，〈朱先生的性情、風範與終極目標〉，《聯合報》第 41 版（聯合副刊），1998 年 3 月 23 日。文末註明由蔣慧仙訪問整理。

是不是連朱西甯本人也不喜歡「反共作家」這樣的頭銜？相對於他大部分小說集不停再版，少說每部都有三、四種版本，1952 年出版，以反共爲主題的第一本小說集——《大火炬的愛》，[2]至今沒有再版的機會。不過，也可能單純認爲那些早期作品，技巧還不夠成熟而已。他在 1950 年代初發表的一批短篇小說，也是軍中的，反共的主題，便收集成《海燕》一書，於 1980 年出版。[3]

大陸出的辭典，以 500 字概括他一生時，如此介紹朱西甯：

> 解放戰爭時期加入國民黨軍隊，並隨之去了臺灣，他在國民黨軍隊中，從上等兵至上校軍階，先後 25 年之久。1950 年代登上臺灣文壇，是臺灣「軍中作家」之一。

朱西甯於 1972 年辦退役手續，精確的算，應該是 23 年，儘管臺灣的「太平」歲月，軍人不必真到沙場打戰，不過這 23 年裡，他的確在「軍中」，是領著國家薪俸的職業軍人。他又任軍中文藝行政官多年，歷代職位，大半離不開軍中文宣業務，如曾主編軍中《新文藝》雜誌，任職國防部所屬「新中國出版社」，1972 年更擔任臺北「黎明文化事業公司」出版部總編輯，換句話說，他確實「軍中」，也很「文學」，例如他常擔任軍中各文藝獎項的小說評審，綜合他這一方面的角色身分，其實與戰後臺灣文壇史，文學思潮的發展關係密切。

然而，幾乎所有截至目前爲止的朱西甯研究，都偏重在他的小說創作，而忽略他小說創作以外的其他面向。單看數十年來，最精采的朱西甯評論，如早期司馬中原、侯健，近期張大春、王德威等所發表的文章，都是光從他的小說，或單一部小說作品來討論，很少涉及作品之外，諸如其文學觀或文壇角色之類的議題。

---

[2]朱西甯，《大火炬的愛》（臺北：重光文藝出版社，1952 年 6 月初版），共收入短篇小說 9 篇。
[3]朱西甯，《海燕》（臺北：中國文化學院出版部，1980 年 3 月初版），共收入短篇小說 11 篇。

舉例來說，張大春在 1991 到 1998 年之間，寫過好幾篇有關朱西甯擲地有聲的小說評論：

1.〈那個現代幾點鐘——朱西甯的新小說初探〉／《中央日報》副刊 1991 年 4 月 27～29 日。
2.〈朱先生的性情、風範與終極目標〉／《聯合報》副刊 1998 年 3 月 23 日。
3.〈被忘卻的記憶者——朱西甯的小說語言與知識企圖〉／《中國時報》（開卷）1998 年 3 月 26 日。
4.〈從講古、聊天到祈禱——追思朱西甯先生的一篇小說報告〉／《聯合文學》第 163 期，1998 年 5 月。

論質與量，論對朱西甯小說藝術風格的深入了解，真是張大春之外不作第二人想。但這一系列文字，皆屬朱西甯小說語言、藝術手法，即單就作品討論的「內緣研究」，臺灣文學研究在學院內逐漸蓬勃的這兩年，已出現的兩部碩士論文，一部博士論文，也清一色的做「朱西甯小說研究」[4]，都不出同樣的範圍。

鄉土文學論戰以前，臺灣從 1950、1960，甚至延長到 1970 年代，「國軍新文藝運動」一直是文學史不可忽略的一章。這一運動自 1950 年代末蓬蓬勃勃的展開，朱西甯因職務關係，不論做爲一位軍中文藝行政官，需參與軍中文藝政策之制定與諮詢，編輯軍中文藝雜誌，以配合國防部文宣政令，或辦理、評審國軍文藝獎項，這些工作與扮演的角色，若從一個地區一個時代的「文學生產」，或「文化生產機制」來看，朱西甯在臺灣文壇所占的位置，自不單是「小說家」而已。

[4]張瀛太博士論文，《朱西甯小說研究》（臺北：臺灣大學中國文學系，2001 年）；楊政源碩士論文，《家，太遠了——朱西甯懷鄉小說研究》（臺南：成功大學中國文學系，1997 年）；陳國偉碩士論文，《朱西甯「系列小說」研究》，（嘉義：中正大學中文系，2000 年）。

從整體文壇來看，一位編輯者，文藝評論家，或出版家，他們所占的「位置」會比一般單純作家，在文學思潮的推動，文學流派的形成上，有更大的影響力。原因是他們不單純創作，「生產文藝作品」而已。在生產文藝作品之外，他們還生產文藝作品的「價值」、「判定好壞的標準」。尤其一個文壇在思潮消長更替，不同社團流派競爭著文學正當性之際，他們的位置尤其占有很大優勢。朱西甯在 1960、1970 年代文壇所扮演的編輯與出版，評論家兼文學獎評審的多重角色，就「國軍新文藝運動」發展階段而言，正是占著一個有利的，優勢的「推手」的位置。

本章即以朱西甯在「國軍新文藝運動」發展階段所占的有利位置爲起點，探討他對「反共文學」這一文類的相關論述。所謂論述，包括他的創作和評論。換句話說，在他 30 年漫長寫作生涯裡，不僅創作——除了 1950 年代寫過反共主題的短篇小說如《大火炬的愛》、《海燕》，1970 年代寫過長篇小說《八二三注》，他還評「反共小說」、論「反共文學」，將「反共小說」、「戰鬥文學」當成一文學類屬，就其內容與形式，利弊與得失，發表過一系列精闢的見解。就其個人經驗而言，等於既有理論，也有實踐。如果說，作爲文學家的朱西甯，真有如張大春、朱天文說的，「寂寞地被這個社會所忽略、所遺忘」的話，[5]應該是他「與戰後臺灣文學思潮的關係」或「他與反共文學」這個面向。

二、朱西甯與反共文學論

「反共文學」如果是戰後臺灣文壇一波明顯的文學思潮，是「戰後臺灣文學史」必定要寫的一章，那麼，朱西甯對這一文學主張的發揚與捍衛，對其理論的建構，甚至創作小說爲這一文類史增色，在在功不可沒。朱天文在《朱西甯小說精品》一書的〈導讀〉一文中說：

---

[5]「不無寂寞的，父親走入他的七十年代以後。」，見朱天文〈導讀〉一文，收入《朱西甯小說精品》（臺北：駱駝出版社，1999 年 5 月）。

論者提到他最多的，或說能被寫進文學史裡亦占一席之地的，似乎仍是五、六〇年代他那些「鄉土小說」。……[6]

這些話明顯忽略了朱西甯在文論方面的成績。事實上，不同角度，不同意識形態的史家，會寫出面貌完全南轅北轍的文學史，很難說誰一定是如何被寫進文學史的；尤其「臺灣文學史」近年還處在不斷被書寫的過程。另外，「文學史」也不單是「文本的歷史」，未來的文學史書寫，在文本之外，必定同樣重視文學思潮的發展、文學成品的生產與消費，文本與社會背景的互動關係等等。從這個角度出發，相信朱西甯有生之年為「反共文學思潮」的正當性所做的努力，將釐清反共文學在目前各文學史書呈現的模糊面貌，促使未來的文學史書寫，多留心「反共文學」的正確歷史位置。果真如此，朱西甯或許會以連他自己也十分意外的另一種方式，走進文學史。下文將先敘述兩岸文學史中對反共文學的評價，再分析朱西甯的反共文學論。

（一）兩岸文學史中的反共文學

「反共文學」作為一文學類屬，崛起於戰後臺灣 1950 年代，曾是那十年間的文壇主流。它「量產」於政府的提倡，沉寂於西風之引進，數量雖龐大卻驟起驟落，待被寫入 1980 年代陸續出版的幾部「臺灣文學史」，兩岸史家，從臺灣本土作家到大陸學者，異口同聲給予極負面的評價，可說經文學史書寫（或塗抹）後，反共文學變得「面目全非」，更加難以辨認。

作為一個文學時期的文學特色，「反共文學」其實「非常臺灣」。每一國家或地區，都可能有各自的鄉土或西化文學時期，「反共文學」卻為 1950 年代臺灣特殊歷史時空所獨有，別具「臺灣性格」。值得注意的是，「反共文學」在不同文學史書呈現完全相反的歷史面貌，顯現這一文類，在未來文學史還有很大的書寫空間。

---

[6]同前註。

例如由大陸人寫的「臺灣文學史」，當他們述及「反共文學」一章，自然對於「反」他們「共」的文學，沒有好話可說，各版一概將其貶抑成「國民黨的宣傳工具」；把反共文學說成是「掩飾失敗真相」，「麻醉與逃避的文學」。[7]

至於臺灣本土出版的文學史，1950 年代儘管政府極力推動，給予獎金，由於戰後初期語言剛轉換，本土作家既難以中文寫作，更沒有反共經驗。幾乎沒有省籍作家參與的「反共文學」，在葉石濤的《臺灣文學史綱》裡，是「政策的附庸」，是「令人生厭的、畫一思想的、口號八股文學」；這類「把白日夢當作生活中現實所產生的文學」，「只是夢囈和嘔吐罷了」。[8]

（二）反共文學已逝去或光輝永續？

1993 年底，王德威爲「四十年來中國文學會議」而寫，專論「1950 年代反共文學」的論文，題目是〈一種逝去的文學？——反共小說新論〉（請注意這問號是題目的一部分）。這篇論文細寫這一時期反共作家與作品，對整個文類的理論與來龍去脈，詳加闡述，堪稱「反共文學」作爲臺灣文學史的一章，或角色之一，在學術舞臺第一次惹眼的演出。很明顯，所以取了這樣一個帶著問號的題目，與 1980 年代末期，前述海峽兩岸文學史書寫，眾口同聲，一致撻伐「反共文學」，幾乎已成爲文學史書寫「定論」有關。既然兩岸文學史書都共同認定「反共文學只是政府宣傳工具」，全沒有藝術價值，「文學的收成等於零」，[9]執教於哥倫比亞大學東亞系的王德威教授於是以此一議題深入研究，以一篇近兩萬字的論文，來「發問」同時「解答」——「反共文學是否已隨 1950 年代的遽去而死了？」

這篇論文提要在 1993 年 12 月 17 日的《聯合報》副刊登出，不到一個月，朱西甯以一個評論家，一個走過 1950 年代文壇的小說家身分，針對王德威的提問，給予肯定的「回答」（雖副題謙稱「稍作增補」）——1994 年

---

[7]白少帆等編，《現代臺灣文學史》（瀋陽：遼寧大學出版社，1987 年），頁 266。
[8]葉石濤，《臺灣文學史綱》（高雄：文學界雜誌社，1987 年），頁 88。
[9]彭瑞金，《臺灣新文學運動四十年》（臺北：自立晚報社文化出版部，1991 年 3 月），頁 75。

1 月 11 日登於《聯合報》副刊的文章，題目是：〈光輝永續的反共文學〉。

斗大標題，朱西甯的長文占著副刊最醒目的位置。文中說明：「反共，特別是在本世紀，乃全人類無可化外」，必須面對及參與，「去抵制赤色浩劫」的「歷史主題」。

「就廣義言，自由世界的本質即就是反共——不管所反的目標大小還是有無」。

除了從廣義的理論背景，闡明反共精神在 20 世紀自由世界的今天，沒有逝去，也不可能逝去，更以臺灣文學作品的出版現況，舉潘人木《蓮漪表妹》的例子，以其在 30 年後由「純文學」重新再版，且仍受讀者歡迎的事實，駁斥大陸文學史書所說：「反共文學已被廣大的臺灣同胞所厭惡，而且被他們自己的第二代所唾棄」。關於「政策的附庸」，他列舉潘人木以降一輩反共作家，如姜貴、張愛玲、趙滋蕃、司馬中原等，「無一不是風骨耿介，豈有輕易肯於聽從官方指使驅役，甘爲政治附庸者？」

他此時寫文章，以這樣的方式挺身捍衛反共文學的動作並不突兀。1980 年 5 月，聯合副刊主編瘂弦曾經召開過一次，集合二十餘位 1950 年代作家的大規模座談會。那次會議紀錄裡，便看得到朱西甯對反共文學的高度信心，對 1950 年代文學有著崇高評價：

> 五〇年代文學除了表現為一種反共的、戰鬥的精神外，其品質可以斷言，絕對是超越了「五四」以後每一個時期的作品。……五〇年代是我國現代文學飛躍的時代。[10]

筆者初看這一段時，曾閱讀好幾遍，仍不能確定他說「超越了『五四』以後每一個時期」，是單指大陸的、臺灣的，還是「兩邊都算」的每一

---

[10]〈在飛揚的年代——五〇年代文學座談會〉，《聯合報》聯合副刊，民國 69 年 5 月 4 日～8 日刊出座談紀錄，參與座談的作家有尹雪曼、艾雯、司馬中原、田原、朱西甯等二十餘位 1950 年代作家。

個時期？他是把「1950 年代」拿來「往前比」，還是「往後比」？1950 年代文學「品質」有這麼好，好到能超越 1970、1980 年代？無論如何，他說的「飛躍」、「超越」，都是時間軸上最高的，是相對於本國的其他歷史時期而言。證諸朱西甯更早 1977 年的一篇文章〈歷史的時代課題——論反共文學〉，說明他還認爲橫向地，比之全世界，我們的品質仍然不差：

> 這一路發展過來，歷時將屆三十年的反共文學，它是不僅量豐，質優，雖曾一度低沉而總未中斷，而且已經愈足為世界反共文學中心，20 世紀後期眾所注目的政治文學精華所在。[11]

我們閱讀朱西甯這些論述，必須同時留心這些文學發表的時間。1978 年的臺灣文壇，正忙著一場鄉土文學論戰。而那個時期風行的文學思潮，正是「回歸」，並且是回歸中國。到處瀰漫的是中國民族主義。從這個背景來看朱西甯總是把「反共文學」與「中華文化道統」、「中華倫理傳統」結合一起，就不奇怪了：

> 五〇年代文學等於是再出發，再創造，發揚了民族精神，規正了倫理傳統，禊祓了、清洗了中華文化所受的污染，為以後這二十年，以及更長久的我國現代文學墾拓了沃土良田。[12]

（三）反共文學的兩大類型

對於反共文學的分類，朱西甯首創將其分出兩大類型：

其一，「直接的反共文學」：具有明顯而強烈的政治立場和色彩，但原則局限了手段，表達重於表現，因此藝術純度較低。

[11]朱西甯，〈歷史的時代課題——論反共文學〉，《中華文化復興月刊》第 10 卷第 9 期（1977 年 9 月），收入評論集《日月長新花長生》（臺北：皇冠出版社，1978 年 12 月）。

[12]〈在飛揚的年代——五〇年代文學座談會〉，《聯合報》聯合副刊，民國 69 年 5 月 4 日～8 日。

其二，「題材的反共文學」：立場超然，能以知性呈現，反共反得迂迴、含蓄、高明、浩然而不著痕跡、富有較高的藝術純度。直待將來反共的時代結束，這些作品依然留得下來，流傳後世。

王德威教授在〈一種逝去的文學？——反共小說新論〉中說「反共小說蘊藏一套獨特的敘事成規」時，[13]似乎假設「反共小說」已經是一個大家約定俗成的「文類」，有著一般人都明瞭的意識形態美學。其實不然。一直以來，論者對「反共小說」這樣的「文類定義」頗有懷疑——我們有偵探小說，言情小說，或意識流小說，後設小說，而這些文類的美學定義是很清楚的。但大家，包括不同意識形態的文學史書寫，對「反共小說」或「反共文學」的美學標準其實並無共識。朱西甯所分的第一類，似亦可統稱之為「宣傳文學」。說明他的分類法也未能替「反共文學」提出很好的美學標準。

（四）反共文學如何產生？

朱西甯認為：「反共文學的生發，自應是這個歷史時代人世的光照和風景，它和中國其他任何時代文學之生發並無若何相異，所以是自然而然。唯在臺灣反共基地，反共文學還有著人事的催生助長」。[14]

迄今為止，沒有一本臺灣文學史，認為 1950 年代反共文學的「產生」，是「自然而然」的。如果反共文學「自然而然」就有成果，國民黨何必費錢費力辦那麼多文學獎金、文學獎項？話說出來，百萬軍民離鄉背井，沒有任何獎項，也有可能寫出國仇家恨的傑出作品；說不定傑作比現在還更多。由是觀之，朱西甯的「自然而然說」，給了我們這樣的一個啓發性思考：精質文學作品，可不可能由人事（獎項）來「催生助長」？不設獎項說不定現今的「文學成果」還不至「等於零」？

作者文中詳列了最有影響力的兩大獎項，一是 1950 年開始的「中華文

---

[13]王德威，〈一種逝去的文學？——反共小說新論〉，《如何現代，怎麼文學？——十九、二十世紀中文小說新論》（臺北：麥田出版公司，1998 年），頁 143。

[14]朱西甯，〈歷史的時代課題——論反共文學〉，《中華文化復興月刊》第 10 卷第 9 期。

藝獎金」，一是 1965 年起的「國軍文藝金像獎」。依作者「天才乃可遇不可求」的看法，重賞之下雖有眾多勇夫，這樣產生的大批作品卻多半只是「直接的反共文學」，只有極少數，藝術性高的「題材的反共文學」。

（五）反共文學傑作的共通特性

以下是朱西甯稱爲「題材的反共文學」傑作，所具有的共通性：

1.負荷國仇家恨：反共戰局逆轉，戡亂失敗，中國人又陷入另一劫難的國仇家恨。作家們敏銳的心靈所負荷的沉重，更甚於常人，這是這般作家共同的心緒心境。

2.題材皆出自各各的實生活經驗。

3.「一派中國的民族正氣」：「不唯是沛乎塞蒼冥的大氣，更還是日月光華高情的貴氣」，是五四之後，西北派左派文藝人士所一直無知，「因而失去已久的民族的靈魂」。[15]

三個特性中，前兩項十分具體，與其他史家的說法也大抵相同，唯第三項最爲抽象，需再三推敲何以「民族正氣」是「反共文學」的通性。這抽象的民族靈魂如何拿來做評判作品的標準？此處仍需回到 1970 年代的「回歸中國」社會背景，以及朱西甯一貫主張「中國文化的禮與樂，用現代語意來釋義，就是政治與文學」而中國特有的政治文學，則需落根於「愛國忠君」的傳統倫理。[16]

（六）風格傑出的反共作家

以下「三位大家興起了一代文風」，同時各自又有他們獨特風格，是朱西甯心目中風格傑出的反共作家：

1.潘人木：文章與張愛玲較近，俱是機智、詼諧、婉麗；「寫悲劇，纏綿委屈，哀而不傷」。

2.端木方：長於塑造中國農民人物，小說特色是具有「華北鄉村厚重

---

[15]朱西甯，〈歷史的時代課題——論反共文學〉，《中華文化復興月刊》第 10 卷第 9 期。

[16]朱西甯，〈中國的禮樂香火——論中國政治文學〉，《日月長新花長生》（臺北：皇冠出版社，1978 年 12 月），頁 127。

敦實的樸拙氣質」。

3.徐文水：以中國傳統的遊俠道義和江湖義氣，反襯出日、俄、高麗等偏隘的民族性，和缺乏禮樂教化可憫的低文化的文明……。

除了這三位獎項出身的大家，文中也開了一份「非由獎項」出線的傑出作品，如陳紀瀅的《荻村傳》，姜貴的《旋風》，司馬中原的《荒源》，鄭愁予的《衣缽》等。[17]

（七）傑出作品少，反共文學不發達的根本原因

朱西甯接著歸納了「反共文學」這些年何以成果不豐的原因，並檢討其成敗得失：

1.可以爲而爲——既有反共信仰，又有實生活經驗，復有文學才賦或歷練。這一類即前述寫出「題材的反共傑作」之作家，數量少之又少。

2.不可以爲而爲——只有反共信仰或認同，但缺乏反共的實生活經驗，或文學才賦與歷練不夠，大批爲徵獎而寫的「直接的反共文學」皆屬此類；另外，雖有才賦但無實生活經驗，如王文興〈龍天樓〉，顏元叔小說〈夏樹是鳥的莊園〉亦屬此類。

3.可以爲而不爲——有人是反共的實生活經驗雖有，卻對反共缺乏信仰或認同，更有一種人認爲反共是政府的、或想搞政治的人的事，他要表示自己的清高，所謂的有獨立人格和思想、所以不屑爲之。（作者認爲，任何作家不可能自外於立身的時代，全人類沒有誰能在反共和擁共之外尋得第三條路）。

4.不可以爲而不爲——「是會有太多的作家願意寄身在這個名下」。（但作者不能明白也不以爲中國現代作家可以在他的良知良能上建樹得起這樣的理論來）。[18]

（八）反共作品被官式僵化成「固定模式」

朱西甯還進一步指出，反共之作已被官式僵化成固定模式，這個固定

[17]朱西甯，〈歷史的時代課題——論反共文學〉，《中華文化復興月刊》第10卷第9期。
[18]同前註。

模式是「要致力揭發中共的貧窮、屠殺、無人性、以及民心向王師這些條款裡」。必須與這固定模式相合的反共作爲，始被承認。像《秧歌》這麼一部反共文學巨著，二十多年來迄未被重視和推廣，是否因張愛玲的反共，「不甚相合於這個模式」，未能把共幹寫得青面獠牙，毫無人性，農民們也未明顯的心向國民政府？[19]

朱西甯這篇論文從過往得失，最後指向官方執行方式的徹底檢討，並舉出外人根本無法知道的許多實例，讓我們大開眼界之外，也明白，當國家機器介入文學場域運作時，對一個時期的文化生產，能製造多少反面的效果。這是把這篇論述當做文學史料來閱讀時所得的啓發。此文另一個功能，是在反共文學理論的建構。透過朱西甯的洞見，我們看到官方對反共文學的評判標準，而明顯的，官家與文學家追求的標準完全不一致。由於朱西甯本人對同類小說有寫作經驗，類似的文藝行政職務更瞭若指掌，這篇文字對反共文學的來龍去脈，尤其執行狀況的檢討批評，是所謂相關論述中，最能一針見血，命中要害的。

三、朱西甯反共小說：《大火炬的愛》

「重光文藝出版社」1952 年 6 月出版的小說集《大火炬的愛》，是朱西甯生平第一本書，剛一面市，便受到文壇多方注目與讚賞，與後來朱西甯自己提起這本書時的低調、謙沖，認爲不過是「不堪回首的幼稚之作」；[20]「簡直不敢再看」，[21]形成強烈的對比。書中九個短篇有三篇原刊於雷震主辦的《自由中國》半月刊，各篇篇名及發表時間如下：

發表日期	篇名	發表刊物

[19]朱西甯，〈歷史的時代課題——論反共文學〉，《中華文化復興月刊》第 10 卷第 9 期。
[20]朱西甯，〈豈與夏蟲語冰？〉《中國時報》第 39 版（人間副刊），1994 年 1 月 3 日。
[21]分別見蘇玄玄，田新彬對他的訪問。曾刊 1969 年《幼獅文藝》，並見，〈文學的方舟〉，《小說家族》（臺北：希代書版公司，1986 年 5 月），頁 25～39。

1.	1950 年 7 月	〈贖罪〉	《民族陣線》
2.	1950 年 8 月	〈長腿梯子〉	《戰鬥青年》
3.	1950 年 12 月	〈糖衣奎寧丸〉	《自由中國》第 3 卷第 12 期
4.	1950 年 12 月	〈秋風秋雨愁煞人〉	《民族陣線》
5.	1950 年 12 月	〈金汁行〉	《戰鬥青年》
6.	1950 年 12 月	〈大火炬的愛（之一）〉	《火炬》
7.	1951 年 4 月	〈她與他〉	《自由青年》
8.	1951 年 6 月	〈拾起屠刀〉	《自由中國》第 4 卷第 11 期
9.	1952 年 3 月	〈大火炬的愛（之二）〉	《自由中國》第 6 卷第 5 期

從發表日期看得出，本書是朱西甯抵臺灣之後，兩三年內的作品。

全書主題雖同爲反共，但每個短篇的情節設計與敘述方式各不相同，題材選用的多樣，敘述角度的變化，顯現年輕作者力求在藝術手法上創新的努力。其中主題明確的，如〈贖罪〉、〈糖衣奎寧丸〉、〈拾起屠刀〉，即屬「致力揭發中共的貧窮、屠殺、無人性」的題材，旨在顯露鐵幕裡的黑暗，共黨幹部可怖的欺騙手段等。

而〈秋風秋雨愁煞人〉、〈金汁行〉與〈長腿梯子〉則爲地下抗暴故事，頌讚鐵蹄下熱血抗暴英雄，充滿血腥、復仇、從容就義等高度傳奇性。如〈長腿梯子〉描寫占山爲王，武藝高強的草莽英雄，藉著一個說書人的講述，充分發揮作者運用純熟口語的語言魅力。比較特殊的短篇，應屬〈她與他〉、〈大火炬的愛〉以當時臺灣軍旅生活爲題材背景的一類。如〈她與他〉藉著一對年輕情侶的對話，討論軍人儉樸生活的必要性。小說前半，是一篇羅曼蒂克式的情人相會場景，有著卿卿我我的對白。後半討論到兩人的身分，穿著，關係逐漸緊張起來。男主角急切間向她說明：

你要知道，一個打扮得花枝招展的太太小姐，該冷了多少戰士的心！

這一類探究國難當前，自由地區國民該具備何種生活態度的小說，所以認爲它特別，不只因爲它屬「戰鬥文學」而不是「反共文學」，卻又歸在反共的主題下。1950 年代文藝政策或口號，常把「反共」、「戰鬥」排在一起，其實我們不很清楚所謂「戰鬥文學」的真正形式內容。朱西甯的軍人小說家身分，最早，早到 1950 年代初的 1952 年，就提供我們很具體，寫實平實的「戰鬥文學」作品，這可能也是此書上市，就讓當時評論家那麼「驚喜」的主要原因罷。

書剛上市一個月，《自由中國》便刊出陳紀瀅一篇書評，推崇此書在技巧上的成功：

> 論內容，沒有一篇不與反共抗俄有關；論技巧，這是一本特別值得推薦的成功作品。尤其是一般人把反共抗俄的主題處理得非常濫調，流入於八股化的現階段……。本書是新文學創作行程中所發現的一枝奇葩。[22]

陳紀瀅的推薦文字特別值得一提，不僅因爲他本身是「重光文藝出版社」的發行人，當時全臺最大作家團體「中國文藝協會」的首腦人物，又剛完成長篇小說《荻村傳》（也在《自由中國》上分期連載），值得注意的是這位有經驗的小說家兼文藝領導人，他並非讚賞此書主題如何正確，而是推崇此書技巧如何高明，「形式新用，技巧別緻」。文中聲明他們「重光諸友」並不認識朱西甯，熟悉 1950 年代文壇的人一定知道：當時物質匱乏，出書極爲艱難，他們主動出版一位小說新人的作品，「發現新秀」的喜悅，固然溢於言表，出版態度的審慎認真，也從這例子表現出來。

《大火炬的愛》讓評論家「驚艷」的，還不只陳紀瀅一人。另一篇登在《軍中文藝》月刊創刊號上（1953 年元月），司徒衛的 5000 字書評，表示他與陳紀瀅有相同的喜悅心情：

---

[22]陳紀瀅，〈評介《大火炬的愛》〉，《自由中國》第 7 卷第 3 期（1952 年 8 月 1 日）。

他是一個軍人，一手拿筆，一手握鎗，在兩方面他都是真真實實的戰士。在文藝陣線上，他給我們帶來輝煌的戰績，一本分量沉重光芒閃爍的文藝作品。信念、理想、與創作的才智凝為一體，他實際的戰鬥生活和創作實踐契合一致，……不虛矯，不浮誇，言如行，文如人。[23]

司徒衛是 1950 年代文壇謹嚴的，知名的書評家，十年間已累積有兩本書評集出版。這篇評論指出此書的優點，是「戰鬥」與「藝術」結合，「創作實踐」原要靠「實際的戰鬥生活」才有意義。和陳紀瀅一樣，他是那麼興奮的，發現了一部既有「反共戰鬥」又有「藝術性」的作品。雖然這部小說集，朱西甯認爲是技巧生澀的「少作」，時而「悔」之，但不可否認，這書實在也是文藝政策執行人如陳紀瀅，文學評論家如司徒衛，他們等待、找尋已久的作品吧！

四、結語

關於「反共文學」，朱西甯是臺灣文壇少數既有理論又有實際創作的小說家，包括他還清楚黨政軍一整套文藝思想檢查體系的運作過程。很可惜，1980 年代一大批臺灣文學史出現時，兩岸學者竟然都沒有機會參考到朱西甯發表的宏論，以至於成了各家「單打」的局面。事實上，戰後臺灣文學史書寫，同是 1950 年代一章，卻是各說各話，以意識形態對付意識形態，正是各時期裡最失敗的一段演出。

將來的文學史書寫，會不會因而改變對反共文學的看法，誰也不敢說，但朱西甯絕對是很好的「當事人」代表——他本人既是被書寫的對象，對軍中文藝生態瞭如指掌，他自然有最大的發言權。

但看張愛玲給朱西甯的題字：

---

[23]見司徒衛，《書評集》（臺北：中央文物供應社，1954 年 9 月），又收入《五十年代文學論評》（臺北：成文出版社，1979 年）。

在我心目中永遠是沈從文最好的故事裡的小兵。[24]

又是「兵」，朱西甯一生，從創作小說，到職業，甚至論述，皆難以擺脫軍人形象。很反諷的，在「反共文學」創作行列，也許朱西甯只是一位小兵，可是由於他對這一文類有話要說，這些年因為也說了很多而成了「論述」的大將。

「反共文學」逝去了嗎？只要不斷有人談論，只要有人還想弄清文學歷史，它就不會輕易逝去。至於「反共文學」是否如朱西甯說的「光輝永續」？光輝不光輝，留待史家繼續去解說討論，但相信「永續」正是他的理想，也是他的願望。

參考書目

一、專書

1.中國青年寫作協會主編，《詩創作集》，臺北：復興書局，1957年。

2.王晉民，《臺灣當代文學》，南寧：廣西人民出版社，1986年。

3.古繼堂，《臺灣小說發展史》，臺北：文史哲出版社，1989年。

4.司徒衛，《書評集》，臺北：中央文物供應社，1954年9月。

5.司馬桑敦，《野馬傳》，香港：友聯出版社，1959年。

6.白少帆等著，《現代臺灣文學史》，瀋陽：遼寧大學出版社，1987年。

7.白先勇，《臺北人》，臺北：晨鐘出版社，1971年初版，爾雅出版社，1983年再版。

8.朱西甯，《大火炬的愛》，臺北：重光文藝出版社，1952年6月初版。

9.朱西甯，《朱西甯小說精品》，臺北：駱駝出版社，1999年5月。

10.朱西甯，《海燕》，臺北：中國文化學院出版部，1980年3月初版。

11.余光中，《舟子的悲歌》，臺北：野風出版社，1952年。

12.周伯乃，《中國新詩之回顧》，臺北：廣文書局，1969年9月。

[24]朱天文，《花憶前身》（臺北：麥田出版公司，1996年），頁35～36。

13.周寧等譯，H.R.姚斯著，《走向接受美學》，瀋陽：遼寧人民出版社，1987 年。

14.林海音，《剪影話文壇》，臺北：純文學出版社，1984 年。

15.林海音，《綠藻與鹹蛋》，臺北：光啓出版社，1959 年。

16.姜貴，《旋風》，臺北：九歌出版社，1999 年。

17.柏楊，《柏楊回憶錄》，臺北：遠流出版公司，1996 年 7 月。

18.柏楊，《家園》，臺北：林白出版社，1989 年 5 月。

19.柏楊，「郭衣洞小說全集」，臺北：星光出版社，1977 年 8 月。

20.紀弦，《新詩論集》，高雄：大業書店，1956 年。

21.張默編，《臺灣現代詩編目：1949—1991》，臺北：爾雅出版社，1992 年。

22.陳紀瀅，《文藝運動二十五年》，臺北：重光文藝出版社，1977 年。

23.陳紀瀅，《荻村傳》，臺北：皇冠出版社，1985 年。

24.彭瑞金，《臺灣新文學運動四十年》，臺北：自立晚報社文化出版部，1991 年 3 月。

25.舒蘭，《中國新詩各話》第三冊，臺北：渤海堂文化公司，1998 年。

26.黃重添等編著，《臺灣新文學概觀》，廈門：鷺江出版社，1986 年。

27.葉石濤，《臺灣文學史綱》，高雄：文學界雜誌社，1987 年。

28.雷銳，《柏楊評傳》，北京：中國友誼出版公司，1996 年 12 月。

29.趙友培，《文壇先進張道藩》，臺北：重光文藝出版社，1975 年。

30.劉登翰等著，《臺灣文學史》，福州：海峽文藝出版社，1993 年。

31.劉綬松，《中國新文學史初稿》，北京：作家出版社，1956 年。

32.鄧禹平，《藍色小夜曲》，臺北：野風出版社，1951 年。

33.錢鴻鈞編，臺灣文學兩鍾書》，臺北：草根出版公司，1998 年。

34.薛化元，《「自由中國」與民主憲政——1950 年代臺灣思想史的一個考察》，臺北：稻鄉出版社，1996 年。

35.鍾理和，《夾竹桃》，北平：馬德增書店，1945 年初版，1976 年臺北再版時收入《鍾理和全集》。

36.鍾啓政，《鍾肇政回憶錄》，臺北：前衛出版社，1998 年。

37.Liu, James The Unbroker Chain: An Anthology of Taiwan Fictionsince 19262 Bloomington:

Unviersity of Indiana Press, 1983.

38. Pierre Bourdieu The Field of Cultureal Production Edited & Introducedby Randal Johnson. NY: Columbia University Press, 1993.

39. Rene Wellek & Austin Warren Theory of Literature New York: Harcourt Brace Jovanovich, Inc., 1956.

二、單篇論文

1.尹雪曼，〈論中國國民黨的文藝運動〉，《中國新文學史論》，臺北：中央文物供應社，1983年

2.尹雪曼，〈近三十年來的我國小說〉，《中國新文學史論》，臺北：中央文物供應社，1983年。

3.王聿均，〈一年來自由中國的詩歌〉，《文藝創作》第9期（新年號），1952年1月1日出版。

4.王鼎鈞，〈作品充滿鄉土色彩的臺灣作家〉，《文星》第26期，1959年12月1日。

5.王鼎鈞，〈某種雜音〉，《聯合報》副刊，1994年1月5日。

6.王德威，〈一種逝去的文學？——反共小說新論〉，《如何現代，怎樣文學？——十九、二十世紀中文小說新論》，臺北：麥田出版社，1998年。

7.王德威，〈《蓮漪表妹》——兼論三〇到五〇年代的政治小說〉，《小說中國》，臺北：麥田出版公司，1993年。

8.司徒衛，〈端木方的《青苗》〉，《書評續集》，臺北：幼獅書店，1960年6月。

9.向明，〈古今多少詩，盡付笑談中——五十年代現代詩的回顧與省思〉，《文星》第115期，1988年1月。

10.朱西甯，〈歷史的時代課題——論反共文學〉，《中華文化復興月刊》第10卷第9期（1977年9月），收入評論集《日月長新花長生》，臺北：皇冠文化出版公司，1978年12月。

11.朱西甯，〈中國的禮樂香火——論中國政治文學〉，《日月長新花長生》，臺北：皇冠文化出版，1978年12月。

12.朱西甯，〈豈與夏蟲語冰〉，《中國時報》第39版（人間副刊），1994年1月3日。

13.朱西甯，〈論反共文學〉，《中華文化復興月刊》第 10 卷第 9 期，1977 年 9 月。

14.余光中，〈第十七個誕辰〉，《現代文學》第 46 期，1972 年 3 月。

15.余光中，〈新詩與傳統〉，《文星》雜誌第 26 期，1959 年 12 月 1 日。

16.余光中，〈摸象與畫虎〉，《文星》雜誌第 28 期，1960 年 2 月。

17.呂正惠，〈國民黨與五四新文化傳統〉，《戰後臺灣文學經驗》，臺北：新地文學出版社，1992 年 7 月。

18.呂正惠，〈中國新文學傳統與現代臺灣文學〉，《戰後臺灣文學經驗》，臺北：新地文學出版社，1992 年 7 月。

19.李敏勇，〈戰後詩的惡地形〉，《斷層的探索》，臺北：自立晚報社，1994 年。

20.林亨泰，〈臺灣詩史上的一次大融合——1950 年代後半期的臺灣詩壇〉，《臺灣現代詩史論》，臺北：文訊雜誌社，1996 年。

21.林亨泰，〈從八十年代回顧臺灣詩潮的演變〉，《世紀末偏航——八十年代臺灣文學論》，臺北：時報出版公司，1990 年。

22.林亨泰，〈談主知與抒情〉，《現代詩》季刊第 21 期，1958 年 3 月。

23.林亨泰，〈中國現代詩風格與理論之演變〉，瘂弦、梅新主編《詩學第一輯》，臺北：巨人出版社 1976 年。

24.林亨泰，〈《現代詩》季刊與現代主義〉，「現代詩發展四十年研討會」論文，1993 年 8 月，又收入其詩論集《找尋現代詩的原點》，彰化：彰化縣立文化中心，1994 年。

25.林海音，〈流水十年間——主編聯副雜憶〉，《風雲三十年——聯副三十年文學大系史料卷》，臺北：聯合報社，1982 年。

26.林海音，〈一些回憶〉，《鍾理和全集》第八卷，張良澤編，臺北：遠行出版社，1976 年。

27.林海音，〈臺籍作家的寫作生活〉，《文星》第 26 期，1959 年 12 月 1 日。

28.林海音，〈城南舊事重排前言〉，《城南舊事》，臺北：純文學出版社，1983 年。

29.邱貴芬，〈從戰後初期女作家的創作談臺灣文學史的敘述〉，《中外文學》第 29 卷第 2 期，2000 年 7 月。

30.施淑，〈走出「臺灣文學」定位的雜音〉，《兩岸文學論集》，臺北：新地文學出版社，1997年。

31.柏楊，〈柏楊獄中答辯書之五：「給臺灣省警備司令部軍事法庭的答辯書」〉，《柏楊的冤獄》，孫觀漢編，臺北：敦理出版社，1988年8月。

32.洛夫，〈覃子豪的世界〉，《詩的探險》，臺北：黎明文化公司，1979年6月。

33.紀弦，〈現代詩在臺灣〉，《千金之旅——紀弦半島文存》，臺北：文史哲出版社，1996年。

34.紀弦，〈現代派信條釋義〉，《現代詩》季刊第13期，1956年2月。

35.紀弦，〈方思和他的詩〉，《新詩論集》，高雄：大業書店，1956年。

36.韋名，〈陳映真的自白——文學思想及政治觀〉，香港：《七十年代》月刊第168期，1984年1月。

37.韋勒克，〈文學史的衰弱〉，《國際比較文學學會第二次大會會刊》，德國：斯圖加特，1975年。

38.夏志清，〈評《秧歌》〉，《愛情・社會・小說》，臺北：純文學出版社，1970年。

39.夏志清著，劉紹銘譯，〈論姜貴的《旋風》〉，原刊《中國現代小說史》，亦收入九歌版《旋風》，臺北：九歌出版社，1999年。

40.夏濟安，〈評彭歌的「落月」兼論現代小說〉，《文學雜誌》第1卷第2期，1956年10月。

41.奚密，〈邊緣，前衛，超現實：矜臺灣五、六十年代現代主義的反思〉，《臺灣現代詩史論：臺灣現代詩史研討會實錄》，臺北：文訊雜誌社，1996年。

42.殷海光，〈我爲什麼反共？〉，《自由中國》第6卷第12期，1952年6月16日。

43.馬森，〈一個失去的時代〉，《燦爛的星空：現當代小說的主潮》，臺北：聯合文學出版社，1997年。

44.高陽，〈《城南舊事》的特色〉，《文星雜誌》第42期，1961年4月。

45.尉天驄，〈三十年來臺灣社會的轉變與文學的發展〉，《臺灣地區社會變遷與文化發展》，臺北：中國論壇社，1985年。

46.張大春，蔣慧仙訪問整理，〈朱先生的性情、風範與終極目標〉，《聯合報》第41版（聯合副刊），1998年3月23日。

47.張良澤，〈鍾理和文學與魯迅：連遺書都相同之歷程〉，《臺灣文學、語文論集》，彰化：彰化縣立文化中心，1996 年。

48.張素貞，〈五十年代小說管窺〉，《文訊》第 9 期，1984 年 3 月。

49.張素貞，〈五〇年代臺灣新文學運動〉，《中外文學》第 14 卷第 1 期，1985 年 6 月。

50.張道藩，〈論當前文藝創作三個問題〉，《聯合報》副刊，1952 年 5 月 4 日。後收入《聯副三十年文學大系：評論卷之五》，臺北：聯合報社，1981 年。

51.張道藩，〈論當前自由中國文藝發展的方向〉，《文藝創作》第 21 期，1953 年 11 月。

52.張誦聖著，應鳳凰譯，〈臺灣現代主義小說及本土抗爭〉，Modernismand the Nativist Resistance 一書序言，《臺灣文學評論》第三卷第三期，2003 年 7 月 1 日。

53.梁實秋，〈書刊評介：舟子的悲歌〉，《自由中國》第 6 卷第 8 期，1952 年 4 月 16 日。

54.梅家玲，〈性別 vs.家國：五〇年代的臺灣小說——以《文藝創作》與文獎會得獎小說爲例〉，《臺大文史哲學報》第五十五期，2001 年 11 月。

55.許世旭，〈延伸與反撥—重估臺灣五十年代的新詩〉，《新討論》，臺北：三民書局，1996 年。

56.郭嗣汾，〈五十年間如反掌——追憶「春臺小集」的一鱗半爪〉，《聯合報》（聯合副刊），2003 年 8 月 20 日。

57.郭楓，〈四十年來臺灣文學的環境與生態〉，《新地文學》第二期，1990 年 5 月，增訂後收入《美麗島文學評論集》，臺北：臺北縣政府文化局，2001 年 12 月。

58.陳之藩，〈到什麼地方去——旅美小簡之七〉，《自由中國》第 12 卷第 11 期，1955 年 6 月。

59.陳玉玲，〈紀弦與《現代詩》詩刊之研究〉，《臺灣文學觀察雜誌季刊》第 4 期，1991 年 11 月。

60.陳芳明，〈反共文學的形成及其發展〉（《臺灣新文學史》第十一章），《聯合文學》199 期，2001 年 5 月。

61.陳思和，〈但開風氣不爲師——論臺灣新世代小說在文學史上的意義〉，《世紀末偏航——八十年代臺灣文學論》，臺北：時報出版公司，1990 年。

62.陳映真，〈現代主義底再開發〉，原刊 1967 年《文學季刊》，後收入《陳映真作品集》第八卷，臺北：人間出版社，1988 年。

63.陳紀瀅，〈評介「大火炬的愛」〉，《自由中國》第 7 卷第 3 期，1952 年 8 月 1 日。

64.陳紀瀅，〈張道藩先生與文獎會文藝協會〉，《中國文藝鬥士張道藩先生哀思錄》，臺北：治喪委員會編印，1968 年出版。

65.覃子豪，〈超現實主義的影響〉，《覃子豪全集》第二集，1968 年。

66.黃用，〈論新詩的難懂〉，《文星》雜誌第 27 期（第 5 卷 3 期），1960 年 1 月。

67.黃用，〈從摸象說起〉，《文星》雜誌第 28 期（第 5 卷 4 期），1960 年 2 月。

68.黃重添，〈故園在他們夢裡重現〉，《臺灣長篇小說論》，福建：海峽文藝出版社，1990 年。

69.瑙曼，〈作品與文學史〉，《作品、文學史與讀者》，北京：文化藝術出版社，1997 年。

70.雷震，〈給讀者的報告〉，《自由中國》創刊號，1949 年 11 月 20 日。

71.齊邦媛，〈二度漂流的文學〉，收入《評論十家》，臺北：爾雅出版社，1993 年。

72.齊邦媛，〈超越悲歡的童年〉，《城南舊事》，臺北：純文學出版社，1983 年。

73.齊邦媛，〈震撼山野的哀痛——司馬中原的〈荒原〉〉，《千年之淚》，臺北：爾雅出版社，1991 年初版。

74.蕭蕭，〈五十年代新詩論戰述評〉，《臺灣現代詩史論》，臺北：文訊雜誌社，1996 年。

75.瘂弦，〈現代詩的省思——當代中國新文學大系導言〉，《中國新詩研究》，臺北：洪範書店，1981 年。

76.瘂弦，〈詩人手札〉，《中國現代詩論集》，高雄：大業書店，1969 年。

77.謝峻溪，〈談談「蓮漪表妹」〉，《文藝創作》第 20 期，1952 年 12 月 1 日。

78.鍾肇政：〈也算足跡〉，重刊全部《文友通訊》引言，《文學界》第 5 期，1983 年 1 月春季號。

79.鴻鴻，〈家園與世界——試論五十年代臺灣詩語言環境〉，《臺灣現代詩各論》，臺北：文訊雜誌社，1996 年。

80.聶華苓，〈柏楊和他的作品（代序）〉，《柏楊小說選》，香港：文藝風出版社，1986 年 10 月。

81.聶華苓，〈憶雷震〉，《愛荷華札記：三十年後》，香港：三聯書店，1981 年。

82.羅青，〈銀山拍浪的氣象——戰後的臺灣新詩，1946—1980〉，《詩的風向球》，臺北：爾雅出版社，1994 年。

83.關傑明，〈中國現代詩人的困境〉，《中國時報》〈人間副刊〉，1972 年 2 月 28 日。

84.龔鵬程，〈四十年來臺灣文學之回顧〉，《國家科學委員會研究彙刊》第 4 卷第 2 期，1994 年 7 月。

三、學位論文

1.李麗玲，《五十年代國家文藝體制下臺籍作家的處境及其創作初探》，新竹：國立清華大學文學研究所碩士論文，1995 年。

2.張瀛太，《朱西甯小說研究》，臺北：臺灣大學中文所博士論文，2001 年。

3.陳國偉，《朱西甯「系列小說」研究》，嘉義：中正大學中文所碩士論文，2000 年。

4.楊政源，《家，太遠了——朱西甯懷鄉小說研究》，臺南：成功大學中文所碩士論文，1997 年。

5.顏淑芳，《自由中國半月刊的政黨思想》，臺北：中國文化大學政治研究所碩士論文，1989 年。

6.魏誠，《自由中國半月刊內容演變與政治主張》，臺北：政治大學新聞研究所碩士論文，1984 年。

——選自應鳳凰《五〇年代臺灣文學論集》

臺北：春暉出版社，2007 年 3 月

在君父的城邦
朱西甯《八二三注》的書寫策略

◎吳達芸[*]

這一篇論文，是由一場爲《八二三注》所舉辦的座談會談起。[1]

朱西甯（1927～1998）的《八二三注》，乃是以小說體記敘八二三炮戰史實的一本創作；朱西甯自述，爲了創作此書，他自炮戰發生（1958 年）後的五年，即 1966 年起，共起筆書寫過三次，其間並狠心先後毀棄過 11 萬字及 27 萬字，終算於 1971 年春再度啓筆，歷時四年半，才於 1976 年以六十萬餘言完成，[2]共計耗時 12 年，其意志、其毅力、其創作意圖之旺盛著實驚人，令人佩服。

朱氏此書自 1974 年起，先在《幼獅文藝》連載（第 245 期至第 276 期），至 1976 年底結束，兩年後的 1978 年 4 月 5 日由黎明文化事業公司初版。至 1979 年春，更於軍中以上中下三集專版發行了一萬三千餘套的「軍中版」，[3]發行量不可謂不大，閱讀者不可謂不多。

但數算起來，該書初版至今已有 23 年之久，相對於作者殫精竭慮創構此一鉅著之戮力用心，其所獲致的回饋可謂「入不敷出」，十分寂寞。

以同爲黨政軍公教人員的出身背景，同意「反共文學」爲國家文藝政

---

[*]發表文章時爲成功大學中國文學系教授，現爲臺南應用科技大學幼兒保育系教授。

[1]1979 年 7 月 19 日「星宿海書坊」假臺北中心餐廳舉辦「朱西甯小說：八二三注座談會」，該會主辦人爲馬叔禮，另有姜穆、吳念真、管管、尼洛、小野、瘂弦、朱西甯、趙玉明、朱星鶴等人參加。座談紀錄載《幼獅文藝》1979 年 9 月號，陳彥記錄。

[2]書寫歷程，見三三集刊《八二三注》第八版作者〈後記〉。

[3]根據三三集刊《八二三注》第八版，作者自序之〈大遺小補〉。另，臺大中文所張瀛太的博士論文《朱西甯小說研究》（2001 年 1 月），頁 159 卻記載：《八二三注》1964 年起載於《幼獅文藝》，1969 年出版。不知何所據？應爲筆誤。

策，爲時代理當倡導之文學立場的角度看，[4]本書除在軍中曾經擁有雄厚的讀者群外（但軍中讀者有些是在強迫之下「閱讀」，他們或者會陽奉陰違備而不看、根本不讀，或者勉強不得不讀，當然必定也有喜歡讀，求之不得而讀得津津有味頗得助益者），文壇上則只獲得幾篇評論，以及在一場出書三年後所舉辦的、多爲昔日軍中袍澤或學生的作家座談會中贏得了幾許掌聲，[5]稱譽這部戰爭小說可以爲此時代作見證，將來必可入文學史而傳世。

但是，在同爲反共文學擁護者的陣營中，對本書居然也有頗爲對立負面的嚴厲批判。如受命拍攝八二三炮戰爲「軍教片」的中央電影公司導演丁善璽，即猛烈炮轟朱西甯，要他「放下你的面具」！直陳若以本書拍攝「光輝十月展」的紀念影片，會「導致一般觀眾感染到假戰鬥文藝的病態，此時此地，並不適宜。」認爲朱西甯此作乃是「老夫子爲了重視自己而狠狠踩了軍魂一腳」。[6]

另一方面，以臺灣本土寫實爲職志的論者，則一徑將朱著歸於「反共小說」之列，以他們的尺度標準，這種文學也就是政治掛帥下的產物；等同於不顧藝術價值之作，乃不屑一顧、不予重視。而，朱西甯對於自己作品的如此被歸類向來並不喜歡，他甚至與王德威「筆戰」數回合，即爲反對自己的小說依王德威的標準，被稱爲「反共小說」，[7]王德威之文〈「一種逝去的文學？」提要〉中，對朱西甯另外贈與的「懷鄉小說」標籤，也引

---

[4]見馬叔禮於上述座談會中言：「三十年來，我們不斷提倡反共文學……」，馬叔禮的身分，該篇記錄介紹爲：作家、「三三集刊」編輯、河南人。

[5]該座談會成員之身分背景在下文的註解中將陸續交代。此座談會備有參考話題爲：1.戰爭小說與戰鬥小說之異同。2.作者經營《八二三注》的歷程對新秀作家有何啓發？3.《八二三注》的特色及其突出的突破性。4.《八二三注》將在中國新文學小說中的可能地位。5.中國新一代的青年，須如何體認中國戰爭止戈爲武的精神和中國軍人智信仁勇毅的武德。6.《八二三注》裡中國軍魂所彰顯的民族性格的亮光及其尖峰文化的花朵。7.《八二三注》所給予我們光復大陸和中興民族的信息與保證。8.如何從《八二三注》體認先總統蔣公練兵治兵的戰爭思想境界。由此設計，即可看出該座談會的企圖心。但是我們當然記得，在那個年代，人們並不能隨心所欲集會座談，所以先提出一份「參考話題」，也許是必要的。由座談記錄可見，與會者、主持者都沒有照章進行座談，標準官樣文章之例。該座談記錄載《幼獅文藝》1979 年 9 月號。

[6]載《獨家報導》第 10～11 期，1987 年 2 月 16 日，3 月 4 日。

[7]王德威，〈「一種逝去的文學？」提要〉，《聯合報》，1993 年 12 月 17 日，第 43 版。

來二人之間的論戰回應，[8]以及回響餘波。

以上同時代讀者的反應，可以明顯指出一個事實，即除了少部分讀者（如參加那場座談會的人）外，跨政治立場兩邊的讀者由於各自不同的期許，都視朱著，包括這部長篇戰爭小說爲反共小說，又因此對這本巨構呈參差層次之「等閒」視之，使本書之作者有如「豬八戒照鏡子」一般，裡外不是人。以致他必須在爲不甘自己的作品遭際不平尋找平衡點時，自辯、自述。[9]這真是一個值得探討令人深思的文學現象。

屈指算來，八二三炮戰發生至今也有 43 年；將近半世紀之久。炮戰後近 20 年本書出版，再二十多年，也就是筆者執筆寫評的此刻，作者朱西甯先生卻不幸已謝世三年。幾篇評論，如李瑞騰〈他不只是一個「反共作家」——悼念朱西甯先生〉[10]、張大春〈被忘卻的記憶者——朱西甯的小說語言與知識企圖〉[11]、桑品載〈別讓他的作品睡著了〉[12]……等都是爲他晚年的寂寞聲名打抱不平之作。而在朱西甯逝世後，面對畢生堅執小說創作藝術，著述不斷，卻於《聯合報》舉辦之「票選」的「臺灣文學經典」作品名單中，[13]不幸也可說是不可思議地名落孫山。

比起其他當代臺灣小說家，如果是以小說藝術爲主要創作前提者，不管是現代主義作家或本土派作家的作品，在解嚴後都被再評價、再肯定。唯獨朱西甯不然。朱西甯一生作品所遭遇的懸殊評價真是令人唏噓，就中他的力作《八二三注》也就更顯得寂寞了。

直至今年（2001）初，才又有臺大中文所張瀛太的博士論文《朱西甯

[8]朱西甯，〈豈與夏蟲語冰？〉，見《中國時報》，1994 年 1 月 3 日，第 39 版。王德威，〈一隻夏蟲的告白〉，見《中國時報》，1994 年 1 月 3 日，第 39 版。朱西甯，〈光輝永續的反共文學〉，見《聯合報》，1994 年 1 月 11 日，第 37 版。張鈞莉，〈讓夏蟲暢所欲「語」〉，見《中國時報》，1994 年 1 月 19 日，第 39 版。……以及餘波，周昭翡，〈他們的書桌是軍用的畫圖版〉，見《中央日報》，1994 年 5 月 4 日，第 16 版等。

[9]朱西甯，〈被告辯白〉，《中央日報》，1991 年 4 月 12 日，第 16 版。

[10]《中國時報》，1998 年 3 月 23 日，第 37 版。

[11]《中國時報》，1998 年 3 月 26 日，第 42 版。

[12]《中國時報》，1998 年 3 月 28 日，第 37 版。

[13]《聯合報》於 1999 年 3 月 19、20、21 日舉行三天之「臺灣文學經典」研討會，會前以「票選」之方式，選出 30 本「臺灣文學經典」。

小說研究》（2001 年 1 月）的問世，其中並以一章約三萬字的篇幅來討論此篇《八二三注》[14]，提供了張瀛太這一代年輕學者對這本長篇戰爭小說的評論意見。

面對《八二三注》此書出版以後的紛繁錯雜讀者類似兩極化的反應，近年來兩岸局勢劇變，自從八二三炮戰之後兩岸之間不成文形成的「單打雙不打」互相炮轟的「戰況」，早已成為一則「古話」，隨著解嚴，兩岸開放三通，國人對於國族論述、意識形態的陳述也作多元化的呈現，關於以往一些「史實」的敘述尺度立場，更隨著各種媒體言禁尺度之無限放寬而大放自由略無禁忌，身處這樣流轉變換之局勢洪流中，吾輩除了隨之浮沉相應調適外，其中感受，又豈只是「時移事易」或一句「風水輪流轉」所足以概括的！

此時此刻再讀這本《八二三注》，當然也就另增一番感嘆、一番意義與閱讀趣味，本文之作，乃是希望藉由一場對當時座談會的分析觀察出發，對這部著作再度調焦細觀之後，讀出一些作者在後殖民的處境中，自覺或不自覺地夾帶在作品暗縫中的蛛絲馬跡，也許可以讓我們以新的眼光再重新審視反共文學，也對朱西甯之所以排斥自己被稱為軍中作家、反共文學作家，作同理心之體會，以便讓身在君父城邦的朱西甯（此君父，可指國君及天父，也可單指如父之國君，總之，照說，對像朱西甯這樣忠君愛國虔誠信主的人而言，君父無論是指天上地上，什麼角度都說得通。），獲得「上帝的歸上帝，凱撒的歸凱撒」、橋歸橋路歸路的公允對待。雖說如此，我們也得有心理準備，因為要依靠「理所當然的虛構」，進入「其他時代的心靈」，這樣的企盼終竟可能還是會落空的。[15]

---

[14]臺大中文所 89 學年度張瀛太的博士論文，《朱西甯小說研究》（2001 年 1 月），頁 339。

[15]參考《歷史的再思考》*RE-THINKING HISTORY*，頁 113，史坦納強調：進入其他的時代心靈是如何的不可能，「當我們用過去式的時候……當歷史學家在『製造歷史』……時，我們所依靠的是我所謂的『理所當然的虛構』」。《歷史的再思考》*RE-THINKING HISTORY*，凱斯．詹京斯著，賈士蘅譯（臺北：麥田出版公司，1996 年）。

一、一切為滿全創作天職

朱西甯是一個以創作爲職志，不斷求變求新追求自我突破的作家，他自己也說他「把小說看成一種藝術而求變」[16]，這位輟學從軍來臺，烽火中背包裡唯一帶的是張愛玲短篇小說集的少年兵，他矢志追求不斷提升自己創作藝術的意念貫串一生，但是探尋他一生小說文體變換的軌跡，可以明確看出他的作品，是由繁複變奇之風漸進而至樸素平實之美。這當與他宗教氣氛濃郁的基督徒世家、儒教家風，及軍人身分三種質素浸淫薰陶而塑成的人格形態有關。[17]朱西甯常自稱宗教家庭對他影響至鉅，他說：「有幸生長在一個基督家庭，我成長的時期，正當中國文化下沉、在萎縮的時候，需要一個新的刺激，使文化創造力能重新抬頭，也許我受惠於這個比較多。」[18]

朱西甯的祖父常用孔孟學說詮釋基督教義，全家族皆致力於宗教和民族文化兩者信仰的和諧，也就是基督教中國化的生活實踐。[19]所以他雖然寫的是小說，秉持的卻是在君父的城邦，循規蹈矩、服從執行、無私無我的使徒（基督宗教）與史官（儒教）的傳道傳真精神。

偏偏這又與他生命的另一部分；挖空心思創新求變；語不驚人死不休的酒神戴奧尼修斯浪漫熱火、悖逆不馴、追求自我表現，不願迎眾媚俗的文學藝術氣質大相逕庭，這種矛盾衝突當然是頗需努力予以統合的。由此可揣知他的創作行爲必定時時在虛構與真實之間擺盪、小說與史實之間徘徊，而選擇凸顯或含蓄、勃發或隱忍、浪漫或平實、規矩聽命或調度搗

---

[16]蘇玄玄訪談稿，〈朱西甯——一個精誠的文學開墾者〉，《幼獅文藝》第 31 卷第 3 期（1969 年 9 月），頁 100。

[17]雖然朱天文在《朱西甯小說精品》的〈導讀〉中說她父親「於 46 歲提前退役時的頭銜是陸軍行政上校，盛年離開軍職，自是爲了爭取時間創作。彼時我高中，兩個妹妹念國中，都沒脫離嗷嗷待哺期，父親倒真不怕做一位專業作家！今年三月父親去世時，仍有報導稱呼他『軍中作家』，彷彿是古物出土。」（臺北：駱駝出版社，1999 年 5 月初版）。本文此處並無意稱朱西甯爲『軍中作家』，乃指其氣質而言，是矢志效忠不容懷疑的忠君愛國思想，加上那一代軍人受領袖氣質所影響的儒者儒將情懷。

[18]吳至青，〈不斷求變的朱西甯〉，《書評書目》第 60 期（1978 年 4 月），頁 6。

[19]《新墳》書末〈小傳〉，頁 138。

蛋，一定時時在他腦內激盪交戰，再加上在那特定的時空下，爲了給自己擠騰出一個小小可容身的寫作空間，以達成他的天職，我們便發現，他硬是陪佐了一些策略。

他當然知道做爲一個小說家，盡可以隨心所欲地虛構；但是「爲了怕遺忘，所以忠實記錄」的儒家重史的精神又不時抬頭向他示意，而天國近了，由生命實踐體現福音的境界及不畏犯笑侮，堅信一己理念，勇於傳福音的家風必也是他所一心嚮往而力行實踐者，這些都揉合成爲他的寫作態度，蔚成他的行事風格，展現在他的小說、散文、雜文的風格之中。

在他 1998 年過世前已寫成的 55 萬字未完成的遺稿《華太平家傳》中，我們看到他的作品已臻至豪華落盡見真淳的純青表現，他以追憶的細緻史筆，營構了以孔孟儒道傳基督教福音的「祖父」的一生，以雖採自家族，卻深具象徵性的人物情節，來完成其藝術與理念並容的和諧語境，並以家族傳記的形式來完成民俗記錄的職志。

而若說《華太平家傳》是朱西甯「小說家與宗教家的同體和拉鋸」[20]呈現的話，則在此之前，不畏艱難困苦挫折，搶在所有人之前寫的《八二三注》，就是另一場生命態度的「試筆」，是小說家與史官的同體與拉鋸，是向體制、國家機器、官修歷史挑戰的唐吉軻德之舉。

二、「寫得不對」評語的謙遜敬受

我們看不出由官方授意朱西甯寫作此書的線索，起碼在我手邊的第八版的序〈大遺小補〉中，還可以看到朱西甯在面謁俞大維部長後寫著這樣的字句，更令人確定本書之寫作絕非出自部長這邊官方的授意：「敬聆這些教誨（按，指朱西甯送呈本書給俞大維先生也就是他書中所謂的兵部尚書後，獲邀至部長家，聆聽其讀後意見），當然愈聽愈覺心虛。果如所想，老部長的意思還在責我這部小說寫得嫌早，不免血氣。而所說寫得不對，正

[20]同註 13，頁 300。

就是從這裡起。」[21]部長既會嫌他這部小說寫得早了，寫得不對，則本書之出版，雖然朱西甯於第八版序中首段說明是因於連載之後，將剪稿轉當時尚在世的俞大綱先生呈老部長俞大維，不久後，經其祕書囑示：「內容無誤，處理生動感人，堪稱良史，宜即付梓。」才放膽出書的。但睽諸三年後老部長對他「寫得不對」的評語，顯然《八二三注》當年並不是出於部長這邊官方的授意所寫。

再由國民黨文藝政策觀察，1978 年王昇將軍的最後一篇國軍文藝大會宣言〈提筆上連迎接戰鬥〉，將當時文壇現象一併歸諸中共「陰謀」的泛政治論點，反而使得發動鄉土文學論戰的右翼親政府文人的聲望受到打擊，自此，文藝政策逐漸淡出文壇。[22]而費時多年的《八二三注》就完成於此時，大量的軍中版並發行於王昇講話次年的 1979 年，到底是誰有大權決定撥大筆經費印行這樣重要攸關軍中思想教育的讀物？此舉之牽涉當然非同小可，令人敏感於此書儼然是王派「官方」指定的軍教書？雖然沒有直接證據，但由王、朱關係之密切，此推測則委實大有可能。

《八二三注》寫作之時，猶是 1950 年代「白色恐怖」時代的延續時期，周英雄描述得好：1950 年代至 1970 年代威權體制下的官檢制度，將臺灣的集體回憶大規模加以壓制、改寫，使得個人與外界網絡也相對受到扭曲。了解真相本非易事，而要將過去透過文字加以再現（represent），難度可就更加大了。[23]此處所謂的「了解真相」，於今看來，除了要剝去集體扭曲的記憶，還原書寫史實之真相外，也該穿透作者自我披畫的保護色及剝去重重自我防衛的盔甲，才能看清作者的原／全貌。而作者一己的部分，由於事涉個人幽微，一己運作瞬息萬變又無所拘撿、無可輯校、無跡可尋，真相尤爲難得確悉。

在那時代，牽涉到國家政治的論述，來自內（內心）外（環境）的干

[21]同註 3，頁 5。
[22]臺大中文所 89 學年度張瀛太的博士論文，《朱西甯小說研究》，頁 44。
[23]周英雄〈從感官細節到易位敘述——談朱天文近期小說策略的演變〉，《書寫臺灣》（臺北：麥田出版公司，2000 年），頁 409。

涉想必都使得朱西甯下筆艱難，他自述：「撇開國家機密且不去說，單是自我約束於文宣政策及敵情觀念，即已夠極大的不便」「亦曾拼卻力氣試圖破除一些格局，就是這樣，也已使時任《幼獅文藝》主編的瘂弦，爲我受責擔風險；猶有許多署名愛國者，憤然檢舉告發，美新處干預亦是其一。」[24]想必這些干擾就是他未明言使他得三易其稿的主要考慮原因之一，他的應付策略是一邊不斷大幅修改或重寫，一邊則勇敢迎接無數筆戰（否則無疑認錯認輸、儼然自誣服罪？），但也仍落得某些讀者終究堅持的一個「不好」二字。

至於三易其稿的其餘原因，則該是作者對自己的嚴格藝術要求，如在該書〈後記〉中，所說的第一次毀棄 11 萬字之因是「所採取的結構不堪承荷得起這沉沉的重量」的思考以及第二次「於內省中見出自己浮躁火爆。究其原委，一是情感的尙乏冷卻，時空距離兩者皆不足；一是自我約制尙差，意境還只局限於感懷的層面之下，因之而有觀點的狹隘和短淺，乃至只見憤慨，獨缺憐恤，未臻中國止戈爲武高意境的兵家傳統，於小說技巧上則乏自然而客觀的呈現。此是巨大到必須由根本上來更改修正。」[25]乃毅然毀去 27 萬字。

我們以心體心鑑察，那如朱西甯輩自我期許高、有一己小說藝術標準的作家，在那個制式的時代，不甘內化，一心要求自己要寫出不一樣、不樣板的「反共小說」有多難？而不此爲甚，他更選寫這一場不世出的保衛聖戰，並自期這小說可與史實分庭抗禮，其挑戰度就更高了。小野在這場座談會中曾自述創作這類作品的心路歷程：

> 唯有處理過類似題材的作者，或者讀過很多以類似題材來寫成的小說的讀者，才會對《八二三注》付以很特殊的偏愛。最近我寫了一段以蛙人為背景的小說，苦熬死撐，收集了許許多多資料，去了左營幾次，結果

[24]同註 3，頁 5。
[25]三三集刊第八版〈後記〉，頁 893。

> 下筆仍如千金鎚。我所顧慮的也就是「創作自由」及「國家利益」之間的矛盾。一個籠罩在危機重重的局勢底下的國家，她的子民為了實現自己的創作自由，是否可以完全不考慮讀者在讀小說時的誤解？這就是我在創作那種題材時的痛楚，這種痛楚就足以使許多年輕作者放棄去碰這類題材的念頭，這是一種對作者，也對國家的極大諷刺。[26]

因爲「舉世」之人都眾目睽睽在檢查你寫得對不對？無論是親身參與聖戰的將帥士兵，或躬逢其盛的軍中袍澤、一般百姓，甚至抬昇「反共」此事到無限上綱，深覺無限神聖的愛國主義者或軍人他們都可時時現身，以「當時我就在現場」、「我參與其事」的見證身分，疾顏厲色大聲指陳你的闕漏，或密邀家中「不足爲外人道也」式的指出你的不是不對。

於是乎，我們便看到朱西甯以「寫得不對」的引號書寫，在即使已進入第八版的序中，作「大遺小補」的動作，以及期許自己：現在「只是不可以寫，非關有何信守，寧是我領悟得老部長的史觀。除非我會長命到 120 歲，我將於 110 歲時寫它，期以十年歲月來完成。即在此之前寫它而留待後世發表，也仍是『寫得不對』。」[27]他這番對老部長的「信守」之「義」及「歷史」傳承允諾能夠履踐嗎？這不是開空頭支票嗎？今天審視朱西甯在字裡行間透露的信息，除了恭貌敬受俞大維先生「史觀」之指示以外，實不無嘲諷之意。他最後一句更是充滿曖昧的話：「即在此之前寫它而留待後世發表，也仍是『寫得不對』。」則意味連古文人嚮往的「藏諸名山，傳諸其人」的等待知音動作也是不得做的，在俞大維先生如此曖昧含混甚至不合史傳傳統文人心態的指示中，是否隱藏著連朱西甯也沒悟到的，關於海峽兩岸局勢未來將有巨大的改變，若然，則在之前的諸般戰後，如八二三炮戰者的功過，屆時若由宏觀角度看，將會以截然不同的立

---

[26]同註 1，座談會中小野語，《幼獅文藝》，1979 年 10 月，頁 113。同文介紹他：作家、劇作家、福建人。

[27]同註 3，頁 6。

場獲得評價？所以不鼓勵朱西甯那麼早就動筆？

三、「退役」是招策略？

再檢視作者此書的成書大事記，自 1964 年著手進行、1966 年起筆寫此書，1973 年退役，1974 年開始本書在《幼獅文藝》的連載，至 1976 年結束連載、1978 年初版；赫然發現退役之年跨身其間，若說是否如此便有利自由舒暢地寫作此書？才有六十萬餘字數的皇皇巨著完成？才有足夠時間應付連載之事？委實不易純然作此猜測，因爲好歹軍職；甚或政工身分也可以在「禮豈爲我輩所設？」之倫理思考下成爲一把保護傘，庇佑他不易被糾舉出錯；而退役這一著棋，到底有沒有下對？本書「在《幼獅文藝》的連載其間，屢遭檢舉謂其醜化政工，引起有關方面再三審查」[28]的「待遇」，也不知以政工圈的倫理，若仍在其位，便可迴避去這種「待遇」否？耳聞軍中情治之間時有相鬥互相攻訐至羅織成罪者，若然，「退役」意味退出是非危險圈，未嘗不是好事，事實上，以當時情勢之風聲鶴唳，誰也無法逆料任何事吧。

當然，如所猜測，軍教書之寫作及後來能如此大量於軍中發行，乃是官方有所保證或授意；則退役這一動作也就無所謂做得對不對，說不定是悉照吩咐照章行事罷了。

四、需要戰爭中的那種感覺

傑姆桑說得好，「歷史——並非文本，因爲它基本上是非敘述和非再現的；然而，可以加上一個條件；除非是以文本形式，或能以前文本、再文本的方式出現，否則歷史對我們而言將是難以接近的。（Jameson 1981, p.82）[29]，所以書寫者在文字的「上下文」之間營構他所服膺的真實，不必

---

[28]同註 6，《朱西甯小說精品》書後之〈作家簡介〉，頁 256。

[29]Patricia Waugh《後設小說——自我意識小說的理論與實踐》（臺北：駱駝出版社，1995 年），頁 100 所引。

也無法忠於所謂的「歷史」原貌。因爲「現實」雖存在於文本之上，但只能「通過」文本才能觸到現實。

虛構的語言世界與日常世界迥然不同，虛構在此是解釋現實的手段，並與現實相區別。其區別乃在：因爲虛構完全是用語言建構的，這就意味書寫本即容許適度的自由。[30]話雖如此，朱西甯此刻雖已退役，照說應已獲得較大的自由空間，但是以他的環境意識及職業警覺，他當然知道這是有限度的自由，是得背負風險的，特別是牽涉到此公共神聖的議題——戰爭！於是乎我們看到朱西甯聲稱「當年，爲了寫《八二三注》這本書，我尋訪多少個角落和多少人……其實我當初尋訪的時候，需要的資料倒不多，我是很需要戰爭中的那種感覺的，對很多人來說他可以說出很多事件，可是說不出感覺來的。」[31]

這樣的敘述，明顯地話中有話；他直陳所要寫的是戰爭的感覺，不是戰爭的「史實」，所以你親身經歷也罷，你想當然爾也罷，我只是藉「八二三炮戰」這件事來澆我胸中塊壘，則你一本正經告訴我你的經歷、你的運籌帷幄、你的不世英才，對我也只是僅供參考而已，說不定一點兒用不上，我可並不羨慕你會說事件兒的本領，我只是要能把那感覺說出來。不過我當然做個謙虛敬謹承受教誨的姿態，到底人家是一番好意不是？

所以朱西甯在座談會上公開說「我至少今天要向各位致最大的遺憾，這是一本不完整的小說」。但是他緊接著說「將來怎樣使得這部作品更完整，……爲了他們在歷史上所作的奮鬥和貢獻，留下更多的東西。也許我應該把這個責任推給尼洛先生，[32]推給辛鬱，乃至你（指趙玉明[33]）也逃不了！」

我們看到被點到的趙玉明立即澄清說「八二三，我不在金門，尼洛在，辛鬱在，辛鬱還在『八二三』炮戰裡得過勳章，他原本是陸軍上士，

---

[30]參考同註 28，頁 100。
[31]註 1 所述座談會中，朱西甯之語。
[32]同註 2，介紹他：作家、文月刊發行人、江蘇人。
[33]同註 2，介紹：詩人、新聞編輯人、聯合報副總編輯、湖南人。

炮戰打起來的時候，他冒著砲彈開花，送公事到防衛部去，真得了勳章！」似乎認爲只有八二三當時在金門的人才可以幫忙完成此托付。

而尼洛則說「八二三」時，任職國防部的他，正好出差到金門，於是不但在炮火中主管四個喊話站，而且還坐了一次登陸艇去了一趟小金門。……他說，他本來以爲，關於「八二三」，他是最有資格講話的，後來他聽到了朱西甯方纔的「感覺說」，才知道不是這麼一回事。座談會當天他除了接著提供一些他在現場，與朱著所述有出入的真實情形外，他說：

> 無論如何，這本書在整個中國的文學藝術下是有它肯定的位置的，除了『八二三』本身是一件大事以外，在中國的戰爭小說裡，這本書是別樹一格的。還令我深深感動的是，西甯在距離『八二三』那麼短的時間內，整個形勢還在眼前的時候，寫成了這本書，事實上，我本來也想寫『八二三』。沒寫的原因是，我的感情還在那裡，因此寫不出來。第二件影響我寫『八二三』的原因是，我怕自己不能客觀的表達出那件事情，是不是該寫出這事情的真實的面貌呢？我相信西甯兄寫這本書的時候，有過這種矛盾的痛苦，……。

可見得出盤桓在尼洛腦際，讓他有所顧慮，無法立時以現場目擊者的身分，敘寫此事的原因，原來一是時間距離太近連帶及處境的考慮：當「整個形勢都還在眼前的時候」——看來不是動筆的時候，因爲不夠超然。二是，書寫尺度的拿捏的確費斟酌——「是不是該寫出這事情的真實的面貌呢？」

這句話的言下之意可能是：這事事關國家機密，所以得保密。但是這句子既是自問句，而非肯定句命令句；如：「不可以寫出事情真相。」或「事情真相該保留，不得公諸於世！」之類的口氣，所以頗有斟酌商量之意，也就是陷入類乎小野「我所顧慮的也就是『創作自由』及『國家利益』之間的矛盾」的自律長考不安中，而這種掙扎，竟會導致「矛盾的痛苦」則令人懷疑「真實的面貌」是否有些負面，不足爲外人道而不適宜公諸於世呢？尼洛終竟還是沒有寫下他所親身參與眼見的「八二三」。這，是不是才是聰明之舉？

我們睽諸現實，1987 年，臺灣解嚴，金馬卻仍戒嚴，又過五年多，金馬才解除戒嚴，結束了 40 年的軍管歲月。隨著戎裝的卸除，我們聽到金門人的聲音，他們充滿委屈的說：「有史以來，臺灣對金門的印象就是「八二三炮戰」「古寧頭大捷」等政宣電影，……金馬的土地與民間……從不曾發出過自己的聲音」。在 1995 年初版的金門百姓電影《單打雙不打》劇本的前言〈歷史現實〉諸篇訪問報導文中，[34]我們看到與朱西甯《八二三注》對比，出入頗大的情節：

> 到民國 47 年八二三炮戰之前，國軍在臺澎金馬的部署較初來之時穩定許多，對金門島的控制也已建立一套嚴密有效的組織。……每一個行政村都規劃為一個戰鬥村，16 歲以上的男子和未婚女子，都編入「民防自衛隊」，每年固定操訓服役一個月，平時男子要挖車溝、電線溝等公事，女子要演習救護。這其間穿的自衛隊服、用的工具、吃的飯，皆百姓自己負擔；男子要服役到 55 歲，女子要到結婚生子，才能退休。在八二三炮戰時，民防自衛隊則擔負起『搶灘』的任務，同部隊一樣的出入前線、生死交關；老百姓在這次炮戰中因公而陣亡的，也不計其數……。
>
> 老百姓和阿兵哥的感情很好，像一家人一樣。……每戶民家都配到很多阿兵哥同住。通常他們都睡客廳、停廊，這種軍民供住的情形持續了二十多年……。
>
> 自衛隊被動員去搶灘和救護，老百姓死於其中的人數太多，但軍隊卻不敢對外講。

[34]螢火蟲映像體策劃，《單打雙不打》劇本（臺北：萬象圖書公司，1995 年），頁 3～19。

如今山外的『八二三紀念館』，對殉難於炮戰中的國軍將士都一一列名紀念，但民間自衛隊的貢獻也很大，犧牲後只能做無名英雄，實在太委屈他們。

房舍遭中共砲火擊毀，軍當局僅補助兩包水泥，百姓被軍方流彈擊斃，也從不爭取任何補償；土地被軍方無條件占用為營舍、碉堡也沒有任何不滿，也不敢要求歸還……。

這些與書中敘寫金門百姓如何受到軍方的照顧，甚至老百姓都叫司令官給慣壞了，團民事官（如邵家聖）忙得團團轉，提供康樂活動正前三排的位置（頁 189）、防區由駐軍（如黃炎那一排）供養老人，兵士們輪流著，不光是給他們打飯、打水、到金門城去買點這個那個，還要陪著聊聊天，領去晚會螢火蟲映像體策劃，甚至天黑了，還得揹著去，揹著回來。（頁 190）……公僕的滋味竟然羼進什麼豆漿饅頭、曬棉被、收被褥……真夠五味俱全了。（頁 224）

到底誰是誰非？朱西甯在這一部分應該不至於閉門造車吧，或許是訪談田野調查的「問卷」不夠代表性，或不夠多？那麼也可能是老百姓誇張了？但《單打雙不打》訪問紀錄的對象都有將其職務身分姓名寫出，應該不至於造僞……或許這就是尼洛「是不是該寫出這事情的真實面貌呢？我相信西甯兄寫這本書的時候，有過這種矛盾的痛苦，……。」考量的地方吧。

五、袍襗推心置腹體察之策略

沒在炮戰現場的朱西甯反而寫了『八二三』，此舉雖贏得了昔日袍襗的贊嘆佩服，但是細心的同袍朱星鶴也指出他對朱西甯此作的挑剔之點：

我認為《八二三注》的作者在這個作品中出現的個人情緒太多，……作者站出來說明的地方相當多，我考慮過以西甯兄文學造詣高，對寫作要

> 求之嚴，在《八二三注》裡仍然避免不了這些缺失。——作者應該完全隱沒，可卻還是常常會站出來，為的是什麼原因呢？我和馬叔禮在電話裡討論過這個問題，我想是不是作者在寫《八二三注》的時候，心中顧慮太多了！就像瘂弦兄也談過，這部小說在連載期間引起各界各種不同的反應，我想在座的每一個人在寫作時恐怕都有過顧慮，這倒不是行政院新聞局下命令禁止我們寫什麼，也不是誰會約束我們，而是中國傳統幾千年流傳下來的，文以載道的觀念，影響了我們，其實文以載道當然很好，但是為了表現藝術的時候，卻往往形成了自我的約束，我們一下筆就想為歷史留下一筆，加上中國人的美德是隱惡揚善，因此對醜的一面只能輕描淡寫，真正到避免不了的時候就想辦法給他個註腳，希望不要引起讀者的誤會，作者就必須站起來說話了！這個觀念不但影響朱西甯先生，恐怕影響在座的每一個人，大家在寫作冥冥之中有一種自我約束，可是無可否認，這本小說是深具時代性的小說，是一本歷史小說，它在沒有發表前是屬於朱西甯先生的，寫成功發表了後，版權依然屬於他，可是這部作品卻是屬於我們中華民族整個時代，整個歷史的寶貝了！在他寫的時候，必然有一種使命感使他下筆沉重、艱難、深怕別人誤會他醜化了我們的國軍或戰士，或是歪曲了這個史吧！[35]

以上之言，如我們略帶敏感的閱讀，會捕捉這一段話不啻爲尼洛的「是不是該寫出這事情的真實的面貌呢？」下註腳，朱星鶴提到若誠實寫，會讓人有「誤會他醜化了我們的國軍或戰士，或是歪曲了這個戰史」的可能，不如該「隱惡揚善」，「醜的一面只輕描淡寫」。他這番話誠實地道出當代臺灣小說家或文學家，處理現實／史實的模寫時，在道德教化／現實真相、政治禁忌／自陷絕境之間徘徊，內心陷入膠著糾葛，其困境在完全不知底線爲何？但他們越是將所有「責任」歸屬往自己身上攬，聲稱

[35]同一場座談會，朱星鶴語。朱星鶴，評論家，任職於國防部總政戰部、湖南人。

「捏造事實」全屬自發，即越呈現這些作家後殖民心態之內化及戒慎怖懼，以致於那麼「理直氣壯」地「合理化」對事實地真相扭曲隱瞞的書寫心態，聲稱這乃是對的、是必要的，而不自覺其爲非／惡。——則這些人既說要爲歷史留一筆（保留真實／真相），又要隱惡揚善、報喜不報憂（美其名爲「保護」政策的「愚民」政策），豈非大矛盾？更抬出「載道說」以道德化、理論化、理想化自己的這種類教條式的健康寫實書寫策略，真是一種政治式的寫作。

在朱星鶴的思考中，他指出朱西甯面對如此書寫困境的解套策略是：「醜的一面只能輕描淡寫，真正到避免不了的時候就想辦法給他個註腳，希望不要引起讀者的誤會，作者就必須站起來說話了！這個觀念不但影響朱西甯先生，恐怕影響在座的每一個人」，所以朱星鶴雖然不滿意朱西甯《八二三注》中的時時現身說法，但是，雖不滿意，也只得同情接受了。而，朱西甯會同意這個說法嗎？

六、警察化寫作？

這種陷入矛盾糾葛的重重爲難中，爲自己的書寫尋覓縫隙，儼然並非唯有是在臺灣當時的處境下，那「官方」一派才會有的自保衛、防衛策略，我們先讀一下這樣的自白：

> 一個頁碼就是一個地盤，我在上邊留下了我的印記，我認為要非常清楚地講出我不得不表露的東西……因此我只能在我的出版商的口袋範圍裡幹活兒，利用我的印刷商的耐心，利用印刷術超越傳統小說的專橫又狹隘的限制。如果拋弃這些花裡胡梢的技術，或是拒絕認真地對待它們，那將是愚蠢地錯失良機。[36]

[36]同註 28，頁 9，引自 Albert Angelo, P.176。

所謂「在我的出版商的口袋範圍裡幹活兒」,「出版商」帶來的是「口袋範圍」的框限，這是資助金錢讓作品得以完成而能真正問世的現實關卡,「印刷商」、「印刷術」還是作家自己可以掌控的範圍，它們不會管你在寫什麼，只管幫你印出來，所以你只要會好好操縱利用它們就可以了。

這三者雖然都是作者的「他力」,但「出版商」是比較有自己意志的，由他來抉擇你，看是否要成全你。但你也不是完全站在下風隨他擺布隨它牽著鼻子走，因爲如果你願意考量／不拒絕「花裡胡梢」地迎合他的話，那麼你將占有了一塊地盤，可以留下你的印記，那也就是一種贏勝之道，否則你就愚蠢地錯失良機了。這段話提供的是在商業機制下作家的「謀生之道」。

而在政治勢力凌駕一切的時代,「出版商」的位置之上更是「官方」,「官方」如君如父高高在上，鑒察一切，更高更遼闊地掌控臣子，祂定規矩設底線，決定語言文字的尺度，考覈時更是冷酷理性鐵面無私，沒有任何彈性柔情。在冷戰的年代，爲文人的書寫造成了世界性的風貌。早期受過馬克斯主義影響的羅蘭巴特指出，作家寫作方式的承諾或選擇不是個人性的或心理性的，它是經由經濟與歷史中各種客觀因素決定的。[37]他進一步說：

> 毫無疑問，每一個政權都有自己的寫作，……寫作是言語所體現出來的豐富多采的形式，由於其可貴的含混性，它既包含著現實的存在又包含著權勢的顯現，也就是既包含著所是者，又含著希望人們相信者。於是一種政治式寫作的歷史就構成了社會現象學的最重要部分。……我們看到，在這裡寫作起著一種良心的作用，而且它的使命是使事實的根源同其最遙遠的偽裝物虛假的相符，方法是通過論證後者的實在性來為行為辯解。此外，寫作的這種事實為一切專制政權所有，因此我們不妨稱其

[37]羅蘭巴特,〈《寫作的零度》導讀〉,《寫作的零度》(臺北：時報文化出版公司，1991 年),頁10。

> 為警察化寫作。例如我們知道，「秩序」這個詞永遠包含著壓制性的內容。[38]

我們了解「警察」的功能就是爲政權維持秩序，爲政權檢查「不法」「犯罪」，締造馴順之民，挑選／建構模範生，今竟成爲寫作典型的形容詞，真是荒謬可笑。於是作家風貌就這樣形成了，這種風貌應該就像我們當時常聽到的，政府鼓勵的「健康寫實」的作品吧，提供美好秩序的假象，以與社會主義的揭發黑暗相對：

> 當政治的和社會的現象伸展入文學意識領域後，就產生了一種介於戰鬥者作家之間的新型作者，它從前者取得了道義承擔者的理想形象，從後者取得了這樣的認識，即寫出的作品就是一種行動。於是當知識分子取代了「作家」以後，在雜誌和文章中出現了一種完全擺脫了風格的戰鬥式寫作，這種寫作像是一種意指著「現存」（"presence"）世界的專業語言，真是多采多姿。……這類思想性寫作的共同特性是，在其中語言不占據主導地位，而傾向於成為道義承擔的充分記號。……在這種情況下，寫作變得像是寫在一份集體聲明書下角的簽字（這份聲明並非它自己撰寫的），即為自己省卻了選擇的一切前提，並把該選擇的理由視作理所當然。……在當前歷史時期，正如一切政治式寫作只能是去肯定一種警察世界一樣，思想式寫作也只能形成一種「超文學」，……不管怎樣都導致了一種異化。[39]

以這一段文字來詮解朱星鶴代言的他那一型作家（這一場座談會的參與者幾皆可算）的心路歷程，出於道義的思考，隱惡揚善……可說十分吻合貼切。

---

[38]同前註，頁 29。

[39]羅蘭巴特，〈《寫作的零度》導讀〉，《寫作的零度》，頁 30～31。

但是，朱西甯到底還是與他們是有差別的，這就是《八二三注》產生的原因，也是他們佩服稱讚他的原因，也正是我們還要再特別另外探討他書寫策略的原因。其實我們後來知道，朱西甯一向對「反共文學」另有他解，不過都暗藏心中，對於同袍的推心置腹引為同道，他都幽玄地不置可否，只在作品中以另含的他義表達，他的同袍於是都被矇在鼓裡，一直到有一天他在〈被告辯白〉、〈豈與夏蟲語冰？〉中自己說出來，反而引起了許多讀者的困惑，無法理解，而覺意義斷裂。——有關這部分，下節將說到，此處不贅。

七、以「注」代「記」

我們由書名便可清楚掌握到他的又一書寫策略。

「注」是何意？《周禮・天官》冢宰注疏：「注者，於經之下，自注己意，使經意可申，故云注也。」可見「注」原是解經的。而原是用在「經典」詮釋的「注」（或「註」）的書寫體例，其實也可以用在歷史、傳記的書寫思考上。既然事實不會自己說話，一切檔案、史材和資料都要經過人的閱讀與詮釋。

我們藉傳記書寫為例，對於同一個人，世上往往不斷出現新的傳記來敘寫，並不一定是由於有新的資料被發現，而往往是由於不同的作家有不同的敘說方式。作家著眼點不同或引入新的學科知識，舊材料便被賦予新意義，作家開始了解他有自由去選擇新的方法呈現人物性格、去說故事。同時，也了解傳主能夠是曖昧、自相矛盾不合邏輯的個體存在，作家不必強予合理化，也不再假裝傳主的每一個謎都已被解答。[40]同理思考，面對現象的紛陳多面多變，一個史家要如何書寫才會公允客觀？可能是無解吧。與其採用「在齊太史簡，在晉董狐筆」的殉道式書寫仍然難逃個人主觀角

[40]參考廖卓成，〈《傳記：虛構、事實與形式》述評〉，《中國書目季刊》第 23 卷第 1 期（1998 年 6 月），頁 118。《傳記：虛構、事實與形式》，原名 Biography: Fiction, Fact and Form 作者 Ira Bruce Nadel, London, 1984。

度論斷之譏，及與當權對抗抵觸造成死於非命的悲劇，不如一開始就聲明我在寫「注」；寫個人的觀點，甚至乾脆很小兒女式的宣稱：「我只是在寫感覺」。這就是朱西甯敢在當時；整個形勢都還在眼前時，就寫「八二三」的策略。

這種將現實中不可承受的重，輕輕鬆鬆轉化爲生命中可承受的輕的策略，真是高招。（當然對於永遠嚴肅莊重一本正經的「戰鬥家」、「教育家」、「愛國者」言，這一招就不管用，他會爲你的「不負責任」「不正經」大發雷霆，揪出你的小辮子，宣布與你不共載天，恥與你爲伍。）而，那些眼看你在官方機制中猶能吃得轉吃得開，竟敢堂而皇之參與書寫歷史、戰史的人而言，你這不是官方御用者而爲何？殊不知你亦是在夾縫中求生存，臨深履薄小心翼翼地施展孽子的存活策略啊。

八、原來另有他圖——果然暗藏玄機

朱西甯雖然在《八二三注》中忍不住時時「站出來」說「法」，但是他一定不會同意他所寫的是如朱星鶴所言，因爲寫的是醜的，不是美的，而「醜的一面只能輕描淡寫，真正到避免不了的時候就想辦法給他個註腳，希望不要引起讀者的誤會，作者就必須站起來說話了！」這說法，因爲誠如前面提過的，他作「注」的動機，不在說美醜，而在他所認爲的他的意見他的看法，也就是要寫出感覺來。

解嚴後的第四年，1991 年，朱西甯終於真正站出來以〈被告辯白〉一文指責當年的主政者（蔣家）之惡，並告白當年他寫作時的對應之策：

> 譬如反共，就要破除階級而以全民主政。如此，即就須反共的自身先行反家天下，反黨天下，反階級特權與專制。而這在五、六十年代，能碰麼？……那一代的作家們，深知那個年代的非常時期之必須非常對應。於是家天下、黨天下、階級特權與專制，皆成為非常弔詭的「必要之惡」。「必要」，至關生存，必得維護；「惡」，須得儘快滅低其惡業而終須

> 消滅之。《狼》與《鐵漿》兩集子所收諸篇，便都不外乎「維護必要，終滅其惡」此一思想意念。……寫實主義者不解風情，將我的早期作品定位於懷舊文學，當年我也唯有竊笑而不表異議，一揭底牌如今倒是此其時也。[41]

朱西甯這番自揭底牌，夠誠實透明，將往昔多少煙幕或同儕相招仍遮遮掩掩的面紗一朝掀去，示人以爽朗正義真面目，果然痛快。但是閱讀者在「原來如此」——獨孤臣孽子其操心也危，其慮患也深，故達！——的了語之餘，想必會繼之以困惑；既然如此，則你當年因是出於非常對應之思考，為當權者作歌德派充打手，如今時移事易，你既自知當年之偽，造成別人（非我族類，如寫實主義者）困惑，現在既然造成兩邊對立的「惡」質已消失，面具也已自行摘去，理應向對方（非我族類，如寫實主義者）示好，表明骨子裡，原屬同仇敵愾之兄弟情才是。卻反而以「不解風情」來矮化對方，疏離雙方感情（想想當時在野之士面對艱難處境，猶在觀風蠡氣，尋求對應自保之道，何來餘裕看你使眼色「解風情」？如今你偏偏又以「竊笑」來醜化自己嘴臉心態？莫不是在朝在野都不是你的情之所鍾，你另有中意？

又四年之後，〈豈與夏蟲語冰？〉一文才再度（更進一步）揭發朱西甯心目中的意指。他說：

> 〈鐵漿〉的直指家天下的不得善終，不識潮流者不惟傷及己身，尤且禍延子孫。〈狼〉的直指執迷於嫡系己出之愚，乃至內門內行、外門外行之蠢；試請你就所知或許不詳的孫案拿來對照一下。〈白墳〉不止是直寫孫案，多少只是不很受形式或陋規所拘束的忠貞之士，倍受逼迫乃至死而後仍不已的悲情。又如〈紅燈籠〉私權侵奪公權，誤人誤國誤文明。[42]

[41]朱西甯，〈被告辯白〉，《中央日報》，1991年4月12日，第16版。

[42]朱西甯，〈豈與夏蟲語冰？〉，《中國時報》，1994年1月3日，第39版。

掐指算來，這是解嚴多年之後的 1995 年，已到李登輝總統時期，我們才終於聽到朱西甯的夫子自道，了解他長久以來包藏的「孤臣」情懷，竟是爲孫案孫立人將軍的不平際遇申冤，但這份「真事隱去假語托出」的機心告白，即使如此露骨披示，卻並未引起讀者如何的回響，徒然留給人更深的意義喪失和斷裂的困惑。[43]雖然在這兩篇自辯自白文中，隻字未提及《八二三注》一書也含括在另有意旨之列，但是此書既也在過去包藏他心的時段內，當然心境亦通。也可同理思考之。但一當對照此書中被座談會派誇許之神化的老蔣總統形象，與這兩篇自辯自白文中對老蔣總統一家積怨怒已久的喊打的態度，確實要唏噓文人以筆代劍報仇之處心積慮，而所謂真相的告白也永不嫌晚。

朱西甯真是一個很特殊的作家，他的特殊之一在他很難了解。他好像有很多面，大家便由很多面向看他，但他又提供新的別人完全沒料到的幽微面向來，讓人尋解或無法尋解。

但是到底真相是什麼？這世上有沒有真相？當一人對別人自白真相時，真相就是真如他所陳述的嗎？我們到底有沒有可能真正了解朱西甯？人跟人之間有可能真正互相了解嗎？我們可能透過設身處境以心體心地態度去感知了解古人嗎？這種「神入」（由過去的觀點去看過去）觀點，真的辦得到嗎？維根斯坦等人提出「他人的心靈」（“other minds”）這個哲學問題，告訴我們，我們不可能進入另一個人的思想之中。在每一次的「神入」中，都在進行一次溝通的舉動，而每一次溝通都帶動著轉化的行爲，每一次的語言動作（語言→動作）都是一次「隱私之間的轉換」，這項行動都會造成很多的問題。史坦納的《巴別塔之後》更強調進入其他時代心靈是如何的不可能。克羅齊乾脆告訴我們：「所有歷史都是當代史」[44]，也就是說，所有的以心體心的努力都是以當代的心去體會古人的心，所以是當代史。

---

[43]同註 21，頁 39。
[44]同註 15，頁 111～112。

試想，不只是以己心度他心有隔絕，會失真，以己心度己心也是會有隔絕會失真。以記憶爲例，所有的記憶，也都是以今天的心去體會昨天的心，以後來的心去體會以前的心：以老人的心老境的心去體會中年的心或青年的心、或少年的心……，心固然都是自己的，是同一個人、同一顆心，但早已隨歲月之成長而心境大改，更何況若再加上處境迥異，歷盡滄桑與逸興風發、大有可爲與青澀少年，不可以同日語，則即使憶及往事，雖一口咬定記憶猶新，心境亦必非復從前，內涵層次也必定會有淺深新鮮疲憊之差異，今昔早已迥異了。

所以，相信 47 歲時朱西甯心目中對老蔣總統的想法態度（當時老先生家天下、黨天下之跡尚未明顯浮現）與 63 歲時對老蔣總統的想法必定不同，也許他的處心積慮爲孫案平反真的早在彼時，但所反者，應該也不是同一模子的老蔣吧。而也有可能，他在 47 歲時，是一個由衷的歌德派，到 63 歲之間，累積了對老蔣總統的逐漸形成的不滿，積滿了，才這樣傾倒了出來。我總覺得對他此事所表現城府之深覺得不可思議。也因爲在《八二三注》中，他神化老先生的寫法，毋怪許多人看不出來，真的很神——但仔細分辨，那不是形容人物神氣生動的神，而是仙風道骨，不似凡人的神鬼的神。

但對朱西甯在這一點的書寫策略，若用顛覆的思考，便可破解。因爲在《八二三注》中寫的都是凡夫俗子都是人，在眾多凡夫俗子的小說人物中，忽然冒出一個很不凡的人物側身其間，連話也不多說，硬像古人仙人忽然降世一般，站在眾生中真的很不搭襯、很突兀，書中有兩次寫老蔣總統，一次是 8 月 21 日那一天，邵家聖誤打誤撞，「給最高統帥開車上太武山」（頁 208～216），一次是 10 月 1 日，元首於澎湖秋祭國殤，以及在國防部長陪同下檢閱新購買的兩尊即將運往前線加入戰爭的巨砲。（頁 654～662）

朱西甯此時使用的慎重筆法，好像在現代小說的白話語體文中插入了一篇半文半白的文字，這段文字，雖不能說是散文，可是也不全是小說，因為場上的人物，作者都沒讓他們交談，好像在進行一場無聲戲。老蔣總統的形象特別像他在市面流通的玉照典型，只再放大特寫他腳上那雙發乾起皺的黑皮鞋（以示他的儉省），以及他「白潤如玉而略現壽斑的面孔」。（頁 660）

這樣扞格的結合，好像在一張都是我們熟人的寫實照片中忽然剪貼了一截瑪麗蓮夢露的典型相片，即使大小比例正好，但是一眼就看出來是剪貼拼湊，或出於電腦合成的，所以拼貼的技術再高明，也給人不真實的感覺。如以這樣的立場來思考，則書中寫到老蔣總統，越是畢恭畢敬，越讓人覺得可疑，也就是讓後人看到：當時對於大人物，竟然只能以制式的模子來寫，不啻奉若神明絲毫不可越雷池一步，更顯出當時之體制之極權。[45]

而，這種書寫策略，豈不是委婉曲折，暗藏玄機？

九、或者所謂反共文學

所謂「真相」也者，隨著時移事易的意識流變，因之而為的記憶創憶的記錄，是永遠不變的嗎？凱斯詹京斯為歷史下的定義說得好：

> 歷史是一種移動的、有問題的論述。表面上，它是關於世界的一個面向——過去。它是由一群思想現代化的工作者（在我們的文化中，絕大部分的這些工作者都受薪）所創造。……他們的作品，一但流轉出來，便會一連串的被使用和濫用。這些使用和濫用在邏輯上是無窮的，但在實際上通常與一系列任何時刻都在存在的權力基礎相對應，並且沿著一種從支配一切到無關緊要的光譜，建構並散布各種歷史的意義。[46]

[45]有關老蔣部分的書寫，張瀛太的詮釋也很有意思，她說朱西甯以「隔絕之文」代替官式歌頌文章造成小說藝術的尷尬，配上「慈愛安詳」元首執拗地以既殘忍又可笑的方式練兵，乃「明褒暗貶法」，即有苦難言之「褒」與「貶」的尷尬，也看到了他的「明褒暗貶」在小說裡格格不入的尷尬。張瀛太論文，同註 14，頁 182～185。

[46]同註 15，頁 87～88。

反共文學即是如此，內涵認知因時因地而異，例如今天，眷村早已消失，兩岸即將通航，反共（產黨）、反國（民黨）都已是歷史名詞，今天不但不殺豬拔毛，連「中共」兩個字對方也不讓叫了，何來反共文學的位置？文學史的過濾、淘汰真的是無情無義，無可捉摸。對年輕人而言，對剛剛才走成歷史的過去，我們的一番費心也可能只是與他們枉然地對話，他們若有心也只能理性的研究及設法「體會」，並無法再現當時的情緒。此時此刻，若再不舊話重提，也許連明日黃花的殘跡也無從尋覓了。是再思考、再評價反共文學的時候了。

文人在非常時期，爲了滿全生命中高於存活的創作天職，所採取的策略，可說是無所不用其極。人爲萬物之靈，作家之靈又更在眾生之上，探討書寫策略，不啻解構行爲，以拆解看穿的 X 光線穿透，尋找其間的病跡，果然並不好看。以後歷史主義的角度來看，在光鮮或孑遺的歷史表象之後的「故事」，才真曲折有趣，但也可能發現埋藏久矣的腫瘤伺機爆發。當年朱西甯堅執以自己的角度書寫「八二三」，未嘗不是一種基於同於後歷史主義逆向思考的策略，捨棄史官顧全大局的落筆之處，偏偏由小處著眼，意圖藉此呈現人類之普遍性，刻劃眾生在面對戰爭、面對死亡時，一種荒謬虛無滑稽之感，百年之後，因爲書寫得以不朽，則歷史上的真相爲何？也只是比賽記憶而已。而記憶又可以發明，先寫先贏，朱西甯在這一點上，算是成功了。但，果然是這樣決定的嗎？生命中又往往會出現人所無法逆料的機運，「豈人力所能與也？」。

十、回到小說藝術的觀點

中國古代歷史中，向來較乏戰爭的描繪或記錄，也就是缺乏正面對焦直寫戰爭的戰爭史著。左傳、國語、戰國策中寫一場戰爭，往往只觸及一兩個極小範圍的斷片，或放大擷取描寫一兩個重要人物（如君王與主帥）間的特寫鏡頭，即交代了事。大概因爲一場戰爭的發生，遠因、近因、導火線……，當時一觸即發卻又星星燎原，千頭萬緒真不知從何說起，更何況也牽涉到政治局勢、成王敗寇立場略一不同便處事全非的敘事角度，抉擇常陷長考，又事關人格意識之展現，越發輕易不得，便不如由微知著，像品評人物一般，只就一二小事說起，點到爲止。

在中國文學裡尋找戰爭場面，楚辭九歌的〈國殤〉可以說是空前絕文，之後也幾無追其右者。其餘只找到浩劫後的荒涼戰場，血流成河腥風吹野中，如《邶風・擊鼓》中劫後餘生的傷兵，徘徊戰場，不知鄉關何處，死所何方？只有在心中與情人遠相告別，愧負前盟。或戰場上朔風野大，陰風習習，國殤孤鬼，魂魄無依，不知猶是白髮情人夢中永遠的白馬少年。在而後，便只剩鐵戟沉江，一切前塵興亡往事，盡在水中銹蝕成一永遠迷離之夢，只有無知小魚水草款款搖擺造訪。

真正細寫戰爭的場面，也要到宋代「說話」時的說書傳統，影響及於章回小說、演義小說、神魔小說了。這時已與民間文學、戲曲說書結合在一起，可能也非單人獨創，更非當代即爲之作。可見寫戰爭，自古即難，寫當代戰爭，更難。朱西甯花下大精神大筆墨以現代長篇小說書寫一場當代戰爭，真可說是一場生命、精力之大投資，也可能血本無歸，一場徒勞。因此他之等待知音，絕不遜孩於其他篇章，我們就小說藝術美學，也來細審一番，說不定可以還他一個公道。由於非本篇論文的著力點，此處只就角色塑造這一角度，暫且嚐一臠而知鼎。

這一場戰爭，始自 1958 年 8 月 23 日，中華人民共和國人民解放軍與數百門大砲於當日下午五點半同時向大小金門大擔、小擔等島，進行密集性的炮擊起，在短短 85 分鐘內共發射了三萬多發砲彈，炮戰並持續到 1958 年 1 月 7 日。總計人民解放軍向金門等地炮擊的數量超過 40 萬枚，無論數量或是密度，都在人類戰史上可占一席之地，由於這是 1949 年以後臺海第二次大規模的軍事對抗，也有稱爲「第二次臺海危機」者。

事實上，自那以後的 20 年間，中共每逢單日即炮轟金門，僅一百四十餘平方公里的小島上，前後共承受了九十七萬餘發的落彈。對金門居民言，壯麗的花崗岩島，遂此滿布炮孔彈痕，烙印了日夜的驚魂夢魘。[47]

面對這樣一場在世界戰史找不到前例的「大」戰，作者卻由在這一場戰役中，一點也沒有顯身手機會的步兵營敘寫起，由這步兵營的一個小排長寫起。

書中的主要人物，以兩個角色為主軸，自這兩個個性背景截然不同的人物的觀點，由外部採有限度的全知第三人稱移動觀點敘事。這兩個角色的設計，依導演丁善璽的標準，是無積極意義的，也是他拒拍此書的理由之一。他似尤其深惡痛絕那邵家聖「是個妙人兒，滿肚子的古董，順嘴流湧不完，而且不斷推陳出新，怎麼激昂慷慨、莊嚴肅穆的事情，都抑制不住他那一身的不正經。」[48]

但是我以為，在《八二三注》的兩個主要典型人物黃炎與邵家聖身上可以清楚看到作者的影子，前者是出身軍旅世家（少將爺爺、中將爸爸），陸軍官校正科畢業，規行矩步、內省斯文的步兵十九團少尉排長。他是一個受了制式軍事訓練教育的青年，是軍人的正體典型。後者則是行伍出身自謙「老兵油子」，玩世不恭、逢場作戲、吊兒郎當的民事官兼宣傳官的團部政工參謀上尉，可說是變體典型。

誠如前文所提及，由於朱西甯的人格內涵與所從事者之間的衝突所形成的氣質，「選擇凸顯或含蓄、勃發或隱忍、浪漫或平實、規矩聽命或調皮搗蛋，一定時時在他腦內激盪交戰」，正是他塑造這變體與正體兩種軍人典型的緣故。

事實上朱西甯這番觀點的選擇，在那種一元化的制式社會，是很冒險的，精確一點兒說，是頗為前衛前瞻的。此冒險乃相對於軍教書的標準而言。試想，在那個以規矩單純聽命為模範生的時代，這兩個人物都不合格。黃炎算是正面人物，但他多反省近懦弱瞻前顧後有潔癖，以軍人標準言當然不甚可取。邵家聖則似丑角，滑稽、負面點子太多，以當時標準看

[47]同註 34，〈序〉，頁 1。
[48]同註 6。

來，幾乎可以說是搗蛋分子，這在一元化社會可算危險分子，應該是記過開除的首要考慮，而竟然他在軍中「混」得還不錯，有人因此詬病作者，說他醜化了軍中。但是作者竟還賦予他大任，讓他誤打誤撞爲元首開了一段車，領教沾溉了一番最高統帥的天威神姿。

這段情節讀來造成如孫悟空翻不出如來掌心一般的突梯效果，也藉著領教天威時他的緊張，讓人看到他心中還是有體制、服膺權威的。我以爲作者寫他在軍中之優游遊戲、自得輕狂心態，又配上他的政工身分，頗有夫子自道之意；我幾乎認爲作者是極偏愛這個角色的。

除以上這兩個主要角色人物之外，還有一位分量不輕的人物，蛙人分隊長魏仲和。他的出場率雖少於前二人，但是他的重要在於他是書中最像英雄的人物，而作者安排他在小說結束處爲國捐軀了。

有些讀者覺得朱西甯處理魏仲和這個角色的典型顯得較模糊含混，前面似文弱書生，後面卻又以同歸於盡來掩護同儕爲國捐軀，十分英勇，個性顯得挺矛盾的。但我認爲作者寫的魏仲和是前兩個角色的綜合體，他也有聖人個性，情感堅執，也具衝鋒陷陣死而無悔的膽識，是作者理念思考下創構的一枚棋子。他是書中的真英雄，最後死在一場任務中，成爲偵測白石砲臺掩護行動的荊軻。（頁 795～849）這一部分可以當作一篇精彩獨立的短篇小說看。這情節中，有人（蛙人兄弟情義）、有景（自海上夜晚看廈門港、白石砲臺之險要）、有境（出勤所在乃日夜懸念家之所在，夜港寧靜，卻有家不歸，潛伏返鄉卻無由歸家的遊子心境，格外動人）。每一行動環環相扣，化有機爲無機因這行動是極端機密的，所以在內在的緊張之外要包裹上悠閒的外衣，此故意用優緩的節奏，顯出平凡時刻的血腥埋伏。這一特色，是當時流行的諜報小說或前線蛙人抓水鬼故事所沒有的節奏，令人印象深刻。

他最後的死，有人不以爲然，覺得作者其心叵測，好不容易出了個英雄，卻讓他死了。我卻覺得這是作者微言大義所在。魏仲和死前，作者寫著：

> 昏沉裡，他仍不忘去看一眼白砲臺，那是看不到的，但他卻看得到——我總算躺在家鄉的土地上……他安心的笑笑，臉埋進沙窩裡。

這就是關鍵所在。統帥要以戰練兵毋忘在莒；也就是光榮還鄉。官兵則以死在自己家鄉爲福，即使是歹死也如願。這就是上下之間不同的懷鄉心境。朱西甯筆意至此，才總算完成了他闡述「止戈爲武」兵家傳統的最高意境。

讓我們再把論述暫時拉開——時間已翻轉到新世紀，進入第三個禧年，雖然布希與賓拉登的九一一心結還沒解開，而紐約皇后區昨天又摔了一架飛機，但是，這依然是一個平凡眾生充滿鬥志，各自打拼連先知都多餘的時代——看看我們的年底選舉就知道。比起上一世紀末全球的處境，大家都被世紀末壓得喘不過氣來總覺得世紀走到盡頭，末日審判即將來臨（殊不知，也許末日反在新世紀等著我們？！）於是乎昨天我們還在信仰著英雄、膜拜著英雄，覺得有英雄在真好，有典範有依靠，今天，我們就連先知都覺多餘，這時代的孩子，豈能了解上個世紀末尤其 1950 年代是英雄雲集的時代？歐洲蘇俄、到亞洲、美洲，我們高呼口號偉人不死、偉人萬歲萬世巨星撐起一片天——

想想，在 1950 年代的不世出偉人還在身邊時，炮戰發生後才五年，朱西甯開始寫《八二三注》，就以他的感覺來寫這一場捍衛臺澎金馬的指標戰役，這場對臺灣歷史的發展，臺、美、中三角關係的互動，乃至中華人民共和國「解放臺灣」的政策都有相當影響的大戰。敘寫這樣一場神聖戰，在歷史家的寫法，無論如何主將元帥一定是主體人物，運籌帷幄，指揮若定「談笑間強虜灰飛湮滅」。朱西甯卻選了三個小軍官作有限度的全知第三人稱，來照顧這場大戰的方方面面。不能不說是他的大膽與慧眼獨具。

他已預言了凡人時代的來臨，那是真民主的時代。

那就是他要寫的真感覺吧。

而，本篇論文在結尾處，所浮現的乃是一顆苦悶的作家之魂，藉著敘寫一場無以名之的苦悶戰爭（單打雙不打；一拖二十年）所呈現的世紀末的悲哀。

——選自臺灣大學中國文學系編《臺靜農先生百歲冥誕學術研討會論文集》
臺北：臺灣大學中國文學系，2001 年 12 月

日月並明，仙緣如花

朱西甯與胡蘭成、張愛玲的文學因緣

◎莊宜文[*]

今天來看朱西甯（1927～1998）在臺灣文學史上的意義，除其風格多變、產量豐沛的作品，橫跨了不同年代多種小說類型，對臺灣文學更重要的影響，便是因他獨特的眼光，促使張愛玲作品與胡蘭成思想在臺流傳。

當張愛玲（1920～1995）尚被視作鴛鴦蝴蝶派時，他是臺灣最早的張迷，後方有夏志清撰文奠定張愛玲地位；[1]當胡蘭成（1905～1982）在臺落難之際，他不顧毀謗侍奉若神明；復合胡張姻緣不成，轉而促成胡張文學姻緣，培育起三三集團。這層層關係正好似連環套：胡蘭成與張愛玲是夫妻也是知己，兩人本即互相影響；崇慕張愛玲的朱西甯，為了解張而見胡，此後受胡影響更甚於張；透過朱西甯當時在臺灣的影響力，張愛玲作品與胡蘭成思想在臺傳布，影響了許多後代作家。

張派作家現象早已備受矚目，朱西甯自是功不可沒，但這重要中介者卻時常被一筆帶過了，胡蘭成與朱家的精神承傳，女兒所受的討論也遠比其父為多。這不自居功的耕耘者，他與胡蘭成、張愛玲的互動關係，在三三扮演的角色，不僅牽動著臺灣文學史的發展，經由這條幽徑，更可以通往朱西甯 1970 年代以降創作歷史的轉折——這人煙罕至之地，好不荒涼。但當我們撥開蔓草雜枝，原來大荒中有石，字跡歷歷。

---

[*]發表文章時為中央大學中國文學系助理教授，現為中央大學中國文學系副教授。

[1]夏志清回憶：「對張愛玲的認識，在臺灣是由朱西甯開頭，當時在海外的水晶第二，後來的青年男女都在迷戀張愛玲。」夏志清主講，林賀超、黃靜整理〈我與張愛玲〉，《明報月刊》第 35 卷第 12 期，2000 年 12 月，頁 38。

一、傾國傾城[2]——朱西甯與張愛玲

最初是張愛玲啓發了朱西甯的創作。1943 年朱西甯猶在中學時期，初讀張愛玲作品便立刻著魔，而後引薦家族成員一同欣賞。戰亂時期他把《傳奇》當護身符隨身帶著，一路來到臺灣，1960 年代開始與張通信往返，同時將張作介紹給稚齡女兒，1971 年在編選的《中國現代文學大系》中將她排爲首位，謂爲「中國現代小說家的第一人」，[3]張愛玲作品令之百讀不厭，認爲「只有兩部書可與之併比，《聖經》與《紅樓夢》」(《日月長新花長生．遲覆已夠無理》，頁 16)，對其推崇之情可見一斑。

其實朱西甯雖是典型的張迷，作品受到一定程度的影響，卻非張派作家，[4]胡蘭成即曾指朱西甯雖也受到張愛玲的影響，但很不易被識出，是被影響而不受拘束，自然與之相異（朱天文《花憶前身》，頁 48～49）。他亦受到其他新文學作家的影響，曾讀過魯迅、老舍、曹禺全部的作品，魯迅對民族習性的批陳、老舍的北方情調、曹禺磅礴懾人的氣勢，在其筆下都有跡可尋。張愛玲即指「《鐵漿》這樣富於鄉土氣氛，與大家不大知道我們的民族性，例如像戰國時代的血性，在我看來是我與多數國人失去的錯過的一切，看了不只一遍，尤其喜歡〈新墳〉。」（朱天文《花憶前身．自序》，頁 35～36）朱西甯《鐵漿》時期富於鄉土氣、民族性，〈新墳〉刻畫鄉野人物因冥頑無知而釀成悲劇，尤近於魯迅，朱西甯曾指自己受到魯迅

---

[2]本文章節主標題「傾國傾城——朱西甯與張愛玲」取自朱西甯未竟小說《傾國傾城》與張愛玲〈傾城之戀〉篇名，以形容朱對張崇慕之情；「日月並明——胡蘭成與張愛玲」取自胡蘭成最後遺作篇名，爲進一步闡發女人論所著，引爲比喻胡張互爲映照的關係；「迢迢文星——朱西甯與胡蘭成」取自胡蘭成送朱西甯對聯「隱隱王氣雜兵器，迢迢文星是客星」中自比之詞，亦是胡之於朱的實況；「今夕何夕——朱西甯與『三三』」取自胡蘭成《今日何日兮》書名，及丁亞民〈逢逢白雲〉中引詩：「今夕何夕兮，搴洲中流，今日何日兮，得與王子同舟」(《補天遺石》，《三三集刊》第 27 輯，頁 64)，以形容三三橫越相對時空的特性；「多少煙塵——朱西甯寫作階段的轉折」引自朱西甯 1986 年出版之書名，可爲詮釋其晚年創作的心境。

[3]朱西甯和夏志清的評價相同，而夏更早於 1957 年便撰文推崇張爲中國現代最優秀的小說家，因而 1960 年代《現代文學》、1970 年代《三三集刊》成員，多少都受張愛玲影響。關於朱西甯接觸張愛玲作品的經過，詳見《微言篇．一朝風月二十八年》，頁 6～22 與朱天文《花憶前身．自序》。

[4]張派作家是指作品相當分量受張愛玲影響之作家群，相關定義參見筆者《張愛玲的文學投影——臺、港、滬三地張派小說研究》（東吳大學博士論文，2001），迷張愛玲而學不來者以王禎和爲代表。

小說象徵手法的影響，但又幾度批判其否定傳統價值，思想觀念大半犯了五四文學極端、膚淺，甚至幼稚等毛病，多有所偏執且具惡意的破壞性（《微言篇・宜否開放五四及三十年代的作品》，頁 193；《曲理篇》，頁 88），朱與魯不同之處，便是肯定傳統價值，並在點出民族弊病之際，亦探討如何剷除腐敗。張又稱朱在她心目中「永遠是沈從文最好的故事裡的小兵」（朱天文《花憶前身》，頁 35～36），張愛玲本身即喜讀沈從文小說，而此語更將朱西甯與新文學傳統相勾連。

至於受張影響的部分，朱西甯認爲是人物塑造、形象掌握和詞藻運用。他也曾一度喜歡「視覺上華麗的描寫」、「擠壓、濃豔的短篇小說」，「一直很愛慕用一種冷靜含蓄的方式來處理小說」，[5]而這些正是張愛玲小說的特質。〈屠狗記〉便是以冷靜含蓄的方式處理悲劇關頭：「那個單車座墊形狀的嘴臉，害羞地垂進紙堆裡，壓翹起兩片紙角兒，紙迎著溜牆小風微微地搧合，似兩方撫慰的手絹，撫慰那個受創的腦殼：痛麼？痛麼？還痛麼？」（《破曉時分》，頁 56）這超然的姿態、細膩的描繪，以物比擬人的筆法，令人好生眼熟。又形容人上身「只穿一件骯髒的汗衫，後襟沒有紮進褲子裡面——也許紮是紮進去，又揉搓出來了，拖得長長的。」（《狼・再見，火車的輪聲》，頁 116）破折號之後的補充，造成了模稜兩可的效果，也是典型的張腔。更具體可尋出文句來源線索的，是〈餘燼〉的結尾，經歷一場爾虞我詐的人性鬥爭後，瞎子手裡執著竹竿發出劈啞的聲響：

> 嚓啦、嚓啦，遠遠的遠去，終是遠去了；然而依稀聽得很遠，很深，黑夜還是白晝，都是一樣沉沉地壓在盲人的脊背上。嚓啦、嚓啦，彷彿永遠敲不破的夢，蒼涼，和那永續的爭執。這故事似乎仍然沒有完，恐怕

---

[5]關於朱西甯自述受到前輩作家的影響，見於蘇玄玄〈朱西甯——一個精誠的文學開墾者〉，《幼獅文藝》第 31 卷 3 期，1969 年 9 月，頁 97、99；李昂《群像——中國當代藝術家訪問》，頁 107、111。

永遠也講不完的，人總是這樣子，不說也罷。

——《鐵漿》，頁 117

這段直似〈傾城之戀〉與〈金鎖記〉結尾的合訂版：「胡琴咿咿呀呀拉著，在萬盞燈的夜晚，拉過來又拉過去，說不盡的蒼涼故事——不問也罷！」「三十年前的月亮早已沉下去，三十年前的人也死了，然而三十年前的故事還沒完——也完不了。」（《傾城之戀》，頁 231、186）同樣透過若斷若續的聲音營造出蒼涼氛圍，並以跳脫出來的旁白，發抒對人生無可奈何的喟嘆。

朱西甯作品偶現張腔，通篇張派風格的小說數量亦少，且都集中於 1960 年代中期以前，即早期的創作階段。〈偶〉就是典型的張派小說，只不過將場景搬到臺北。小說敘述裁縫店裡喪妻又殘廢的老闆，深夜爲女客量身裁衣引發性欲，將櫥窗裡的模特兒拿來自慰，通篇不僅筆調極似張愛玲，裡頭的人物亦都十分面熟：女客有著張小說女主角們的愛慕虛榮與精打細算；庸懦的丈夫對太太唯諾又壓抑著不耐煩的態度，直似〈相見歡〉裡伍先生的翻版；裁縫的形象則近於〈紅玫瑰與白玫瑰〉中煙鸝裁縫師的卑屈猥褻；連小說的道具模特兒，都彷彿移自張愛玲筆下的上海櫥窗。[6]另一篇與張愛玲小說同名的〈連環套〉，同樣描寫兩性情事，角色遭遇卻大不相同，張筆下的霓喜換了一個又一個同居人，朱筆下的石先生卻換了一個又一個情人。短短幾個鐘頭內，石太太獲悉丈夫外遇，但這外遇的對象不僅自己另有情人，還因爲石先生又移情別戀，跑來向石太太控訴。當這場外遇連環逐步呈現，複雜糾葛的程度要讓讀者瞠目結舌，而女主角自身卻

[6]朱西甯描寫「櫥窗裡的木質女人長年微笑著」，老裁縫將衣裳卸下給女客試穿時，「面對面這樣一個被扒得精光的女人形體，老老闆有些犯嫌疑的心虛起來，……他倒想扯過一件衣料給披上去」（《狼》，頁 108），令人聯想到張愛玲散文〈道路以目〉對櫥窗模特兒的描寫：「製造得實在是因陋就簡、永遠是那笑嘻嘻的似人非人的臉」，「店鋪久已關了門，熄了燈，木製模特兒身上的皮大衣給剝去了，她光著脊梁，旋身朝裡，其實大可以不必如此守禮謹嚴，因爲即使面朝外也不至於勾起夜行人的綺思。」（《流言》，頁 61）

僅是漠然如置身事外，筆調頗似張後期的平淡散漫。

但更多時候，兩人作品風格照眼可見明顯差異：祖籍山東、成長於蘇北的朱西甯，許多作品取材自山東一帶，呈現的生活習慣與方言俗語顯得粗獷豪邁；和以上海與香港為寫作背景的張愛玲，不僅分為北方文風與南方文風的展現，也各具鄉土性與都市性——充斥著公寓電車都會情境的張愛玲作品，哪兒來這些貓狗狼蛇？

他們最大不同之處，還不在南與北、城與鄉的差異，更根本的歧出點是，張無信仰而朱有信仰，這信仰不只是宗教，而是遍布在人生各個面向，包括國家意識、禮教秩序、人性觀點等。張愛玲曾說：「我也是很願意相信宗教而不能夠相信，如果有這麼一天我獲得了信仰，大約信的就是奧涅爾《大神勃朗》一劇中的地母娘娘。」（《流言・談女人》，頁 88）她崇奉女性最原始的生命力，而朱以男性思維，傾向於維護黨國力量，表現強烈的民族主義；相對而言，張是個人主義者，[7]她從既有秩序崩解的罅隙中突起，頗具反叛性格，對於傳統禮教與人倫秩序，張是顛覆與嘲諷，而朱是維護與發揚。

與張愛玲不澈底的態度與蒼涼風格相比，朱西甯無寧是澈底而悲壯的。張愛玲的小說裡都是凡人，因為「凡人比英雄更能代表這時代的總量」（《流言・自己的文章》，頁 19），她刻畫小人物的蒼白渺小、自私空虛；而朱筆下的主角不少是英雄，或刻畫血氣方剛、冥頑愚昧的鄉野人物，或為品行崇高的豪傑將相立碑作傳；小說人物性格各傾向於自私苟活、頑固冥強，或也是作者應世態度的延伸。至於對人性描寫方面，張愛玲喜歡在瑣碎庸常的生活中，探測人性的幽微陰暗面，「在最平凡處寫出驚濤駭浪和神采」，[8]朱西甯則擅長取材人生驚濤駭浪之處，尤好描寫鄉野人物在血腥

---

[7]朱西甯認為：「今昔各民族中，唯中國人最是個人本位主義者，所謂一盤散沙即緣因於此」。先職先賢「之所以教化以倫理的三綱五常，便是使國家社會的基礎不奠定于個人，而是奠立于家庭、家族、宗教。」以其團結力，「分別把散沙凝固為石塊，來作為國家社會的根基。」《七對怨偶》寫作用意，即在強調齊家而後治國（《七對怨偶》，頁 3）。

[8]引自〈如何和張愛玲劃清界限——朱天文談《張愛玲短篇小說集》〉，《中國時報・人間副刊》，

爭鬥中慘烈傷亡，從中表現人性在特殊情境下激烈的張力，兩人各自關注於人性的暗鬥與明爭。

儘管朱對人性陰暗面的挖掘，與對人生的蒼涼無力感與張相近，但更偏向包容與救贖。不同於張愛玲只是呈現她所見的世界，重視文字的美感更甚於理念，朱西甯因有強烈的信仰，不時在創作中載道，有些作品理念甚強但表現迂迴，對於悟性不夠的讀者而言，易陷入盲惑難以掌握，但宗旨明確的作品又有如宣教。朱最好看的作品，往往呈現他自身信念也不能解釋的部分，也就是連作者自身都是矛盾不安之際，如〈鐵漿〉透過沈孟世家之爭，呈現人性弔詭的衝突與角力，其對人性探勘的深度與細膩精準的刻畫已成經典。可以說，他的宗教信仰與民族意識，從某一方面來看成爲創作的負擔與迷障，然而那雙善於觀察之眼，常能超越其主觀意念，反獲致料想不到的成功。[9]

朱西甯曾感嘆：「畢生的小說創作，永遠比不上的是，斧鑿總是無法像張愛玲一樣『不露痕跡』。」這裡所指的應是技巧，但其實朱西甯用力過猛處尤在理念的宣揚。貌極溫文儒雅的朱西甯，盛年時其實氣勢洶洶、戰鬥力恁強，面對不同文學傾向與政治立場時，不僅激憤筆戰，批判砲火猛烈至近乎尖刻，爲的就是以弘揚宗教的精神對抗邪說，這種亟欲傳道的意圖，使其過於急切失卻冷靜，過於防衛而失卻客觀，未若張的迂迴婉轉、棉裡藏針。朱西甯雜文、理論文多主張鮮明，其小說創作亦時見理念先行，也因此他「很愛慕」以冷靜含蓄的方式處理小說，而不謂爲「欣賞」或「喜歡」，或即是欲以張愛玲式的冷，來降自己體內的熱。朱西甯自己曾

1994 年 7 月 17 日。

[9]朱西甯描寫日常生活的小說，如描寫新世代生活思維的《貓》，以臺灣山區原住民生活爲背景的〈蛇屋〉(收錄於《狼》)，也動輒穿插歌頌中國民族性之語，頗顯突兀。但朱西甯對日常生活觀察不厭精細，朱天心形容「鷹似的愛觀察的炯炯雙眼」，甚至在重病之際，猶對隔鄰病人死亡過程極爲好奇（朱天心〈《華太平家傳》的作者與我〉、〈我們今生是這樣的相聚〉，收於朱西甯《華太平家傳》，頁 15、870～871），也因此其小說精采之處，往往在作者描繪幽微人性或鋪陳細節而暫忘陳述理念之際。

說，張愛玲追尋人世安穩的一面，而他卻飛揚了（《微言篇·一朝風月二十八年》，頁 16）。有趣的是，張愛玲原不欲寫時代紀念碑的題材，後因應時局生產出忽左忽右的〈小艾〉、〈十八春〉與《秧歌》、《赤地之戀》，而朱西甯則是原對時代紀念碑式的題材頗感興趣，如首部小說集《大火炬的愛》中對反共的正面歌頌，其後卻在《八二三注》展現對歷史大論述之省思。[10]

至於對文學功能的看法方面，朱西甯認爲「小說家的專業責任還在如何去認識大眾，了解大眾」，但這不等於大眾需要什麼便去迎合：

> 我們從大眾的需要、趣味、感情之中所得的認識和了解，其努力的過程，便自然促進了小說家與大眾的密切貼合，真感情只有分外的奠立住小說家自己的境界，而於大眾的需要不只是索一奉一，需低奉低，而是索一奉十，索低而低與高盡皆奉上。
>
> ——《日月長新花長生·小說和大眾》，頁 124

這段言論明顯承繼張愛玲所說：「將自己歸入讀者群中去，自然知道他們所要的是什麼。要什麼，就給他們什麼」，「此外再多給他們一點別的——作者有什麼可給的，就拿出來……作者可以盡量給他所能給的」，但她說：「『要一奉十』不過是一種理想，一種標準」（《張看·論寫作》，頁 236），兩相對照，朱西甯還是有相當程度的菁英意識。

朱西甯文以載道的意圖與對民族政治的信仰，構成他衡量文學的重要標準，也讓他詮釋張愛玲的角度格外與眾不同，經過自身眼光的投射後，強化了張愛玲的中國民族性與政治正確性。

首先，他認爲張愛玲是現代中國唯一嫡傳的小說家，屢屢強調沒有人像張愛玲般那麼地道又純粹的中國，可以說是「繼承傳統的主體文化，吸

---

[10]如朱西甯《八二三注·後記》敘及曾寫作三十七萬餘言時忍痛推翻，原因是「於內省中見出自己的浮躁火暴」、「只見憤慨，獨缺憐憫」（頁 893），而這些都與其所讚揚的張愛玲反共小說相反，張愛玲之冷正可降朱西甯之熱，又此書寫作至後段（寫作起於 1971 年春至 1975 年夏），朱西甯已與胡蘭成相識，〈後記〉中對中國民族天性的闡述與戰爭觀點，已帶胡氏觀點。

取舶來的異體文明，創造當代的新體人文」，[11]並是當代唯一與五四無關的小說家，「經由張愛玲可以上達《紅樓夢》而與中國的傳統銜接」(《微言篇·她是中國嫡傳》，頁 26～27)。其實張並非全然繼承中國傳統，且在受舊文學滋養之際，亦非「騰空越過」五四和 1930 年代，朱西甯認爲五四是一味西化、否定傳統價值而屢加抨擊，其實自身也受到影響，而張愛玲亦和五四關係密切，不僅再三進行反思，也暗示自己在新舊文學間的位置。[12]

其次，在朱西甯眼中，張愛玲還是反日反共的愛國者，當他聽聞張在抗戰時期拒絕出席東京的「亞洲文學者大會」:「我是那樣仰視著她，用文學和愛國主義兩種惹眼的彩石爲她砌起一座大碑。」[13]他更頌揚張愛玲的反共小說，認爲是最成功的政治文學典範，沒有一般習慣概念所期待的愛國情操，不著痕跡且平淡自然，他三番兩次提及《秧歌》與《赤地之戀》，卻不談左翼色彩的〈十八春〉與〈小艾〉，即因自身政治傾向的投射，將張愛玲民族意識與政治傾向的模糊性，導向具體明確且路線正確。

在朱西甯文章中，總敬稱張愛玲作「先生」，雖爲對女性的尊稱，當中仍隱含了男性思維；[14]又他以「金塔玉碑」形容張所豎立的典範意義，熟悉精神分析學的張愛玲恐要對此敬謝不敏，她寧願像流言一樣散布在街道巷弄，可別成爲什麼塔啊碑的父權象徵。然而在張愛玲被視爲鴛鴦蝴蝶派的

---

[11]朱西甯自 1970 年代始即強調此一看法，而這段話是寫於在張愛玲逝世之後，〈金塔玉碑——敬悼張愛玲先生〉，收於蔡鳳儀主編《華麗與蒼涼：張愛玲紀念文集》，頁 212。

[12]關於張愛玲對中國古典文學及五四文學的繼承與轉化，筆者已在博士論文第一章第三節中論證，朱西甯所言張對中國傳統的「繼承」，其實相當程度地跳過「轉化」的部分；他認爲張與五四的斷裂，則是略過銜接的部分。相對於朱西甯對五四的定見，胡蘭成較顯中立，認爲:「五四是中國文學的一個革命，但是五四犯有三個錯誤：一、否定禮教。二、否定士。三、把文學作爲藝術的一種。」但又說:「民國以來，倒是五四的新文學有可喜，那時的青年鬥禮教，縱使有的地方是鬥錯了，亦還是有風光。」(《中國文學史話》，頁 129、148)

[13]引自《微言篇·一朝風月二十八年》，頁 11。朱西甯晚年更提出，張愛玲《傳奇》可全不理會日軍占領，是因爲「淪陷區的中國人眼中皆無東洋鬼子」，反因此勾勒出「上海人對應大劫大難的刁鑽機制」，但中共執政之後的一連串政治大劫卻是無人能倖免，因而塑造出《秧歌》、《赤地之戀》的女主角們。朱西甯〈恨歸何處——評王安憶《長恨歌》〉，《聯合文學》，第 12 卷第 9 期，頁 190～191。

[14]筆者〈林海音與張愛玲對照記〉中，對此已有探討。發表於「林海音及其同輩女作家研討會」，中央大學中文系主辦，2002 年 12 月 1 日，收錄於李瑞騰主編《霜後的燦爛——林海音及同輩女作家學術研討會論文集》(臺北：行政院文化建設委員會出版，2003 年)，頁 268～270。

1970 年代，朱西甯的極力標舉，卻成爲奠定張愛玲文學地位的重要支撐。

二、日月並明——胡蘭成與張愛玲

1940 年代朱西甯初讀到胡蘭成〈評張愛玲〉，只「覺得這人的才情令人生妒」(《微言篇‧一朝風月二十八年》，頁 15)，1974 年朱西甯因迷張而訪胡，原爲從胡蘭成處更了解張愛玲，初始是愛屋及烏，孰料其後反更崇慕胡。此際朱所聽聞的張愛玲，其實是經過胡蘭成眼光轉化後的；而他眼見的胡蘭成，亦是經張愛玲改造過的。

胡蘭成的言談文章提供了許多第一手資料，可作爲了解張愛玲觀點的延伸注腳，但和朱西甯看張有異曲同工之妙，常是自我人格特質的投射。胡蘭成眼中的張愛玲，「有如黎明的女神」，「是一枝新生的苗，尋求著陽光的空氣」，「帶給人間以健康與明朗的、不可摧毀的生命力」(《中國文學史話》，頁 209、217)，彼時張確實正是在人生盛開之際，文名顯赫、戀情濃烈，面對情人常是臉龐綻放、雙眼含笑，顯得天真喜悅，但張作品的陰暗晦澀還是遠蓋過愉悅清新的部分，胡蘭成顯然過於誇大其向陽性與新生感，將張作的陰暗面全然扭轉作向陽。胡、張作品最大的差異點，正也是分別傾向於光明與陰暗、超拔與沉淪。

但胡蘭成仍可謂張愛玲難得的知音，當時兩篇評張愛玲的文章，都針對其所遭受的抨擊爲其護衛。1944 年 5 月傅雷以迅雨爲筆名，在《萬象》雜誌發表〈論張愛玲的小說〉，指其受才華所累，華美機智而不夠厚實深刻；與張陷入熱戀的胡蘭成，於同月在《雜誌》發表〈評張愛玲〉，認爲她是謙遜而放恣、行文美麗又素樸；傅雷認爲〈傾城之戀〉俏皮膚淺，胡則看出裡面深長的韻味；兩人且都將魯、張並提，而胡顯得崇張抑魯。隔年胡再發表〈張愛玲與左派〉，迂迴指出藝術應昇華超越，因而張作遠較左派境界爲高。在論戰中挺身護衛的一片苦心，要到 30 年後才有朱西甯，撰文力駁唐文標，又在鄉土文學浪潮中，以張愛玲爲典範與之對抗，其崇張抑魯之言，及欲以張作反時代文學潮流之意，正與胡蘭成相通。

當「民國蕩子」遇上「民國才女」，[15]這短暫的交集，在文壇成爲一段爭議不休的佳話，對他倆卻是人生澈底的轉變。關於胡張之間，眾多評論者都明顯偏向張愛玲，不少寫來更是十分動氣，普遍認爲情感上是張專一於胡、胡辜負了張，文學方面是張啓發了胡、胡挫傷了張。[16]朱西甯卻完全走相反路線，不僅一股熱忱地做胡張之戀的調解人，還將胡之泛情比作基督的五餅二魚布施眾人，「偏就沒有爭鬥，于人又無所損傷，還提升了情愛的無量無質」，又言「恐因蘭成先生繼承中國傳統較深，世界各民族都沒有中國姨太太制度這麼完美的多妻主義」，且道「昔日婦德之一的不妒，恐也不見得全是男性爲方便自己的特權，才處心積慮的制訂那些典章規範，中國人的知天命怕也是促成了這樣」。朱因對胡的好感，而俱往好處著眼，這一廂情願的好意、一派糊塗的思慮，還是本於男性沙文中心，卻如此理直氣壯地對頗富女性意識的張愛玲勸說，對於這封〈遲覆已是無理〉的信，以張愛玲的立場來看「不覆自是合理」。此信朱西甯猶認爲「蘭成先生絕頂的聰明，但也只夠扈從於後，摭拾先生（張愛玲）一路隨擷隨散的花香」（《日月長新花長生》，頁 19～22），至張逝世之後他發表的紀念文，則指胡的器識胸襟遠較張博大精深，但胡不僅自謙，還不著痕跡地作夫子，讓張愛玲的境界爲之提升與開闊：「她早期的作品可說是虛無主義，特別是愛情虛無。她筆下的愛情多半是不可靠的、無意義的。……肯定愛情之後，一切就開闊了。」[17]

持平來看，就情感層面而言，胡蘭成接觸愈多女子，能量愈飽滿充

---

[15]「蕩子」取自胡蘭成《今日何日兮．送志賦》中自稱之詞，「才女」取自胡蘭成〈民國女子〉與張愛玲自剖〈我的天才夢〉。

[16]香港女作家蔣芸散文〈爲張愛玲叫屈〉，談胡張之戀尤爲情緒高亢，黃錦樹論文〈世俗的救贖？——論張派作家胡蘭成的超越之路〉中，則從學術思想角度指出：「幾乎胡蘭成哲學的所有基本洞見都來自張愛玲。」雖然一情一理，但批胡惜張的目標頗爲一致。（《中山人文學報》第 15 期，2002 年 5 月）

[17]引自馮季梅〈悲劇是尋求希望的原始力量——專訪小說家朱西甯先生〉，《文訊》第 79 期，1995 年 7 月。朱西甯〈點撥與造就〉中並指出：「這一場凡間姻緣，……成全了愛玲先生情境與詩境的騰飛而昇華」，胡的器識與胸襟，「遠遠的博大精深於愛玲先生太多。未必是蘭成先生有何機心，卻總不著痕跡的非但爲夫（已極不易），且爲夫子。」「委實是蘭成先生開啓她的情境與詩境」，《聯合文學》第 11 卷第 12 期，1995 年 10 月。

足，對張愛玲來說卻是消耗萎謝了；在文章方面，胡從張處如受傳密功受用一輩子，但對張也頗有影響，[18]而經歷此段戀情之後她作品的改變，與其說是胡的愛令她肯定世間愛情，不如說是自己情愛修行得到的體悟——透過前所未有的付出與寬容，讓她了解世間愛情可以到達什麼樣的境地。走過顛峰時期之後，張犀利的眼光趨於和緩，精緻的文筆趨於平淡，卻也深化對人世的體會，文章的底調更為深穩，此一轉化與感情經驗及時代環境俱有關聯，朱西甯看到了這個轉化的傾向而盡朝好處解釋，並為胡蘭成居功，也是出於私心維護吧！

張愛玲對胡蘭成而言，與其說是情人，倒不如說是勁敵，不僅止於男女之情，更是才智上的對手，在人生觀點與文學才華上刻意習取的對象。這如影隨形的張愛玲，成為胡蘭成對應外在一切與檢視自己文章的標準，陰魂不散又無法除魅，讓他在分手後仍要力爭高下。在胡蘭成而言，也可謂一種還債（當然他不會如此解釋），雖然這還債，也是重生，再創造，與再影響。

胡蘭成可稱作最早期的張派作家，他自稱近不惑之年遇見張愛玲，「盡棄以前的文筆重新學起」，若不得其啓發，將不會有《今生今世》的文章寫法（朱天文《花憶前身》，頁 44、49），此書從 1943 年 3 月開始寫，當時還未識張愛玲，開頭風格平淡自然，但愈寫愈滑溜流麗，而《山河歲月》「寫到有些句子竟像是愛玲之筆」（《今生今世》（下），頁 472）。單看這一段：「前幾年美國雜誌裡有一幅畫，畫一個棕色的女人睡著，獅子到身旁來舔她，獅子黃得可愛，那人睡著的臉亦可愛，有一種蒼皇的寧靜，不分這裡是紐約的街道抑或撒哈拉沙漠，一般是近在飄忽如夢的陽光裡，沒有歲月與早晚。」（頁 176）全是張愛玲風格。

[18]胡蘭成對張愛玲的影響，在筆者博士論文第二章第一節中已論及。《小團圓》發表之後，筆者補敘朱西甯作調人不成，引來張愛玲欲發表《小團圓》和〈色，戒〉的經過。參見〈文字留白，影像召喚——論關錦鵬《紅玫瑰・白玫瑰》、李安《色・戒》和張愛玲原文本的多重互涉〉，收錄於林文淇、吳方正主編《觀展看影——華文地區視覺文化研究》（臺北：書林出版公司，2009 年），頁 247~251。

胡蘭成最初寫四平八穩的政論文，自認受過思想訓練，看待事物皆要通過理論認知，「我給愛玲看我的論文，她說這樣體系嚴密，不如解散的好，我亦果然把來解散了。」他的文章受張愛玲的啓發，解散體系與架構，改以流言般發散的語言，亦即從陽性書寫轉向陰性書寫。不只是文章，還有看待世事的眼光，胡蘭成自謂「囿於定型的東西」，而張愛玲的眼光卻給他「新鮮驚喜」(《今生今世》(上)，頁 279～280)，因而越乎定見改以敏銳的直觀。張愛玲又說：「野臺戲戲臺下的鄉下人是幾何學的點，不占面積的存在。」胡蘭成認爲「這一語使人明白了人身是如來身。」(《中國文學史話》，頁 97) 故人身可超越有限時空。胡蘭成經張愛玲的啓悟，如解脫了業身，脫胎換骨、頓開天眼，這點與朱西甯讀張作有頓悟之感頗爲相近。

從張愛玲身上，胡蘭成開始建立其陰性美學觀，後提出：「史上是女人創始文明，其後是男人將它理論學問化。」(《今日何日兮》，頁 70) 論者以爲這是胡張交手的經驗之談，[19]實則不止於張愛玲，還包括其後他所遇的眾多女子，也因此胡蘭成又提出，當歷史沒有前途之際，是要女人再來做太陽，「使人類的感再新鮮了，纔可使再活過來」(《中國文學史話》，頁 281)，於胡蘭成自己而言，果然是逢女便生，時時要從女子處獲得新感與生機，他的心得結晶〈女人論〉，卻成爲女弟子朱天文寫作的執念。

張愛玲對胡蘭成的另一重要啓悟，是令他了解中西之辨，他說：「西洋人有一種隔，隔得叫人難受，這又一語打著西洋一切東西的要害。她的文章裡寫道：『人在日月山川裡行走』，單是這一句，就道中了漢文明而更予人有啓發。」[20]張對中國民間的愛悅與了解，予胡無限啓發：「我能曉得中

[19]黃錦樹在〈世俗的救贖？——論張派作家胡蘭成的超越之路〉一文中，詳論胡蘭成所受張愛玲影響，並認爲胡據與張交手經驗，推衍成陰性烏托邦：「其過去的盡頭是神話……，其未來是對朱天文等一干女孩們的遙遙期望……，是爲其晚年最後的救贖。而其今生今世，則是張愛玲。……他把他和張愛玲一段情緣神話化、宇宙論化。」(《中山人文學報》第 15 期，2002 年 5 月，頁 67)

[20]引自〈建立中國的現代文學（五）——文學與時代的氣運〉，《衣缽》，《三三集刊》第 11 輯，頁 244；此爲三三青青讀書會之摘錄，此段所論爲胡蘭成《中國文學史話》之集結。

國民間現在的好，完全是靠愛玲。」[21]他曾以張腔抒發對民族性格的看法：

> 中國民間的這種風度，林語堂稱之為趣味，左派稱之為落後性，學究們稱之為禮教，他們都不知道這裡邊有深厚的感情，現在光輝雖然黯淡了，底子還是有的。而外國人以為這是中國人的善良可欺，是錯誤，以為中國人有小狡獪，也是錯誤，中國民間其實是因為廣大，所以對有些事不屑，看起來像是小狡獪。學究們不過是沉澱物，而左派與林語堂派又不過是浮沫，他們其實不認識民間。[22]

若將這段話插入張愛玲散文中，除卻態度較顯黑白分明，乍讀或也難以覺察是出自他人之筆。張愛玲雖是胡蘭成的重要啓蒙者，但她對胡只是謙遜，嘗講西洋文學給胡聽，當胡覺得不好還致歉（《今生今世》（下），頁429）。胡卻是頗爲自負，分手後在回信中撩她：「我說她可比九天玄女娘娘，我是從她得了無字天書，就自己會得用兵布陣，寫文章好過她了。」（頁 646）胡張文章高下後世自有公斷，兩人性情之別卻於此顯露端倪。

他們對於現實的態度大不相同，張是以親切貼近的日常作爲底子，亦時能超越當下，以如神之眼俯視，即如胡指張：「自己在世人世事之中，而同時有如神在看自己，看世人世事。」（《中國文學史話》，頁 274）但他自己卻不在人群之中，立意不俗，以不沾不滯的姿態、超拔脫俗的眼光看世情；又張愛玲認爲現實是「偶然也有清澄的，使人心酸眼亮的那一剎那」，「但立刻又被重重黑暗上擁來」（《流言・燼餘錄》，頁 41）。胡蘭成則是經由自己的光，也就是以知性的穿透、精神情感的昇華，超越現實的重重黑

---

[21]引自胡蘭成《山河歲月》，頁 180。《今生今世》幾度提到張愛玲對中國文化與民間藝術，無論是京戲、神像雕刻或舊式家具，都欣賞讚嘆，胡蘭成幾番提及：「中國民間的東西，許多我以爲不值一顧的，如今得愛玲一指點，竟是好得不得了」（頁 432），又聽她談西方文化與文學：「我沒有比此時更明於華夷之辨，而不起鬥意」（《今生今世》（下），頁 429）。

[22]胡蘭成《中國人的聲音・中國的民間》，漢口：大楚報社，1945 年，頁 51。轉引自黃錦樹〈世俗的救贖？——論張派作家胡蘭成的超越之路〉，《中山人文學報》第 15 期，2002 年 5 月，頁 79。黃引此段時未提及這是標準的張派風格。

暗與漫漫苦難，達到清澄的境界。

胡蘭成飛步騰越現實，卻嚮往轟轟烈烈的革命，張雖嚮往盛世裡的清平秩序但知難求，胡卻天真妄爲亟欲實踐，[23]在他的理想王國裡，舉凡衣冠、居室、器皿、文章、音樂、禮節，都要有統一的樣式（《中國的禮樂風景》，頁 68），張愛玲則在時代政治的變動中，找尋細節變化的樂趣：「我們不大能想像過去的世界，這麼迂緩，安靜，齊整——在滿清三百年的統治下，女人竟沒什麼時裝可言！一代又一代的人穿著同樣的衣服而不覺得厭煩。」（《流金・更衣記》，頁 67～68）張不會自居於領導者，扮演開示的角色；胡則好興起人的壯志，需要傾聽者與跟隨者，他的一場建國之夢，卻讓朱西甯與三三青年追隨響應。他受「張看」啓發，又自加轉化成的「胡說」，更進而影響到三三作家群。

三、迢迢文星——朱西甯與胡蘭成

對胡蘭成來說，1944 年在上海探訪張愛玲，轉變了他整個的思維；三十年後客座華岡，張迷朱西甯來訪，促成他人生最後的迸放。對朱西甯而言，張愛玲是他的夫子，而胡蘭成更是他的教主。

胡蘭成思想融會老莊、易經、禪宗，又與新儒家沾上一點邊，他雜融中國哲學，並常引西洋數學物理學爲例，顯然欲雜融百家自創一家之言。其思想飛躍，訴諸直觀感性，文風獨樹一格，寫理論如詩，寫私情如論述，十分破格，但私情與理論，常被視作自脫之詞與異端邪說；由於他的性格喜反好玩，對愛情與政治都隨機隨喜，先是提倡抗日，又加入汪精衛政府，復分道揚鑣，鼓吹武漢獨立，他並不反國民黨，又喜歡解放軍初期，還相當喜愛毛澤東，全是憑感而動、難以捉摸，在自剖之作中也見不到合理的轉折，因而被視爲缺乏氣節；其建國之志是欲打造祭政一體的禮

[23]胡蘭成〈論張愛玲〉中，言及張愛玲〈論寫作〉裡嚮往「文官執筆安天下，武官上馬定乾坤」的時代，「但她不能開方，她是止於偉大的尋求。」（《中國文學史話》，頁 220）而胡蘭成則意欲開方建國。

樂中國，也被目爲保守復古、痴人說夢；但他自覺見識與氣度和時人不同，因而自我開脫於誹謗責難之外。胡蘭成其人其文至今仍備受爭議，可怪的是，許多批判他的文章卻常無法自拔地陷入胡腔胡調，也算是他本事厲害。

胡蘭成最主要的學說，是提出大自然五基本法則，[24]他對此極其自信自負，認爲倘若不是他，「恐將再過五百年乃至千年尚無人來做這個。」(《今日何日兮》，頁 31）又說，「此是二千多年來第一次出現新的思想學問體系。」(《中國的禮樂風景》，頁 37）他更自比爲先知，認爲自己境遇有如耶穌基督遭攻擊，[25]而「朱先生是陪我直接受激流衝擊的人，他有一句話：從來先知都是遭迫害的。」(《中國文學史話》，頁 146）胡甚至以《聖經》般的言語宣揚其說以開示世人：「禮樂創世之事，不出大自然的五基本法則與《易經》，但是那法則與《易經》如同親人，你不能藉以榮達，你要自己榮達了纔有體面與之相見。神便是喜歡這有體面的人。」(頁 75）胡蘭成流亡溫州時，張愛玲探視期間讀《聖經》解悶，並以其獨特的鑑賞觀點講與胡聽；在臺遇難之際，又因朱西甯而接觸基督教，「對神發生新的親切，我一切聽於神，就心裡豁然，不爲一己的出處問題煩惱了。」(《中國的禮樂風景》，頁 37）他此後獲得開脫，並常思索基督教的問題，發展成其〈宗教論〉、〈禮制論〉，主張基督教中國化，以求新的開拓，而其許多學說

[24]大自然五基本法則爲：一、意志與息的法則：究極的自然是無時間也無空間的「無」，其有意志與息，只可用感來悟得表現。二、陰陽變化的法則：息動而爲陰陽之氣，消長間成爲物質。三、無限時空與有限時空的統一法則：大自然是無與有的生生變化，因而有限時空與無限時空共存。四、連續與不連續的統一法則：大自然因有意志與息，而具連續性，一旦遇阻礙造成不連續，必須有突破性的飛躍，但凡越過此節（劫），新生命遂又生發。五、循環法則：世界正如息般有呼吸往還，萬物萬事俱在循環，五大法則運行下成就一個規律的永恆存在世界。(《今日何日兮》，頁 225～278）

[25]胡蘭成自比爲基督，認爲也許要對神獻身爲燔祭，纔能使世人認識其說，因而「是以朋友的身分看耶穌」(《中國的禮樂風景》，頁 53)，並從耶穌身上看見自己；在〈評張愛玲〉中，他亦三度以耶穌基督爲例比張愛玲。朱西甯也曾指張愛玲對共黨幹部的憐憫「如基督赦免罪人」(《微言篇・一朝風月二十八年》，頁 17)，又說：「唐教授爲張愛玲世界所判的死刑，是不覺者對先覺者的批鬥和迫害，這種方程式可以代入一切少數服從多數的民主悲劇；可以把耶穌基督釘上十字架。」(《日月長新花長生・先覺者、後覺者、不覺者》，頁 35）並形容胡蘭成布施眾女子愛如耶穌基督分與門徒五餅二魚。

著述，亦都是在朱西甯崇奉期間，為啓發提升三三青年而寫就。

朱西甯與胡蘭成初次晤面，即獲其手批的《山河歲月》一書，彷若一種象徵與預示，此後朱之於胡，好比脂硯齋之於曹雪芹，是閉關著述中唯一的知音。胡蘭成贈予朱西甯的對聯：「隱隱王氣雜兵氣，迢迢文星是客星」(《閑愁萬種》，頁 57)，對他而言其實也是：「隱隱王氣雜兵『器』，迢迢文星是『剋』星。」朱奉養胡若教主，而自己隱身為傳道士，聽胡說如聞福音，亟欲見證散播，並以此作為對抗現實的法器。

朱西甯對胡蘭成的敬慕，除受其思想與人格特質吸引之外，亦由於他們理念相合，都極力維護傳統文化，對政治高度熱忱，也因此朱在張作品難以著力的部分，在胡身上都獲得了補充，張愛玲成為朱西甯階段性的迷戀對象，胡蘭成則是此後他一心崇慕的神祇；1960 年代中期以前，朱西甯作品偶見張腔；1970 年代中期以後，則充滿胡風。胡朱亦師亦友的關係，套句朱天文形容男人之間的友誼是，「有強大的信念和價值觀做底」，[26]胡蘭成不僅與他觀點謀合，其廣博學識與宏觀視野，更能言其所不能言，並提供其對抗現實潮流的依據，進而讓此階段的創作訴求獲得憑藉的力量。臺灣 1960 年代的西化思潮與 1970 年代鄉土文學風潮，都讓中國中心意識強烈的朱西甯大感焦慮，他將前者比作太平天國，後者則似義和團(《日月長新花長生・中國的禮樂香火》，頁 146)，自 1970 年代開始寫作系列小說，亟欲透過創作傳達自身信念，接觸胡蘭成學說之後，他更以此對應時局。

(一) 復興中華文化

胡蘭成以為「世界文明史的正統在中國」(《今日何日兮》，頁 188)，正與朱西甯的中國中心意識相合，兩人一味崇中抑西，對中國文化全然迴護悉皆為好，不同於張愛玲對中國文化有眷戀愛悅，也懂得欣賞西洋文學藝術，即使從中國的角度看西方，也以幽默的語言含蓄點出中西藝術境界

[26]引自朱天文〈揮別的手勢〉(朱西甯《華太平家傳》，頁 23)，朱天文此句是用以形容他們的父女關係，有如男人的友誼。

之別。[27]

胡朱嚮往中國傳統禮教秩序，朱西甯 1971 年開始陸續發表的《非禮記》系列，展現對禮教秩序崩解的憂心，1983 年出版的《七對怨偶》則探討當代婚姻的種種問題，序言中甚至表現對舊式婚姻的嚮往，認爲自由戀愛而結合的婚姻，易隨戀情轉淡而不保，但若婚姻是建立在承諾契約上，像古代經過儀式結合再慢慢培養感情，反而能保存長久。這與胡蘭成觀點謀合：「中國民國舊時姻媒，單憑媒妁之言，連未見過一面，成了夫婦，纔是日新月異，兩人無有不好。」（《今生今世》（下），頁 566）「舊式婚姻因有倫理禮教約束，較現今爲好。」（《中國的禮樂風景》，頁 99～100）然而勇於私奔成婚的朱西甯，與婚戀隨喜、不受禮教束縛的胡蘭成，似非其理念的實踐者。

胡蘭成甚至主張要設立「知祭院」，即中國古代官制中的天官，掌管祭祠、音樂、文學等，以補充孫中山的五院體制。這些觀點頗顯保守，但朱西甯不以爲他們是國粹派，也不稱作復古，而是「回歸」，他引胡蘭成「循環法則」說明傳統文化可生生不息，並在日常生活中處處體現，絕非開倒車、故步自封，並以胡式玄妙語句作喻：「今朝的桃花依然笑春風，桃花是去年的桃花又不是去年的桃花，春風是去年的春風又不是去年的春風。這是與不是，便『復』與『興』盡在其中了。」（《日月長新花長生·回歸何處與如何回歸？》，頁 173）爲當時政府提倡的復興中華文化，作了最詩意的詮釋。

（二）遵行三民主義

朱西甯又提出，復興中華文化的不二法門「根底是要認知中國文化源

---

[27]張愛玲在日常言談與書信中，常直接表達對中國文化藝術的偏愛，如觀舞後對胡蘭成說：「到底是我們東方的東西最根本。」（《中國文學史話》，頁 225）但散文與小說創作則是迂迴婉轉，如〈談音樂〉中喜歡胡琴的蒼涼與鑼鼓的喧嘩，懼怕缺乏迴轉情味的凡啞林，與浩蕩恐怖的交響樂：「交響樂常有這個毛病：格律的成分過多。爲什麼隔一陣子就要來這麼一套？樂隊突然緊張起來，埋頭咬牙，進入決戰最後階段，一鼓作氣，再鼓三鼓，立志要把全場聽眾掃數肅清剷除消滅。而觀眾只是默默抵抗著，都是上等人，有高級的音樂修養，在無數的音樂會裡坐過的；根據以往的經驗，他們知道這音樂會完的。」（《流言·談音樂》，頁 213～214）

頭的大自然基本法則，及由其生發爲中國現代化唯一路徑的三民主義。」（頁 188）蘭成學說與孫文思想涵蓋面俱從哲學層次至政治主張，但朱西甯顯然認爲胡說比孫學更爲根本且涵蓋面廣。他指中山先生創造三民主義之後，要待一甲子的世事變化，經過國內外種種局勢驗證的巨大代價，「才得印證三民主義與大自然五大基本法則無一不合的真理精純度。」（頁 184）他並以胡氏「絕對時空與相對時空的統一法則」解說三民主義，認爲世界大同的理想，是讓相對時空步步走向絕對時空的無限，讓蘭成學說與中山思想相結合。[28]胡蘭成屢自比爲孫中山後繼者，朱西甯則隱然欲推舉胡爲復國領袖。

（三）批駁鄉土文學

朱西甯在鄉土文學論戰持反對立場，是出於維護政府與大中國立場，他並不否定鄉土文學，讚揚黃春明、王禎和等 1960 年代「真」鄉土作家，但認爲 1970 年代提倡的是「僞」鄉土文學，重蹈大陸左翼文學路線，具惡意的批判性，製造官民對立，他主張文學高下非取決於題材本身的光明和黑暗，而是作者的境界是否能提升；且認爲鄉土文學流於地域性，應回歸民族文化，因此他自己也寫富本地鄉土色彩的小說，如《牛郎星宿》中的〈山中才一日〉、〈乳頭阿理公〉等，卻意在宣揚政府理念與民間力量。[29]在批判鄉土文學時，他仍引胡蘭成思想爲例，認爲中國王民是忠君愛國、和諧喜樂，工農兵文學卻是對立不平，並以絕對時空與相對時空的統一法則，解釋文學有常與變，鄉土文學取材地方底層是變，仍須回歸民族文化爲常（《日月長新花長生・回歸何處與如何回歸？》，頁 173）。

[28]三三群士所著《中國站起》一書中指：「《易經》及老莊都是生滅的宇宙觀，講大自然的意志。國父『生元』『心物合一』的話，便是繼承了中國傳統的宇宙觀。」胡蘭成學說亦源於《易經》與老莊，故三三顯然認爲兩者根源相通。（《中國站起・從文明之理論科學與民主》，頁 143）

[29]朱西甯對文學現象的解讀易使用化約法，如：五四文學＝反封建、西化，或七〇年代鄉土文學＝左翼文學＝工農兵文學＝階級鬥爭，或許因爲太堅持道統，易懷疑不同文學主張者的用意與居心，爲全力捍衛不惜將自己置於論戰的前鋒，因此不曾在沙場上動兵器的朱西甯，卻在 1970 年代置身張愛玲現象、鄉土文學的論戰沙場，揮利筆如刃。

（四）完成伐共建國

朱西甯更將張愛玲小說，與胡蘭成思想進行統合，完成其反共還鄉心願。他重讀《赤地之戀》而思骨肉同胞如何熬過共黨統治，「這才忽然間驚痛竟已二十餘年過去了，這卻怎麼可以！」這最後一句好生熟悉，正是胡蘭成初見張愛玲時說：「你的身材這樣高，這怎麼可以？」（《今生今世》（上），頁 275）他進而說：「我們原是有得大事要做，將來命定是要伐共建國的。」「伐共建國」即取自胡蘭成篇名。朱此文結尾於：

> 二十多年，沒有必要這麼長久。只因我們沒能為我們的親兄弟劉荃他們做什麼，善用所有的途徑來把這重大重要的思想給他們。……然而還不遲，只要實際去做的話。……只等待一個重大重要的思想去化零為整的整合與統領。
>
> ——《曲理篇．重讀《赤地之戀》》，頁 7～10

這思想是什麼？就是胡蘭成的思想，以胡蘭成學說及「伐共建國」的計畫，營救張愛玲《赤地之戀》中劉荃等抗暴青年，真是理想的天作之合。我們或許不應苛責：當時年已半百的朱西甯怎會如此天真？因為胡蘭成給了他們太多的夢，而且是各自不同的夢，對朱天文是青春不盡與豐盈情感的投射，對朱西甯是反共懷鄉的渴望，而且都可以嫁接上張愛玲其人其文其事，[30]建橋渡河無有不當。

對朱西甯而言，復興中華文化、遵行三民主義、對抗鄉土文學、完成伐共建國理想的具體實踐，就是「三三」，且是神意旨的遂行。[31]

---

[30]朱天文時引張愛玲對胡蘭成之言，用以形容對胡老師的惜意與情意，見筆者博士論文《張愛玲的文學投影——臺、港、滬三地張派小說研究》，頁 163～164。而朱西甯則是將胡張姻緣，轉化為自我的愛國還鄉之願。

[31]如三三群士認為，宣揚大自然的五基本法則與重新制禮作樂「也就是『三三』的使命。憑人事是知其不可為，憑神卻為之。此也就是『三三』的信心。」（〈建立中國的現代文學（五）——文學與時代的氣運〉，《衣缽》，《三三集刊》第 11 輯，頁 244～245。）

四、今夕何夕——朱西甯與「三三」

三三的成立，其實是微妙的因緣聚合。1974 年朱西甯拜見胡蘭成後幾番往來，1976 年 4 月底華岡下達逐客令，他將落難的胡蘭成接進住家隔壁，此後胡爲朱家姊妹及其文友講經論學，在日常生活裡隨處點撥，後再因著作遭查禁於是年 11 月 8 日返日，次年三三成立，以通信方式傳布思想，1981 年胡蘭成逝世，《三三集刊》隨即停辦。

「三三」即尊崇三民主義與三位一體，本欲取名「江河」，可見濃烈的中國意識。三三群士的最高領導總司令是胡蘭成，朱西甯則似指導員。因胡蘭成認爲文學理論更重於創作，「史上凡新時代開始，皆是理論文當先」（《中國文學史話》，頁 153），故胡朱兩人隔空相映，一起來寫理論文。胡蘭成著述以作爲三三的基本綱領，提供形而上的理論指導，大自然五大基本法則、忠君愛國之說、中國傳統士的精神等，都成爲三三青年朗朗上口的基本教義；而朱西甯議論文多用以對應現實，如復興中華文化、批駁鄉土文學等，此外他還做了許多務實工作，包括將居所供爲活動場地，及提供物質資助；三三青年在大專院校演講兩百餘場，自動自發、分工合作形成了一套運作系統。[32]

三三青年最常引述胡蘭成學說、國父思想、與張愛玲作品，國父是先行革命者與士精神的典範，中山學說是中國現代化的不二法門；胡蘭成是

---

[32]三三爲奇特的綜合體，型態既近於大觀園亦近於教會組織，除才子佳人文章唱和之外，更有傳教使命（胡蘭成思想、三民主義與基督教），但他們反對基督教會禁忌閉塞，而表現出一派熱鬧歡喜。三三青年聽胡蘭成《易經》講學、從朱西甯處領受福音基督傳道，他們的活動以寫文章、辦集刊、開讀書會等爲主。從《三三集刊》的編輯架構，即可見胡朱二人的參與份量，經常是首篇是胡蘭成（化名李磬）之專欄「建立中國的現代文學」，次篇即朱西甯論著「中國人」，而後刊登三三成員、神州詩社同志文章，及幾篇外稿，因朱西甯與黨政軍關係密切，亦有王昇、蔣緯國等的反共議論文，並不時刊登國軍文藝獎中得獎作，朱西甯曾擔任軍中文學獎與兩大報文學獎評審，在前獎中提倡軍中文藝，於後獎中提拔張派作家（關於後者情況參見筆者碩士論文《《中國時報》與《聯合報》小說獎研究》第 5 章第 4 節）。此外，還有與胡蘭成過從甚密的日本友人數學家岡潔、習能樂的仙楓之文，寄交劉慕沙翻譯後刊登。他們認爲中國文學的氣運關係著歷史興亡盛衰，但更要全面修習中國傳統文化藝術，因而他們也辦合唱團教以中國發聲法、欣賞或參與平劇演出等。但他們並不只定位爲文藝組織，更自居爲革命團體，欲實踐伐共建國的理想，建立祭政合一的禮樂之治。詳見筆者〈在君父的城邦——三三文學集團研究〉，《國文天地》，1998 年，頁 1～2。

統合中國傳統思想的先知，其學說貫穿中國文化精髓；張愛玲是文章效習的典範，可作爲塡補蘭成學說大架構的肌理。胡蘭成、朱西甯各直接或間接得到張愛玲啓發，再經由自身轉化後影響三三青年。張愛玲直觀的感知方式，胡蘭成、朱西甯、張派作家俱受教，朱天文說：「張愛玲提供了一種眼光，一種類似禪宗『口傳心授，不立文字』的看世界的方法，一種直觀的方式。」[33]透過直觀，可超越具體事物的表象，但胡以興、以氣騰越過張的細密的現實性，又以其向陽性，發光的能量，讓所有的沉鬱都豁脫開來，超昇入奇拔高遠之境。

朱西甯則以張愛玲作爲對抗西化傾向與鄉土文學的典範，他對張作的解讀原充滿民族及政治意識，接觸胡蘭成思想後，朱西甯的「張學」即加入「胡說」，[34]運用其哲學觀點來詮釋張作。在 1970 年代張愛玲現象論戰中，被夏志清稱作對張愛玲「愛而敬之」的朱西甯，嚴詞批評對張「愛而恨之」的唐文標評文，他封張爲「先覺者」，是以「敏銳的真覺」走在時代之前，不追隨時代文學潮流，讓文學「回到最初的感覺層面上」，此點與胡蘭成從張愛玲處獲得的直觀體悟謀合；他又以胡常謂西方社會是物質的「有」，終有枯竭窮盡之日，而中國哲學通於「無」，因而循環不息，批駁唐文標只知有的世界，而不識張愛玲作品高妙處，所載的正是不可道的常道。[35]三三成立後他重讀張愛玲的反共小說，更以爲這是從民到士的表徵：

---

[33]朱天文〈如何和張愛玲劃清界限〉，《中國時報》人間副刊，1994 年 7 月 17 日。

[34]朱西甯談論張愛玲的專文計約十篇，其中兩篇寫於 1974 年 8 月與胡蘭成接觸之前：〈一朝風月二十八年——記啓蒙我和提升我的——張愛玲先生〉（1971 年 5 月 31 日）、〈她是中國嫡傳——讀張愛玲先生〈談看書〉的一點感傷〉（1974 年 5 月 11 日）（收於《微言篇》）；1974 年與胡蘭成晤面相談之後，再讀張作「似乎就能多領會一些說還說不出的東西」，爲促合胡張姻緣即寫〈遲覆已夠無理——致張愛玲先生〉（1974 年 10 月 3 日）；後爲駁斥唐文標發表〈先覺者、後覺者、不覺者——斥「張愛玲雜碎」〉（1976 年 8 月 12 日）（收於《日月長新花長生》）；三三成立後寫作〈重讀　赤地之戀〉（1978 年 2 月 16 日）、〈秧歌與擊壤歌〉（1978 年 2 月 22 日）（收於《曲理篇》）；張愛玲逝世後發表〈點撥與造就〉（《聯合文學》第 132 期，1995 年 10 月）、〈愛玲之愛〉（《明報月刊》第 30 卷第 10 期，1995 年 10 月）、〈金塔玉碑——敬悼張愛玲先生〉（收於蔡鳳儀主編《華麗與蒼涼：張愛玲紀念文集》）、〈終點其人，起點其後——悼張愛玲先生〉（收於于青編《尋找張愛玲》）。

[35]關於唐文標與朱西甯各自的傾向，在廖咸浩〈迷蝶——張愛玲傳奇在臺灣〉中有所論證（楊澤主編《閱讀張愛玲——張愛玲國際研討會論文集》，1999 年，頁 489～501）。

《傳奇》「還是才人的文章，王民的風謠」，「要到《秧歌》透出消息，爲世人報佳音，再在《赤地之戀》見證出一個又一個響亮的肯定」，「這方始是兼善天下的才士之作。」（《曲理篇・重讀《赤地之戀》》，頁 7～9）以「士」的精神自詡，其實是胡朱兩人對三三青年的砥礪，即不只是文學作者、知識分子，更有政治的理想抱負，是先知先覺者並要帶領萬民。胡朱俱充滿菁英意識，但張愛玲是將自己歸在大眾裡頭，更何況，受朱西甯過譽的《赤地之戀》，實爲張愛玲違背創作理念之作。

換言之，此時他們所談、所看的張愛玲，早成爲自身心願的投射。胡培育三三，其實是陷入生命的輪迴與情感的還債，他不自覺地讓當年在上海與張愛玲、蘇青等辦的《苦竹》同仁雜誌重生，又時時將女弟子與張愛玲相比，複製出一堆張愛玲；而朱透過文壇機制培育張派作家，或許也正在彌補自身的遺憾——因爲思維模式與文學體質上的歧異，他學不來張愛玲的作品。

於是被封爲張派的三三作家群，其實是胡、張、朱三人的混合體，他們闡揚胡蘭成學說，繼承其清越飛騰的文風；又以近於張愛玲的細膩情思與細節書寫，描寫日常生活小情小愛的題材；再加上朱西甯宗教般的熱忱，與對當時鄉土文學的批判立場。他們的祖師奶奶說：「清堅決絕的宇宙觀，不論是政治上的還是哲學上的，總未免使人嫌煩。人生所謂的『生趣』全在那些不相干的事。」（《流言・燼餘錄》，頁 42）但三三青年一方面享受人生的生趣，一方面又秉持清堅決絕的宇宙觀。

他們受胡蘭成影響更甚於張愛玲，主因是對不諳人情世故的青年們而言，胡的任真不羈較張的世故更接近年少氣性；且張作感染力固然強，胡更具煽動力，何況他們只能透過白紙黑字的作品接觸張愛玲，而胡蘭成可是一封封手寫信函隔空指導；更且胡蘭成是以前夫身分、知己之姿，表達對張愛玲的觀察看法，具權威性與說服力。當胡蘭成將張作導向人生清揚新鮮的一面，朱西甯復又強化了張愛玲的民族性與政治性，影響過程中的詮釋者，使得原文意義質變。於是張愛玲作品的深沉內涵與複雜面向，被轉化與簡化，劃歸入三三的訴求，成爲一個內涵意義被架空的媒介。

在三三創辦是年，張愛玲交出《紅樓夢魘》；在集刊停辦當年，她發表《海上花列傳》，以此回顧自己的文學源頭，了結深藏多年的心願。對於胡蘭成而言，三三則是他畢生理念心願的付託，胡蘭成的哲學主張與政治熱情，要以革命的行動來證明，而三三就是具體的實踐體與發揚體。胡蘭成生命氣息不安於一處，不止於情愛、不止於政治，《今生今世》寫到周遊於眾多女子之間時，生機盎然、顧盼自得、流麗新巧，但細看寫到後段與佘愛珍相伴多年、蟄居一處，好似從天上落入凡間，風采大不相同，流亡日本期間，單是與日本國內少數文化界人士交流，並不能遂其建國之志。他培育三三青年，三三也成爲胡晚年最後的依憑，當寶玉爺爺夢遊大觀園，但見青春爛漫的才子佳人，正努力實踐理想的藍圖，返童回春之際，也透支了最後的餘力：「我好疲憊了。都是爲了三三的緣故。我是老馬識途，你們是小馬會跑，我跟你們跑傷了……」（朱天文《花憶前身》，頁 93）三三青年的青春被萌發，影響力或持續至今，是蘭師生命力最後的迸發，成就了他們。

但所有回顧、探討三三的當事人或局外人，眼光都略過了隱身其後的朱西甯。彼時胡蘭成已返日，實際爲這片園地拔草施肥的園丁，是朱西甯。胡蘭成騰雲駕霧、不涉現實，天真懵懂的三三青年享受濟濟一堂的風光，而朱西甯卻是最落實的信仰者、實踐者，爲三三做了不知多少粗活。

胡蘭成當年不明民族大義的「污點」，讓窩藏漢奸的朱西甯備受指摘，當朱家「胡臭」撲鼻，文友老友多掩面而逃。但爲何民族意識極強的朱西甯，卻獨獨以爲「蘭香」？但看胡蘭成對當年的政治行徑，自有其圓融的解釋：「當年的抗戰其實像天道蕩蕩，包含有和平在內，而和平亦與抗戰非異類。」（《今生今世》（上），頁 192）對於抗日期間親人遭殺害或病歿，而自己失學流亡的朱西甯而言，竟也可以是：「像這般『國仇家恨』，亦一旦戰勝都不存了。」其後與日本人亦可相往來，[36]何況是對自己人？更重要的是，胡蘭成親日與中國文化情結攸關，他常以日本解說中國文化，因此原即是中國的，但今都遭破壞，唯日本尚存，[37]日本對胡蘭成的重要性，在於其保存中國古文化完好；而胡在日本頗受歡迎，亦因日本人一直喜愛吸收中國文化，而其人其說恰可帶來啓發，從此角度來看，或許可解釋朱西甯崇慕胡蘭成之因。

當時外界傳言三三是替王昇作打手，替國民黨做事，搞御用文人集團，而胡蘭成提倡孫文學說，則被視作爲在臺尋得立足地，故刻意迎合國民黨主張。胡應世固然機伶，但似非如此，因其返日後主張並未改變，比較恰切的解釋應是，這是讓一直有革命之志的他，有一個時間點可供著力，但倘若真遂其心願，以其浮動的心性，怕一落入現實就萎頓了，要再思變動。然而在民心沸揚的 1970 年代，人們哪裡能冷靜思考呢？當人人喊打的胡蘭成著作遭禁即刻返日，最後被釘上十字架的不是道行高深的胡，而是將自己推向前線的朱西甯。

胡蘭成語言不沾不滯，遇難總可超越昇華，冥頑固執的朱西甯不惜吶喊拚搏，落入論戰、也落人口實。朱西甯對三三雖輔育有功，也因色彩鮮明而遭質疑與側目。他培育指導三三青年的潛在動力，是爲對抗彼時興盛的鄉土文學，欲「以世界大同倫理的民族文學，破偏狹渺小的地域文學」（《將軍令》，頁 198）。因其對臺灣當時「邪說」紛起的焦慮感，與護衛「正統」的急迫性，時有內舉不避親的宣教言論：

> 看《三三集刊》單是敢於提出「三位一體」的同時，復又敢於提出「三民主義」，並以之為中心而非為範圍，想必這新一代青年作家的此一信仰已至理直氣壯靈慧的意境，所以令人真是要期盼他們既已明鑑了前人無

---

[36]朱西甯〈中國人・無效于天下〉，《劍門》，《三三集刊》第 8 輯，頁 15。

[37]引自胡蘭成《今日何日兮》，頁 168。胡蘭成透過日本文化追思中國，張愛玲、朱天文、朱天心、蕭麗紅等都受此影響，詳見筆者博士論文《張愛玲的文學投影——臺、港、滬三地張派小說研究》第 8 章第 3 節，頁 361～371。

數錯誤，就此能為中國文學嗣接上這嫡系香火。

——《日月長新花長生・回歸何處與如何回歸？》，頁 185

這般毫無保留的頌揚，除非是自己人或仰慕者，稍微保持點距離的恐怕要起反感，而當時三三在各大專院校演講確實常遭到鄉土派圍攻。[38]在時局翻轉之後，他們或被就此貼上標籤，或是翻身加入敵營，當年的種種「愚行」，總因年輕而較易獲得諒解，朱西甯卻留下太多白紙黑字洗刷不清，對他而言是豈與夏蟲語冰，但對夏蟲們而言，或許他才是不明現實的糊塗蟲呢！

朱西甯的文學主張自有其苦心孤詣的堅持，但由於亟欲衛道，他未能察覺批敵揚己時的矛盾性，如指三三、神州「尤見其寬宏」，超乎流派之上（《日月長新花長生・回歸何處與如何回歸？》，頁 183），但在「本土派」眼中，他們也是「中國派」；又他鼓勵三三與神州青年互相切磋，以「爲無菌室裡長大而一無防疫抗力的臺灣同學做防護」（《曲解篇・爲壯士洗塵》，頁 233），但三三理念高遠而乏現實基礎，在旁人看來恐怕才是在無菌真空密室中，自體循環、相濡以沫；朱西甯曾嘲諷當時流行的文風：「假如有一天，星星月亮全都沒有了，雲呀風的統統沒有了，花花草草也都沒有了，大約最先失業的不是天文臺和氣象臺的員工，也不是搞園藝的夥計，而是我們的散文大家們，這是令人擔憂的事。」（《微言篇・小評》，頁 198）批判的正是三三文風：「面臨小小短暫吹起的三三式文句，一見又是風啊，陽光，日月，山川的，惱道又來氣象報告了，而我們是始作俑者。」（朱天文《花憶前身》，頁 97）三三的盲點在於批判鄉土派囿於現實、一無超昇，但自身卻隔離社會、喜唱高議；富於菁英意識，而缺乏對弱勢者切身的同情；他們的矛盾還在於，反對鄉土派爲文以載道，但自身也在傳播信仰；

[38]朱天心〈三三行〉自敘三三的第一次座談會（當時還未有「三三」之名），是胡蘭成去國次日，馬叔禮在淡江大學演講「談《秧歌》」，聽眾中有人當場批難。《鐘鼓三年》，《三三集刊》第 26 輯，頁 120。

意在建國治世，但筆下卻多圍繞在小情小愛。

胡蘭成學說培育的大觀園，將一切現實險阻都導向喜樂光明，真是歲月靜好，現世安穩，他勾勒出美好藍圖，而朱是為實踐這理想赴湯蹈火者，對朱而言，三三時期是春城無處不飛花、日月長新花長生，孰知過後自己卻是化作春泥更護花了。

五、多少煙塵——朱西甯寫作階段的轉折

經蘭師教誨奠定的信仰，在朱天文筆下延續不輟，並促使朱天心日後激烈的轉變，至於朱西甯，又在他作品中留下什麼樣的印記？他是如何接續爾後十餘年的寫作生涯？

在與胡蘭成接觸之前，朱西甯作品其實正面臨重要轉折，1970 年代以降他為對抗現實紛擾亟欲傳道，不論是系列小說或議論文、雜文，常宗旨明確，部分主題若稍隱晦，甚至不惜在序言或訪談中點明。1976 年出版的《春城無處不飛花》，多以青少年生活為題材，主角們真切熱誠，充滿為理想而燃燒的熱忱，正也是朱西甯性格的延伸，而書中洋溢小兒女嬌憨口吻，其實是向已開始發表作品的女兒輩靠近，但哪裡會和她們一樣渾然天成，讀父親作品長大的朱天文，也在此時感覺到他創作力的傾斜，因此她只讀到同年發表的《春風不相識》。算算時間點，恐怕天文沒提到的是，就是在此時，她剛有了新的崇拜對象——胡蘭成。其後父親亦步亦趨跟從胡的姿態口吻，簡直像其分身，更讓她寧可將仰慕的目光投向本尊了。

不只是女兒，朱西甯更是胡蘭成的忠實仰慕者。不少評論者指朱西甯視文學如宗教，且極富傳教精神，除了基督教信仰與自身主張之外，1970 年代中期以降他主要傳的是蘭師之教。此際他將大半心力放在議論文與雜文，除引胡蘭成思想為文，更承繼其鄭重姿態與清揚文風，如評方娥真作品〈萬紫千紅總是春〉中，謂華僑保有祖國文化不輕易滅絕「便是人世的大信了」，神州詩社的志氣「叫人有起見識來」，最後「願她與神州眾兄弟姊妹同求恩杯永注，同得福杯滿溢，同為文章開國運，開太平，為中國文

化生發生新，綻放出萬紫千紅總是春。」（《曲理篇》，頁 44～46）此段前半是朱西甯宗教言語、後半是胡蘭成文風，接得極其順溜。面對神州同志他極其讚揚，對抗邪說之際則言語尖刻幾近動氣，但在通篇批判之後，末尾常突然揚升，如批駁唐文標評張愛玲之文，結於：「人世清潔正貞，要什麼不好，偏生要這樣的沉濁喪志氣？」（《日月長新花長生·先覺者、後覺者、不覺者》，頁 47）即因胡蘭成主張「禊祓」，即掃除一切髒污霧數、昇拔至光明之境。

自朱西甯中胡毒之後，文字風格即掃除《鐵漿》時期的節奏明快，時見刻意效法的痕跡，顯得不夠自然，他第一次讀胡文時感到：「文句的組織古怪到令人無法接受的地步」（《微言篇·一朝風月二十八年》，頁 15），竟在自己身上重演，並且朱少了胡的飛揚風動，更顯文言拗口、詰屈聱牙。

在論說文與散文之外，他的小說創作也留有不少胡蘭成痕跡。1976 年秋胡返日之後，年底朱西甯開始進行長篇小說《獵狐記》，小說主角原遭村人趕出，後村中鬧狐祟他協除妖祟，此書是以狐喻胡，爲胡蘭成遭遇不滿而抒懷，若非當事人點出，局外人真難識得書中的遙遠時空，鄉野人物的糾葛，是意有所指當代本地之事。而胡蘭成讀後則聯想到，日本美術院創辦人明治時代的岡倉天心，名重國外卻在國內遭斥，一度被驅離所創的學校，率領弟子橫山大觀等退居鄉下，橫山不勝悲憤畫了其後傳世的名作，「其繪畫的精神實成立於當初師徒被誹謗時，幾於日本國土無立足地時」，因說道：「人的志氣與修業，都是單衣薄裳被寒風所吹而得成材的。」（朱天文《花憶前身》，頁 78）這是胡蘭成對弟子的砥礪，也是朱天文的悲願，對應於她自身的情形，正是：「其文學的精神實成立於當初師徒被誹謗時，幾於臺灣本地無立足地時。」而對朱西甯而言，則是寫作四十餘年生涯中一次重大的轉折。

1981 年 3 月發表的〈青衣祭酒與物理權威〉，簡直是專爲傳達蘭成思想而作。女主角容豔君爲傳統京劇名伶，與物理學許教授婚後一直觀點歧異，一回共聽學貫中西哲學的程千里教授演講而深感認同。程教授認爲中國文化較西洋層次為高，[39]西方是囿於物理，而中國則是達於天理，他並舉聲樂為例，認為「西洋發聲法以人體的物理作用發展聲樂」，依附於物故有傷有毀，「中國發聲法超物理而達天理」，即順乎自然，通於自然（《七對怨偶》，頁 127），聽在被丈夫強迫去學習西洋聲樂的女主角耳中，好不暢快，此說其實也正是胡蘭成所指西洋聲樂用肉聲，且「聽西洋的唱歌使人緊張，尤其唱高音總像是在負氣。」（《中國的禮樂風景》，頁 215）胡蘭成此句極富張腔，又令人聯想到張愛玲〈談音樂〉中所指中西音樂境界之分，而胡張二人的主張，亦是三三合唱團發揚中國式發聲法的宗旨。小說還觸及生活文化，許教授缺乏教養不懂使用筷子，卻稱刀叉進步精緻，不似筷子因陋就簡，夫人則採信刀叉僅比用手抓食進化一步，而筷子運用槓桿原理更為進步，這也符合胡蘭成所謂：「筷子即是根據陰陽動靜的原理而來。兩根筷子要比刀叉更廣泛、更確實地派上用場。」（《今日何日兮》，頁 241）程教授又指現代科學應乞靈於哲學來開拓，且認為「西洋發展的抽象理論破壞天道與感性，最後以核子兵器大戰毀滅文明」，「而二十世紀除了孫文哲學——具象的理論學問之外，實際是沒有哲學。」演講結論是：

> 中國幸而得有《易經》這麼一部寶典，能使數學物理學也是具象的，所以能發達得極好；對於因素粒子的發現而給了物理學物質生滅論的難題，唯有孫文哲學的唯生論可為之作解，而孫文哲學正就是繼承、吸取、開花在二十世紀的新創造……。
>
> ——《七對怨偶》，頁 134～135

小說通篇皆在闡發胡蘭成思想，人物只是搬演其學說的正反角。教授夫人是中國文化的具體化身，平日全是憑感覺與直覺，此次程教授所言理

[39]如西方民族缺乏歷史感和方位感，「無方位感就只知有階級，而不識位分；無歷史感又適得其反，只圖個人主義，而乏統一意志。」《七對怨偶》，頁 123；現今物理學要乞靈於哲學來開拓，頁 127。

論，一一應合生活所感，正是胡蘭成所謂女人有感，而男人再加以理論化。但程千里雖思想學識深博，姿態行止卻粗暴缺乏教養，一樣教人感到可惜；物理權威許教授只講理論而缺乏感知，是胡朱所斥西化教育下的受害者。至於演講中兩位教授劍拔弩張的場面，正是三三青年傳道時經常遭遇的。容豔君眼見丈夫在會場中失態怒斥講者，深感顏面盡失，在回家的路上心思沉沉，「然而還是滿滿的感激，不是專一的有情於誰，卻也正是對誰她都深懷感激，那是無盡的……」（頁 140）在動氣怒嗔之後，結尾突然來個胡蘭成式的飛揚，一切不快復又豁脫開來。

朱西甯三三時期的創作，除充滿胡腔胡說，還將三三精神及活動一併納入筆下。《將軍令》多影射真人真事，寫於 1978 年的〈信篇〉，敘及勞建白將軍一晚登門拜訪，對其時鄉土文學走向極爲痛心，要託付敘述者「我」除邪導正，且指光有大信息不夠，還得建立天的理論，正與其所思所行一致，此時屋內三三青年無不振奮，咸認爲是天父派來的使者，滔滔向其陳述理念，而勞將軍亦講述親身經歷的北伐、抗戰史事，兩方暢談甚歡，至夜深方散。翌年〈仁篇〉則敘述劉戈崙將軍與三三青年聚餐，席間將軍飲食體現的溫雅風範與傳統禮儀，「我」當即向孩子們機會教育，隨後三三合唱獻藝，被譽爲雅正之音大不同於流行的靡靡之音，臨別前再度以士之精神互勉。這兩篇小說是現實縮影，[40]頗具教化宣導意味，在志氣昂揚滿懷希望的當時，尙不若三三青年作品天真自然，時移事往之後，更教人掩卷憾惜。1981 年夏胡蘭成逝世，《三三集刊》停辦，朱西甯仍不願離開他的理想夢土，1983 年發表、翌年出版的《茶鄉》，敘述文盲女段良鳳受教育後辦學，學校教以中國古聖先賢書與西洋科技醫藥知識，不僅西學爲用，中學爲體，並以基督教信仰爲依歸。這理想藍圖好生熟悉，不就是三三理想的「畫夢記」——立志將來要在大陸辦學，作啓蒙教育、爲國家培

[40]《將軍令》〈信篇〉僅稱勞將軍，〈仁篇〉則連姓俱無，但核對〈「將軍令」座談會摘錄〉中所談將軍，應是指勞建白與劉戈崙將軍，至於細節是否與現實全然相符，恐怕稍經小說手法修潤。（《文壇》第 246 期，1980 年）

養士，以復興文化、拯救民族。作者將這理想國置於北伐前後的江南一地，而不選在抗戰或國共內戰時期的北地（不是於己更爲切身？），毋寧是三三提倡伐共建國隱喻與投射，看三三曾許下的豪情壯志：「中國國民革命兩次發動自南方，北進而告成，現前這第三次行動亦仍將如此，爲史例向所未有。」（《鐘鼓三年・三三注》，頁 111）但弔詭的是，小說中的世外桃源，卻隔絕了外頭政治風風雨雨，不也正是三三當年的情境？[41]

此後朱西甯仍致力爲胡蘭成實踐禮樂烏托邦，1982 至 1984 年寫作「中國文明」系列雜文共計 82 篇，並試圖將《易經》與《聖經》會通解說，他口燥唇乾，說了又說，卻遭漠視乏人問津。朱西甯的三三信仰至少延續至 1986 年，其後適逢開放大陸探親，方轉而寫作探親懷鄉之作，[42]然而 1987 年發表的〈黃粱夢〉仍有胡腔，小說主角夢遊故土、探親之旅原是黃粱一夢：「好在有此親臨其境的一場閱歷，心地更得一番清明，便是未嘗或免的滄桑感傷諸般塵埃，也都可以禊祓淨盡而不染了。」（《黃粱夢》，頁 44）此句腔調用語意境，無不是蘭師魅影再現。朱西甯這十餘年來的寫作生涯，其實自己早有預言，1974 年與胡蘭成見面前半年寫作〈櫻之海〉，小說主角爲文學事業以身殉道，結尾於：

> 我寂寞的想著那遍山的櫻花。繁鬧的盛開，繁鬧的謝去。盛開時，辣辣的延燒著滿山滿谷，蠻橫的鋪張，像要永將占領下去整個的夏天……然

[41]張瀛太注意到三三時期朱西甯作品的轉折，「明顯轉到極端的載道立場」，並指「烏托邦畢竟是烏托邦，出了《茶鄉》的朱西甯怎麼看『現在』呢？他倒不必氣餒，因爲《三三集刊》給了他另一個《茶鄉》。」（《朱西甯小說研究》，臺大中文所博士論文，頁 239、105）但《三三集刊》是發刊於 1977 年結束於 1981 年，因此其後發表的《茶鄉》，意義是更爲深長了。

[42]「中國文明」系列〈喫〉、〈士〉、〈穿〉等各 20 篇發表在《新生報》（1982 年 7 月 9 日～；1983 年 1 月 5 日～12 月 12 日；1983 年 3 月 6 日～5 月 18 日），〈家〉22 篇發表於《臺灣新聞報》（1984 年 9 月 25 日～）；〈兩經通有無〉、〈《易經》與《聖經》〉發表於《基督教論壇報》（1983 年 6 月 1 日、1986 年 5 月 9 日）；懷鄉探親之作〈辭親離情〉（《中央日報》1987 年 7 月 2 日）、〈鄉情〉九篇（《新生報》1988 年 1 月 8 日～4 月 2 日）、〈夢回金陵〉（《中國時報》1988 年 6 月 9 日～8 月 29 日）、〈故土見聞〉七篇（《立報》1988 年 7 月 3 日～7 月 24 日）等，多已非主流媒體，且未集結。參見楊政源《家，大遠了——朱西甯懷鄉小說研究》，附錄「朱西甯創作年表」，成功大學中文所碩士論文，1997 年。

而僅僅一夜風雨，便告遍地落英……活火山的青煙于是自櫻之海的彼岸昇起。……冉冉升空，放送出命運的悽愴……然而，也還是無可如何的壯烈，那是愚頑的。……

——《春城無處不飛花‧櫻之海》，頁 52

胡蘭成一生的結束，如櫻花飄散滿地，當豔紅成化作污泥，朱天文擷枝另生，迎風搖曳令人驚豔；朱西甯則將之浸泡於記憶的福馬林中，儲存於無人聞問的幽暗地窖，他看似沉寂了，其實是個活火山，青煙縷縷是他的還願之歌。

1980 年代以降朱西甯被文壇忽略，或因他曾太急於宣道，限囿於胡蘭成提供的世界，幾乎是見證者、佈道者之姿，而失卻本體。晚年他潛居寫作的《華太平家傳》，則是一場澈底的反芻。前此朱西甯明顯繼承胡張的作品並非頂成功，他的張派小說略顯散漫，胡腔又落入說教冗贅，是到了這本遺著，還歸疏淡健朗的北地文風，胡張影響與三三信仰，已不見痕跡鑿鑿，而自然入化於本尊，且回歸 1960 年代張愛玲所稱譽的「故事性強」（朱天文《花憶前身》，頁 36），少了文以載道的意味。讓人不禁設想：1980 年開始動筆的《華太平家傳》，在幾番廢稿重寫的過程中，是否也在試圖蛻去胡氏文體，回歸本色？

《華太平家傳》卷帙浩繁，讓不少讀者如墜五里霧中，但若從胡張淵源來談，我們或許便能尋覓到解讀《華太平家傳》的鑰匙：張瑞芬曾指此書與《今生今世》結構相近，都以節氣風俗分章，得自張愛玲所建議的以散文方式記實。[43]此外，書中描寫亂世中庶民倖存之道，也正好比《今生今世》的不驚不動，展現民族的喜樂康健，而此點則是胡蘭成從張愛玲身上得到的啓發：「我是從愛玲纔曉得漢民族的壯闊無私，活潑喜樂。」胡因見張在戰亂中猶能不被驚動、不落劫毀，而相信國家將可從時代的巫魘走出

[43]張瑞芬，〈以父之名——朱西甯《華太平家傳》評介〉，《未竟的探訪：瞭望文學新版圖》，頁 246。

（《今生今世》（上），頁 296）。小說時代政治背景隱隱淡淡，充滿無數瑣碎細節幾至離題，朱天文的解釋是爲繁衍時間、拖延結局、躲避死亡的策略，或許還是張愛玲對胡蘭成所說：「體系嚴密，不如解散的好。」也因此作者似有撰史意圖，卻不能歸於一般史傳，正是張愛玲所提示的：「我沒有寫歷史的志願，也沒有資格評論史家應持何種態度，可是私下裡總希望他們多說點不相干的話。現實這樣東西是沒有系統的，像七、八個話匣子同時開唱，各唱各的，打成一片混沌。」（《流言．燼餘錄》，頁 41）朱天文又指此書是「違逆潮流的男性書寫」，此所謂「男性書寫」，自迥異於現今女性主義所指的大論述，倒可引胡蘭成對中國男性的觀點：「中國人的男性，現實的，壯大自然的。」（《閑愁萬種》，頁 129）。朱西甯以這部細節遍布的家族史／民國史向世間告別，亦好似張愛玲《對照記》揮別的手勢。

留下未竟之書，朱西甯回歸天上的家，天文展卷一讀，無限悵惘地對天心說：「好看吔。」此時她已寫完對胡蘭成的還願之作，同住一個屋簷下，久已不讀父親作品的她，竟或許未察父親也一直在寫還願之作。儘管胡蘭成學說和行徑被批評爲荒誕不經，但居然提供兩代父女啣悲還願 20 年，也算是功大於過了吧！所不同的是朱天文發揚的是胡蘭成的陰性美學，而朱西甯表現的是國族理念部分，在闡明觀點的表現手法上各趨於一隱一顯。

朱天文的還願之作如神姬之舞，莫非其父亦然？朱西甯對創作信念曾歷經三大轉折，早期挖掘人性陰暗幽微面並嘗試救贖；1976 年受訪時卻批評先前作品「晦澀、不具象、空虛」，把「藝術奉爲神明」的觀念，「太狹隘了、看不到人性的亮光」，[44]此時對社會現狀強力批判並開方期許；晚年已不考慮發表，又轉而寫給上帝，一逕信望愛地放光明。爲何中間曾一反寫作給神的本意？或許是當時他已有可供具體膜拜的神祇胡蘭成；晚年復

[44]吳至青，〈不斷求變的朱西甯〉，《書評書目》第 60 期，1978 年 4 月，頁 71～72。

又寫給上帝，所秉持的信念也正是胡蘭成所言：「譬如寫文章，不爲對誰，而只是對神的。」（《今日何日兮》，頁 142）而天庭裡有胡蘭成在殷殷顧盼。

他會永遠地寂寞嗎？體內融入胡蘭成、張愛玲之魂的朱西甯，培育無數後代作家，因朱西甯而生發的張派作家現象，會是日後文學史不可略過的一筆吧！

然而朱西甯又影響了哪些後代作家？除朱家姊妹之外，亦有身世經歷相近的後輩，受其文學精神感召，兩相對照，更體現了不同世代作家間，其時代經驗與文學特質之關聯。如既是張派作家又是軍中作家的蘇偉貞，曾獲這位軍中前輩作家鼓勵，在朱老師逝世後，她每遇現實挫折，常開車停在朱家門前遙念，以獲得精神支柱，[45]但這兩代軍中作家顯然有著殉身國家與殉身情愛之別；另有同樣祖籍山東、時採北地腔調的張大春，不僅與朱家有交誼，更對朱西甯作品了解頗深，但其作並無對國家民族的執念，從朱西甯〈海燕〉中讚揚的父子兵精神傳承，到張大春〈將軍碑〉對家國信仰的質疑與顛覆，這中間的歷史軌跡、政治轉變，何其漫長而詭譎，背負信仰踽踽獨行的朱西甯，又如何能這麼輕易解脫？

《華太平家傳》未竟的最後一章，篇名猶取作其畢生心心念念的「西體中用」，末一段結尾於：「我父終其一生，真的就是一步一個腳印兒那麼做……——即便祖父過世後。」（《華太平家傳》，頁 861）對朱家姊妹而言，血親的祖父在大陸老家，道統的祖父是胡爺爺，這句話或許可視爲朱西甯真正的遺言、最後的提示。[46]

---

[45]引自蔡逸君〈寫來作生命——記朱西甯先生遺作《華太平家傳》新書發表會〉，《聯合文學》第 210 期，2002 年 4 月，頁 60。

[46]本文原名爲〈胡蘭成與朱西甯、張愛玲的文學因緣〉，發表於「紀念朱西甯先生文學研討會」，感謝講評人廖咸浩教授的寶貴意見。論文發表前一天座談會中，張瑞芬教授提出諸多指教（詳見論文集〈重新評讀朱西甯〉座談會紀錄），由於筆者不在場，聽眾亦尚未拿到論文，因此無機會請益，當時撰述的回應稿未獲主辦單位刊用，僅在此附記，以銘謝張教授對拙作的關注（以下張教授所述以『』爲記，研討會筆者原稿內容以「」標示）：一、原稿未言《華太平家傳》『完全蛻去胡氏之文風』、『已褪去胡腔的襲染』，所述爲「胡張影響與三三信仰，已不見痕跡鑿鑿，而自然入化於本尊」，並以胡張淵源解讀此書，且引述張教授專評。二、原稿指朱西甯對蘇偉貞的影響

主要參考書目

・《三三集刊》編輯群編著《鐘鼓三年》（臺北：三三書坊，1980 年）。

・三三群士，《中國站起》（臺北：三三書坊，1980 年）。

・朱天文，〈如何和張愛玲劃清界限——朱天文談《張愛玲短篇小說集》〉（《中國時報・人間副刊》，1994 年 7 月 17 日）。

——《花憶前身》（臺北：麥田出版公司，1996 年）。

・朱西甯，《曲理篇》（臺北：慧龍文化公司，1978 年）。

——《日月長新花長生》（臺北：皇冠出版社，1978 年）。

——《微言篇》（臺北：三三書坊，1981 年）。

——《多少煙塵》（臺中：省訓團，1986 年）。

——《狼》（臺北：皇冠出版社，1978 年）。

——《鐵漿》（臺北：遠流出版公司，1989 年）。

——《非禮記》（臺北：皇冠出版社，1979 年）。

——《春城無處不飛倦》（臺北：三三書坊，1975 年）。

——《牛郎星宿》（臺北：三三書坊，1984 年）。

——《獵狐記》（臺北：三三書坊，1984 年）。

是「文學精神的嫡傳」，此說根據書面資料並曾致電偉貞師請教，未言為『風格』的傳承，早先筆者博論即將蘇偉貞置於張派譜系詳論。三、原稿所敘「八一年夏胡蘭成逝世，《三三集刊》停辦」，乃陳述史實，未言及因果關係，筆者於 1996 年為研究《三三集刊》訪仙枝（林慧娥）時，已知集刊停辦有諸多因素。四、張教授指本文所敘「中國文明系列雜文」『並沒有加注說明』出處，在原稿注 49（修訂後本文注 42）已有說明。五、筆者亦認同朱西甯非『打壓鄉土文學』、『完全官方』，原稿指「他並不否定鄉土文學，……但認為七 0 年代提倡的是“偽”鄉土文學」。六、張教授認為筆者少作〈《三三集刊》的散文研究〉的問題為：『研究《三三集刊》的散文，並不能只找《三三集刊》的資料，《三三集刊》的作者很多都在神州詩社發表文章。』筆者認同此一觀點，唯因少作非題名為〈三三文學集團的文學研究〉，故未涉及，且已於更早先發表的〈在君父的城邦——三三文學集團研究〉一文述及兩文學團體的關連。張教授指少作〈在〉一文『把三三文學集團的成員列出來，為什麼神州的人不列進去呢？』因兩者為不同的文學集團，有所交集然無法混談。
最後，感謝朱家對拙作的寬厚包容。筆者以為真正尊重一位作家，是除望其高峰，亦不宜略過或被視作低谷之處。其慷慨激昂宣揚理念之作，隨時移事往或顯過時，並被視為政治不正確，朱先生本人許也不再堅持部分觀點，然終承擔一切未曾言悔，反更顯出其精神品行。（本文結集稿費轉贈朱天衣「甯苑」流浪貓狗「巡迴免費結紮車」。）

——《將軍令》（臺北：三三書坊，1980 年）。

——《七對怨偶》（臺北：道聲出版社，1983 年）。

——《茶鄉》（臺北：三三書坊，1984 年）。

——《黃粱夢》（臺北：三三書坊，1984 年）。

——《華太平家傳》（臺北：聯合文學出版社，2002 年）。

——《中國人．無數于天下》，《劍門》（《三三集刊》第 8 輯，1977 年）。

——〈金塔玉碑——敬悼張愛玲先生〉，收於蔡鳳儀主編《華麗與蒼涼：張愛玲紀念文集》（臺北：皇冠出版社，1996 年）。

——〈恨歸何處——評王安憶《長恨歌》〉（《聯合文學》第 141 期，1996 年 7 月）。

——〈點撥和造就〉（《聯合文學》第 132 期，1995 年 10 月）。

——〈愛玲之愛〉（《明報月刊》第 30 卷第 10 期，1995 年 10 月）。

——〈終點其人，起點其後——悼張愛玲先生〉，于青編《尋找張愛玲》（北京：中國友誼出版社，1995 年）。

・李昂，《群像——中國當代藝術家訪問》（臺北：大漢出版社，1976 年）。

・吳至青，〈不斷求變的朱西甯〉（《書評書目》第 60 期，1978 年 4 月）。

《胡蘭成全集九冊》（臺北：三三叢刊，1991 年）。

・夏志清主講，林賀超、黃靜整理〈我與張愛玲〉（《明報月刊》第 35 卷第 12 期，2002 年 12 月）。

・馬叔禮，〈《將軍令》座談會摘錄〉（《文壇》第 246 期，1980 年）。

・張瑞芬，〈以父之名——朱西甯《華太平家傳》評介〉，《未竟的探訪：瞭望文學新版圖》（臺北：麥田出版公司，2002 年）。

・張愛玲《流言》（臺北：皇冠出版社，1991 年）。

——《傾城之戀》（臺北：皇冠出版社，1991 年）。

——《張看》（臺北：皇冠出版社，1991 年）。

・張瀛太，《朱西甯小說研究》（臺灣大學中文所博士論文，2000 年）。

・莊宜文，〈在君父的城邦——三三小說集團研究〉（《國文天地》，1999 年 1～2 月）。

——《《中國時報》與《聯合報》小說獎研究》（中央大學中文所碩士論文，1998 年）。

——《張愛玲的文學投影——臺、港、滬三地張派小說研究》（東吳大學中文所博士論文，2001 年）。

・黃錦樹，〈世俗的救贖？——論張派作家胡蘭成的超越之路〉（《中山人文學報》第 15 期，2002 年 5 月）

——〈神姬之舞——後四十回？（後）現代啓示錄？〉，收於朱天文《花憶前身》。

・馮季梅，〈悲劇是尋求希望的原始力量——專訪小說家朱西甯先生〉（《文訊》第 79 期，1995 年 7 月）。

・楊政源，《家，太遠了——朱西甯懷鄉小說研究》（成功大學中文所碩士論文，1997 年）。

・蔣云，〈爲張愛玲叫屈〉（「張愛玲與現代中文研討會」，香港嶺南大學中文系主辦，2000 年 10 月 25 日）。

・蘇玄玄，〈朱西甯——一個精誠的文學開墾者〉（《幼獅文藝》第 31 卷第 3 期，1969 年 9 月）。

——選自《紀念朱西甯先生文學研討會論文集》
臺北：行政院文化建設委員會，2003 年 5 月

從「傳統的現代化」到「現代的民族化」

論《華太平家傳》與朱西甯小說創作美學的轉變

◎張瀛太*

> 有幸生長在一個基督教的家庭，我成長的時期，正當中國文化在下沉、在萎縮的時候，需要一個新的刺激，使文化創造力能重新抬頭，也許我受惠於這個比較多。[1]
>
> ——朱西甯

朱西甯 1980 年動筆的《華太平家傳》，至 1998 年過世前已寫成 55 萬字。小說蘊釀期甚久，早在 1950 年就曾提筆撰寫，因不滿意而放棄，1980 年再度開筆以來總共毀稿九次，1991 年，朱西甯在一篇訪問稿中表示當時在撰寫第十次，已完成的內容很合乎自己要求。[2]試對照 1987 年，他生前最後出版的《黃粱夢》那種無意於任何修辭布局的寫法，與《華》書文字的淳熟圓暢果然有天壤之別，再從它的企圖和架構看來，作者似乎不是單純的以寫「小說」來對待，而是當作一種志業、生命壓軸之作。

《華》書原預定的書寫範圍，是八國聯軍到國父革命這段期間山東一帶老百姓受到的西方文化衝擊……作者甚至有意將《華》書寫成三部曲，

---

*發表文章時爲臺灣科技大學人文社會學科助理教授，現爲現爲臺灣科技大學人文社會學科教授。

[1]見吳至青，〈不斷求變的朱西甯〉，《書評書目》第 60 期（1978 年 4 月），頁 63。

[2]見張夢瑞，〈寫寫撕撕近十回，朱西甯心頭巨構漸成形〉，《民生報》，1991 年 10 月 13 日，第 26 版。

並將時序延伸到北伐抗戰。[3]然全書從庚子年（1900 年）起筆，至 55 萬字止，時序大約只推展了兩年——朱的宏願固然天年不假，但是「未完成」並不意味著作品的「不完整」：試觀書中不斷以岔開、離題、蔓生的方式，來插入舊時生活細節，作者彷彿沉浸其中，不願自拔，這寫法表面上是拖延卻也是種「繁衍」，他將所有美好的片刻無盡延展，以包裹所有不完整的缺口，當不完整被不斷的「繁衍」所填滿，遂造就了書中精神的一貫性和完整。

小說描寫主述者華太平的父祖兩代因日軍侵華，逃難到尙佐縣落戶後的生活。其間正值義和團、八國聯軍、辛丑條約、甲午戰爭……等不太平的年代，主述者名爲「華太平」，似有寄寓家國太平的願景。全書的敘述筆法亦極「太平」，占最多篇幅的是舊時庶民生活（山東）紀聞，敘述口吻詳樂閑靜，即使背後埋伏時代變動的不安，全書卻洋溢在「歲月靜好」的生活情調中，且這些大量書寫的細節與故事間未必有關聯，整部小說幾乎是越過「家傳」的脈絡，來描畫一幅四時農家樂；而安插其間的少數情節，主要是在祖父的傳教辦學和父親的興家營生上，華祖爲當地的基督教牧師兼私塾經師，華父受雇爲農工，後成爲洋人管家……小說藉祖、父兩代所成就的「禮樂／基督」施行典範，彷佛提示了一條能使中華民族謀得「太平」之理想國路徑。

書名雖爲家傳，但嚴格說來，重點並非在於建構一部完整的家族史或自傳式的大河小說，即使書中偶爾穿插華家曾祖到華父三代的興衰和信教傳教的過程，內容又與朱西甯身世若合符節，可是作者在第一章〈許願〉已藉主述者表明心聲，他要的是——據實留下時代中一個小輪所馳軌跡。綜觀全書，的確處處是軌跡，有「時代、地域」的軌跡——文化記憶典藏和史料掇遺，也有「個人」的軌跡——華家祖父的福音中國化，華家父親的西體中用。茲分述於下：

---

[3]同前註。

一、小說三大內容

(一)文化典藏和史料掇遺

朱西甯早在曾有在小說裡「保存過去生活」的心願,[4]但一直不見實現,在晚年的《華太平家傳》中,終於以最多數篇幅實踐了「把當代人生活細微的留下來」的心願。書中以風俗誌的方式記錄了過去的生活、民俗知識等等,而全書最吸引人的部分也在此。

種大煙、打高粱、盪鞦韆、打大雁……連篇累牘的「往事」,如追憶似水年華,而它的好看與其說是「追憶」,不如說是在其「逝去」本身。「逝去」本身已具備被捕捉的魅力,何況朱西甯選擇的又是美好的生活剪影;即使「追憶」的方式近乎「記錄」,近乎平和,波瀾不興,但內中卻流露一種眷眷愛戀——就「戀」的角度而言,同樣是寫鄉土,比起早期的「仇鄉」,[5]晚年作品反而是真正的「懷鄉」了。它的情調是詩意化的、溫情化的,而非冰冷、純知識、資料化的「記錄」;[6]因此,除了「保留」,還見得出情意。而這情意,用李奭學的話講,正是體現了朱西甯對中國的愛,召喚出他少時記憶中的故國情景。[7]

當然,它的「好看」不只於題材本身的時空差距、筆調的詩意溫情,也在於作者敘述的「不厭精細,細而不膩」,風物細、掌故細、人情細,詳實的考據、生動的記述,如同書外書,令人展讀的同時隨之雲遊卷外而忘返;而看似無結構的離題蔓生,其實是配合四時節氣、晴暖寒雨而調候運息,單篇看是一幀幀風土小品,連著看是一脈脈長流遠山——我們看到春天如何收割大煙、喜鵲築巢,夏天如何翻地瓜秧、吃地瓜玩兒,立夏如何

[4]我有一點願意……如果我們把當代人生活細微的留下來,讓後代子孫知道祖先們曾在這片土地上怎樣的生活;也許就很夠意思了。我們再不寫,這些二三十年前的東西也就丟掉了。見李昂,〈在小說中記史——朱西甯訪問記〉,《書評書目》第 16 期(1974 年 8 月),頁 113。

[5]《鐵漿》、《狼》、《破曉時分》等書,對鄉土的描寫,多著重於對中國民族性的批判,例如血氣衝動、迷信、自私、不守法等等。

[6]例如 1970 年代初至 1970 年代中的〈牛郎星宿〉、〈我的一塊地球〉、〈乳頭阿理公〉、〈山中才一日〉(以上皆收於《牛郎星宿》)等篇,報導性濃,作品以記載知識、呈現資料爲主。

[7]參見李奭學,〈千年一嘆〉,《聯合報》,2002 年 4 月 21 日,第 23 版。

稱身重、騸牲口，夏至的躲伏，打高粱穗、下大糞肥，秋天的製衣添襖、打菇鈕結子，入冬如何打野射雁，過年的各種賭錢名堂、藝陣莊會，三月如何春耕、四月如何撒種……55 萬字，只循環了兩個寒暑，但已經夠了，完整了，因爲它已形成一個宇宙、一種「逝去的美好」的全面保留，「保留」的不只是「生活」，也將生活成爲一種掌故、知識。甚且將耕作所需的雨勢風向的判斷（例如「西南雨、西北雨」）日常器物的製作（例如「等磨盆」、「兩頭翹扁擔」、「打鍋拍子」），舊社會的鄉俚俗諺、讖語、村話、土話（例如「西南雨，上不來，上來沒鍋臺」、「熒惑入南斗，天子下殿走」、「鞭你、兀兒的」、「濟人兒」）等等藉機解說並存錄下來，如同一本傳統民俗百科全書。

至於這些精選的「民俗百科」除了是生活的、知識的、掌故的，它同時也是極民族性的、文化典藏意識的；而當朱西甯精選這些「生活」的同時、還精選幾位示範性人物，在書中生活出一幅幅淳美的人情風俗畫，例如勤奮正直的華父、睿智慈祥的華祖、助人爲善的李二老爹、德藝兼具的大美……等，可見他要借助於這些善民良俗的，恐怕不止於「存掌故」，那還是一種「中國文明之飛揚，民族文化之傳承」[8]的更高使命，這也是朱西甯早年宏願的實踐。

此外朱西甯寫作期間屢次到大陸搜集資料，一些史料在書中是以大塊登錄的方式呈現：例如上海「申報」、天津「直報」所報導的義和團信息、朝廷因應對策，甚至有完整的「詔書」全文照登。而關於正式史料所未及的「傳說」部分，例如義和拳如何鋪壇練功，朱西甯便以小說之筆虛擬實境。值得注意的是書中對於史料的處理只是冷靜的呈現而不帶任何情緒反應，它們在小說的存在意義，無助於情節或人物性格的展現，卻像是爲了「保存」或成爲「知識」，換言之《華》書另一方面也有歷史掇遺的意義。

---

[8]朱西甯完成第一部小說《大火炬之愛》後，曾獲孫立人將軍召見勉勵，朱當場亦留下誓言奉慰將軍：史書是史家寫的，不是皇家寫的。「由是伊始，我的作品風向爲之丕變，一爲中國文明之飛揚，一爲民族文化之承傳，即反共亦衍變于無形，而更長更闊更高更深。」見朱西甯，〈豈與夏蟲語冰？〉，《中國時報》，1994 年 1 月 3 日，第 39 版。

（二）福音的中國化

《華》書占最大篇幅的人物，祖父，幾乎是朱西甯祖父的翻版——一位終生致力於用孔孟傳耶教的傳教士。[9]書中不惜用許多篇幅來介紹這位祖父，且異乎全書行文的蘊藉含蓄，有時更使用「行善不欲人知，功德勞累，沒有任何計較」之類的白描句、直述句來讚揚祖父的爲人、智慧、胸襟和救人義行，仰慕之情溢於言表。

祖父在書中表現有三大功蹟：濟世救人、解經說道、基督教中國化。

1.祖父可說是全書的主要濟世人物（另一位次要善人是李府二老爹），他爲地方立下的汗馬功勞，犖犖大者有下列數項：拯救洋教士免於義和拳殺戳；招安匪首花武標受洗，鐵鎖鎮從此平靜無事；給尤三爺義和拳收爛攤子，把無路可去的紅燈照、黑燈照姑娘安頓到湯七爺的機房和絲房；替郵傳局子何安東長老物色人才；幫上海陸記小老板招募土工……。而小說寫他的救人助人簡直是「談笑用兵、神機妙算」，往往不費吹灰便能化險爲夷，這除了表現出角色的智慧和人和，恐怕也私藏了作者的厚愛以及在書中所賦予的重任。

有時書中甚至省略了救人過程的描述，直接以「神蹟」「主恩」之類的字眼來解釋，例如招安花武標是一件大事，但始終未見作者陳述其感化匪徒的經過。當書中藉祖父達成此「神蹟」，也意味著祖父這一角色的功能是源於「天授」，否則爲何其他角色全無插手餘地，卻獨善於祖父。而「天授」者，在書中被賦予的重責，幾乎就落實在「天機」的講授上，例如小說讓祖父發現基督教與中國的古老淵源、用中國經典傳教以修正猶太耶教

---

[9]朱西甯的祖父是前清讀書人，後來做了基督教的傳教士，全家都成爲虔誠的基督徒。在山東臨朐那個偏僻的小地方，他們家算是很「新式」的。朱西甯是他的大家族中第 3 代第 19 位基督徒，夫人劉慕沙則已排名到第 31 位。那是個宗教家庭，同時又是個極強烈的愛國主義者家庭，他的兄嫂和姊姊、姊丈們不是參加北伐，便是抗日期間從事游擊隊的敵後活動——尤其後者，爲了運用民間武力，不得不參加幫會組織，以即使向國旗敬禮亦視爲「拜偶像」的當時迂闊的教會看來，那種擺香堂、拜祖師的種種儀禮，不啻是離經叛道的異端了，於是被排斥於教會之外。但這似乎不曾影響他們的宗教信仰，反而促成他們致力於宗教和民族文化兩者信仰的和諧，也就是基督教的中國化。參見馮季眉，〈悲劇是尋求希望的啓始力量——專訪小說家朱西甯〉，《文訊》第 117 期（1995 年 7 月），頁 77～78。《新墳》書末〈小傳〉，頁 137、138。

的霸氣……他的一切作爲，都被寫成是爲了符合上帝的心意。

2.而身爲「天機」的授業使徒，這位祖父幾乎結合了政論家、經學家、宗教家於一身，不但愛議論天下事，在書中又時時跳出敘述脈絡來講經論道，有時連篇累牘欲罷不能。祖父論道的內容大抵把儒家的「以德通天」、老莊的玄妙之「氣」、尙書洪範七疇的「卜筮」稽疑……等雜揉爲一套獨家的「氣一德一術」之說，並以此比較中、西文化的優劣，說明東方儒教的「興滅國，繼絕世」比起西方基督教的「滅興國，絕繼世」更能證果「上帝愛世人」的真意。

書中不時穿插對教會傳教方式的不滿，指陳教會人士如何抹滅中華文明、偏狹迂腐、無知反智；另一方面又對鄉愚百姓的民智未開、不知國難當前深感憂心，藉此堆積出一股迫切感，呼籲國人急需一套救亡圖存之道，於是善體國粹、妙得神意的祖父自然成爲「牽引世人」的不二人選。

3.書中形容祖父傳道是「上天恩賜特異」，中、西傳教士都比不上他——「祖父自幸深獲天恩獨寵，屢見異象，上帝明示今欲動用其在東方華夏之土與世人合同經營所蓄貲產，期與聖經所傳者合而爲一，俾得截長補短，適足以既明明德而復親民，方可止於至善之境。」(見〈天啓〉、〈信以爲假〉)。而祖父的傳教異秉，大抵表現在兩方面：

（1）十八歲時即以「大秦景教流行中國碑」印證基督教傳入甚早，並可見上帝與中國早有密切因緣，中國是祂揀選的福音之地。

（2）發現基督教傳教危機、聖經記載的不足，進而取中國修齊治平之道，補充聖經所缺乏的親民、倫常、務實。至於為何獨取中國經典傳教，祖父有如下說法：「摩西五經和福音四書，但得能讓中國四書五經合而為一、互補長短，則上帝的旨意彰顯具足完全矣。」

——見〈天啟〉

「上帝創造天地萬物之初，就藉著以色列人又蠢又笨又不通達天理人情的祖先所昭示給世人的真道——上帝是愛。咱們有幸生為中國人，承受天恩最深最高最厚最廣也最久，所以最像天父的形象和樣式，也最聰明靈利、不需上帝明言便參悟到上帝的心事……這從先聖先賢、列祖列宗，遺留下來這座福音堂也裝不下的經史子集可以見證。」

——見〈遠交近攻〉

藉祖父之口，不但告訴我們中國人爲何是上帝最眷顧的民族、也將中國推崇爲上帝獨選的宏教聖地。於是，庚子國難遂被視爲一個契機：迫使中國渴求福音來振興華夏、重修與上帝之好。另一方面，也藉著福音的速傳中土，使之得與中國文明結合，拯救其福音僵化的危機：例如書中常用《周易》、《中庸》、《老子》解釋亞當夏娃爲何被逐出伊甸園，亞伯該隱爲何受上帝不同的對待……。

但果若如此，中國已擁有優於聖經的「經史子」，爲何急需「福音」來救亡圖存？這點，小說彷彿視爲理所當然或來不及言明，只簡單說是「合則兩利」；雖然朱西甯曾將基督教形容爲「中國文化下沉時，所需要的新刺激」，[10]但顯而易見的是，「基督教」在書中被說成是最大受益者，祖父的福音中國化，除了使基督教更貼近中國之外，更是拯救了基督教義在歐美的淪爲不義——換個角度看，這豈不是「中國文明之飛揚」的最露骨炫耀。而祖父這個角色，與其說是個智慧的長者、天授的傳教者，不如說更是個「中華文化飛揚、民族文化傳承」的代言人了。

（三）西體中用

除了書寫宗教思想的「不藉蘊釀」，朱西甯在小說的另一個主張「西體中用」，寫法也是不假迂曲，直陳利弊，近乎宣教。

「西體中用」的主張大抵是透過華父這個角色來代言。華父讀書不多、自學成功，藉著他帶領讀者見識中、西文明差異，不但符合一般「庶

[10]見吳至青，〈不斷求變的朱西甯〉，《書評書目》第 60 期，頁 63。

民」眼光，角度也貼近於「民間」。

書中的「西體」指的是現代知識、文明科技而非其哲學思想或價值觀。除了偶爾藉祖父之口稱讚西方人的守時觀念、信德修行之外；由華父所見所歷的多是著眼於「功利」層次，觀點是實用的、選擇的是日常民生較切身實際所可體驗的，例如華父心目中的「西體」的內容，是集中在吃穿用度、車馬宅屋的比較上：洋花生大過土花生、洋燈油亮過菜油、洋馬車勝過小鐵車；其他如居住、衛生、機器、用品、營養、學堂教育……等等也都是國人可取長之處。取材眼光「現實」，也富有基層教育的意義。

「西體中用」爲《華》書最後一章的篇章，在這一章後半部，作者迅速讓華父成家、置田、培植子女上學，最後並「功成業就」回到尙佐縣探望李二老爹，稟報自己從洋人那裡得到的「開通」念頭，儼然是「西體中用」的見證人兼受益人。從最後文字的急就章，可見得朱西甯臨終前的心願和急切，交代完這最後一項，他一生所信守的理念全都涵蓋了；如劉慕沙所言，「若再寫下去，只是文學部分的無限想像和延伸，這個，已然有女兒女婿們同樣勤勤懇懇的在堅持……」。(見書前序〈看電聯車的日子〉)

二、藝術手法

從《華》書來檢視朱西甯的創作線索，我們可以看到，不只是朱西甯晚年的思想理念和文學觀，作品本身其實就是朱西甯一生藝術歷程的縮影。書中有明顯的理念部分和文學部分。理念部分的內容是屬於宗教的、家國的；文學部分的內容是追憶的、存史的。前者筆法直接，後者細膩；前者語調是明白昭告，後者是含蓄沉緬。雖然兩者同有「民族文化傳承」的企圖，但表現手法明顯不同。

(一)文學部分——早期、中期小說美感的再現

1.早期《鐵漿》美感的再現

《華》書的序曲部分〈許願〉可視爲一精構的短篇小說。它不但文字濃密、意象鮮明，形象掌握和人物塑造更俱見功力，此外，還有若隱若

現、令人產生預期的衝突感，這些，在在可見《鐵漿》時期藝術的再現。其中寫奶奶的部分最令人欣賞，奶奶的陰晴不定、可親又可厭，藉著一段「氣味說」已嗅得其中三味：

> 屬于奶奶的氣味很多，一入夏就隨身裝一塊咱們小孩兒老認是冰糖的明礬，和一隻黃楊木鏇的帶蓋兒瓶子，裡面裝一根手指大小的薄荷錠。在得寵的日子裡，奶奶不光是時時刻刻不讓你離開一步，還照應你周身上下無微不至。別說身上沾了什麼灰呀泥呀，連忙撲撲撣撣，抽抽打打……萬一發現你讓蚊子叮了，那可像人家把她小孫兒戳了一刀，大呼小叫，趕緊捽住你，照那蚊子叮出來的小疙瘩上呸口唾沫，掏出白礬塊兒，就著唾沫上來回猛出溜兒。白礬稜稜角角的刮得肉疼還不說；唾沫窩在嘴裡甚麼氣味也聞不出來，可就是出不得口，出了口兒那氣道就不怎麼正了，更經不得塗塗抹抹。祖母滿口鑲的假牙，又刷得很勤，卻與呸出口的唾沫無干。唾沫已夠難聞了，怎堪白礬再來湊熱鬧，更別說叫人聞了要有多惡心。只是一聲落到祖母手裡，任你嚇怎麼樣拉長了脖子想掙，也別想逃過那一劫。後來哥哥姐姐長大了，碰到一起但凡談起祖母，少不得都要提到這種極深刻而沒齒難忘的祖蔭恩澤……原來哥哥姐姐也一個都沒躲掉那樣的滂災；唾沫和白礬雙料的惡臭。

作者寫人，由氣味點燃記憶，再由氣味中浮現出人物造型、人物性格乃至代表獨特性格的獨特氣味以及給人的獨特感覺，透過這樣的聯想及意象，使得形象掌握甚爲生動鮮明。

2. 中期小說實驗的修正

當《華》書進入主述部分，便開始離題蔓生，樂而忘返，如同展開一幅清晨上河圖，布局和思考模式類似於中國山水手卷，把「定點透視」化爲「散點透視」，一路都是「可行、可望、可居、可遊」，例如：西南雨、清明早露、神拳、老棉襖、躲伏、鳥窩、乘涼烤火、地瓜翻秧、鋤禾日當午、風水、魚鷹、黃河見底、新春……等，單篇看如同精筆設色的工筆畫，全幅展卷下來又如閒筆隨趣的寫意畫，於是，可展盡全覽，也可或停或擱，讀多讀少都有賞玩之趣。

書中許多大段落的敘述沖淡了情節主軸，甚且取代了情節。但此時的「敘述」並不單純只是「小說實現」期[11]的「存敘述」，而是有所爲而爲的「在小說中記史」，於是「敘述」不再成爲文字遊戲，它被演變成一種專注的「精細」。而「精細」又有兩種，一種是「體物」的細，一種是「記物」的細——

例如寫換季之際老棉褲裡悶著的汗毛：

> 一冬過來皮肉不見天日——實算算可不足一冬，秋後不久那根根汗毛就起始冬藏了，顧自螺絲轉兒似的一圈圈盤緊，盤像鯉魚子那麼大小，上面自生一層蒙皮兒蓋上，封個死死的，這跟牲口入秋便逐日換上又密又細的絨毛好過冬該是一個道理。待到春暖，牲口脫毛，拿銹斷的鋸條截下扠把長，釘個柄兒當耙子，給牲口理毛撓癢兒，一耙就梳下整把滾成氈餅子的絨毛。這時節人也該蛻層皮兒了——一出汗，根根盤成螺絲轉兒的汗毛悶在蒙皮下頭可就不安分了；加上光了脊梁叫風日一（風奏）一晒，渾身上下沒一處不是刺刺鬧鬧；抓抓撓撓間，眼睜睜的根根汗毛醒過來一般，打著彎兒支楞起來，像打地底下冒出芽兒，不一刻兒就挺直了。
>
> ——〈望門妨〉

[11]從1960年代中到1970年代初，朱西甯展開了突破自我的文學實驗歷程，最明顯的現象是小說不再強調故事性和思想意識；而是「以語言爲形式」、「語言爲結構」、「語言爲內容」的書寫，此即「新小說」實驗期。作品收於《冶金者》、《現在幾點鐘》、《蛇》。這些「新小說」的事序結構，充分展現強烈的表演性和破格性，不但摒棄傳統小說的情節安排、人物造型、時間觀念，有時幾乎是沒有情節，只存敘述。

其中〈現在幾點鐘〉是朱西甯語言實驗最成功的一篇，通篇的趣味就在那些貫串全場的雜談叨絮裡。最極端的該是〈巷語〉的「無人物，存聲音」，在這篇小說裡語言已不作爲表達的工具，作者把語言的連貫性、指涉性剝離到只爲了「呈現」，換言之，它是讓小說變本加厲的成爲一種單純的語言「存在」。

這一大段把汗毛觀察得秋毫不漏，比喻和聯想間頗具文學趣味，可算是「體物」有方。再如寫地瓜種類的這一段：

> 這當地是地瓜叫紅芋，過了河東又叫白芋了。紅芋白芋都跟色氣無干。按色氣分，倒是可分四種，一是大紫紅芋，箇兒不大，可生得結實，煮熟了還是含點藍尾子的紫紅色，麵得很，像煮栗子，噎人，只為箇兒不大又結得少，下母籽時只下少些，當細糧喫。一是肉色紅芋，一是白紅芋，都差不多質料兒，結得又大又多，不似大紫紅芋那個麵法兒，可甜得很，吹糖人兒的糖稀、做牛皮糖、豬腳糖，都是這兩種地瓜熬煉出來。還有一種洋紅芋，白皮兒、白瓤兒，水汲汲的不大甜，也不大麵，味道上沒點兒可取，就只圖它箇兒大，又能結得很，打算多餵幾頭豬的話，就多種一些。
>
> ——〈糧草〉

這段「記物」的目的雖在於記實性、知識性，然語調圓熟活潑，老練而不澀，文字也緊緩合度，讀來頗覺生動可親。而《華》書其他寫舊生活、舊風俗的段落，也同樣有這種「不厭精細」但細而不膩的可喜之處。另一方面，朱西甯用俗語方言摻入舊文言所提煉成的「朱體」也在此達到成熟。

（二）理念部分——胡蘭成「大中國主義」的直接體現

就理念部分來談，《華》書是把朱西甯晚期其他小說[12]所語焉不詳的「基督教中國化」具體哲理化、論述化甚至論著化了。書中祖父長篇累牘的論道說經，彷彿有獨立成一部中國聖經的企圖，而值得注意的是，所謂「福音中國化」的「中國」內容，其實是繼承自胡蘭成那套大中國主義的

[12]所謂晚期，大約是以「三三書坊」的成立爲分限，此期出版的小說集有《將軍令》（1980 年）、《七對怨耦》（1983 年）、《熊》（1984 年）、《牛郎星宿》（1984 年），長篇有《獵狐記》（1979 年）、《茶鄉》（1984 年）、《黃粱夢》（1987 年）等。

文明理想與世界觀。

胡蘭成於 1976 年被朱西甯迎至家中講學半年，[13]因而有了《三三集刊》的成立，[14]並成爲「三三」諸士的文學與精神導師。在每一冊《三三集刊》裡，皆可見如下宣言，它涵括的幾乎也是胡蘭成的思想特色：

> 您若認為「三三」縱排出乾卦，橫排出坤卦，也好
> 您若認為「三三」嚮往中文學傳統的「興比賦」，也好
> 您若認為「三三」想要三達德，也好
> 或者
> 您若認為「三三」說的「一生二，二生三，三生萬物」的故事，也好
> 您若認為「三三」說的「三位一體」真神的故事，也好
> 您若認為「三三」說的「三民主義」真能的故事，也好

胡蘭成的學說不但以《易經》總其綱，強調「易經是理論學問的統一場」，[15]此外，更雜揉了《周禮》、《詩經》、黃老、儒家、禪學、以及湯川秀樹的粒子宇宙論，最終則以建立禮樂中國爲其理想。他認爲中國不講宗教，而是政祭一體，祭是「樂」、政是「禮」，而禮樂之學正是用以明華夷之辨的最高法則，他在《中國的禮樂風景》裡，曾大談華夷之所以須別，堅稱「大自然只有一個，大原則只有一個，所以文明亦只有一個。」

> 我們為什麼明華夷之辨？因為我們若用西洋人的宇宙觀、人生觀、社會

---

[13]1974 年，朱西甯爲了寫張愛玲傳而結識胡蘭成，1976 年春末，胡氏因昔年參與過汪精衛政權的漢奸問題被文化學院解聘，他將胡氏迎至家中講學半年，因而創辦了《三三集刊》，以宣揚「中國禮樂」的思想啓蒙爲志。1979 年成立「三三書坊」出版社。

[14]按，「三三集刊」是由朱天文、朱天心、謝材俊、馬叔禮、丁亞民和仙枝等人，在「皇冠」平鑫濤的支持下，共同創辦。前一個「三」意指三民主義，後一個「三」指聖父、聖子、聖靈三位一體的真神。他們則自稱三三群「士」。

[15]參見《閑愁萬種》（臺北：遠流出版公司，1991 年初版一刷），頁 133。按：書中收錄 1964～1981 年作品。

觀、藝術觀論與思考方法，我們就不能對於今在趨向破滅中的世界現狀有一個新的想法，也不能建國，也不能寫一篇好文章。我們若用西洋的哲學與其邏輯，就不能對應今時天文學上的與物理學上的諸現象，無法說明何以會有此等現象存在的理。我們若只知崇拜西洋，我們就缺少智慧來了解孫文先生。

我們明華夷之辨，也是為的可以更清潔的取用西洋的好東西。……數學與物理學在西洋今已到了盡頭，西洋的哲學跟也跟不上來，要用中國的哲學才能打開那盡頭處……所以我們先要重新建立中國文明為主體。我整理出來的中國文明的最高原理「大自然的五基本法則」，也可以說是神的法。[16]

所謂「神的法」，自是把「中國文明」標舉爲超越所有宗教的唯一宗教。胡蘭成在《中國的禮樂風景》裡不但比較了其他宗教的優處劣處，還提出自己獨創的「大自然五基本法則」[17]以補正外來宗教，並作爲其中國理論的信仰依據。而這些所謂的「神的法則」，大抵是《易經》、《老子》、儒道典籍等所混同的中國式世界觀，最後所歸結的最高境界，便是禮樂中國

---

[16]《中國的禮樂風景》（臺北：遠流出版公司，1991 年初版一刷），頁 11。按：此書完成於 1978 年。

[17]「大自然五基本法則」的內容如下：

大自然五基隆法則的第一法：大自然是有意志的，此意志即是息，所謂「神無方而易無體」，神即是意志，易即是息。……這意志是未有名目的，這息是未有物質運動的……大自然的五基本法則都是無……所以神是無爲而無不爲。

大自然的五基本法則亦即是神的法，故可用來說明神，不可用來批評神。但可用來批評人對神的認識程度。知大自然的五基本法，即知在人不能者，在神皆能的所以然之故。此與解說奇蹟可以是同一回事。

大自然的第三基本法則：時空有限而無限。第四法則：凡不可逆者亦皆可逆，與因果不連續的飛躍，此是奇蹟之所以可能的第一解說。

自然界之物皆有意志與息，孟子說志帥，氣帥體。物理的背後是大自然的五基本法，……人若能以自己的意志與息打動了在物背後亦在物裡面的大自然的意志與息，則可以帥物理，而不被物理所限，此是奇蹟之所以可能的第一解說。

人的悟識是不受我的物質部分所限制，而以我的意志與息通於大自然的意志與息，而且知其所以然之故，則人可以創造生命，如在書畫與製器中賦以生命，有如天地，此是奇蹟的第三解說。

見胡蘭成，《中國的禮樂風景》，頁 38～39。

的烏托邦理想：

> 世界上唯中國文明有大自然五基本法則的自覺，有物形、物象、物意這樣簡明的言語。而此即是禮樂之事。……可是其他民族不能，而代之以宗教。
>
> ——《中國的禮樂風景》，頁 155

藉著傳統文化的認同與信奉，不但構成了對民族母體的歸屬感，而且從這種只視中國文化爲唯一出路的大中華意識形態，也延伸出了強烈的排他性，證諸於「三三」日後的言論，這種排他性可表現在兩方面，一是排斥西化崇洋，呼籲民族自覺；一是對應於鄉土文學的本土化或偏窄化，以正統宏觀自居。[18]而這樣的認同與認同之內容，正是構成朱西甯調和中國文明與基督教的理論根基，並形成藉以對抗鄉土文學和工農兵文學的「唯一出路」。

試比較《華》書所揭櫫的宗教觀念和文化思索這兩部分來說，基督教似只能徒具其表，內容則無一不是胡蘭成學說的衍伸和推廣：

1.就宗教態度而言，《華》書中對基督教義的詮釋或批評，往往是棄「原罪」而就「儒道」，捨「深掘、懺悔」而近「混沌、勸善」；

2.就福音解說而言，朱西甯對於《周易》、《老、莊》、《中庸》……等等經典的偏好及理解方式幾乎是得自胡蘭成，而引用的方法也是襲自胡氏學說，例如愛用《易經》《老莊》解釋男女關係、性別際分及人類的生成道

---

[18]「三三」群士的言論後來結集成《中國站起》（臺北：三三書坊，1980 年）一書，他們不但暢談民族文化自覺，批評崇洋崇日，反西化，也表現出對鄉土文學風潮的不以爲然：

「鄉土文學的論調，至終不能成爲理論，其對社會寫實所反應之現象，又過分偏頗與歪曲……今後將以什麼來取代鄉土文學論調在大家心目中所造成的意識形態呢？」，頁 209。

「了解鄉文學論調與作品……乃是要從民族文化的觀點來鑑定，並非喊出鄉土的口號就是鄉土了。鄉土文學論調以階級的工農兵來製造對立有兩大趨向，一是強調經濟不平等，二是強調勞動的痛苦。……正是以西方歷史的勞動觀爲勞動觀……其偏頗歪曲幼稚的程度與他們的自信實在不配。」頁 218～220。

理，用黃老通於自然天道、用儒家明於人倫世事……。

如此完全以中國經典、中國價值來讀聖經，不但使聖經搖身一變成為中華文化的一部分（亦方便教義在民間札根），解決了書中（與作者）的基督信仰和國族信仰間的矛盾、消彌了華夷之辨的問題，也印證了朱西甯晚年思想在他所信仰的「基督」與「中國」間最終的取捨和抉擇，更進一步說，這也是宣示了他文學觀念的棄張愛玲（複雜、揭惡）[19]而近胡蘭成（單純、中國禮樂）。就這些方面而言，《華》亦可算是「三三」時期的「集刊」了。

再者，就表現手法而言，書中談宗教時，雖曾雜以風趣閒談來軟化「教義」本身的嚴肅性，或把「講經傳道」予以情節化，生動活潑、機鋒可見；不過述教時往往樂此不疲而未加節制，有時更乾脆脫掉文學的外衣，將「道」的內容以正式授教的語氣寫出來，哲學思想卻又不見嚴謹條理，於是各篇講的道、氣、術難免糾纏不清。不過既然不是學術專書，「道」的內容是否嚴謹自不必斤斤計較，吾人不妨將這個道視為朱氏「理念」的大方向，而這個大方向，也宣誓了他對民族文化的忠心與信心。只是，因為信心與忠心的過度強烈，遂使得理念凌駕了文學，而形成一門「學說」了。

試比較《華》書在寫舊生活、舊風俗的部分是「不厭精細」，至於在寫家國、宗教、聖賢古籍的部分，雖也是「不厭詳細」，但卻不算「精細」。它可以說是朱西甯「寫給上帝看」的部分，理念陳述更重於文學經營，雖然曾以情節及趣聞沖淡理念的枯燥感，然根本上仍不脫同時期作品的本色，[20]同時，也因說教意味較強而使得文字質感降低了。

---

[19]朱西甯逝世前三年，曾對他一向欣賞的張愛玲做出以下感想：「張愛玲的才華確實令人心折……不過那是階段性的，後來也都發覺張愛玲的不足之處。她早期的作品可說是虛無主義，特別是愛情虛無。她筆下的愛情多半是不可靠的、無意義的……這與人生是不貼切的，人生還是有真情真愛的……肯定愛情之後，一切就開闊了。」

見馮季眉，〈悲劇是尋求希望的啓始力量——專訪小說家朱西甯〉，《文訊》第 117 期（1995 年 7 月），頁 78。

[20]請參考註 12。

（三）文學和理念的相融

文學部分和理念部分雖在《華》書時有相悖的現象，但並非完全背道而馳，它們有時也有相融的時候——

最顯而易見的是，作者往往以情節處理的沒「衝突性」，來推展主題思想的「恕道」「和諧」與「仁愛」。即使書中人物曾有過「糾紛」和小「衝突」，但到了「解決」階段，多半被處理得雲淡風輕，不見「高潮」。

例如華祖回憶家業沒落的部分，語調不但平和諒解，最後甚至歸功於上帝的磨鍊。再如鄉民與教會的衝突、華家母子的衝突、華父愛情受阻的衝突，全在高潮未起、危機未聚時就被解除了。尤其華父愛情的衝突是全書最具情節性的段落，他和大美的愛情由於華祖母惡言中傷而被拆散，但在女方諒解、男方含蓄的情況下，雙方竟只能按兵不動，相視如賓，這除了證明「主角的道德性果然強韌」之外，一場濃情蜜意只能落得「發乎情，只乎禮」了。

書中唯一的衝突性人物是「祖母」，她幾乎是華家的家庭煩惱的主要來源，性格塑造十分立體，刻薄、膚淺、成事不足、好大喜功，但也嫻熟於應酬世故，這樣「禍端型」的人物卻因為其他角色的包容忍讓，而使得「祖母」這個角色無多大用武之地。至於書中其他人物的性格不但較為扁平，呈現的也總是兄友弟恭、父慈子孝之類的和睦情誼。

簡言之，作者是以「低情節性」「低衝突性」來製造他文藝美學的「和諧性」。姑不論這「方法」與「目的」之間是否真有必然聯繫和效果，就《華》書的整體風格而言，與其說是要成就一種「文學上」的「和諧」美感，不如說是要成就作者「思想上」的儒道哲學之「和諧」——亦即中國式的「和平、仁愛」；於是書中的情節處理、人物的處世態度，便也隨之波瀾不興、相安「無事」了。

而從另一個角度看，也可說明朱西甯晚年在思想上的抉擇如何影響了他的小說藝術。早年朱西甯的文藝觀念是趨向西方現代主義美學，一方面在技巧上求變求新求精，一方面也在內容上進行個人內在精神的挖掘；[21]晚期的朱西甯則明顯在技術上棄「變異」而就「平素」，精神上棄「個人」而求「全體」，這彷彿是從西方「複式」美學轉入東方「簡式」美學的一個大歷程。我們可從他晚期對西方文學所表示的看法略見一斑：

> 西方文學的最高境界是藝術，把藝術奉為神明，這是我當年毫不懷疑的。但是現在覺得太狹隘、太專業化了，這種發展使得小說家成了「藝人」……愈是在藝術上提鍊到精深的地步，反而天地愈小，愈往死路上走。[22]

一般而言，西方文化結構是以自我爲中心，鼓勵的是動態目的意向自主；中國文化結構則以集體爲訴求，鼓勵靜態目的意向融合，由於不突顯個別性，但求集體性的「天人合一」，於是做爲一個「集體人」只能藉修養、調節，來完成與社會、自然的同化存在。這樣造就的「低衝突性」美學範疇自然與西方「高衝突性」美學有了區別，換句話講，朱西甯的「返樸歸簡」誠然是爲了在文學裡求取我們民族文化的獨特性而思索出的寫作「路徑」。而這條「路徑」的風格和特色，在某次他受訪的言談中，表示的很清楚：

> 我認為，所謂中國現代小說，固然必須是中國的，現代的，還同時應該是感性的，仁愛的，和諧的，一種用生活來表現生命所要表達的。
> 中國民族風格，應當是一種仁愛的、渾厚的、和諧的。通常都說文藝作品需要衝突、撞擊。在中國小說不是如此；我們看整個的宇宙，它是一

[21]例如《鐵漿》、《破曉時分》、《狼》、《貓》《畫夢記》等。

[22]吳至青，〈不斷求變的朱西甯〉，《書評書目》第60期（1978年4月），頁71。
此外，朱愛訪時還創舉了日本的川端康成，說他晚年的作品愈來愈沒有亮光：「看不到人性的亮光，也看不到天地間的大亮光，愈來愈黑暗。但他在藝術的純度上卻愈來愈精到。」——吳至青，頁71~72。

> 個大能力，但是並不顯示出什麼衝突、撞擊，而是平平靜靜，溫溫和和的充滿著生機。至於雷雨、暴風、地震、洪水……這些都是宇宙的一種非常態。我們中國文學的民族風格便是師法天地的常態。[23]

以上言論，正可以詮釋他晚年寫作態度手法的轉變，也可以對《華太平家傳》的創作觀念做個註解。由於思想信仰所造就的美感經驗、審美態度的轉移，朱西甯的寫作路徑也隨之而異。但從作品本身來看，朱西甯果真安於如此的和諧、同化？或者掙扎於如何將文學與理念和諧同化？吾人由書中的「文學」和「理念」部分所呈現的迥然不同的筆法，已見出其分裂性。

三、結語

1970 年代中後期，朱西甯迎胡蘭成至家中講學，成立了三三集刊，面對才剛落幕的鄉土文學論戰（1977～1978 年），和緊接而來 1980 年代的各種複雜脫序的社會問題，朱西甯晚期的「寫作題旨」明顯是揚棄了任何「西方」色彩，向大中國民族信仰回歸，從而，在「藝術技巧」的認同上，也因爲創作理念的全然「中化」（此中化是以朱西甯所定義的內容而言）而跟著揚棄「西化」。可見的是，此時期的朱西甯作品乾脆是棄「複雜」而就「單純」，棄「迂曲」而就「直接」，他不再耐心用「藝術」方式去鋪敘，而是用「理念」方式直接交代他的現實關懷，作品處理焦點不再鍾情於人性的「內視」，而是著眼於人與外在環境如何因應的「實用性」觀念問題，不論是寫現代題材或舊社會題材，都可以感受到一股強烈的勸誡、教導意味，從這些勸導的內容看來，他幾乎是用「傳統中國倫常」來抵抗或挽救複雜的世變。而這份喻世苦心，在這部涵蓋他整個晚期歷程（1980～1998）的遺作《華太平家傳》中，更可以見得其最終藝術追求和

[23]袁瓊瓊，〈事小說若神明的人——小說家朱西甯訪問記〉，《中華文藝》第 11 卷第 4 期（1976 年 6 月），頁 26、30。

理念追求的合而爲一，那就是回歸中國傳統禮教的「仁愛、和諧」境地，但這種境界內涵，不是國民黨所提倡的民族主義政體文化，而是專屬於胡蘭成自創的那套「禮樂中國」世界觀和文化信仰。若站在因應「文學世變」[24]角度來看，這種回歸未嘗不可看作是「力圖溝通傳統與現代的『傳統現代化』和『現代民族化』」[25]的一種趨向，它不該只被認作是對傳統的「回歸」，而應是一種對傳統的重新認可和反映，同時也是對「現代文化的再造」。[26]

大抵而言，朱西甯的寫作歷程和心跡正展現了由「傳統的現代化」[27]到「把現代民族化」的取決過程。而《華太平家傳》正表示了朱西甯對自己一生創作最終的看法和選擇。他用這部遺作肯定了他早期的「藝術神明」、修正了他實驗期的「敘述」內容而使之精細，最後，更擁抱了他在晚期的民族和宗教使命。

夏志清對朱西甯的作品曾有厄要的敘述：「中國現代作家之中，很少有像他這樣，把基督教義及中國傳統兩者都看得這般認真的。」[28]夏志清所言甚是。但小說、宗教這兩者在《華》書當中時有依違：「相依」的部分可視爲他的「仁愛和諧」之小說東方美學，「相違」的部分卻只像是「仁愛和諧」的宗教福音。換言之，理念和信仰成就了他小說美學的獨特性，卻也成爲他藝術發展的牽制。

朱西甯生前曾說《華》書是「寫給上帝看的」，[29]但筆者以爲，《華》書

---

[24]朱西甯長達五十年的寫作歷史，縱貫了現代文學史上幾大文學里程，一方面，他繼承了五四時代啓蒙精神，對傳統的中國文化和社會作一種基本的檢討和反省，另一方面，他也呼應了「反共文學」、「現代文學」、「鄉土文學」……等文學「世變」，在題材、主題、形式的變化上俱見其與時代及文學發展的精采對話。

[25]見劉登翰，《臺灣文學隔海觀——文學香火的傳承與變異》（臺北：風雲時代出版公司，1995 年初版），頁 63。

[26]同前註。

[27]例如《鐵漿》、《狼》、《旱魃》等早期作品，時有「傳統／現代」、「新／舊時代」的對立情景，針對中國人面臨的時代困境，朱西甯曾或隱或顯的在小說中指出現代文明爲解救方針。他不但在意識上主張用現代改造傳統，在寫作藝術上也對這些鄉土題材做了西式的美學處理，呈現出高潮起伏、極具衝突性、悲壯性、複雜性的小說面貌。

[28]夏志清，《夏志清文學評論集》（臺北：聯合文學雜誌社，1987 年初版），頁 238。

[29]見朱天心，〈華太平家傳的作者與我〉，《華太平家傳》書前序（臺北：聯合文學出版社，2002 年

裡固然有個名義上的上帝（宗教上的神明），也另有一位無時不在的上帝（奉藝術爲神明），兩者在他作品時而同體時而掙扎。或許，我們能用朱天文的話做爲最後的理解：「似乎 1980 年代以後，父親與其做爲小說創作者，他選擇了去做一名供養人。」[30]的確，就朱西甯 1980 年代以後的小說乃至於《華》書而言，與其說那是一種創作，毋寧說是一種供養；而書寫欲望的供養、故國情思的供養，數，更是宗教理想的供養。

——選自徐國能主編《海峽兩岸現當代文學論集》
臺北：臺灣學生書局，2004 年 2 月

初版），頁 13。
[30]見朱天文，〈揮別的手勢，記父親走後一年〉，《華太平家傳》書前序，頁 22。

輯五◎
研究評論資料目錄

作家生平、作品評論專書與學位論文

專書

1. 王德威等　　紀念朱西甯先生文學研討會論文集　臺北　聯合文學出版社　2003年5月　245頁

本書爲「紀念朱西甯先生文學研討會」之會議論文集。共收錄：王德威〈畫夢紀——朱西甯的小說藝術與歷史意識〉，應鳳凰〈朱西甯的反共文學論述〉，吳達芸〈書寫在異鄉——再讀朱西甯及《八二三注》〉，黃錦樹〈身世，背景，與斯文——《華太平家傳》與中國現代性〉，莊宜文〈朱西甯與胡蘭成、張愛玲的文學因緣〉，陳芳明〈朱西甯的現代主義轉折——重讀「鐵漿時期」的作品〉6篇論文。正文後附錄〈重新評讀朱西甯〉、〈小說家們談朱西甯〉2篇座談會紀錄，及〈作品初版年表〉。

學位論文

2. 李培榮　　兩部戰爭小說：朱西甯的《八二三注》與詩歌多・普里維爾的《史達林格勒》中的軍人形象　輔仁大學德國語文研究所　碩士論文　裴德教授指導　1990年　66頁

本論文以德語書寫。針對臺灣作家朱西甯的《八二三注》與德國作家歌多、普里維爾（Th-eodorPlievier）的《史達林格勒》（Stalingrad）2部戰爭小說來探討作品中的軍人形象，從其中軍人角色的塑造、官與兵之間的關係、同袍之間的情誼或衝突，以及戰爭本身對軍人所產生的生理、心理壓力，來詮釋戰爭的意義和人類在戰爭中求生求全的意志。全文分 4 章：1.導論；2.《八二三注》中的軍中形象；3.《史達林格勒》中的軍中形象；4.結論。

3. 楊政源　　家，太遠了——朱西甯懷鄉小說研究　成功大學中國文學系　碩士論文　馬森教授指導　1997年6月　127頁

本論文以朱西甯的懷鄉小說爲研究對象，探討其藝術成就與文學史地位，尋找出此類作品最有特色的 2 點：人物與主題，並引用泰納的藝術理論，尋找朱西甯懷鄉小說的歷史地位。全文分 4 章：1.朱西甯其人及其小說創作；2.朱西甯懷鄉小說中的人物；3.朱西甯懷鄉小說中的主題；4.朱西甯的懷鄉小說定位。正文後附錄〈朱西甯創作年表（初編）〉。

4. 陳國偉　　朱西甯系列小說研究——文學生命的寂寞單音　中正大學中國文學

系　碩士論文　施懿琳教授指導　2000年6月　197頁

本論文主要在發掘朱西甯 4 部系列小說鮮爲人注意的文學創作主題，這些主題蘊含朱西甯對文學發展的關心、現代人的存在狀態及與歷史的關係、以及對現代文化的隱憂及中國傳統文化再發揚。全文分 6 章：1.緒論；2.文學思索：系列小說的敘述錘鍛；3.民吾同胞：系列小說的人本關懷；4.古典維新：系列小說的文化觀察；5.對話的窗口：系列小說與文學風潮；6.結論。

5. 江衍宜　「細述」衷情——朱西甯小說研究　淡江大學中國文學系　碩士論文　范銘如教授指導　2001年6月　153頁

本論文以朱西甯的小說文本爲閱讀的主體，分析其「反共懷鄉」年代迄「鄉土論戰」意識形態狂飆時期，在男性家國觀念下，以性別思考爲起點，其中建構與解構的問題，企圖從中解釋朱西甯於現代中國／臺灣文學史裡所扮演的關鍵性。全文共 5 章：1.導論；2.文學溯源；3.細節描述在五〇、六〇年代作品中的表現；4.細節描述在七〇年代作品中的表現；5.結論。

6. 張瀛太　朱西甯小說研究　臺灣大學中國文學系　博士論文　柯慶明教授指導　2001年6月　278頁

本論文針對朱西甯小說的主題意識和藝術掌握特色加以評述，以其作品中藝術與主題的配合程度，衡量其小說的藝術比重，以作品的文學語言、形式、表現手法，衡量其小說的美感特徵和美學傾向，架構出朱西甯完整的小說世界，爲其小說確立合適且合理的文學評價。全文分 7 章：1.緒論；2.朱西甯小說與懷鄉、反共、現代主義；3.主題內容（之一）——鄉土篇；4.主題內容（之二）——現代社會篇；5.主題內容（之三）——軍事篇；6.新小說實驗；7.結論：孤獨的重建失樂園。

7. 林憶玲　〈錯斬崔寧〉、《雙熊夢》、〈破曉時分〉之比較研究　中山大學中國文學系　碩士論文　龔顯宗教授指導　2004年6月　189頁

本論文針對〈錯斬崔寧〉《雙熊夢》〈破曉時分〉這三個以「十五貫」故事爲題材的文本，分別以敘事模式、人物塑造和主題思想三個面向作爲探討的主軸，並且使用「比較歸納」等方法做一比較性之研究。同時，也經由文本之間的比較，更進一步地釐清彼此承續及演變的一些問題。全文共 5 章：1.緒論；2.敘事模式；3.人物塑造；4.主題思想；5.結論。

8. 莊惠雯　外省作家第一代與第二代族群認同比較研究——以朱西甯、朱天文、朱天心爲例　靜宜大學中國文學系　碩士論文　游勝冠教授指

導 2004年7月 199頁

本論文從外省作家第一代朱西甯與第二代朱天文、朱天心的生平談起，再個別從各個時代背景和文壇資源作討論，探求外省作家第一代與第二代族群認同的觀點，最後比較兩者認同觀點的差異，在來源與視角上有何不同。全文分 5 章：1.序論；2.作家生平；3.朱西甯；4.朱天心、朱天文——不同的二種典型；5.結論。

9. 邢鼎賢 朱西甯小說中之生命觀研究 南華大學生死學研究所 碩士論文 歐崇敬教授指導 2008年6月 135頁

本論文是以朱西甯所創作且已出版的長、短篇小說爲主要的研究範圍，探究故事中對於生命觀點與生命存在價值所傳達的看法，同時探討其中所蘊涵的生命哲學與生命美學，最後再融入個人觀點，期能在主觀上對朱西甯小說中的生命觀及生命哲學與生命美學能有更深一層的認識。全文共 6 章：1.緒論；2.朱西甯的生平與小說創作；3.朱西甯小說世界中的生命觀探究；4.朱西甯小說的生命哲學；5.朱西甯小說的生命美學；6.結論。

作家生平資料篇目

自述

10. 朱西甯 一點心跡（《鐵漿》代序） 文星 第73期 1963年11月 頁57
11. 朱西甯 一點心跡——《鐵漿》代序 朱西甯隨筆 臺北 水芙蓉出版社 1975年4月 頁283—284
12. 朱西甯 一點心跡——《鐵漿》代序 鐵漿 臺北 三三書坊 1989年7月 頁5—6
13. 朱西甯 一點心跡——《鐵漿》代序 鐵漿 臺北 印刻出版公司 2003年4月 頁17—18
14. 朱西甯，劉慕沙 七對佳偶——朱西甯與劉慕沙 幼獅文藝 第145期 1966年1月 頁42—43
15. 朱西甯 《冶金者》跋 風格之誕生 臺北 幼獅文化公司 1970年6月 頁34—35
16. 朱西甯 跋 冶金者 臺北 晨鐘出版社 1972年4月 頁197—198
17. 朱西甯 《冶金者》跋 朱西甯隨筆 臺北 水芙蓉出版社 1975年4月

頁 285—286

18. 朱西甯　《將軍與我》後記　幼獅文藝　第 273 期　1976 年 9 月　頁 140—141

19. 朱西甯　後記　將軍與我　臺北　洪範書店　1981 年 11 月　頁 295—296

20. 朱西甯　我與香菸　從爬行到站立　臺北　黎明文化公司　1977 年 2 月　頁 17—24

21. 朱西甯　爬——我寫作生涯的起步　中國時報　1978 年 5 月 2 日　12 版

22. 朱西甯　獎之義　突破與驚喜——聯合報一至四屆小說獎簡介　臺北　聯合報編輯部　1979 年 12 月　頁 262—264

23. 朱西甯　序　將軍令　臺北　三三書坊　1980 年 3 月　頁 3—5

24. 朱西甯　序　將軍令　臺北　三三書坊　1989 年 7 月　頁 5—8

25. 朱西甯　《大火炬》的當年　青澀歲月　臺北　爾雅出版社　1980 年 7 月　頁 59—61

26. 朱西甯　後記　八二三注　臺北　三三書坊　1980 年 10 月　頁 891—896

27. 朱西甯　後記　八二三注　臺北　印刻出版公司　2003 年 4 月　頁 789—793

28. 朱西甯　文學與時代——朱西甯（小說家）：而端在其意境　文學時代雙月叢刊　第 1 期　1980 年 11 月　頁 11—12

29. 朱西甯　我的第一步　我的第一步（上）　臺北　時報文化出版公司　1981 年 5 月　頁 300—304

30. 朱西甯　負笈流亡小記　大華晚報　1985 年 7 月 7 日　10 版

31. 朱西甯　迎接再一次的勝利——小記抗戰勝利的時刻　幼獅文藝　第 379 期　1985 年 7 月　頁 60—65

32. 朱西甯　我與臺灣　有情歲月四十年　臺北　臺灣新生報社出版部　1985 年 10 月　頁 1—8

33. 朱西甯　獅子與我　幼獅文藝　第 418 期　1988 年 10 月　頁 25—26

34. 朱西甯　報喜　四十年來家國　臺北　文訊雜誌社　1989 年 4 月　頁 43—

52

35. 朱西甯　被告辯白　中央日報　1991年4月12日　16版
36. 朱西甯　一生一獎　聯合報　1991年9月14日　49版
37. 朱西甯　折翼之痛　繁華猶記來時路　臺北　中央日報出版社　1992年5月　頁150—159
38. 朱西甯　作家自述——豈與夏蟲語冰　中國時報　1994年1月3日　39版
39. 朱西甯　豈與夏蟲語冰？　從四〇年代到九〇年代：兩岸三邊華文小說研討會論文集　臺北　時報文化出版公司　1994年11月　頁93—97
40. 朱西甯　在「假想敵」中[1]　聯合文學　第141期　1996年7月　頁26—27
41. 朱西甯　膀胱有言（上、中、下）[2]　聯合報　1996年8月13—15日　37版
42. 朱西甯　文學之泉　800字小語（9）　臺北　文經出版社　1996年12月　頁78—79
43. 朱西甯　大遺小補——第八版序　八二三注　臺北　印刻出版公司　2003年4月　頁23—30
44. 朱西甯　絕無僅有的一點小緣　白先勇外集・現文因緣　臺北　天下遠見出版公司　2008年9月　頁148—151

他述

45. 楊蔚，季季　一半以及另一半——介紹朱西甯與劉慕沙　自由青年　第34卷第6期　1965年9月16日　頁18—20
46. 楊蔚，季季　一半以及另一半——介紹朱西甯與劉慕沙　作家群像　臺北　大江出版社　1968年10月　頁1—7
47. 曾　門　作家印象記〔朱西甯部分〕　臺灣新聞報　1969年6月7日　8版
48. 向　上　提起朱西甯　純文學　第9卷第1期　1971年1月　頁106
49. 菩　提　給「八二三」下註的人　中華文藝　第41期　1974年7月　頁200—206

[1]本文自述在陸軍官校的日子。
[2]本文爲作者自述膀胱癌病發過程。

50. 管　管　　一樹花滿頭——朱西甯側影　中華文藝　第 56 期　1975 年 1 月　頁 60—61
51. 曹又方　　仙風道骨畫中人　女與男　臺北　拓荒者出版社　1976 年 6 月　頁 15
52. 之華〔蕭之華〕　少年與劍〔朱西甯部分〕　血緣、土地、傳統　臺北　三源圖書公司　1977 年 9 月　頁 144—145
53. 蕭之華　　少年與劍〔朱西甯部分〕　血緣、土地、傳統　臺北　獨家出版社　2003 年 9 月　頁 81—82
54. 〔編輯部〕　小傳　朱西甯自選集　臺北　黎明文化公司　1978 年 4 月　頁 1—4
55. 劉　君　　朱門　幼獅文藝　第 297 期　1978 年 9 月　頁 36—38
56. 鐘麗慧　　朱西甯過生日——一家都是寫作人　民生報　1979 年 6 月 18 日　7 版
57. 朱炎等[3]　聯合報第四屆小說選，中、長篇小說獎總評會議紀實——特別獎推薦　突破與驚喜——聯合報一至四屆小說獎簡介　臺北　聯合報編輯部　1979 年 12 月　頁 177—181
58. 〔愛書人〕　感念倉頡以雙手握刀造作家〔朱西甯部分〕　愛書人　第 129 期　1980 年 1 月 1 日　2 版
59. 朱天心　　攜手同行　一脈相傳　臺北　號角出版社　1980 年 4 月　頁 52—56
60. 齊邦媛　　朱西甯　中國現代文學選集（小說）　臺北　爾雅出版社　1983 年 7 月　頁 97—98
61. 林海音　　拉雜寫朱家　聯合報　1983 年 9 月 30 日　8 版
62. 林海音　　拉雜寫朱家　剪影話文壇　臺北　純文學出版社　1984 年 8 月　頁 156—159
63. 林海音　　拉雜寫朱家　林海音作品集・剪影話文壇　臺北　遊目族文化公司

[3]評審委員：朱炎、張系國、陳若曦、彭歌、葉石濤；紀錄：桂文亞、彭碧玉、丘彥明。

2000 年 5 月　頁 159—162

64. 沙　牧　鳳凰花開時〔朱西甯部分〕　臺灣新聞報　1983 年 10 月 13 日　9 版

65. 〔文訊雜誌〕　文苑短波——朱西甯夫婦忙於著譯　文訊雜誌　第 4 期　1983 年 10 月　頁 5

66. 吳達芸　朱西甯　中國現代短篇小說選析 1　臺北　長安出版社　1984 年 2 月　頁 143—144

67. 江妙瑩　一筆稿費一本書　自立晚報　1985 年 1 月 7 日　9 版

68. 田新彬　朱西甯與劉慕沙一家子——文學的方舟　光華雜誌　第 7 卷第 1 期　1985 年 1 月　頁 42—50

69. 田新彬　文學方舟　小說家族　臺北　希代書版公司　1986 年 2 月　頁 25—39

70. 劉　枋　華髮似雪的老作家——記朱西甯　非花之花　臺北　采風出版社　1985 年 9 月　頁 163—169

71. 劉　枋　華髮似雪老作家——記朱西甯　非花之花　臺北　采風出版社　2007 年 8 月　頁 163—169

72. 董鈞萍　朱家的三十年　小說家族　臺北　希代書版公司　1986 年 2 月　頁 13—24

73. 筱　芳　文學、藝術、宗教、朱西甯——弘揚傳家三寶　文藝月刊　第 202 期　1986 年 4 月　頁 11—19

74. 馬維敏　朱西甯以寫作爲樂　中華日報　1986 年 9 月 3 日　11 版

75. 丁善璽　朱西甯放下你的面具　獨家報導　第 11 期　1987 年 3 月　頁 102—108

76. 夏志清　時代與真實——雜談臺灣小說〔朱西甯部分〕　夏志清文學評論集　臺北　聯合文學雜誌社　1987 年 6 月　頁 237—238

77. 夏志清　時代與真實——雜談臺灣小說〔朱西甯部分〕　夏志清文學評論集　臺北　聯合文學雜誌社　2006 年 10 月　頁 261—262

78. 黃秋芳　文學的第一個春天——「作家的第一本書」綜合採訪〔朱西甯部分〕　文訊雜誌　第30期　1987年6月　頁8
79. 敬　之　談談臺灣作家張拓蕪和朱西甯　團結報　1987年12月19日　8版
80. 繆　璘　朱西甯與劉慕沙——文學姻緣羨煞人　中央日報　1988年1月11日　17版
81. 劉慕沙　他是文學的殉道者　中時晚報　1988年3月26日　7版
82. 李宗慈　一部精采的小說——朱西甯與劉慕沙　文訊雜誌　第35期　1988年4月　頁72—73
83. 李宗慈　一部精采的小說　比翼雙飛——二十三對文學夫妻　臺北　文訊雜誌社　1988年7月　頁48—57
84. 李宗慈　一部精采的小說　紙筆人間　臺北　臺北縣立文化中心　1994年6月　頁322—335
85. 魯　軍　四個「第一」朱西甯　中華日報　1990年10月4日　14版
86. 吳嘉苓　文學家庭　中國時報　1990年11月2日　27版
87. 張夢瑞　寫寫撕撕近10回，朱西甯心頭巨構漸成形　民生報　1991年10月13日　26版
88. 黎嘉瑜　朱西甯一生鍾愛《傳奇》　中央日報　1992年8月12日　15版
89. 邱上林　不老的朱西甯　青年日報　1992年10月3日　17版
90. 邱上林　不老的朱西甯　風範：文壇前輩素描　臺北　正中書局　1996年10月　頁138—140
91. 邱上林　不老的朱西甯　縱谷飛翔　花蓮　花蓮縣文化局　2000年12月　頁116—118
92. 張鈞莉　讓夏蟲暢所欲「語」——致敬朱西甯先生　中國時報　1994年1月19日　39版
93. 周昭翡　他們的書桌是軍用的畫圖版〔朱西甯部分〕　中央日報　1994年5月4—5日　16版
94. 〔朱西甯主編〕　朱西甯　山東人在臺灣：文學篇　臺北　財團法人吉星福

張振芳伉儷文教基金會　1997年3月　頁119—123

95. 瘂　弦　懷念老友——朱西甯　幼獅文藝　第533期　1997年5月　頁21—25

96. 段彩華　朱西甯青海長藍　臺灣新聞報　1997年6月13日　13版

97. 楊政源　誰是朱西甯？　青年日報　1997年12月9日　15版

98. 高大鵬　不沉的方舟——朱西甯先生病榻印象記　聯合報　1998年2月21日　41版

99. 陳文芬　瞭解朱西甯，腳步嫌晚了　中國時報　1998年3月23日　26版

100. 劉克襄　後之約——懷念西甯兄——「以宗教之心筆耕大地」小說家朱西甯紀念專輯　中國時報　1998年3月23日　37版

101. 晏山農　文學巨擘殞落——「以宗教之心筆耕大地」小說家朱西甯紀念專輯　中國時報　1998年3月23日　37版

102. 李瑞騰　他不只是一個「反共作家」——悼念朱西甯先生——「以宗教之心筆耕大地」小說家朱西甯紀念專輯　中國時報　1998年3月23日　37版

103. 袁瓊瓊　生命中的刻痕——懷念西甯兄——「以宗教之心筆耕大地」小說家朱西甯紀念專輯　中國時報　1998年3月23日　37版

104. 江中明　作家朱西甯昨病逝　聯合報　1998年3月23日　5版

105. 張大春　朱先生的性情、風範與終極目標　聯合報　1998年3月23日　41版

106. 于國華　朱西甯昨病逝　民生報　1998年3月23日　1版

107. 賴素鈴　朱西甯星歸文學天空[4]　民生報　1998年3月23日　19版

108. 賴素鈴　難忘那伏案的身影：父親奉獻寫作的執著，深深影響朱天文、朱天心　民生報　1998年3月23日　19版

109. 陳　寧　朱西甯睡夢中辭世　中時晚報　1998年3月23日　13版

110. 曾意芳　朱西甯病逝，文壇追思　中央日報　1998年3月24日　10版

[4]本文內容記述朱西甯先生的作品走在時代先端，且影響深遠，及其對於寫作的專業執著。

111. 余　亮　　朱西甯小檔案　中央日報　1998 年 3 月 24 日　22 版
112. 徐淑卿　　小說家族相濡以「文」　中國時報　1998 年 3 月 26 日　43 版
113. 小　民　　天家路近怡然行——送別朱西甯兄　中華日報　1998 年 3 月 27 日　16 版
114. 朱天心　　我們今生是這樣的相聚——寫父親西甯先生住院的一段時光　聯合報　1998 年 3 月 27 日　41 版
115. 朱天心　　我們今生是這樣的相聚——小記父親朱西甯的離去　八十七年散文選　臺北　九歌出版社　1999 年 4 月　頁 213—221
116. 朱天心　　我們今生是這樣的相聚——寫父親西甯先生住院的一段時光　華太平家傳　臺北　聯合文學出版社　2002 年 2 月　頁 867—873
117. 許振江　　人生倥傯不留痕——悼念吾師朱西甯　臺灣新聞報　1998 年 3 月 28 日　13 版
118. 李　冰　　老友，慢走——悼朱西甯先生　臺灣新聞報　1998 年 3 月 28 日　13 版
119. 蘇偉貞　　在他周圍　聯合報　1998 年 3 月 28 日　41 版
120. 司馬中原　　舉杯每念故人稀　聯合報　1998 年 3 月 28 日　41 版
121. 桑品載　　別讓他的作品睡著了　中國時報　1998 年 3 月 28 日　37 版
122. 魯　軍　　悼念老友西甯　青年日報　1998 年 3 月 28 日　15 版
123. 陳文芬　　朱西甯執著風範，文學界追思　中國時報　1998 年 3 月 29 日　26 版
124. 曾意芳　　追思朱西甯，有笑有淚　中央日報　1998 年 3 月 29 日　16 版
125. 賴素鈴　　追思朱西甯：人間故事多，文學回憶長　民生報　1998 年 3 月 29 日　19 版
126. 段彩華　　追悼文壇巨星朱西甯　青年日報　1998 年 4 月 17 日　15 版
127. 〔編輯部〕　　朱西甯小傳　文訊雜誌　第 150 期　1998 年 4 月　頁 70
128. 丘秀芷　　朱西甯的不黑之冤　國魂　第 630 期　1998 年 5 月　頁 88—89
129. 封德屏　　朱西甯先生小傳　國史館館刊　第 24 期　1998 年 6 月　頁 207—

208

130. 陳綱佩　懷念《華太平家傳》主人　明道文藝　第 269 期　1998 年 8 月　頁 150—155

131. 計璧瑞，宋剛　朱西甯　中國文學通典‧小說通典　北京　解放軍文藝出版社　1999 年 1 月　頁 1021

132. 王景山　追思朱西甯先生二三事　兩岸關係　1999 年第 1 期　1999 年 1 月　頁 54—55

133. 朱天文　揮別的手勢——記父親走後一年　中國時報　1999 年 3 月 1 日　37 版

134. 朱天文　揮別的手勢——記父親走後一年　華太平家傳　臺北　聯合文學出版社　2002 年 2 月　頁 17—23

135. 劉慕沙　看電聯車的日子[5]　聯合報　1999 年 3 月 17 日　37 版

136. 劉慕沙　看電聯車的日子　華太平家傳　臺北　聯合文學出版社　2002 年 2 月　頁 881—886

137. 魯　軍　天堂的微笑[6]　青年日報　1999 年 3 月 27 日　15 版

138. 朱天心　《華太平家傳》的作者與我　聯合報　1999 年 4 月 23 日　37 版

139. 朱天心　《華太平家傳》的作者與我　漫遊者　臺北　聯合文學出版社　2000 年 11 月　頁 41—54

140. 朱天心　《華太平家傳》的作者與我　華太平家傳　臺北　聯合文學出版社　2002 年 2 月　頁 7—15

141. 朱天心　《華太平家傳》的作者與我　我的父親母親（父）　臺北　立緒文化公司　2004 年 1 月　頁 305—316

142. 馬　森　朱西甯簡介　朱西甯小說精品　臺北　駱駝出版社　1999 年 5 月　頁 255—257

143. 林積萍　辭世作家小傳——朱西甯（1927—1998）　1998 臺灣文學年鑑

---

[5]本文回憶朱西甯臥病時的情形。

[6]本文敘述朱西甯生前的行誼。

臺北　行政院文建會　1999年6月　頁190

144. 耕　雨　朱西甯右傾的由來　臺灣新聞報　1999年9月4日　13版

145. 虹　影　落葉落影——懷念朱西甯先生（上、下）　中央日報　1999年11月9—10日　22版

146. 耕　雨　朱西甯對孩子放任　臺灣新聞報　2000年5月21日　B7版

147. 袁瓊瓊　真正的小說家　中華日報　2001年1月2日　19版

148. 魯　軍　古道照顏色——參觀「朱西甯文學紀念展」[7]　青年日報　2001年3月24日　13版

149. 徐淑卿　朱西甯文情常在[8]　中國時報　2001年3月25日　14版

150. 劉慕沙　出奔——寫於朱西甯逝世三週年（上、下）　中國時報　2001年4月17—18日　23版

151. 李懷，桂華　不斷求變的小說創作者——朱西甯　文學臺灣人　臺北　遠流出版公司　2001年10月　頁155—156

152. 王藝學　寫到最後一口氣[9]　中央日報　2002年3月11日　19版

153. 丁文玲　文學家族的燈火　中國時報　2002年3月17日　22版

154. 賴素鈴　朱西甯是很大的礦　民生報　2003年3月23日　A6版

155. 〔聯合文學〕　寫作者的側影——懷念朱西甯先生　聯合文學　第221期　2003年3月　頁10—11

156. 謝材俊　返鄉之路　聯合文學　第221期　2003年3月　頁10—19

157. 莊宜文　輪迴之感——談我與朱家的文學因緣　聯合文學　第221期　2003年3月　頁26—27

158. 金　劍　戰地文思——金門訪問追記[10]〔朱西甯部分〕　聯合報　2003年4月27日　E7版

159. 〔編輯部〕　朱西甯小傳　紀念朱西甯先生文學研討會論文集　臺北　聯

---

[7]本文記述身爲朱西甯好友的感想，並說明過去交往的種種情景。

[8]本文記述繆倫與劉慕沙對朱西甯過去事蹟的懷念。

[9]本文記述朱西甯的創作精神。

[10]本文記述1962年在金門訪問時，與朱西甯的交遊。

合文學出版社　2003年5月　頁7

160. 王景山　朱西甯　臺港澳暨海外華文作家辭典　北京　人民文學出版社　2003年7月　頁874—875

161. 符立中　張愛玲與四個男人（二）——朱門（上、下）[11]　幼獅文藝　第595—596期　2003年7，8月　頁6—7

162. 符立中　張愛玲與四個男人——唐文標、朱西甯、夏志清、水晶　上海神話：張愛玲與白先勇圖鑑　臺北　印刻出版公司　2009年1月　頁245—260

163. 丁文玲　我們的房間，自己的角落——朱西甯家族，各自書寫，如荒野上遊走的狼　中國時報　2003年11月9日　B3版

164. 魯　軍　拈花微笑看人間——紀念西甯逝世五周年　青年日報　2004年3月22日　10版

165. 〔郭可慈，郭謙編著〕　二十世紀中文小說家族（朱西甯・劉慕沙——朱天文・朱天心・朱天衣）　現代作家親緣錄——群星璀璨的作家之家（上）　潞西　德宏民族出版社　2004年3月　頁18—23

166. 〔許俊雅，應鳳凰，鍾宗憲編〕　作者簡介　現代小說讀本　臺北　揚智文化公司　2004年8月　頁197—198

167. 劉慕沙　朱西甯・背後的風景（上、下）　聯合報　2004年12月13—14日　E7版

168. 劉慕沙　背後的風景　現在幾點鐘：朱西甯短篇小說精選　臺北　麥田出版公司　2005年1月　頁31—42

169. 孫潔茹　花憶前身——朱天文與朱天心的家庭、文學背景——文學世家：朱西甯與劉慕沙　游移／猶疑？——朱天文、朱天心及其作品中的認同與政治　成功大學歷史學系碩博士班　碩士論文　鄭梓教授指導　2005年7月　頁21—24

170. 〔封德屏主編〕　朱西甯　2007臺灣作家作品目錄　臺南　國立臺灣文學

---

[11]本文後改篇名爲〈張愛玲與四個男人——唐文標、朱西甯、夏志清、水晶〉。

館　2008 年 7 月　頁 178

171. 〔彭瑞金主編〕　朱西甯　鳳邑文學百科　高雄　高雄縣政府文化局　2010 年 3 月　頁 19—20

訪談、對談

172. 蘇玄玄　朱西甯——精誠的文學開墾者　幼獅文藝　第 189 期　1969 年 9 月　頁 89—105

173. 蘇玄玄　朱西甯：一個精誠的文學開墾者　從真摯出發　臺中　普天出版社　1971 年 3 月　頁 65—83

174. 李　昂　在小說中記史——朱西甯訪問記　書評書目　第 16 期　1974 年 8 月　頁 104—116

175. 李　昂　在小說中記史——訪小說家朱西甯先生　群像　臺北　大漢出版社　1976 年 4 月　頁 31—38

176. 黃綾書　訪朱西甯和劉慕沙——「文如其人」還是「人如其文」　遠東人　第 29 期　1976 年 5 月　頁 42—43

177. 袁瓊瓊　事小說若神明的人——小說家朱西甯訪問記　中華文藝　第 64 期　1976 年 6 月　頁 24—32

178. 袁瓊瓊　事小說若神明的人——小說家朱西甯訪問記　作家的成長　臺北　華欣文化事業中心　1978 年 7 月　頁 90—98

179. 黃武忠　訪朱西甯談小說的對話　臺灣時報　1978 年 6 月 5 日　9 版

180. 黃武忠　小說的對話——訪朱西甯先生　小說經驗——名家談寫作技巧　臺北　富春文化公司　1990 年 8 月　頁 101—109

181. 馬叔禮等[12]　朱西甯的小說《八二三注》座談會（上、下）　第 50 卷第 3—4 期　1979 年 9—10 月　頁 61—80，111—124

182. 程榕寧　朱西甯談文學作品和性靈享受　大華晚報　1979 年 11 月 25 日　7 版

---

[12]與會者：馬叔禮、管管、吳念真、姜穆、尼洛、小野、瘂弦、朱西甯、趙玉明、朱星鶴。

183. 尹雪曼等[13]　專題座談——如何展開對大陸文藝進軍座談實錄　中華文藝　第128期　1981年10月　頁15—23

184. 朱西甯；方梓專訪　只見一利，未慮百害　人生金言（下）　臺北　自立晚報社　1983年9月　頁236—238

185. 陳幸蕙　相思林畔的小屋——夏訪朱西甯　中華日報　1983年10月24日　9版

186. 陳幸蕙　相思林畔的小屋——夏訪朱西甯　欖仁樹下　臺北　駿馬文化公司　1988年6月　頁111—116

187. 林　芝　心似活水泉源——訪朱西甯先生談寫作　幼獅少年　第84期　1983年10月　頁108—110

188. 林　芝　心似活水泉源——訪朱西甯　望向高峰：速寫現代散文作家　臺北　幼獅文化公司　1992年12月　頁20—25

189. 林　芝　心似活水泉源的朱西甯　漫卷詩書：伴你我成長的現代作家　臺北　正中書局　2005年2月　頁39—47

190. 紹　雍　臺北商專青年訪問朱西甯　幼獅文藝　第388期　1986年4月　頁132—134

191. 許惟援等[14]　傾城人物——訪朱西甯　大華晚報　1987年9月16日　10版

192. 秋　初　愛是溫良恭儉讓——訪朱西甯與劉慕沙　中華日報　1992年9月29日　16版

193. 王浩威等[15]　會議現場討論紀實（二）　從四〇年代到九〇年代：兩岸三邊華文小說研討會論文集　臺北　時報文化出版公司　1994年11月　頁129—133

194. 馮季眉　悲劇是尋求希望的啓始力量——專訪小說家朱西甯先生　文訊雜誌　第117期　1995年7月　頁77—80

---

[13]與會者：陳紀瀅、唐紹華、尹雪曼、張秀亞、劉枋、琦君、尼洛、趙淑敏、朱西甯、魏萼、呼嘯、李牧、古錚劍、于還素、施良貴、岳騫、司馬中原、丁穎、程國強；主席：尹雪曼；紀錄：沙金。

[14]與會者：朱西甯、許惟援、杜祖業、陳柏翰、任兆祺。

[15]與會者：王浩威、劉以鬯、朱西甯、柯靈；紀錄整理：林文珮。

195. 馮季眉　悲劇是尋求希望的啓始力量——專訪小說家朱西甯先生　山東人在臺灣：文學篇　臺北　財團法人吉星福張振芳伉儷文教基金會　1997 年 3 月　頁 298—305

年表

196. 余　亮　朱西甯重要作品年表　中央日報　1998 年 3 月 24 日　22 版

197. 莊永明　朱西甯年表（1927—1998）　文學臺灣人　臺北　遠流出版社　2001 年 10 月　頁 159

198. 林　芝　作家小傳——朱西甯　漫卷詩書：伴你我成長的現代作家　臺北　正中書局　2005 年 2 月　頁 46—47

其他

199. 〔臺灣新聞報〕　文協今年文藝獎章——得獎人名宣佈——趙滋蕃、朱西甯、季薇、艾雯、王祿松、何欣、申學庸、方向、周志剛、曹健、辜雅棽、白茜如　臺灣新聞報　1965 年 5 月 3 日　2 版

200. 〔臺灣日報〕　第六屆文藝獎章得獎人昨日分別選出——中國文協宣佈共十二人，他們分別是趙滋蕃、朱西甯、季薇、艾雯、王祿松、何欣、申學庸、方向、周志剛、曹健、辜雅棽、白茜如　臺灣日報　1965 年 5 月 3 日　2 版

201. 賴素鈴　34 位作家聚會爲朱西甯祈福　民生報　1998 年 1 月 12 日　19 版

202. 陳壁琳　總統褒揚已故作家朱西甯教授　中國時報　1998 年 3 月 28 日　26 版

203. 劉慕沙　照見——爲「朱西甯文學紀念展」　聯合報　2001 年 3 月 16 日　37 版

204. 陳宛蓉　朱西甯文學紀念展　文訊雜誌　第 187 期　2001 年 5 月　頁 76

205. 賴素鈴　讀書人 2002 最佳書獎——文學朱家三人同榜　民生報　2002 年 12 月 31 日　10 版

206. 陳宛茜　讀書人最佳書獎——朱西甯一家三人獲獎　聯合報　2002 年 12 月 31 日　21 版

作品評論篇目

綜論

207. 司馬中原　試論朱西甯　文壇　第42期　1963年12月　頁20—28

208. 司馬中原　試論朱西甯　狼　臺北　皇冠出版社　1966年11月　頁13

209. 吳延玫〔司馬中原〕　試論朱西甯　從流動出發　臺中　普天出版社　1972年1月　頁93—126

210. 司馬中原　試論朱西甯　狼　臺北　三三書坊　1989年9月　頁257—286

211. 崔焰焜　鄉土文學的豐收者——朱西甯　現代文藝評論集　臺中　光啓出版社　1969年7月　頁33—36

212. 雨　田　旁觀者言——兼談朱西甯的遣詞造句（上、中、下）　中華日報（南部版）　1973年3月17—19日　9版

213. 鍾　虹　談朱西甯的小說　文壇　第156期　1973年6月　頁58—67

214. 楊昌年　朱西甯　近代小說研究　臺北　蘭臺書局　1976年1月　頁536

215. 新開高明　朱西甯氏の初期短篇小說集について　防衛大學校紀要　第32期　1976年[16]　頁351—367

216. 何　欣　三十年來的小說〔朱西甯部分〕　中華文化復興月刊　第10卷第9期　1977年9月　頁29—30

217. 吳至青　不斷求變的朱西甯　書評書目　第60期　1978年4月　頁62—74

218. 姜　穆　朱西甯的雕塑鏤刻　文藝月刊　第107期　1978年5月　頁34—51

219. 姜　穆　朱西甯的雕琢　解析文學　臺北　黎明文化公司　1987年10月　頁371—392

220. Cyril Brich（白芝）著；楊澤，童若雯摘譯　朱西甯、黃春明、王禎和三人小說中的苦難意象（上、下）　聯合報　1979年2月27—28日

---

[16]本篇文本未著錄月份。

12 版

221. Cyril Brich（白芝）著；楊澤，童若雯摘譯　朱西甯、黃春明、王禎和三人小說中的苦難意象　現代文學論（聯副 30 年文學大系評論卷）　臺北　聯經出版公司　1981 年 12 月　頁 199—215

222. 楊樹清　漁翁島散記——「用心」的小說家———朱西甯　臺灣新聞報　1983 年 4 月 14 日　9 版

223. 齊邦媛　江河匯集成海的六十年代小說——朱西甯　文訊雜誌　第 13 期　1984 年 8 月　頁 46—47

224. 齊邦媛　江河匯集成海的六〇年代小說——朱西甯　霧漸漸散的時候　臺北　九歌出版社　1998 年 10 月　頁 54—55

225. 張素貞　試探朱西甯小說的主題意識　細讀現代小說　臺北　東大圖書公司　1986 年 10 月　頁 81—99

226. 古繼堂　五十年代反共小說的主要代表作家和作品（下）〔朱西甯部分〕　臺灣小說發展史　臺北　文史哲出版社　1989 年 7 月　頁 168—169

227. 王德威　鄉愁的困境與超越——朱西甯與司馬中原的鄉土小說（上、下）　中央日報　1991 年 4 月 12—13 日　16 版

228. 王德威　鄉愁的困境與超越——朱西甯與司馬中原的鄉土小說　現代文學研討會　高雄國家文藝基金會，中央日報　1991 年 4 月 15 日

229. 王德威　鄉愁的困境與超越——朱西甯與司馬中原的鄉土小說　小說中國　臺北　麥田出版公司　1993 年 6 月　頁 279—298

230. 張大春　那個現在幾點鐘——朱西甯的新小說初探　現代文學研討會　高雄國家文藝基金會，中央日報　1991 年 4 月 15 日

231. 張大春　那個現在幾點鐘——朱西甯的新小說初探（上、中、下）　中央日報　1991 年 4 月 27—29 日　16，9，16 版

232. 張大春　那個現在幾點鐘——朱西甯的新小說初探　張大春的文學意見　臺北　遠流出版社　1992 年 5 月　頁 101—131

233. 張大春　那個現在幾點鐘——朱西甯的新小說初探　現在幾點鐘：朱西甯短篇小說精選　臺北　麥田出版公司　2005年1月　頁247—271

234. 葉石濤　五〇年代的臺灣文學——理想主義的挫折與頹廢——作家與作品〔朱西甯部分〕　臺灣文學史綱　高雄　文學界雜誌社　1991年9月　頁98

235. 葉石濤　五〇年代的臺灣文學——理想主義的挫折與頹廢——作家與作品〔朱西甯部分〕　葉石濤全集・評論卷五　臺南，高雄　國立臺灣文學館，高雄市文化局　2008年3月　頁110

236. 張大春　威權與挫敗——當代臺灣小說中的父親形象〔朱西甯部分〕　張大春的文學意見　臺北　遠流出版公司　1992年5月　頁65—71

237. 許建生　朱西甯、司馬中原、段彩華等軍中小說家　臺灣文學史（下）　福州　海峽文藝出版社　1993年1月　頁410—416

238. 楊政源　朱西甯懷鄉小說中的人物探討　雲漢學刊　第4期　1997年5月　頁13—38

239. 皮述民　分道揚鑣（上）——臺灣：從戰鬥文藝到現代文學（1949—1979）——從反共小說到現代小說〔朱西甯部分〕　二十世紀中國新文學史　臺北　駱駝出版社　1997年10月　頁321

240. 莊美華　近入千家散花竹[17]（上、下）　中央日報　1998年3月24—25日　22版

241. 馬　森　寬恕的靈魂——朱西甯小說中的人物　中央日報　1998年3月24日　22版

242. 馬　森　寬恕的靈魂——朱西甯小說中的人物　追尋時光的根　臺北　九歌出版社　1999年5月　頁240—242

243. 張大春　被忘卻的記憶者——朱西甯的小說語言與知識企圖　中國時報　1998年3月26日　43版

244. 馬　森　寫實小說中的方言——以朱西甯的小說爲例　純文學　復刊第1

[17]本文概述朱西甯生平及作品。

期 1998 年 5 月 頁 37—41

245. 張大春 從講古、聊天到祈禱——追思朱西甯先生的一篇小說報告 聯合文學 第 163 期 1998 年 5 月 頁 80—83

246. 鍾怡雯 臺灣散文裡的中國圖像〔朱西甯部分〕 孤獨的帝國：第二屆全國大專學生文學獎得獎作品專集 臺北 行政院文建會 1999 年 5 月 頁 515—516

247. 朱天文 導讀 朱西甯小說精品 臺北 駱駝出版社 1999 年 5 月 頁 3—8

248. 陳國偉 從朱西甯到駱以軍——說不盡的流亡[18] 中央日報 2001 年 4 月 1 日 19 版

249. 林慶文 鄉土中國的傳道人——朱西甯（1926—1998） 當代臺灣小說的宗教性關懷 東海大學中國文學系 博士論文 洪銘水教授指導 2001 年 6 月 頁 29—42

250. 許玉純 何以與夏蟲語冰？——從朱西甯的文學定位論臺灣文學史（小說史）的建構[19] 文學前瞻 第 2 期 2001 年 6 月 頁 55—73

251. 莊永明 不斷求變的小說創作者——朱西甯 文學臺灣人 臺北 遠流出版社 2001 年 10 月 頁 155—159

252. 王德威 畫夢紀——朱西甯的小說藝術與歷史意識（摘刊） 聯合報 2003 年 3 月 21 日 39 版

253. 王德威 畫夢紀——朱西甯的小說藝術與歷史意識[20] 紀念朱西甯先生文學研討會 臺北 行政院文建會主辦 2003 年 3 月 22 日 〔10〕頁

254. 王德威 畫夢紀——朱西甯的小說藝術與歷史意識 紀念朱西甯先生文學

---

[18]本文講述朱西甯、張大春、駱以軍三人作品的特色——以流亡人物為主題，並藉此標示出臺灣文壇的流亡母題。

[19]本文析論朱西甯在文學史上的定位，由於評論者史觀的不同，而對其作品評價殊異。全文共 5 小節：1.前言——說大陸文學史與臺灣文學史的重構；2.小說「小說家朱西甯」；3.如何說「小說家朱西甯」；4.小說「小說史的寫作」；5.結論。

[20]本文探討朱西甯的寫作志業，及其作品之美學與歷史意義，並針對其作品之中心主義思想加以觀察及討論其對於宗教的描寫。

研討會論文集　臺北　聯合文學出版社　2003年5月　頁9—37

255. 王德威　畫夢紀——朱西甯的小說藝術與歷史意識　現在幾點鐘：朱西甯短篇小說精選　臺北　麥田出版公司　2005年1月　頁221—245

256. 王德威　畫夢紀——朱西甯的小說藝術與歷史意識　後遺民寫作　臺北　麥田出版公司　2007年11月　頁85—108

257. 陳芳明　朱西甯的現代主義轉折——重讀「鐵漿時期」的作品[21]　紀念朱西甯先生文學研討會　臺北　行政院文建會主辦　2003年3月22日　〔7〕頁

258. 陳芳明　朱西甯的現代主義轉折（摘刊）　聯合報　2003年3月23日　39版

259. 陳芳明　朱西甯的現代主義轉折——重讀「鐵漿時期」的作品　紀念朱西甯先生文學研討會論文集　臺北　聯合文學出版社　2003年5月　頁179—195

260. 陳芳明　朱西甯的現代主義轉折　現在幾點鐘：朱西甯短篇小說精選　臺北　麥田出版公司　2005年1月　頁9—29

261. 應鳳凰　朱西甯的反共文學論述[22]　紀念朱西甯先生文學研討會　臺北　行政院文建會主辦　2003年3月22日　〔9〕頁

262. 應鳳凰　朱西甯的反共文學論述　紀念朱西甯先生文學研討會論文集　臺北　聯合文學出版社　2003年5月　頁39—62

263. 應鳳凰　朱西甯早期小說及其反共文學論述　五〇年代臺灣文學論集　高雄　春暉出版社　2007年3月　頁237—256

264. 莊宜文　多少煙塵——朱西甯與胡蘭成、張愛玲的文學因緣[23]　紀念朱西甯

---

[21]本文探討朱西甯在一九七六年新小說時代之前作品內含及思維，並以此探討朱西甯文學的歷史意義。

[22]本文以朱西甯在「國軍新文藝運動」發展階段所佔的有利位置爲起點，探討他對「反共文學」的相關論述，包含其創作及評論、內容與形式。全文共 4 小節：1.前言；2.朱西甯及其反共文學論；3.朱西甯反共小說——《大火炬的愛》；4.結語。後改篇名爲〈朱西甯早期小說及其反共文學論述〉。

[23]本文爲部分論述，內容將三人作品互相比較。後改篇名爲〈朱西甯與胡蘭成、張愛玲的文學因緣〉。

先生文學研討會　臺北　行政院文建會主辦　2003 年 3 月 22 日〔18〕頁

265. 莊宜文　多少煙塵——朱西甯與胡蘭成、張愛玲的文學因緣（摘刊）　聯合報　2003 年 3 月 22 日　39 版

266. 莊宜文　朱西甯與胡蘭成、張愛玲的文學因緣　紀念朱西甯先生文學研討會論文集　臺北　聯合文學出版社　2003 年 5 月　頁 125—177

267. 陳芳明　狼與貓與蛇　聯合文學　第 221 期　2003 年 3 月　頁 20—21

268. 陳芳明　狼與貓與蛇——重讀朱西甯　孤夜讀書　臺北　麥田出版公司　2005 年 9 月　頁 141—143

269. 黃錦樹　原鄉與亂離　聯合文學　第 221 期　2003 年 3 月　頁 22

270. 應鳳凰　他不只是「反共小說家」　聯合文學　第 221 期　2003 年 3 月　頁 25

271. 陳國偉　重新細品朱西甯　中央日報　2003 年 4 月 20 日　17 版

272. 高慧瑩　編輯說明　朱西甯作品集〔全 4 集〕　臺北　印刻出版公司　2003 年 4 月　頁 5—6

273. 黃錦樹　隱藏的教誨或釋意的迷途——朱西甯小說的詮釋問題　破曉時分　臺北　印刻出版公司　2003 年 4 月　頁 9—14

274. 陳芳明等[24]　重新評讀朱西甯　紀念朱西甯先生文學研討會論文集　臺北　聯合文學出版社　2003 年 5 月　頁 197—213

275. 張大春等[25]　小說家們談朱西甯　紀念朱西甯先生文學研討會論文集　臺北　聯合文學出版社　2003 年 5 月　頁 215—242

276. 范銘如　合縱連橫——六〇年代臺灣小說〔朱西甯部分〕　淡江大學中文學報　第 8 期　2003 年 7 月　頁 40—41

277. 張瑞芬　一枝花語・話一枝花——論張愛玲、胡蘭成與朱天文〔朱西甯部分〕　印刻文學生活誌　第 11 期　2004 年 7 月　頁 109

---

[24]與會者：楊澤、范銘如、陳芳明、張瑞芬、黃錦樹；紀錄：吳億偉。

[25]與會者：張大春、朱天文、吳繼文、郝譽翔、楊照、舞鶴、駱以軍；紀錄：許正平。

278. 應鳳凰　《自由中國》《文友通訊》作家群與五〇年代臺灣文學史〔朱西甯部分〕　文藝理論與通俗文化（上）　臺北　中研院文哲所　2004年12月　頁115—116

279. 沈芳序　三三文學集團與朱西甯　三三文學集團研究　靜宜大學中國文學系　碩士論文　陳建忠教授指導　2005年7月　頁29—32

280. 方忠，于小桂　論臺灣當代文學中的佛教文化精神〔朱西甯部分〕　第二屆兩岸現代文學發展與思潮學術研討會論文集　臺北　中華發展基金管理委員會主辦；佛光人文社會學院文學系承辦　2005年10月28—29日　頁239

281. 黃萬華　臺灣文學——小說（上）〔朱西甯部分〕　中國現當代文學　濟南　山東文藝出版社　2006年3月　頁458—459

282. 蘇偉貞　第一代張派作家——愛而敬之朱西甯　描紅：臺灣張派作家世代論　臺北　三民書局　2006年9月　頁111—121

283. 張瀛太　朱西甯六、七〇年代的小說實驗——以〈失車記〉、〈本日陰雨〉、〈現在幾點鐘〉、〈蛇〉、〈巷語〉等作品爲例[26]　臺北教育大學語文集刊　第12期　2007年2月　頁81—116

284. 周芬伶　愛的神祕劇——聖徒小說的終極探索——朱西甯[27]　聖與魔——臺灣戰後小說的心靈圖像（1945—2006）　臺北　印刻出版公司　2007年3月　頁39—46

285. 刑鼎賢　朱西甯的小說世界　第一屆現代臺日文學與城鄉意象研討會　臺南　南華大學環境與藝術研究所，南華大學中日思想研究中心，臺灣文學館　2007年9月29—30日

286. 曾萍萍　太陽兀自照耀著：《文學季刊》內容分析——第一件差事：大放異彩的小說創作〔朱西甯部分〕　「文季」文學集團研究——以系

---

[26]本文歸納朱西甯在「新」小說寫作上所採取的各種實驗步驟。全文共 3 小節：1.「新」小說實驗之初：從意識流到反情節與結構；2.「新」小說實驗之高峰：去人物、存敘述；3.結語：「新」小說實驗之後。

[27]本文探討朱西甯小說中描寫的慾望與藝術，並討論其對文字應用的特色及其小說表達的思想內涵。全文共 3 小節：1.朱西甯早期小說之聖道與魔道；2.語言冶金者；3.高亢的金屬音。

列刊物爲觀察對象　中央大學中國文學系　博士論文　李瑞騰教授指導　2008 年 7 月　頁 115

287. 張瀛太　從敘事視角之運用看朱西甯小說的寫作技巧[28]　臺灣科技大學・人文社會學報　第 5 期　2009 年 3 月　頁 129—149

288. 張瀛太　從「行爲演出」到「心理演出」——朱西甯 60—70 年代（早、中期）小說的情節經營[29]　彰化師大國文學誌　第 19 期　2009 年 12 月　頁 57—80

分論

◆單行本作品

小說

《大火炬的愛》

289. 　熙　《大火炬的愛》　中央日報　1952 年 7 月 26 日　7 版

290. 陳紀瀅　評介《大火炬的愛》　自由中國　第 7 卷第 3 期　1952 年 8 月　頁 29，19

291. 羅　洛　朱西甯《大火炬的愛》評介　自由青年　第 7 卷第 1 期　1952 年 10 月 16 日　頁 15

292. 司徒衛　朱西甯《大火炬的愛》　軍中文藝　第 1 期　1954 年 1 月　頁 38—39

293. 司徒衛　朱西甯的《大火炬的愛》　書評集　臺北　中央文物供應社　1954 年 9 月　頁 29—35

294. 司徒衛　朱西甯的《大火炬的愛》　五十年代文學論評　臺北　成文出版社　1979 年 3 月　頁 95—102

295. 秦慧珠　五〇年代之反共小說——朱西甯（二之一）〔《大火炬的愛》部

---

[28]本文剖析朱西甯小說中敘事技巧的多重運用及達到的藝術效果，以了解其寫作特色。全文共 3 小節：1.全知敘事的運用；2.限知敘事的運用；3.結論：各期的敘事目的及藝術傾向。正文前有〈前言〉。

[29]本文以朱西甯最致力於情節處理的 1960 至 70 年代小說爲主，剖析其經營手法及呈現效果，歸納出其情節傾向與美感屬性。全文共 5 小節：1.前言；2.各式情節的經營；3.情節衝突的製造；4.急轉嘲弄效果的產生；5.結論。

分〕 臺灣反共小說研究（一九四九年至一九八九年） 中國文化大學中國文學系 博士論文 金榮華教授指導 2000 年 4 月 頁 73—78

296. 應鳳凰 朱西甯的反共小說：《大火炬的愛》（摘刊） 聯合報 2003 年 3 月 22 日 39 版

《狼》

297. 魏子雲 為《狼》作答 自由青年 第 30 卷第 11 期 1963 年 12 月 1 日 頁 10—12

298. 魏子雲 為《狼》作答 狼 臺北 皇冠出版社 1966 年 11 月 頁 287—292

299. 丹 冶 三評《狼》——敬答魏子雲先生 自由青年 第 31 卷第 5 期 1964 年 3 月 1 日 頁 20—23

300. 朱星鶴 懷念的老書——《狼》（上、下） 中央日報 1988 年 3 月 27 日，4 月 7 日 12 版

301. 黎湘萍 陳映真與三代臺灣作家——兼論臺灣小說敘事模式之演變（下）〔《狼》部分〕 臺灣研究集刊 1993 年第 1 期 1993 年 2 月 頁 94

302. 孫如陵 破曉時分・大愛遠颺・朱西甯走入歷史——《狼》——朱西甯的成名作 中央日報 1998 年 3 月 24 日 22 版

303. 保 真 大轂轆打《狼》 中華日報 1998 年 4 月 7 日 16 版

304. 保 真 大轂轆打狼——朱西甯的《狼》 保真領航看小說 臺北 九歌出版社 1999 年 5 月 頁 204—206

305. 柯慶明 印刻版《狼》序 臺灣現代文學的視野 臺北 麥田出版公司 2006 年 12 月 頁 359—366

306. 柯慶明 印刻版《狼》序 評論三十家：臺灣文學 30 年菁英選 1978—2008（上） 臺北 九歌出版社 2008 年 6 月 頁 16—23

307. 應鳳凰，傅月庵 朱西甯——《狼》 冊頁流轉——臺灣文學書入門 108

臺北　印刻出版公司　2011 年 3 月　頁 74—75

《鐵漿》

308. 柯慶明　論朱西甯的一本短篇小說集——《鐵漿》　新潮　第 17 期　1968 年 6 月　頁 1—29

309. 柯慶明　論朱西甯的一本短篇小說集：《鐵漿》　境界的再生　臺北　幼獅出版社　1981 年 10 月　頁 403—450

310. 柯慶明　論朱西甯的《鐵漿》　鐵漿　臺北　三三書坊　1989 年 7 月　頁 245—291

311. 郭明福　淒涼千古意　琳瑯書滿目　臺北　爾雅出版社　1985 年 7 月　頁 37—40

312. 楊匡漢　唐山流寓話巢痕——試論當代文學的中國人文精神〔《鐵漿》部分〕　臺灣香港澳門暨海外華文文學論文選　福州　海峽文藝出版社　1993 年 3 月　頁 85

313. 郭玉雯　《鐵漿》　錦囊開卷　臺北　國家文藝基金管理委員會　1993 年 6 月　頁 161—163

314. 張素貞　朱西甯的《鐵漿》　現代小說選讀講義　臺北　中華函授學校 1996 年 3 月　頁 1—25

315. 陳國偉　朱西甯《鐵漿》中的邊緣人物書寫——認同、忽視和回歸的宿命悲劇[30]　中正大學中國文學研究所研究生論文集刊　第 1 期　1999 年 4 月　頁 75—92

316. 劉大任　灰色地帶的文學——重讀《鐵漿》（上、下）　聯合報　2003 年 3 月 20—21 日　39 版

317. 劉大任　灰色地帶的文學——重讀《鐵漿》　鐵漿　臺北　印刻出版公司 2003 年 4 月　頁 9—16

---

[30]本文主要以李維史陀結構主義人類學觀點出發，分析《鐵漿》中邊緣人物的特質。全文共 5 小節：1.前言；2.胎死腹中的結婚證書；3.千古的難題：無後爲大；4.消失的性別：女性主角人物；5.結語：宿命或終點。

318. 張瀛太　從場景、場面描寫看朱西甯《鐵漿》的藝術技法[31]　輔仁國文學報　第29期　2009年10月　頁239—257

《貓》

319. 林柏燕　評介朱西甯的《貓》　幼獅文藝　第187期　1969年7月　頁164—180

320. 鄭世仁　心靈的解剖刀——評朱西甯的大作《貓》　大華晚報　1983年1月30日　11版

321. 張素貞　《貓》——親情的劫難　大華晚報　1983年5月19日　10版

322. 張素貞　朱西甯的《貓》——親情的劫難　細讀現代小說　臺北　東大圖書公司　1986年10月　頁227—237

323. 陳慧文　嬌縱外向——朱西甯的《貓》　青年日報　2000年8月12日　13版

324. 陳慧文　嬌縱外向——朱西甯的《貓》　貓咪文學館　臺北　秀威資訊公司　2004年12月　頁76—78

《破曉時分》

325. 方元珍　天何時才亮——讀朱西甯《破曉時分》　全國新書資訊月刊　第55期　2003年7月　頁44—46

326. 方元珍　天何時才亮——讀朱西甯《破曉時分》　空大學訊　第326期　2004年5月16—31日　頁132—136

《冶金者》

327. 謝冰瑩等[32]　談《冶金者》　文藝　第7期　1970年1月　頁175—183

328. 文曉村等[33]　大家談《冶金者》　文藝　第7期　1970年1月　頁184—197

---

[31]本文旨在分析《鐵漿》的創作形式，歸納朱西甯創作手法的優越處、美感屬性，以及其藝術技法所塑造的小說效果。全文共4小節：1.前言；2.場景；3.場面；4.結論：悲壯蒼涼的美感。

[32]與會者：謝冰瑩、李叔翰、隱地；紀錄：金龍。

[33]評論者：文曉村、吳長坡、賴妙妙、吳作政、白痴生、康文、藍羽、夢凌、王長琴、張天賜、羅和鈞、或才、張台成、楊青矗、郭文輝、翁天培、傅品芳、李英林、張藝中、歌風、林青、宋瑞枝。

《旱魃》

329. 莫　言　　我的先驅——讀《旱魃》雜感　印刻文學生活誌　第 1 期　2003 年 9 月　頁 210—214
330. 莫　言　　我的先驅——讀《旱魃》雜感　旱魃　臺北　印刻出版公司　2005 年 6 月　頁 9—17
331. 袁瓊瓊　　朱西甯《旱魃》　聯合報　2004 年 11 月 30 日　7 版

《現在幾點鐘：朱西甯短篇小說精選》

332. 陳希林　　朱西甯寫過讓人看不懂的短篇小說　中國時報　2005 年 1 月 5 日　8 版

《朱西甯自選集》

333. 銀正雄　　我讀《朱西甯自選集》　中華文藝　第 70 期　1976 年 12 月　頁 134—140
334. 花　村　　試論《朱西甯自選集》　中華文藝　第 88 期　1978 年 6 月　頁 135—140

《春城無處不飛花》

335. 謝材俊　　讀《春城無處不飛花》　幼獅文藝　第 319 期　1980 年 7 月　頁 114—130

《將軍與我》

336. 司馬中原　　淺析朱西甯的《將軍與我》　中華文藝　第 107 期　1980 年 1 月　頁 58—59

《八二三注》

337. 王文龍　　朱西甯爲八二三砲戰補注　自立晚報　1977 年 8 月 28 日　3 版
338. 彭　歌　　《八二三注》　聯合報　1979 年 4 月 27 日　12 版
339. 彭　歌　　《八二三注》　作家的童心　臺北　聯合報社　1979 年 11 月　頁 60—62
340. 彭　歌　　性情的真實　聯合報　1979 年 4 月 28 日　12 版
341. 彭　歌　　性情的真實　作家的童心　臺北　聯合報社　1979 年 11 月　頁

63—65

342. 朱星鶴　我讀朱西甯《八二三注》——現在沒有戰爭　臺灣新聞報　1979年8月23日　12版

343. 桂文亞　爲「八二三」作注的人——朱西甯和他的戰爭小說　聯合報　1979年8月23日　8版

344. 馬叔禮　朱西甯《八二三注》的歷史見證——中國軍魂　中國時報　1979年8月23日　8版

345. 馬叔禮　中國軍魂——《八二三注》的歷史見證　臺灣新聞報　1979年10月30日　12版

346. 馬叔禮　中國軍魂——《八二三注》的歷史見證　文明之劍　臺北　三三書坊　1980年6月　頁27—35

347. 朱星鶴　聽聽，那砲聲　國魂　第405期　1979年8月　頁74—75

348. 陳　彥　朱西甯的小說——《八二三注》（上、下）　幼獅文藝　第309—310期　1979年9，10月　頁61—80，111—124

349. 〔愛書人〕　《八二三注》　愛書人　第129期　1980年1月1日　3版

350. 劉克敵　《八二三注》與〈金門砲戰中的採訪實錄〉　臺肥月刊　第21卷第5期　1980年5月　頁57—59

351. 朱天文　素讀《八二三注》　三姊妹　臺北　皇冠出版社　1985年3月　頁154—168

352. 楊　照　還原軍隊的複雜面貌——朱西甯長篇小說《八二三注》　中國時報　1997年12月30日　27版

353. 吳達芸　在君父的城邦——朱西甯《八二三注》的書寫策略　臺靜農先生百歲冥誕學術研討會　臺北　臺灣大學中國文學系　2001年11月23—24日

354. 吳達芸　在君父的城邦——朱西甯《八二三注》的書寫策略　臺靜農先生百歲冥誕學術研討會論文集　臺北　臺灣大學中國文學系　2001年12月　頁275—307

355. 吳達芸　書寫在異鄉——再讀朱西甯及《八二三注》（摘刊）　聯合報　2003年3月21日　39版
356. 吳達芸　書寫在異鄉——再讀朱西甯及《八二三注》[34]　紀念朱西甯先生文學研討會　臺北　行政院文建會主辦　2003年3月22日　〔11〕頁
357. 吳達芸　書寫在異鄉——再讀朱西甯及《八二三注》　紀念朱西甯先生文學研討會論文集　臺北　聯合文學出版社　2003年5月　頁63—94
358. 吳達芸　癸未年再讀《八二三注》[35]　聯合文學　第221期　2003年3月　頁23—24
359. 楊　照　壯麗而人性的戰爭生活——重讀朱西甯的《八二三注》　八二三注　臺北　印刻出版公司　2003年4月　頁9—18
360. 張瀛太　文學中的戰爭與偉人——論《八二三注》的寫作意義　國文學誌　第7期　2003年12月　頁261—283
361. 楊樹清　《八二三注》——與朱西甯的一段文學因緣　金門日報　2006年8月23日　6版
362. 廖偉竣　外省人的八二三炮戰小說與本省人的八二三炮戰小說：朱西甯小說《八二三注》與陳雷臺文小說〈大頭兵黃明良〉內容、修辭的巨大差異及其對族群的創傷治療——使用海登．懷特（Hayden White）及格林布拉特（Stephen Greenblatt）新歷史主義文學理論的一次文本分析　2007臺灣文學學術研討會——古典、現代與庶民重層景觀　臺南　臺南科技大學主辦　2007年4月14日
363. 楊　照　壯麗而人性的戰爭生活——重讀朱西甯的《八二三注》　霧與畫：戰後臺灣文學史散論　臺北　麥田出版公司　2010年8月　頁55—64

[34]本文站在「反共的時代結束」的位置來看《八二三注》，並加以理解詮釋後提出評價。
[35]本文與〈書寫在異鄉——再讀朱西甯及《八二三注》〉並非同篇文章。

《將軍令》

364. 晴　軒　朱西甯的《將軍令》——剛性中的貴氣　中國時報　1979 年 9 月 1 日　8 版

365. 朱嘯秋等[36]　《將軍令》座談會摘錄　文壇　第 246 期　1980 年 12 月　頁 139—154

《熊》

366. 黃慶萱　宇宙悲情，十面八方[37]　聯合文學　第 4 期　1985 年 2 月　頁 205—206

367. 黃慶萱　十面八方的宇宙悲情——朱西甯《熊》責任書評　與君細論文　臺北　東大圖書公司　1999 年 3 月　頁 147—148

《牛郎星宿》

368. 應鳳凰　綠樹成蔭子滿枝——八、九月份文學出版——朱西甯《牛郎星宿》　文訊雜誌　第 14 期　1984 年 10 月　頁 312

369. 黃碧端　為英雄造像　聯合文學　第 7 期　1985 年 5 月　頁 152—153

370. 黃碧端　為英雄造像——評《牛郎星宿》　書鄉長短調　臺北　三民書局　1993 年 6 月　頁 143—144

371. 王苔雲　展現生命之光的《牛郎星宿》——談朱西甯的短篇小說集　文藝月刊　第 202 期　1986 年 4 月　頁 40—50

《茶鄉》

372. 應鳳凰　十月、十一月的文學出版——朱西甯《茶鄉》　文訊雜誌　第 15 期　1984 年 12 月　頁 348

373. 王德威　世外桃源的困境　聯合文學　第 10 期　1985 年 8 月　頁 215

《黃粱夢》

374. 郭明福　小說與報導之間——評介朱西甯的《黃粱夢》　文訊雜誌　第 33 期　1987 年 12 月　頁 209—212

---

[36]與會者：王曉寒、任景學、王汝雋、繆綸、尼洛、朱天文；主持人：朱嘯秋；紀錄：馬叔禮。
[37]本文後改篇名為〈十面八方的宇宙悲情——朱西甯《熊》責任書評〉。

《華太平家傳》

375. 朱天文　做小金魚的人——讀《華太平家傳》　聯合報　1998年3月28日　41版
376. 朱天文　做小金魚的人——讀《華太平家傳》　華太平家傳　臺北　聯合文學出版社　2001年2月　頁875—879
377. 賴素鈴　朱西甯逝世周年，親友追思，《華太平家傳》緊繫一家人的心　民生報　1999年3月22日　19版
378. 賴素鈴　文學家族共構史詩，《華太平家傳》出版了　民生報　2002年3月7日　13版
379. 李令儀　朱西甯《華太平家傳》出版，給女兒特別禮物　聯合報　2002年3月7日　14版
380. 陳洛薇　朱西甯《華太平家傳》問世　中央日報　2002年3月7日　14版
381. 賴素鈴　是寫作的也是文學的收成[38]　民生報　2002年3月7日　13版
382. 趙靜瑜　朱西甯遺作《華太平家傳》出版　自由時報　2002年3月9日　40版
383. 張　望　《華太平家傳》　臺灣日報　2002年3月12日　25版
384. 廖炳惠　家庭或國家的傳說？　中國時報　2002年3月17日　22版
385. 廖炳惠　從紫金山到尚佐——家庭與歷史的見證〔《華太平家傳》部分〕　中央日報　2002年3月21日　18版
386. 廖炳惠　從紫金山到尚佐——家庭與歷史的見證〔《華太平家傳》部分〕　臺灣與世界文學的匯流　臺北　聯合文學出版社　2006年5月　頁294—295
387. 陳國偉　爲二十世紀寫的備忘錄——朱西甯與他的《華太平家傳》　中央日報　2002年4月8日　19版
388. 李奭學　千年一嘆——評朱西甯著《華太平家傳》　聯合報　2002年4月21日　23版

---

[38]本文敘述朱西甯創作《華太平家傳》的過程。

389. 李奭學　千年一嘆——評朱西甯著《華太平家傳》　書話臺灣：1991—2003 文學印象　臺北　九歌出版社　2004 年 5 月　頁 161—164

390. 洪士惠　朱西甯遺作《華太平家傳》出版　文訊雜誌　第 199 期　2002 年 5 月　頁 73

391. 張瑞芬　以父之名——朱西甯《華太平家傳》評介　聯合文學　第 211 期　2002 年 5 月　頁 152—155

392. 張瑞芬　以父之名——朱西甯《華太平家傳》　未竟的探訪：瞭望文學新版圖　臺北　麥田出版公司　2002 年 12 月　頁 242—249

393. 黃錦樹　身世、背景與斯文——《華太平家傳》與中國現代性（摘刊）　聯合報　2003 年 3 月 22 日　39 版

394. 黃錦樹　身世、背景與斯文——《華太平家傳》與中國現代性[39]　紀念朱西甯先生文學研討會　臺北　行政院文建會主辦　2003 年 3 月 22 日　〔7〕頁

395. 黃錦樹　身世，背景，與斯文——《華太平家傳》與中國現代性　紀念朱西甯先生文學研討會論文集　臺北　聯合文學出版社　2003 年 5 月　頁 95—123

396. 黃錦樹　身世，背景，與斯文——《華太平家傳》與中國現代性　文與魂與體：論現代中國性　臺北　麥田出版公司　2006 年 5 月　頁 227—247

397. 張瀛太　論《華太平家傳》與朱西甯小說創作美學的轉變[40]（上、下）　第八屆文學與美學國際學術研討會　臺北　淡江大學中國文學系　2003 年 10 月 17—18 日

398. 張瀛太　從「傳統的現代化」到「現代的民族化」——論《華太平家傳》

[39]本文以《華太平家傳》爲主，兼論朱西甯其他小說作品，探討其將現代感融入小說中的手法，並分析《華太平家傳》的小說情節與內涵。

[40]本文列舉《華太平家傳》中三種創作風格之落差，並參照胡蘭成對其創作及理念之影響，歸納出朱西甯創作心路及美學取擇之原委和東、西方小說美學在其作品中所佔之意義及藝術上的牽制性。全文共 3 小節：1.小說三大內容；2.藝術手法；3.結語。後改篇名爲〈從「傳統的現代化」到「現代的民族化」——論《華太平家傳》與朱西甯小說創作美學的轉變〉。

與朱西甯小說創作美學的轉變　海峽兩岸現當代文學論集　臺北　臺灣學生書局　2004 年 2 月　頁 377—402

399. 陳惠齡　文化與宗教的會晤——朱西甯《華太平家傳》中銘刻的族譜記憶[41]　臺灣當代小說的烏托邦書寫　高雄師範大學國文學系　博士論文　何淑貞，李奭學教授指導　2006 年 1 月　頁 208—288

400. 周芬伶　朱西甯最後的自我淨化——《華太平家傳》的天啓說　聖與魔——臺灣戰後小說的心靈圖像（1945—2006）　臺北　印刻出版公司　2007 年 3 月　頁 302—306

401. 周芬伶　世紀交替小說的心靈圖象——朱西甯最後的自我淨化——《華太平家傳》的天啓說　臺灣文學研究學報　第 5 期　2007 年 10 月　頁 333—337

◆多部作品

《八二三注》、《將軍令》

402. 齊邦媛　眷村文學——鄉愁的繼承與捨棄（1—3）　聯合報　1991 年 10 月 25—27 日　25 版

403. 齊邦媛　眷村文學——父親取「象」的蛻變　霧漸漸散的時候　臺北　九歌出版社　1998 年 10 月　頁 167—169

《華太平家傳》、〈膀胱記〉、〈膀胱有言〉

404. 張　殿　作品之傷：與病共舞　聯合報　1999 年 5 月 31 日　41 版

《海燕》、《八二三注》

405. 秦慧珠　七〇年代之反共小說——朱西甯（二之二）　臺灣反共小說研究（一九四九年至一九八九年）　中國文化大學中國文學系　博士論文　金榮華教授指導　2000 年 4 月　頁 236—245

《狼》、《鐵漿》、《破曉時分》

406. 莊文福　朱西甯《狼》、《鐵漿》、《破曉時分》等　大陸旅臺作家懷鄉小說研究　中國文化大學中國文學系　博士論文　邱燮友教授指導

[41]本文論述白先勇《孽子》、張貴興《群象》、朱西甯《華太平家傳》。

2003年　頁99—116

407. 侯如綺　《狼》、《鐵漿》、《破曉時分》中的人物與朱西甯之離散情節探析[42]　臺灣文學研究集刊　第3期　2007年5月　頁85—108

408. 侯如綺　今昔之間的漂泊與焦慮——朱西甯離散情結下的代贖之路　臺灣外省小說家的離散與敘述（1950—1987）　東海大學中國文學系博士論文　陳俊啓教授指導　2009年2月　頁99—115

《旱魃》、《華太平家傳》、〈鎖殼門〉、〈新墳〉、〈鐵漿〉

409. 朱雙一　臺灣文學中的中國北方地域文化色彩——山東籍作家筆下的齊魯映象　臺灣文學與中華地域文化　廈門　鷺江出版社　2008年9月　頁297—306，311

單篇作品

410. 〔經緯文摘〕　〈小翠與大黑牛〉評介　經緯文摘　第3期　1962年11月　頁34

411. 蔡丹冶　評朱西甯的〈狼〉[43]（上、下）　中央日報　1963年8月13—14日　6版

412. 蔡丹冶　談〈狼〉——中副選輯第一輯第二十篇　狼　臺北　皇冠出版社　1966年11月　頁267—268

413. 蔡丹冶　「中副選集」第一輯總評（評朱西甯的〈狼〉）　文藝論評　臺中　普天出版社　1968年10月　頁64—66

414. 魏子雲　評朱西甯的〈狼〉　中央日報　1963年10月24日　6版

415. 魏子雲　評〈狼〉　偏愛與偏見　臺北　皇冠出版社　1965年9月　頁17—28

416. 魏子雲　評〈狼〉　狼　臺北　皇冠出版社　1966年11月　頁269—282

---

[42]本文以《狼》、《鐵漿》、《破曉時分》為文本，依人物、情節、背景歸納其情節模式與離散情結，探討朱西甯寓追求中國人精神以及在臺離散的焦慮感於小說的心靈圖景。全文共3小節：1.《狼》、《鐵漿》、《破曉時分》中的情節模式；2.離散情結的揮發；3.小結。後改篇名為〈今昔之間的漂泊與焦慮——朱西甯離散情結下的代贖之路〉。

[43]本文後改篇名為〈談〈狼〉——中副選輯第一輯第二十篇〉、〈「中副選集」第一輯總評（評朱西甯的〈狼〉）〉。

417. 蔡丹冶　再評〈狼〉——蔡致魏子雲　中央日報　1963 年 11 月 7 日　6 版
418. 蔡丹冶　再評〈狼〉　狼　臺北　皇冠出版社　1966 年 11 月　頁 283—286
419. 蔡丹冶　再評朱西甯的〈狼〉　文藝論評　臺中　普天出版社　1968 年 10 月　頁 67—70
420. 蔡丹冶　三評〈狼〉　自由青年　第 31 卷第 5 期　1964 年 3 月 1 日　頁 20—23
421. 蔡丹冶　三評〈狼〉　狼　臺北　皇冠出版社　1966 年 11 月　頁 293—301
422. 蔡丹冶　三評朱西甯的〈狼〉　文藝論評　臺中　普天出版社　1968 年 10 月　頁 71—80
423. 魏子雲　不爭之論——提供愛讀朱西甯〈狼〉的文友參考　自由青年　第 31 卷第 7 期　1964 年 4 月 1 日　頁 15—17
424. 新開高明　朱西甯〈狼〉について　防衛大學校紀要　第 24 期　1972 年　頁 63—74
425. 吳達芸　簡析〈狼〉　中國現代短篇小說選析 1　臺北　長安出版社　1984 年 2 月　頁 205—207
426. 沈志方　〈狼〉，在哪裏？　寫作教室：閱讀文學名家　臺北　麥田出版公司　2004 年 3 月　頁 103—110
427. 楊靜思　〈破曉時分〉的欣賞　臺灣新聞報　1968 年 4 月 2 日　9 版
428. 侯　健　朱西甯的〈破曉時分〉　中外文學　第 1 卷第 9 期　1973 年 2 月　頁 6—24
429. 侯　健　朱西甯的〈破曉時分〉　中國現代作家論　臺北　聯經出版公司　1979 年 7 月　頁 307—329
430. 侯　健　朱西甯的〈破曉時分〉　中國小說比較研究　臺北　東大圖書公司　1983 年 12 月　頁 197—220
431. 侯　健　朱西甯的〈破曉時分〉　當代臺灣文學評論大系・小說批評卷

臺北　正中書局　1993年6月　頁417—443

432. 齊邦媛　前言——寫在爾雅版之前〔〈破曉時分〉部分〕　中國現代文學選集（小說）　臺北　爾雅出版社　1983年7月　頁5

433. 齊邦媛　前言——寫在爾雅版之前〔〈破曉時分〉部分〕　中國現代文學選集（散文）　臺北　爾雅出版社　1983年7月　頁5

434. 齊邦媛　前言——寫在爾雅版之前〔〈破曉時分〉部分〕　中國現代文學選集（詩）　臺北　爾雅出版社　1983年7月　頁5

435. 王建元著；張錦忠譯　從美學到批判教育理論：後現代臺灣小說與啓蒙小說嬗變〔〈破曉時分〉部分〕　中外文學　第23卷第11期　1995年4月　頁9—11

436. 李宜學　論朱西甯〈破曉時分〉之敘事時態　中山中文學刊　第5期　1999年6月　頁23—34

437. 廖秀霞　朱西甯〈破曉時分〉的現代詮釋　臺灣人文　第5期　2000年12月　頁43—63

438. 林憶玲　朱西甯〈破曉時分〉敘事模式探析[44]　雄工學報　第6期　2005年5月　頁11—35

439. 楊譽卿　閒話嘎嘎兒〔〈這場嘎嘎兒〉〕　中央日報　1968年10月3日　9版

440. 陳琳〔陳曉琳〕　朱西甯的〈冶金者〉——文壇亂狀舉例[45]　新夏　第7期　1970年1月　頁23—28

441. 陳琳〔陳曉琳〕　談朱西甯的〈冶金者〉——文壇亂狀舉例　浪莽少年行　臺北　四季出版公司　1978年5月　頁241—259

442. 菩　提　這字第——怎一個「好」字了得——朱西甯〈冶金者〉　幼獅文藝　第194期　1970年2月　頁190—202

---

[44]本文由敘事學中，關於視點、敘述者以及時間的相關理論，對〈破曉時分〉的敘事模式作一探析。全文共5小節：1.前言；2.視點——敘述中的觀察角度；3.人稱——敘述中的敘事人物；4.時間——敘述中的時間範疇；5.結語。

[45]本文以嚴峻的眼光來審視朱西甯《冶金者》，文中更以「明顯剽竊」、「布局錯亂」、「卑劣動機」、「口語混淆」、「文句不通」等言詞加以批判。

443. 楊青矗　評大家談〈冶金者〉　青溪　第3卷第8期　1970年2月　頁113—117
444. 隱　地　〈冶金者〉附註　五十八年短篇小說選　臺北　大江出版社　1970年3月　頁206—209
445. 隱　地　〈冶金者〉附註　五十八年短篇小說選　臺北　書評書目出版社　1978年1月　頁206—209
446. 隱　地　〈冶金者〉附註　五十八年短篇小說選　臺北　爾雅出版社　1981年4月　頁206—209
447. 原上草　析朱西甯〈四十號掩體〉——名畫家的彩畫　中華日報　1971年5月1日　9版
448. 雨　田　答朱西甯〈主觀者言〉[46]（1—4）　中華日報　1973年5月2—5日　9版
449. 林柏燕　評〈我與將軍〉　幼獅文藝　第241期　1974年1月　頁160—161
450. 林柏燕　〈我與將軍〉附註　六十二年短篇小說選　臺北　爾雅出版社　1974年3月　頁79—81
451. 〔愛書人〕　一部耐人尋味的黑白片〈將軍與我〉　愛書人　第145期　1980年6月11日　2版
452. 殷張蘭熙　導言〔〈將軍與我〉部分〕　寒梅　臺北　爾雅出版社　1983年1月　頁8
453. 陳克環　朱西甯的〈玫瑰剪枝〉　書評書目　第20期　1974年12月　頁15—17
454. 回　回　從《男與女》談新女性主義〔〈老家〉部分〕　臺灣新聞報　1976年8月16日　12版
455. 歐陽子　朱西甯：〈鐵漿〉　現代文學小說選集（一）　臺北　爾雅出版社　1977年6月　頁89

[46]本文回應朱西甯〈打破一次沉默〉一文，內容主要爲對朱西甯文學批評觀的批判。

456. 陳克環　小說的欣賞與詮釋〔〈鐵漿〉部分〕　明道文藝　第 38 期　1979 年 5 月　頁 73—75

457. 吳達芸　簡析〈鐵漿〉　中國現代短篇小說選析 1　臺北　長安出版社　1984 年 2 月　頁 162—164

458. 柯慶明　六十年代現代主義文學？〔〈鐵漿〉部分〕　四十年來中國文學　臺北　聯合文學出版社　1995 年 6 月　頁 126—127

459. 〔梅家玲，郝譽翔編〕　〈鐵漿〉作者簡介與評析　臺灣現代文學教程：小說讀本　臺北　二魚文化公司　2002 年 8 月　頁 191

460. 于惠東　鐵路・火車・風爐——朱西甯〈鐵漿〉中文學意象的現象學分析　山東文學　2004 年第 7 期　2004 年 7 月　頁 63—64

461. 許俊雅　〈鐵漿〉評析　現代小說讀本　臺北　揚智文化公司　2004 年 8 月　頁 211—214

462. 陳國偉　導讀〈鐵漿〉　二十世紀臺灣文學金典：小說卷（戰後時期・第一部）　臺北　聯合文學出版社　2006 年 1 月　頁 135—136

463. 黃錦樹　原鄉及其重影——暴力的開端：現代性的獻計與聖光〔〈鐵漿〉部分〕　文與魂與體：論現代中國性　臺北　麥田出版公司　2006 年 5 月　頁 291—297

464. 柯慶明　臺灣「現代主義」小說序論〔〈鐵漿〉部分〕　臺灣現代文學的視野　臺北　麥田・城邦文化公司　2006 年 12 月　頁 143—194

465. 陳怡君　論小說的情結佈局——以〈鐵漿〉爲例　中國語文　第 104 卷第 4 期　2009 年 4 月　頁 88—103

466. 劉益州　現象的注視與開展：從朱西甯〈鐵漿〉看生命時間經驗[47]　臺中教育大學學報・人文藝術類　第 24 卷第 2 期　2010 年 12 月　頁 1—14

467. 銀正雄　評〈熊〉　一日浪　臺北　皇冠出版社　1977 年 9 月　頁 209—

[47]本論文以〈鐵漿〉小說中的 2 個重要人物孟昭有與孟憲貴爲中心，從火車象徵的時間流裡探究其生命現象的開展。全文共 5 小節：1.緒論；2.〈鐵漿〉中火車鐵道所開展的時間現象；3.孟昭有的生命注視與開展；4.孟憲貴的生命注視與開展；5.結語。

216
468. 水　晶　　拜覆西甯先生〔〈鄉土文學的真與僞〉〕　聯合報　1978 年 3 月 17 日　12 版
469. 鄭世仁　　一顆珍珠——朱西甯大作〈哭之過程〉賞析　出版與研究　第 32 期　1978 年 10 月　頁 28—29
470. 康來新　　朱西甯〈哭之過程〉　臺灣宗教文選　臺北　二魚文化公司　2005 年 5 月　頁 47
471. 沈　謙　　恢弘志士之氣——評朱西甯〈做個中國人〉　幼獅少年　第 84 期　1983 年 10 月　頁 114—116
472. 沈　謙　　恢弘志士之氣——評朱西甯〈做個中國人〉　獨步，散文國：現代散文評析　臺北　讀冊文化公司　2002 年 10 月　頁 61—67
473. 王德威　　尋找女主角的男作家——茅盾、朱西甯、黃春明、李喬〔〈茶鄉〉部分〕　中外文學　第 14 卷第 10 期　1986 年 3 月　頁 23—40
474. 王德威　　尋找女主角的男作家——茅盾、朱西甯、黃春明、李喬〔〈茶鄉〉部分〕　中國現代寫實小說散論　臺北　時報文化出版公司　1986 年 6 月　頁 183—208
475. 王德威　　一隻夏蟲的告白〔〈豈與夏蟲語冰〉〕　中國時報　1994 年 1 月 3 日　39 版
476. 王德威　　一隻夏蟲的告白〔〈豈與夏蟲語冰〉〕　從四〇年代到九〇年代：兩岸三邊華文小說研討會論文集　臺北　時報文化出版公司　1994 年 11 月　頁 99—104
477. 張　曦　　〈新墳〉作品鑑賞　臺港小說鑒賞辭典　北京　中央民族學院出版社　1994 年 1 月　頁 151—154
478. 陳正醍著；陳炳崑譯　　臺灣的鄉土文學論戰（一九七七—一九七八年）：「鄉土文學」觀的分歧〔〈回歸何處？如何回歸？〉部分〕　清理與批判：臺灣鄉土文學‧皇民文學的　臺北　人間出版社

1998年12月 頁150—153

479. 陳信元 一九七〇年代臺灣的鄉土文學論戰〔〈回歸何處？如何回歸？〉部分〕 臺灣新文學發展重大事件論文集 臺南 國家臺灣文學館 2004年12月 頁140—141

多篇作品

480. 謝振禮 評介朱西甯的小說——〈貓〉、〈狼〉與〈蛇屋〉 臺大青年 1970年第2期 1970年5月 頁31—34

481. 原上草 評朱西甯的「貳」(上、中、下)〔〈貳〉、〈貳的完結篇〉〕 臺灣日報 1972年3月23—25日 9版

482. 原上草 評朱西甯的「貳」〔〈貳〉、〈貳的完結篇〉〕 蛇 臺北 大地出版社 1974年7月 頁237—244

483. 張大春 不厭精細捶殘帖——一則小說的起居注：朱西甯筆下的民初〔〈騾車上〉、〈捶帖〉〕 聯合文學 第160期 1998年2月 頁23—25

484. 施英美 逸出反共文學之外的現代性——軍中作家〔〈生活綫下〉、〈偶〉、〈大布袋戲〉部分〕 《聯合報》副刊時期（1953—1963）的林海音研究 靜宜大學中國文學系 碩士論文 陳芳明，胡森永教授指導 2003年6月 頁121—123

485. 徐宗潔 缺席的真相——論朱西甯的〈破曉時分〉、〈第一號隧道〉與〈冶金者〉[48] 東方人文學誌 第2卷第3期 2003年9月 頁217—234

486. 江寶釵 重省五〇年代臺灣文學史的詮釋問題——一個奠基於「場域」的思考：文學場域的消長——以現代主義與女性文學爲觀察核心〔〈鐵漿〉、〈破曉時分〉部分〕 臺灣近五十年代現代小說論文集 高雄 中山大學文學院，人文社會科學中心 2007年8月

---

[48] 本文以〈破曉時分〉、〈第一號隧道〉及〈冶金者〉爲文本，探究朱西甯對於「真相」的追尋與執著，並闡論其對於黑暗的刻畫是爲了在渾沌中認清真相。全文共4小節：1 前言；2.等不到日出〈破曉時分〉；3.在黑暗中等待微光：〈第一號隧道〉與〈冶金者〉；4.結論。

頁 47

作品評論目錄、索引

487.〔編輯部〕　作品評論引得　朱西甯自選集　臺北　黎明文化公司　1978 年 4 月　頁 275—276

488. 吳達芸　重要評論〔〈鐵漿〉〕　中國現代短篇小說選析 1　臺北　長安出版社　1984 年 2 月　頁 164

489. 吳達芸　重要評論〔〈狼〉〕　中國現代短篇小說選析 1　臺北　長安出版社　1984 年 2 月　頁 207

490.〔編輯部〕　朱西甯作品評論索引　文訊雜誌　第 150 期　1998 年 4 月　頁 73—76

491.〔編輯部〕　《八二三注》相關評論及訪談索引　八二三注　臺北　印刻出版公司　2003 年 4 月　頁 799—802

492.〔編輯部〕　《破曉時分》相關評論及訪談索引　破曉時分　臺北　印刻出版公司　2003 年 4 月　頁 311—314

493.〔編輯部〕　《鐵漿》相關評論及訪談索引　鐵漿　臺北　印刻出版公司　2003 年 4 月　頁 243—246

494.〔編輯部〕　《旱魃》相關評論及訪談索引　旱魃　臺北　印刻出版公司　2005 年 6 月　頁 323—325

其他

495. 景　翔　己見好風景——看《中華文藝短篇小說專號》　書評書目　第 36 期　1976 年 4 月　頁 43—44

496. 林燿德　《中國現代文學大系》　錦囊開卷　臺北　國家文藝基金管理委員會　1993 年 6 月　頁 103—105

國家圖書館出版品預行編目資料

臺灣現當代作家研究資料彙編. 24, 朱西甯 / 陳建忠編選. -- 初版. -- 臺南市 : 臺灣文學館, 2012.03
面 ; 公分
ISBN 978-986-03-2110-4(平裝)

1.朱西甯 2.傳記 3.文學評論

863.4 101004863

【臺灣現當代作家研究資料彙編】24
朱西甯

發行人／李瑞騰
指導單位／行政院文化建設委員會
出版單位／國立台灣文學館
地址／70041 台南市中西區中正路 1 號
電話／06-2217201 傳真／06-2218952
網址／www.nmtl.gov.tw 電子信箱／pba@nmtl.gov.tw

總策畫／封德屏
顧問／林淇瀁 張恆豪 許俊雅 陳信元 陳義芝 須文蔚 應鳳凰
工作小組／王雅嫻 杜秀卿 翁智琦 陳欣怡 陳恬逸
黃唐婷 詹宇霈 羅巧琳
編選／陳建忠
責任編輯／王雅嫻
校對／王雅嫻 翁智琦 陳逸凡 黃敏琪 趙慶華 潘佳君 羅巧琳
計畫團隊／財團法人台灣文學發展基金會
美術設計／翁國鈞・不倒翁視覺創意
印刷／松霖彩色印刷事業有限公司

經銷展售／國家書店松江門市（02-25180207）
國立台灣文學館—雪芙瑞文學咖啡坊（06-2214632）
文建會員工消費合作社（02-23434168）
南天書局（02-23620190） 唐山出版社（02-23633072）
府城舊冊店（06-2763093） 台灣的店（02-23625799）
啓發文化（02-29586713） 三民書局（02-23617511）
草祭二手書店（06-2216872） 五南文化廣場（04-22260330）

初版一刷／2012 年 3 月
定價／新臺幣 350 元整
第一階段 15 冊新臺幣 5500 元整 第二階段 12 冊新臺幣 4500 元整
GPN／1010100538（單本）
1010000407（套）
ISBN／978-986-03-2110-4（單本）
978-986-02-7266-6（套）